梦中的格桑花

朱百强新农村故事系列作品选

朱百强 ◎ 著

黄河出版传媒集团
宁夏人民出版社

图书在版编目(CIP)数据

梦中的格桑花：朱百强新农村故事系列作品选/朱百强著.
—银川：宁夏人民出版社，2018.8
（阵地文丛 / 白麟主编）
ISBN 978-7-227-06951-5

Ⅰ.①梦…　Ⅱ.①朱…　Ⅲ.①短篇小说—小说集—中国—当代　Ⅳ.①I247.7

中国版本图书馆CIP数据核字（2018）第212272号

阵地文丛　白　麟　主编
梦中的格桑花——朱百强新农村故事系列作品选　朱百强　著

责任编辑　陈　浪
责任校对　白　雪
封面设计　朱振涛
责任印制　肖　艳

黄河出版传媒集团
宁夏人民出版社　出版发行

地　　址　宁夏银川市北京东路139号出版大厦（750001）
网　　址　http://www.yrpubm.com
网上书店　http://www.hh-book.com
电子信箱　nxrmcbs@126.com
邮购电话　0951-5052104　5052106
经　　销　全国新华书店
印刷装订　陕西天丰印务有限公司
印刷委托书号（宁）0010942

开本　889mm×1194mm　1/32
印张　9　字数　233　千字
版次　2018年10月第1版
印次　2018年10月第1次印刷
书号　ISBN 978-7-227-06951-5
定价　40.00元

时序光影下的民情与世情（代序）

——朱百强新农村故事系列小说印象

阿探

朱百强是地市公众媒体工作者，因着职责他更熟悉百姓的生活。他以新闻工作者的敏锐，作为百姓一员的感同身受，感知着城市文明进程中固有的精神体系的支离破碎，感知着被社会演进所残酷剥离下的人间本初的温情的残存。处在一切变化中的乡土百姓，有一点是不变的，甚至数千年来一直不曾变化，那就是永远炽烈的对于幸福生活的热望。

朱百强是勤奋的创作者，生于长于一个充盈着数千年全然人文主义的精神领地，他对不断变化的生活有着无限的热情，因此近年来的新农村民情、世情系列小说不断发表。什么是人民的文学，或许在朱百强心中，就是关注百姓日常精神生活焦点、痛点，甚至是隐痛点的文本。朱百强似乎有讲不完的新农村故事，与一般的创作者不同的是，他不但拥有好的故事，更有着讲好故事的自信与富于变化的手法。他的叙事，常常有开篇的惊心动魄，继而如高山流水转进一鉴平波，或如小桥流水，娓娓而来；也有将人生流年数十载叙事凝结于一篇，时缓时急，让读者犹如进入长篇；故事展开，文本叙事超越了传统的单一直白，时有跌宕起伏之感；即便是结尾，时时为某一精神状态、时态之定格，文之收结，余味悠长。新农村系列的创作，深深扎根于百姓乡土生活，在对新的幸福生活的无限向往中展开，从情感基础层面而言，远比流行期刊上那种为附和、迎合优秀传统文化价值回归而向壁虚造者的情感意识更为纯净。

在几千年农耕文明生生不息的土地上，我们遭遇了现代文明进程，其实这样的对峙与剧烈碰撞，从一百多年前的鸦片战争时就开始了。到今天，农耕文明终于迎来了它的终结，新的文化系统还没完全建立，或者是优秀文化传统遗存还没完成与现代社会的融合与对接，在二者的对撞中，就有了朱百强笔下的这些故事。朱百强试图用不断扩展的新农村系列故事，去阐释和解读我们民族文化基因乃至社会结构的嬗变，这是一种什么样的嬗变呢？从根本上讲，就是数千年一以贯之的道统对治统的主导与引导的消解及二者的生生剥离。在这样的文化深层基础上去理解朱百强的创作，或许更为合适，他不是在阐述个体的生存，而是以个体生存状态、时态去咀嚼、回味文化形态的流变。文化流变在社会演进洪流的挟裹下改变了我们原有的伦理结构、观念遗存，甚至以颠覆者的态势颠覆了我们曾经宝贵的遗存。然而，朱百强的小说又似乎以更广博的心胸让读者面向未来，永不失却对美好生活的寄望。

在《梦中的格桑花》中，朱百强直击农民工性之尴尬，从人之本欲层面对乡土文明进程下寻常百姓的物质、精神双重压力进行了凸显与写真。雷天亮的“性问题”显然是高负荷生活压榨下的精神焦虑所致，最终一条儿子高考579分的短信将其从苦闷中拯救出起来，获得一种精神的提振，精神进入美丽新世界。格桑花的美丽虽然在梦中，也是普通人的一种生命寄念。孔子删《诗》，将《关雎》置于首篇，《白鹿原》开篇重返生命原点，以男女之事展开，此为重书民族之精神幽微；宁可短篇《墙》之触角亦触及都市男女之隐秘空间，也是回归人性本位的选择。原本不可说不足为外人道之事成为相互调侃的谈资，社会变化之剧烈可窥一斑。《岗位都是满的》则更具有刺穿世象浮虚的酣畅淋漓之快感。丁小杰按政策按正常程序只能陷入无尽无期的等待中，后来被逼无奈在朋友指点下为自己“造势”成功入职。后本色不变，仍然谨慎从事，即便是让他入职的局长倒了，他依然屹立巍然。小说用很多的笔墨，包括用世俗的成功型战友反衬丁小杰的本分性“窝囊”，最后以简笔勾勒的快进叙事，动态性揭示全力流变，整体颠覆了权欲，广扬了人之本初本色。文本前后强化变化及比对鲜明，令人震撼。《表扬》以一个乡下少年心理，为了融入城市同学群体，在失去多次捡钱机会后偷了拾荒的奶奶一百元获取了学校给予的虚荣，受到了源自良心的谴责，表述了一种未成年人的心灵承载。小说以平缓甚至有些沉闷的叙事，有力地凸显了少年成长期的精神撕裂感。《授粉》是经济交换时代一抹微弱且暖心的春风，甚至是朱百强所历经的纯情集体互助时代温暖记忆的复苏或回放。植物需要人授粉才能结出甜美的果实，而人呢？那些乡土空心化下的农村留守妇女呢？她们无疑是当下社会的“现代版织女”，于是在果园里，在田野里，她们天人合一，交汇，奏响了动心荡漾的心灵乐章。

《狼项目》则是有些魔幻意味的小说，由此我们会想起“假虎事件”，著名作家寇挥的短篇《变虎》，甚至于商南作家姚家明的短篇《黑月亮》。相同的是这几部作品都是苦难为原动力，寇挥选择了想象力再造，姚家明选择了对《老人与海》临摹，朱百强选择了媒体性发酵。发酵之中，世界的荒诞性，文本的讽刺性隐在其中。《盖房》是对“今日故乡是他乡”的“故乡永逝”一种精神冲击性的聚焦。在外工作很多年的郭致远在老家盖房的过程，是其发现故乡永逝的过程。时代在不经意间已经发生了巨变，村子空心化了，人情冷漠化了，每个人都在逃离故乡，重返也就成为一种艰难的尴尬。《逃离》是一种现代城市生活快节奏与乡土慢节奏直接对峙，是乡土田园情怀的一种不舍。其中更有现代文明进程对三代人原本情感的消解与剥离，姚福老汉最终逃离了城市，他梦中化作了一头老牛。他的生命与乡土结为一体。

朱百强新农村系列小说的创作，让我们看到乡土社会在时代骤变中更广泛的民情、世情，给予读者进入寻常百姓生活的一种通道。从创作题材而言，朱百强获得了丰富而广泛的一手资料。从文学表现技法和效果而言，他的创作还有很大的提升空间。

从璞到玉，或许只是打磨与时间的问题。

（阿探，任职西安某高校，青年评论家，陕西文学研究所特聘研究员）

目录

年　礼

今年立春早，腊月廿一正好交上“六九”，晌午的时候，日头暖暖地照在头顶，有一种小阳春的味道。

发年礼了，发年礼了！午饭时分，有人一声接一声地喊，喊得静谧的李家堡村一家一家就开了院门，有了醒动，男人女人像大雁一样咕噜咕噜转动着脖子向村街上翘首张望。村街上，穿着烂棉袄的低保户李社会正咧着大嘴喊：张百万给大家发年礼了！有人问：要钱不？要啥钱，白送呢。李社会说着，嘿嘿一笑，屁股大幅度摆动着，又一摇一晃向另一条街上走去。听说是白送，有人喜上眉梢，咋能不要，不要是瓜尿！

于是，乡亲们撂下饭碗，便三三两两向村南的文化广场走去。

张百万本名张大鹏，是李家堡村走出去的企业家，在周原市做生意。据说，他开的农产品店面在周原市就有十多家，挣的钱用汽车拉哩，人称“张百万”。

在李家堡村人的记忆中，每年过春节，张大鹏都要回村住几天，他一般是除夕中午回家，领着儿子，用茶盘端着苹果、香蕉、橘子、香表和纸钱等祭品先到官坟地请先人，后回家贴春联。他贴春联贴得很认真、很细致，将红纸一遍遍在门两边的瓷砖上压实、抚平，还要将纸的四边全都用糨糊粘牢，似乎怕年还没过完，风将春联吹起来吹扯了。他贴的春联大，上面的字也大，在院门屋门上一贴，喜气就好像涌进他家门了。有人路过，看见张家门上红灿灿地泛光，就知道张大鹏回家了。邻居的老人娃娃就流水一样进了张家院子，老人们就和张大鹏他父母说闲话，娃娃们则站在发亮的小轿车前睁大眼睛看稀罕，小轿车是张大鹏开回来的“宝马”。随后，张大鹏就请发小们喝一场酒，打通宵的麻将，输几千块钱。到了大年初二或初三，张大鹏才带着满嘴的酒气离开李家堡村。但他不知道，自己的“宝马” 小轿车后面，却留下无数羡慕和嫉妒的目光。

几年前，张大鹏的父亲去世后，张大鹏就将母亲接进了城里住，很少回村了。

文化广场原是生产队的打麦场，一年一年在上面碾麦。农业社解散后，尽管划分为一绺一绺，但村里人仍然在这儿碾麦。近两年，县上搞起农村环境整治，村上就用水泥硬化了一个三分地大小的广场，给这儿栽了篮杆，支了乒乓球案，安装了健身器材，还在广场四周栽了花花草草，村民们空闲下来，就在广场上健身锻炼、跳广场舞。小组开个临时性会议，来个马戏团、歌舞团，包括耍猴的、卖保健品的、卖药的等等，也都在文化广场。

现在，广场上停着一辆“130”小型货车和一辆“宝马”轿车。货车车厢被帆布蒙着，鼓鼓囊囊像一个蒙古包；“宝马”轿车旁站着张大鹏两口子。张大鹏穿一身灰色西服，扎红领带，映衬得他红光满面，精神抖擞，仿佛遇到了什么大喜事。张大鹏妻子谷水莲体态丰满，长着一副圆脸蛋，绛红色的羽绒服裹在她身上，显然有些窄巴，笨拙得像大熊猫，白净的脸上汗涔涔的。她和丈夫一样高兴。两人笑着热情地和乡邻们打招呼。张大鹏掏出“红好猫”香烟，先给几个老汉恭敬地递上去，人多了，就天女散花一般撒了，男人们就高兴地从地上捡起来，咂在长毛的没长毛的嘴上贪婪地吸起来。开货车的卷毛小伙扯开了帆布，米、面、油、服装呈现在大家面前，米是泰国米！油是纯菜籽油！围观的人个个眼睛放光。

看着以车为中心很快围拢了一圈人，张大鹏的大脸盘上浮现出喜色，但瞅来望去，却没有发现村长李胜利和组长吴贵生的影子，心里不免有些发凉。因为李家堡是个自然村，属行政村王家崖管辖，虽然李胜利家在李家堡，他担任的是王家崖村的村长。吴贵生虽然为李家堡组组长，至今村民还习惯地喊他“吴队长、吴队长”，他却是直接与每家每户打交道的人。谁家地多地少，想被推荐吃低保，都由他说了算。吴贵生常常说，你谁家的事离了我，都不行！两人都是重要的角色，不可小觑。于是，张大鹏尽力掩饰和乡邻们说笑着拖延时间，希望村组的头面人物能早点出现。然而两根烟抽过了，李胜利和吴贵生还没有闪面，人群里出现了骚动。张大鹏的发小李文等不及了，咱发放礼品吧。张大鹏思忖，自己要不要专门跑一趟去请李胜利和吴贵生，但在众目睽睽之下，又不好说出口。他问李文：你给他们都通知到了？李文说：我当面给贵生说的，给胜利打的电话。张大鹏问：那咋就没来呢？李文气哄哄地说：胡旮扎势哩，离了他们红萝卜不上席了，礼品又不是村上买的，咱发咱的。

人群里立马发出欢呼声。

开“130”货车的卷毛小伙和张大鹏站在一边，谷水莲和李文站在另一边，从车上取下羽绒服和米、面、油，依次发放给乡亲们。李社会自觉维持秩序，站在车旁边摇着乱蓬蓬的头喊：不要挤，排好队，一家一袋面、一袋米、一壶油、一件羽绒服，家家有份。

张大鹏斜对门的巧莲嫂第一个领到了年礼。她把米面油先放在一边，当场就让哑巴哥屯屯试穿起了羽绒服。

六十多岁的巧莲嫂有三儿一女，可自从儿子们结婚分家另过、女儿出嫁后，她和男人财财、哑巴哥屯屯蜗居在大儿子楼房后面的老厦屋里过活。当初分家，由村长李胜利主事说好的，他们的养老送终，三个儿子一人管一个，可几年过去，几个娃娃没给他们拿过几个钱，他们的油、盐、酱、醋花销全靠领的养老金和在地里刨几个钱，穿的几乎都是旧衣裳。去年过年时，女儿破天荒给巧莲嫂买了件枣红色羽绒服，大儿子脸上挂不住了，和妻子吵了一架，也给他爸买了件蓝色羽绒服。大年初一，巧莲和财财两口子换上了崭新的羽绒服出了门，邻居将巧莲的羽绒服摸摸问：谁孝顺的？巧莲皱巴巴的脸上呈现出难得的笑容：女儿买的。花了五百多块钱呢。邻居拉出衣领上的商标瞧了瞧说：值，是名牌哩。还是女儿好！有人也摸财财的羽绒服，说你大儿子也孝顺呀。同样住在一个屋檐下，与巧莲两口子形成对比的是，聋哑人屯屯却仍然穿着烂棉袄。几十年来，屯屯一直穿弟弟或侄子穿过的衣裳。夏天，他随意穿一件什么衣裳就行了，可到了三九天，寒风刮得像刀子一样，穿着棉袄也冻得直打战，屯屯只好再给烂棉袄上一件一件套衣裳。但尽管衣裳是里八层外八层的套，乍看上去很厚实，实际上还是不暖和，屯屯整天依然是浑身哆嗦的样子。看着弟弟和弟媳穿上了亮闪闪的新棉袄，屯屯两眼放光，嘴里呜里呜哇叫，发泄着不满。巧莲心里也酸楚难过，夜里在热炕头上对男人财财说：把你的羽绒服叫哑巴哥穿吧。财财问：那我穿啥？巧莲说：穿啥，你还穿你那件旧的呗。财财说：他是我哥，可怜，我知道心疼他。问题是，老大指明叫响是给我买的，我让他伯穿了，他媳妇吊脸子和他闹仗咋办？这句话倒提醒了巧莲，她这才忽然意识到，他们穿的衣裳不是为取暖图漂亮的，而是儿女的招牌。这招牌就像企业在大街上、公路边立的广告牌，人一看就知道在卖什么，是谁在卖。没人给屯屯买新棉袄，是丢他们的人哩。因为他们和哑巴哥在一个锅里搅勺把，不知内情的人会砸洋泡：看，哑巴给他弟拉了一辈子“长工”，连个新衣裳都穿不上。给哑巴哥买件羽绒服成了巧莲嫂的心病。

一辈子没穿过好衣服的哑巴屯屯穿上了崭新的羽绒服，脏兮兮的脸上呈现出生硬的笑容，嘴里呜里呜哇，用谁也听不懂的聋哑人语言，表达着自己的感谢之情，甚至还从人群里挤到汽车跟前，在张大鹏眼前竖起了大拇指。看着哑巴屯屯真诚的表情，张大鹏心里生出莫名的欣慰和温暖。

领到年礼最欢喜的要数李社会了。他索性将身上的烂棉袄当下脱了，扔进了广场上的垃圾桶，现场就穿上了刚领到的新羽绒服。他肩膀上扛着米袋，一手提面袋，一手提油壶，摇摇晃晃往家里走，肩膀上的米袋差点掉到地上，惹得大家嘻嘻哈哈笑。父母死得早，李社会四十多岁了还没成家，感觉日子没滋没味没奔头，就破罐子破摔，让地荒了，整天钻在老卢家麻将室打麻将。赢了，自吹手气好；输了，骂天骂地骂社会，埋怨村上给他的低保太低了，不够花。李社会常自嘲道：咱是一条流浪狗，谁撂馍都吃哩。吃一口总比不吃强。

然而，年礼发放中也出现了戏剧性一幕——吴智良老汉和儿子发生了争执。争执是争执该不该收这份年礼。

吴智良七十多岁了，十年前，因家务事和独生儿子吴玉生吵翻了，一气之下，在一个秋夜，倔老汉用架子车拉着铺盖，和老伴住进了离村子一里路远的果园庵房里。田地里空气好，清静，加之和儿子拉开了距离，再不受窝囊气了，老汉整天端着茶缸子，过起了悠悠然见南山、嘴里哼秦腔的神仙日子。不料有一天，老婆将饭做好了，怎么也找不到他，进了果园，这才发现老汉倒在一棵苹果树下，牙关紧咬，脸色发紫，手中茶缸里的茶水早流了出去。救护车将老汉送到医院，救下了老汉的一条命，脑溢血却给老汉留下了口齿不清、歪头的后遗症。儿子吴玉生见父亲生了病，叫父母搬回家住，老婆动心了，老汉结巴了半晌，歪歪头朝后一扭：我不回家。

当天，老汉让别人帮自己拆开了装着羽绒服的塑料袋，也想试穿时尚的新衣裳，就解开了身上旧棉袄的纽扣，老伴说回家再试，小心在这儿把你老鬼感冒了。老两口就用架子车拉着米面油回家了。没过多大时间，儿子吴玉生却骑着摩托呜的一声冲进广场，两腿搭地，扭身从货架上取下羽绒服扔过来，疯着一张黑脸说：我爸没衣裳穿叫你管，你是他儿？这是糟蹋人哩。两手提起摩托头硬转了方向，屁股下突地冒了一股黑烟走了。李文愣了一下，望见张大鹏瞥了一眼吴玉生，脸上的笑容凝固了。

一个白胡子老汉用长烟杆指着吴玉生的背影骂道：不孝之子！

吴玉生前脚走，吴智良老汉却颠着歪歪头气喘吁吁撵来了，如同树皮的脸气得发青，骂道：狗日的把我棉袄拿走了，说我穿老板的羽绒服，是舔老板的沟子哩。白胡子老汉说：智良，你儿腰粗有钱，给你买高档棉袄呀，你还来弄啥？老汉说：我冷得浑身筛糠哩，他都不管，靠那狗日的，就把我耽搁了。说着一只青筋凸出的手就伸了过来，李文忙将他儿摔在地上的羽绒服递给老汉说：穿上新的就不冷了。

就这样，在拥挤吵闹中，半天工夫，李家堡村的男女老少喜滋滋地将年礼提回了家。

太阳快要落山了，一阵阵寒风刮起来，刮得广场旁边的树枝摇摇晃晃，地上的枯叶一片一片飞起来打着卷儿。一阵热闹过后，李家堡村的文化广场只剩下了张大鹏两口子、卷毛和李文。谷水莲和卷毛说脚冷，转着圈儿直跺脚，跺着跺着钻进了轿车里。看丈夫冻得脸乌青，谷水莲从车上拿出羽绒服下来给张大鹏披上，又钻进了小轿车。张大鹏用手指着货车上的米袋、面袋数了数，觉得有问题，他说：咋还剩下十二份年礼哩，李文，你看看谁家没领？

给乡亲们置办年礼的消息是张大鹏先告诉李文的。二十多年前，张大鹏和李文一块儿中学毕业，一块儿进城打工，两人好得跟一个人似的，无话不谈。不同的是，李文结婚后被媳妇缠住了，就一直在家里抱娃收鸡蛋，很快就成了黄土沾身的农民；张大鹏却带着媳妇一直在城里打拼，先在建筑工地当小工、大工，后又转行经商，从开小卖铺开始，办起了农副产品公司成了老板。一个在农村，一个在城市，身份不同了，但李文若进城或张大鹏回老家，两人见面总要聊一聊。后来，见面的机会少了，过段时间，他们就打电话询问一下对方的情况。村里人常常到周原市去需要张大鹏帮忙又怕找不到张大鹏，就说：去问李文！李文也因有张大鹏这个发小当了大老板而骄傲，常常遇到坎儿需用钱时就会说：我找大鹏去。

腊月十八那天，李文骑摩托车去镇上的农行营业所取款，刚走到自动取款机前，手机就哇哇唱开了，他一看是张大鹏的电话，忙摁了接听键，离开取款机蹲在营业所门外接听。张大鹏只问候了一句李文，李文就急不可待地问：你哪天回家呀？他知道，年前年后是张大鹏生意最好的时候，常常要忙到除夕哩。张大鹏说：我妈在城里住着，我过年不回去了。年前，我准备给乡亲们办些年礼，每家送一件羽绒服，再送一袋米、一袋面、一桶油。你看行不行？对于张大鹏的这一想法，李文没有思想准备，他吃惊地张着嘴问：那得多少钱呀？因为他清楚，每户少说按一千元计算，李家堡村五十二户，也得花五万多元，是个不小的数字，一般人也挨不起或者不愿意掏。张大鹏说：没有啥，花钱多少无所谓，只要乡亲们高兴我就高兴了。又说：我知道如今乡亲们可能也不在乎这点年货，可这是我们的一点心意呀。听着张大鹏的话，李文心里陡然一热，他为发小的这一义举而高兴。因为这几年，有人常在背地里议论起张大鹏，骂他是奸商，挣昧良心的钱。李文认为这是吃不上葡萄说葡萄酸的嫉妒，是仇富的表现，还常为张大鹏抱不平，和对方争辩得红脖子涨脸。这回，让议论张大鹏的人能跟着得些实惠，也能安抚一下这些人的心理。李文激动地说：你这个想法好，我坚决支持！就好像张大鹏要竞选村长自己给投赞成票一样。又问：咋忽然想起办这事？有啥想法？张大鹏嘿嘿笑了，说啥想法也没有。你先给乡亲们说一声，过两天，我就把年礼拉回来了。

张大鹏给乡亲们置办年礼并不是一时的心血来潮。早些年，农村穷，张大鹏家里更穷，他妈掂着礼当奔波在十里八村走亲串友给他找媳妇，热心人给他介绍一个对象吹了，介绍一个吹了，吹的原因并不是女方看不上张大鹏，而是看不上张大鹏家那三间破厦房。他妈常抹眼泪说：我娃啥时候才能找下媳妇呀！愁得一夜一夜睡不着觉。张大鹏就是怀揣挣钱娶媳妇的梦想走出李家堡村的。后来，他不但进城打工挣到了钱，还在打工中娶上了媳妇，在城里买了房，买了车，成了有名的企业家。当老板忙，这些年来，他要为他的企业发展操心到事无巨细，没有工夫关注家乡，只有回李家堡村看望父母的时候，看到一望无际的绿色的田野，看到被树木遮掩的高低错落的楼房、瓦房和厦房，闻到浓郁的乡土气息，才会蓦然想起自己还是农民的儿子。他小时候在村里的老槐树下打过秋千，和小伙伴在麦秸垛里捉过迷藏，在村巷里滚过铁环，在涝池里打过水仗……他妈进城后，给他们忆苦思甜，常常会说那些年没吃的没穿的，家中日子艰难，巧莲嫂给他家送过几双旧鞋；吴智良、李万水给他家借过粮；那一年，临开学了，家里给他凑不够一块五角钱的学费，李万银给他借了一块钱……张大鹏感知得越多，越渴望为生他养他的李家堡村做点事，就像飞翔的鸟儿留恋曾栖息过的大树，他热爱生他养他的家乡。出于感恩，他就想花钱给乡亲们置办年货。起初妻子谷水莲并不赞成他的这一想法，她说农村现在变化大了，农民不愁吃不愁穿，看不上那点东西了。另外，妈进了城，咱和村里人不打交道了，操那些心干啥。张大鹏说，咱成了城里人，但户口还在李家堡村，和村里还有联系哩。又说：虽然农民富裕了，但有些人还比较困难，咱表达一点心意，也算对家乡的回报啊！谷水莲捶着丈夫宽大的肩膀，露出虎牙咯咯咯笑了：那就按老公的意思办！因为多少年来，她已习惯老公是她的依靠，是她家的主心骨。

可年货怎么办，却让张大鹏两口子费了一番脑筋。依水莲的想法，了解一下村里的情况，给低保户每家买份礼品，权当给大爷大叔大哥大姐拜个年就行了，不必花费太多。花费太多，有人可能还会说他们是出风头显摆哩，枪打出头鸟，没啥好处。张大鹏说：那不行，常言道，宁绕一村，不少一户。要办咱就给每家每户都有，一视同仁，这样才能让乡亲们心理平衡，不能让人说咱偏谁向谁，过后戳咱的脊梁骨。水莲说也是这个道理，扑上来在丈夫粗糙的脸上亲了一口，怪不得我老公干大事呢，胸怀就是大。他妈听了儿子的打算，高兴地说：我儿多做善事，我老脸上也有光！

很快，李文和妻子巧巧当上了义务宣传员，逢人便说了张大鹏要给乡亲们置办年礼的事。说一遍对方不相信，说两遍对方就信了，这条信息口口相传一发酵，李家堡村立马像一口大油锅炸开了。乡亲们没想到，电视里常报道的献爱心的事能变成现实，要在他们身边发生了。

几天前，按照李文提供的户数，张大鹏准备了五十二份年礼，而现在只有四十户领了，却少了十二户。嘴里吸着烟的李文从衣兜里掏出笔和纸，蹲在地上说：我这一家一家都记着哩，让我看看还有谁家没领。他手指着纸上的名字，嘴里念叨着万才才、王三里……后来说：除过李胜利和吴贵生，剩下的都是我李家人了。

所谓李家堡，就是由李氏家族组成的村落，李姓占到百分之六十。李胜利和李文同为一个先祖，虽已出了五服，但论辈分，李胜利把李文还叫爷爷呢。李胜利十多年当村长连选连任，旁人竞争总是失败，也与他们这个庞大的家族支持有关。

张大鹏也蹲下来凑到李文跟前，两个人掰着指头算，差的是李万才、李万银、李万水、李万孝等，都是李胜利的父辈，其中李万才是李胜利他爸，李万银和李万水为亲兄弟。张大鹏问：你给他们都通知到了？李文答：通知到了。又问：这几家是不是人不在？答：在哩！我晌午见万才，还给他说过的呀！李文满脸的疑惑。

那么，他们明明知道为啥不来领礼品呢？

两人百思不得其解，就顶着寒风，站在汽车旁边东张西望干等。忽然间，看见一个老汉佝偻着身子从村街出来了，笑盈盈要迎上前去，却是刚领过礼品的刘老三，张着没牙的嘴朝他们笑笑，径直往村外走了，很快消失在通往镇街的水泥路上。一个双手插在袖管里的女人到广场来了，是巧莲嫂，她冻得鼻子吸溜溜地说：我要到地里拔几苗菠菜，死鬼男人晚上要吃汤面条哩。听说李万才几户还没来领礼品。她说，叫花子还嫌馍黑，不领去个球！你们快回吧，小心把人冻感冒了。走了几步，又回头说，过会儿到我家吃饭！张大鹏说好好好。

谷水莲在车上眯瞪了一会儿，睁眼看见丈夫仍站在货车旁边一脸的焦急，和抽着烟的李文不停地跺脚，胡乱搭讪，心想不让你办这事，你偏要办，看你受的啥罪。她从车上下来问：咋弄呢？李文说：我就不信在李家堡村，送礼还能没人要，再等等吧。张大鹏附和：对，再等等。谷水莲望了望灰蒙蒙的天空说：要不，咱将这些东西先放到李文家，麻烦李文明天给他们送家去。天不早了，咱赶紧回城吧，公司的王总都打了几次电话了。李文眼睛发亮说：这也是个办法。你们急，先走吧。正说着，张大鹏的手机响了，正是公司的王总打来的，他称公司在古由县进的大棚蔬菜质量出了问题，需要老板回去处理。张大鹏说知道了，一脸的茫然。

冬日天短，太阳一落山，天立马暗淡下来了。村子静悄悄的，偶尔传来几声剧烈的咳嗽声，就有老人在村外树下的麦草垛上撕麦秸，很快，房屋、树梢上就被炊烟笼罩了。几只流浪狗在广场上追逐，发出呜呜的声音。忽然，一阵叭叭叭的鞭炮声传来，似乎在提醒人们，快要过年了。

谷水莲打了个喷嚏，鼻涕眼泪流了出来，忙掏出纸巾擦了，看丈夫没有反应，她心里有些不痛快。她望着暮色包裹的村庄，用嘲讽的口吻问：张老板，咋弄呢？张大鹏知道妻子不高兴了，但不高兴也没办法，他说：我既然回来了，就要看着把东西送到乡亲们手里。卷毛下车说：老板的话有道理。要不，咱开车把年礼给他们送去吧。张大鹏认为这样也好，便让谷水莲在广场上等着，他和李文、卷毛一块去。

卷毛开着“130”货车，张大鹏他们挨家挨户去送礼。先到李胜利家门前，李文“胜利、胜利”喊了几声，没人应答，他又把铁门砸得哐哐哐响，有人才问：谁呀？李文说：是我，快开门！张大鹏忙和卷毛将米面油衣服提在手中，随时准备进门去。但大铁门中间的小独扇门开了，李胜利的婆娘一手扳着门，将头伸出来，脸上毫无表情地说：胜利不在家。李文解释：这是咱村的张老板，给你家送一份年礼。婆娘用警惕的目光望着提礼的张大鹏和卷毛，说：胜利说了，他不搭话，不让我收别人的礼。李文用长辈的口吻嗔怪地说：给村里家家都有哩，你以为送礼寻胜利办事呀。快拿上！张大鹏和卷毛凑到门口，满脸是笑。我收了礼，胜利骂我哩。婆娘撂下这样一句话，漠然转过身咣地关了大门。张大鹏忙从衣兜里掏出手机，对李文说：你说胜利的手机号，我给他打个电话说说，他老婆可能把我忘了。李文很不耐烦：打啥，不打了，叫他娃牛吧。咱去贵生家。

事实上，李胜利不是没在家，他躺在家里的热炕上看《西游记》哩。对这个电视剧他百看不厌。他喜欢看《西游记》，不是看热闹，不是佩服孙悟空有多大的能耐，而是惊叹如来佛的法力无边。当晚，他之所以不愿收张大鹏的礼，是对张大鹏的做法有意见。心想我是王家崖村村长，在村里吐一口唾沫砸一个坑。如今，谁家娃上学开特困证明，生了娃娃上户开证明，都要从我这个磨眼过；谁家过红白喜事，离了我主事能成？偏偏你张大鹏瞧不起我，把我不给眼里搁。他认为，村长村长，他就是王家崖村的当家人，几十年了，他已经习惯王家崖村就是他掌控的地盘，凡村里的事，都应该先请示他，征得他的同意。要不，他咋能在村民面前树立威信？你张大鹏就是有几个臭钱嘛，你张狂啥，还跑到我的地盘上耍人哩，村上开选举会，给选民每人才发一袋洗衣粉，你就给发那么重的礼。你以为你张大鹏变成了张百万，就能拿钱收买了人心？你收买人心想当村长啊！你即使真想当村长，用这种办法也是贿选，我也要告你的状！再说我代表村委会，村委会代表政府，政府有发动群众、组织群众的资格和权力，你凭啥出面召集群众哩。你给乡亲献所谓的爱心，好像是我关心群众不够，叫我的脸给哪儿搁？另外，你就是搞活动，也该让我出面讲几句话嘛，村民信我还是信你？我讲一句话，比你喊破嗓子满街跑管用。你不给我脸，我叫你这事也弄不圆满。我不信孙悟空能跑出如来佛的手掌。于是，他走在街头路尾，邻居们碰见他，问起张大鹏给乡亲们置办年礼的事，他总是腆着一张叫驴脸哼一声，啥话也不说。

一天夜里，在老卢家麻将室，李社会听到这一消息，挠挠乱蓬蓬的头发，咧开大嘴兴奋地说：这下，我过年就有新衣裳穿了。李胜利气呼呼地说：你八辈子没穿过羽绒服，快出牌！又说：大槐树下有堆狗屎，你吃不？嘴里叼烟的吴贵生神秘地说：我听说张大鹏的生意不行了，他想回来竞选村长。哼，贿选犯法！

在李胜利家碰了一鼻子灰，张大鹏他们并没有泄气，又去组长吴贵生家送礼。没想到，吴贵生家的院门也关着，不同的是，李文趴在门缝上往院子里望，听到有人喊，屋子里的灯灭了。显然，吴家并不欢迎他们，吃了闭门羹。张大鹏欲给吴贵生拨打电话，望了一眼李文，见李文脸抻得平平的，没敢说出口。李文骂，狗肉不上席的东西。

张大鹏他们又前往村北的十户李姓人家，李万才和另外几家一样，在推让中勉强收了礼。李万银说，和前些年相比，他家日子好过了，死活不收。张大鹏再推让，老汉愠怒地说：我人穷志不短，不要，你非给我，是小看我哩。又说：啥年月了，谁稀罕这东西。他们提着礼品尴尬地走了。李万银却撵上来，一脸正色问：大鹏，我听说你要回来当村长呀？我可告诉你，如今竞选要靠威信，不能搞邪门歪道。张大鹏干笑了一声，说我咋能夺胜利的权。他们走进隔壁李万水家，李万水没有像他哥李万银那样不友好，而是热情地将客人迎进门，就咣地将院门关了。在摆设不错的客厅里，李万水忙喊老伴给客人倒茶，拉着张大鹏问：你妈最近身体咋样？张大鹏说：好着哩！李万水说：我听有人说，你给大伙送礼，想要大伙帮忙给你妈箍墓哩，有这事？

张大鹏听人说过，北村的郭建斌将父母接到县城住，村里谁家过红白喜事，他家从来不给人帮忙，也不随礼，好像这些事和他家没关系。村里人议论起郭家的为人处世，有人就扬言道：他躲过初一，躲不过十五，看他父母死了，他咋弄呀？不信治不了他娃的背锅子！

几年前的一天，郭建斌的父亲上厕所时，一头栽下去，说不行就不行了，在医院的病床上昏迷不醒。郭建斌的母亲急了，就催郭建斌快回李家堡村给他父亲准备后事。郭建斌找组长说想给他爸箍墓，组长说官坟地里挤不下了，县上推行火化，让你爸带头算了。郭建斌差点哭了，不敢给他母亲说，又提着高档烟酒去找组长。组长一手摸脚丫子，一手剔着牙，不屑一顾地说：你那烟酒值钱，我一个农民怕享受不了，你拿出去让邻居们享用吧。郭建斌笑笑说：你是组里最大的官，箍墓还不就是你一句话。组长说：现在不是过去了，你去问问大伙儿，如果大伙儿都同意让你爸埋在李家堡村，我没意见。组长将高档烟酒扔到了大门外。郭建斌痛苦的脸上能挤出水，眼看着父亲弥留之际，墓地还落实不了，他咋能不急？于是，他只好提着礼品，低头哈腰到全组四十八户跑了一遍，大伙儿才同意看在老邻居的面子上，给他父亲挤出一块墓地。郭建斌的父亲倒头了，村里人闲得打麻将、转圈圈哩，就是没人去帮忙。郭建斌又提着礼品，低头哈腰到全组四十八户跑了一遍，村里人才出面将他父亲安埋了。后来，郭家的事成为李家堡村人教育后代的活教材，老人训导儿女时常说：你可不能像郭建斌一样，把邻居看不起，看你爸以后咋埋呀？

张大鹏脸上的肌肉抽搐了一下，他没有这样想过，李老汉怎么就说到了他妈的后事，是不是在给他亮耳呢？他笑笑没说什么，思忖道，我决不会为这事低三下四求人。

李万水收了礼，送张大鹏他们出院门，老伴上前开灯，李万水一把抓住了老伴的手说：能看见么，开啥灯。老伴说：胜利不让咱收礼，又不让咱吃低保。李万水说：你话咋恁多。又笑着拉住张大鹏的手嘱咐：不要叫人知道你到我家来过呀。张大鹏一怔，说知道知道。他们刚走出门，李万水就把院门轻轻关上了。院里的狗汪汪咬，李万水喝了一声，踢得狗吱吱叫。

张大鹏他们来到李万孝家，李万孝正站在灶房抄着手看老伴做饭，孙女光着脚丫子从正房跑过来说：爷、爷，我要吃饼干。李万孝捏了一把清鼻涕抹在衣襟上：你爸你妈外出打工，到现在都不回家，爷哪有钱买。去，回屋看电视。李文站在院子喊出李万孝，照例给李万孝解释了一番，将张大鹏给大家送年礼的事说了。李万孝两手伸出一个八字形，挡住提礼品的张大鹏和卷毛说：不要，我咋能收老板的礼，不要！冷漠得好像对待陌生人。李文说：万孝，我可给你说，村里家家都有，人家买的羽绒服上千元哩，你可甭后悔。李万孝说：我不后悔。我胜利给我应承了，让我两口吃低保呀。胜利说，只有政府发的照顾款才能收，外人的东西坚决不能要，小心上当。

什么叫丢人现眼，什么叫尴尬，这次张大鹏真正体会到了，他们心灰意冷回到文化广场。谷水莲上前瞅瞅，发现车上还有几份年礼没发出去，问是怎么回事。张大鹏三人站在寒风中，缄默不语。

像有一只大手，在这儿撕一块黑色，哪儿撕一块黑色，一块块的黑色聚集蒙住了大地，天瞬间就黑定了。李家堡村的文化广场，两道雪白的灯光直射到一面水泥墙上，有几个人站在灯光里，影影绰绰的，像幻灯片里的人物。

村街上出现一束刺目的亮光，原来是李文的妻子巧巧打着手电筒来了，她问了情况，撇了撇嘴，说：他们几户不收礼算了，先到我家去吃饭吧。就拽住谷水莲的手，亲得像姐妹一样。谷水莲推让说：不去了，我们回城还有急事哩。在车上取下了一份礼，硬塞给巧巧让带回去，说这份算是给老人拜个年。拉拉扯扯中，巧巧还是收下了。李文也说：到我家去住吧，明天再回城。张大鹏说：不了不了。

张大鹏在原地转了几圈说，胜利和贵生可能生我的气了，嫌我没给他们打招呼。李文，你把他们的电话号查查，我给他们打个电话说声吧。卷毛吃惊地睁大了眼睛，说张老板，咱白送礼还求他们？张大鹏说，身在屋檐下，不得不低头呀。李文就掏出手机，在灯光下查出李胜利和吴贵生的手机号码。先给李胜利打，通了，没人接，再拨，关机了。吴贵生的手机里回应“无法接通”。张大鹏心里陡然生出一种绝望的情绪，正如他做一笔大生意，谈得很好正要签单的时候，对方却变卦一样。

忽然，李文拽着张大鹏的胳膊来到麦草垛前，睁圆了眼睛问：

大鹏，咱俩关系咋样？答：铁。问：那你给我说说，你花几万元给乡亲们办年礼到底图啥？答：啥也不图。再问：那咋有人说你要当村长，有人说你要给你妈箍墓？答：有人可能还会说我要当国家主席哩，你相信吗？

李文倒吸了一口寒气；张大鹏叹息了一声，真想大哭一场。

沉默。

谷水莲“哇”的一声哭了起来，哭得像死了爹娘一样伤心，巧巧忙扑上前搂住她替她擦眼泪：甭难过甭难过，世上啥人都有哩，咱不和他们计较。我说不让他买啥年礼，现在的人为不下，他不听，在外面为挣几个钱，低三下四求人哩，回到家乡，也是低三下四求人哩，咱活得窝囊啊。谷水莲啜泣着，诉说着自己心里的委屈。仿佛受到感染，张大鹏喉管里也有了咸咸的东西，但他强忍着，没有让泪水溢出眼眶。

张大鹏问：我得罪谁了？

李文说：没有呀！

又问：我欠谁的了？

又答：没有呀！

又问：那乡亲们为啥这样对待我？

没有人回答。

张大鹏仰脸望着天上稀稀拉拉的星星，在心里说，多少年了，我一直想报答乡亲们，找不到合适的机会；没想到今年想表达一片爱心，却不受欢迎。他望着黑魆魆的村子，蓦然感到陌生起来，抹了把冰凉的眼泪，说回吧。于是，两辆汽车在黑夜里驶出了李家堡村。

从那以后，张大鹏再也没有回过李家堡村，即使老宅院长了荒草老房子倒塌。

树　魂

合搂粗，三个碗口粗的枝杈，枝杈上长出了新枝嫩叶，粗糙的树身上有锯过的痕迹，那是盗贼留下的。对，就是它，它就是原来生长在自家门前的那棵老槐树！不同的是，现在，它已被人砍去了头和胳膊，像从地里走出来的庄稼汉灰头灰脸，又似一位病入膏肓的老人，身上挂了二十多个葡萄糖瓶子，缠绕着一条条宛如蛇样的塑料管子，管子一头伸在瓶子里，另一头扎进纹路清晰的树皮里。五月的夕阳下，马万劳老汉仰起衰老的脸，踮起脚尖，眯着一双浑浊的眼睛，一眼眼瞅那发亮的塑料管子，想看看管子里是否还在输液，因为在村里的卫生室打吊瓶，他能清楚地看到液体像珍珠一滴一滴掉下来，从透明的塑料管流入自己的肌体，会有一种凉飕飕的感觉。老了，多打些吊瓶就好了。他用粗大的手摸着同样粗大的树自言自语道，像是对自己说，又像是在安慰面前的老槐树。

这棵老槐树原来生长在石沟村村北的山坡下面，准确地说，在马万劳家门前文化广场旁边的一个大石头跟前。它有两丈多高，虽然已有百年了，但仅剩下的几个枝干每年都会像大伞般张开，呈现出一个扇形，给南来北往的人撑起一片绿荫。村里的娃娃们还爬上爬下，在树上捉迷藏、掏鸟窝。人们说起石沟村就离不了老槐树，说到老槐树就知道它在石沟村。久而久之，老槐树就成了石沟村的地理标志，成了远近的一个景观。几年前，县林业局对古树名木进行普查，给老槐树挂上了一个保护牌，称老槐树已列入县上的古树保护名录了。那天，村里的老人娃娃都撵来看稀罕，因为他们不明白，一棵槐树在山坡下长了上百年，默默无闻，咋忽然间就成了宝贝，就成了保护对象。一位工作人员从汽车上取下一个木牌子，牌子上写着古树的名称和保护地点，临到写保护责任人，工作人员问村长李山娃：写谁？李山娃左右瞅了瞅说：把马万劳写上。就这样，凭着村长的一句话，站在李山娃旁边的马万劳和老槐树联系到了一起。李山娃之所以认为马万劳是保护老槐树的最佳人选，是因为马万劳家离老槐树最近，最方便保护古树，他也热心公益事业。加之现在年轻人都外出打工了，只把一些老弱病残和狗撂在了村落里，谁还管你对一棵树保不保护，操这份闲心哩。李山娃当了几十年的村干部，他知道凡上面安排的工作，重在落实；你落实了强调了，再出了问题，就有推卸责任的台阶和理由了。马万劳没料到自己能成为老槐树的保护责任人，他激动地直喘粗气，脸红到了脖子上，有了种受宠若惊的感觉。他和土地打了一辈子交道，在家里说话不算数，在外面没当过指甲盖大的官，他认为，虽然不拿一分钱的补贴，但村长能让他当树的保护责任人，是瞧得起他，是信任他，更是抬举他，脸上有光。他心想一定要把责任化为行动，把老槐树保护好，不能让任何人伤了老槐树。当时，面对着站了一圈的男女老少，李山娃手一挥，像在大会上讲话似的咧着大嘴面对群众说，从今天起，咱要重视政府的话，人人都要爱护古树，要把老槐树保护好。与其说他这是教育村民，不如说是对上级主管部门的一个当面交代，一个任务落实。

当了责任保护人，马万劳像小时候一样有事没事就给老槐树底下跑，去了就站在树下仰起脸瞅过来瞅过去，好像槐树叶变成了玫瑰花。树上哪怕有一只蚂蚁，他都要赶走，似乎怕蚂蚁咬坏了树。有人讥笑马万劳，真把村长的话当圣旨哩。老伴乔凤英也觉得好奇，说老槐树把你的魂勾去了，你成天给那儿跑啥。马万劳给老伴解释，自己是老槐树的责任保护人，怕有人伤树，最怕那些娃娃上树踩断了树股。他特别强调：老槐树现在受保护了。老伴却不喜欢他这一套说辞，嘴一撇说：现在的娃都忙着上学哩，谁还有工夫上树掏老鸹窝。你闲得慌去数狗毛吧。其实，马万劳尽职尽责还有另一层意思，就是想很快捉住一个伤树的人，那样就有机会给村长汇报了。树天天一个样，没有什么异常情况，他碰见村长说啥。当然，这个心思他不能给老伴和盘托出，老伴会认为他这是小题大做。后来，村上还用砖给树外面砌了一个护墙，似乎对保护古树有了真正的行动。可后来的事实证明，光靠挂个牌子把老槐树是保护不了的，砌个护墙也不行。

老槐树是古历二月的一个夜里丢失的。那天，刚从女儿家回村的马万劳听说老槐树叫贼偷走了，忙到大石头跟前看究竟。他看见，原先长树的地方只留下了一个圆形的大坑，坑有一丈多深，向外喷着一股子潮气，坑的四壁留有白生生的树根茬头，犹如人的血管，往外流着一滴一滴的“血”。坑里挖出来的土堆在大石头旁边，宛如一个刚刚堆起的坟头。他蓦然感到，因为老槐树的缺失，头顶上留下了一个巨大的空白。

很快地，土堆前聚集了几十个男女，他们在土堆周围转着看了，个个义愤填膺，咒骂着可恨的偷树贼。马万劳知道这棵槐树在乡亲们心中的分量，因为它曾救过石沟村人的命。1960年发生饥荒，人人饿得面黄肌瘦，头大腿浮肿，就靠挖野菜、采野果活命。山上的野菜、野果采完了，饿疯了的石沟村人把老槐树的皮都扒光吃了。

但光骂也不顶啥用。至于树的去向问题，当时村民们有许多议论，有人认为是树贩子偷了，有人认为可能是村上往上面要不来钱，瞒着群众把树卖了。据说，去年村长李山娃在村干部会上曾说，清水河的石桥快塌了，给上面说一百次也没人管，跑断了腿也争取不下资金，没钱维修，干脆把石沟村的老槐树卖了去。然而，那天在现场的组长马小兵分辩说：李主任是说气话哩，你们咋能当真。可不论怎么猜疑，与石沟村人朝夕相处的老槐树没有了。

那天，马万劳手里拿着一截新鲜的树枝，看见树枝头向外流着汁液，如人的眼泪，被胡子包围的嘴唇气得发颤。他的目光从新土堆上向四周延伸，看见原来挂在树上的保护牌，孤独地躺在旁边的大石头上，显得可怜而又丑陋。他长吁短叹说，这是一棵神树啊，谁偷了它，叫他狗日的不得好死，遭天打五雷轰。

马万劳之所以对偷树贼如此之恨，是因为他对这棵国槐树有着特殊的感情。有一年秋天，乌云笼罩了龙山，一条线的雨下了三天三夜，山洪突发，石沟村遭遇了前所未有的大水灾。眼看着乡亲们在雨中呼叫着、呐喊着一个个跑出了家门，上了山梁，马万劳老两口却陷进了泥水中，咋也跑不动，赶来救援的儿子荣生急红了眼，将他们推上了老槐树，这才躲过了一劫。打那以后，马万劳老两口就把老槐树当神敬。后来，每到过年过节有人就给树披红，上供品，在树下上香、烧纸，祈福、求财、求子，老槐树在人们的供奉和传说中变成了一棵能呼风唤雨的神树。

石沟村蛰伏在秦岭脚下的一条山沟里，三面临山，全村百分之八十为坡地。这儿缺女人，缺致富的门路，就是不缺树。这些年，生态保护的呼声愈喊愈响，通过退耕还林，山坡上一片一片的树林子形成了，可年龄最大最粗的却莫过于这棵老槐树。老槐树似乎适应了龙山的气候和土壤，形成了一个小气候，仿佛有了气场，常常是它一动，周围院里院外的树都哗哗地动起来，这些树有大有小，有核桃树、杏树、梨树、洋槐树，枝枝叶叶起起伏伏，就像绿色的海洋。海洋向外散发着一股香甜的气息，叫人闻着清新、惬意。

那天，马万劳把责任牌拿回家放在窗台上，说树没了，这成了念想了。老伴乔凤英说：那树又不是咱家的，看把你心疼的，操那闲心干啥。提起猪食桶回屋去了。马万劳挠挠后脑勺说：这就怪了，一夜之间，树就被人偷了。乔凤英走出屋给鸡撒了把麦粒，说这有啥怪的，不怪，斜坡村老温家头天给儿结了婚，第二天儿媳妇就失踪了。如今怪事多了。

据说，老槐树丢失后，村长李山娃当时就报了警，警察及时赶到石沟村对事发现场进行了勘查，给路上留下的车印子也拍了照。可抓得恁紧，几个月过去，案子也没有破了。

在异地和老槐树相遇，马万劳百感交集，心里有一种说不出的滋味。老槐树也仿佛见到了亲人，树杈上新生的树叶哗啦啦响起来，宛若在给马万劳招手示意，又好像是在求救。

发现了老槐树的行踪，马万劳抑制不住内心的激动，他忙掏出手机给组长马小兵打电话，说丢失的老槐树被栽在城里的一个广场上。马小兵好像也异常惊喜，说：好、好，我知道了。在马万劳的想象中，马小兵会立即将这一重大情况汇报给李山娃，李山娃会领警察来城里挖回老槐树，因为依他的理解，像被人贩子贩卖的人要解救一样，被偷走的树也应该回到原来生长的地方。

在老槐树的记忆里，它是那个晚上被运出山的。当晚，它正在休眠，听到有轰隆隆的声音传来，先是一台挖掘机和一台吊车开到了它跟前，后面又开来一辆长长的平板车，两个男人鬼鬼祟祟地左右张望，便拧亮手电筒指挥挖掘机开挖。它知道是偷树贼来给它下手了，但它没有能力逃脱。挖掘机伸开有力的铁爪在它身边刨了起来，刨着刨着就刨断了它的根系，发出了咔嚓咔嚓的声音。声音在深夜里响亮、刺耳。老槐树感到一阵阵的疼痛，因为那巨大的铁爪一爪爪挖在了它的命根上，挖断了它的血管，它能觉得有一股股的血汩汩往外流。它不知道这些人是怎么了，非要在黑夜里折腾它这棵近乎老朽的树，让它不能安生，但它没有任何办法。因为它是植物、是棵树，而折腾它的是动物、是人；树的命运由人摆布，人的命运由自己掌握。尽管它的根系扎在土里上百年，盘根错节像蛛网似的，但还是经不住铁家伙的碰撞，几经折腾，它就哗的倒了下来。两个人上前拿斧子、锯子，把它的主干和枝枝杈杈全弄掉，就将它吊上了平板车。那时候山村正在沉沉的大梦之中，没有一个人发现村里的树王被运出了山。赶天亮的时候，老槐树被拉到了一百公里外的城市里。

这座城市正在新建一个世纪广场，像其他地方一样，要给广场上栽植一些古树名木。似乎有了古树名木，城市就有了悠久的历史，就有了凝重的文化成分，也就有了原生态的意味。当然，光给广场上栽棵古树名木还远远不够，起不到红花要来绿叶衬的效果。于是，他们又购买了垂柳、白皮松、雪松、玉兰、樱花等花卉树木，栽植在老槐树的周围，起到众星烘托明月的作用。

一位戴帽子、穿橘黄色工作服的环卫工来到树跟前打扫垃圾，看见满头白发的马万劳痴呆呆往树上望，顿生疑惑。他笑笑问马万劳：在看啥？马万劳仿佛从梦境中醒了过来，叹息了一声，说：没看啥。打扫卫生的环卫工不会知道他的心思，他给环卫工说也没用。马万劳便坐在树下的石凳子上，朝周围打量起来。这个广场比村里的广场大二十倍；区别在于城里的广场上有喷泉、雕塑、电子大屏幕，还栽植有各类花草树木，而村里的广场是由打麦场变来的，只有一副破烂的篮球杆。湛蓝的天空下，人们在广场上游玩、嬉闹，马路上汽车川流不息，各种声音交织在一起，他觉得新鲜，又感到心里有一种莫名的烦躁。他看见那位环卫工一手提着簸箕，一手拿着笤帚，将树下一个个烟头扫进簸箕，远去了。他站起身，又瞅树身上的塑料管子，瞅得认真、专注。他这才看清塑料管上沾着一层尘土，里面根本没有液体流动。没药把瓶子挂在树上，顶屌用。马万劳在心里愤愤地骂了一句，又坐在了石凳上。手机哇哇哇叫起来，电话是儿子荣生打的。荣生说：爸，您跑哪儿去了？快回家吃饭呀！马万荣噢噢应了两声，便顺着广场西边的街道走去，往前走到一个十字口，再往南一拐，就到儿子住的小区了。他记下了。

马万劳老两口是几天前进城来看孙子的。儿子家住在三十层的高楼上，房间空间小，马万劳感觉压抑，闷得慌，儿子便让他去小区的广场遛个弯，说遛个弯呼吸些新鲜空气，把肚里的垃圾就排放出来了，叫吐旧纳新，对身体有益处。人老了，瞌睡少，马万劳每天早晨起床都要到文化广场去遛个弯，遛个弯他的精神头就好了，一天的心情也就好了。当天下午，老伴还在睡觉，他推也推不醒，就独自摸索着从小区出来去热闹的地方看景致，他搭眼看见那棵挂着瓶子的老槐树，就有一种似曾相识的感觉。

在饭桌上，乔凤英问老头到哪儿去了，马万劳就说了广场，说到了那棵老槐树上，并说那棵树像咱家门前的老槐树。乔凤英说：鬼话！我看楼下那棵软枣树还像在咱家后院里长过哩。马万劳知道那棵软枣树就栽在楼下的草地里，和老槐树同样没了头，像罪犯似的身上缠着草绳，用两根木头椽子支撑着，似乎怕它被风刮倒了。几天前，他跟老伴站在树前，为是不是软枣树还争论了半天。马万劳说：反正我看那棵树是从山里来的，我认得它。乔凤英不屑地说：在城里你去看看，像乡下东西的太多了，谁也不敢肯定。见老伴不迎合自己，马万劳恼了，赌气扔下筷子噘着嘴离开了饭桌。儿子荣生笑着说：爸，您也不能为一棵树不吃饭呀。

从此后，每天下午，马万劳老汉都要去世纪广场看那棵老槐树。每次去他先呆呆地站着瞅塑料管子里有液体没有，再打量树身有没有什么变化，树根处有没有浇过水，然后就用握了一辈子锄把的手在树身上抚摸。老槐树似乎是他的孩子，他要揣摩孩子的心思；老槐树似乎是他的父亲，他要知道父亲想说什么。凭经验他知道，树有一年的适应期，若一年能挺过去，就活过来了；但其间若受旱或水土不服，树就可能死了。人挪活，树挪死。大树搬家要保活，更不是一件容易的事。为此，易地移树，一般都要多带些土，为的就是能让树慢慢适应水土。他抚摸着老槐树，似乎找到了同病相怜的人，心里说：你老了，我也老了，咱都是不得已来到了城里，你可要躲过这一劫呀。老槐树好像听懂了马万劳的话，用哗啦啦的树叶声做着回应。

这一天，马万劳来到世纪广场上，又碰见那位环卫工在老槐树下打扫卫生，环卫工问：老哥，你天天站在这树下望啥？看蚂蚁上树哩？马万劳这才注意到，环卫工满脸皱褶，两颗门牙都掉了，年龄也在六十多岁了。马万劳笑眯眯地说：这棵树原来长在我家门前，我看看它活了没有。环卫工说：都生出叶子了，咋能不活，保准活了。马万劳以内行的口气说：那不一定，它现在生叶子，是原来的营养养着，一挪窝，就要脱一层皮呢。在与环卫工的闲聊中，马万劳得知对方姓姚，是从北山县来城里打工的。老姚摘下帽子在树上磕了一下，不解地问：你们的树咋能栽在这儿呢？又责备说：咋能把守村的老树卖了？马万劳无奈地长叹一声，给老姚讲了老槐树被盗的过程，又问树上为啥挂吊瓶。老姚狡黠地笑了说：这是给树提供营养。不信，你去看看，城里大部分没头的大树身上都挂着瓶子。我听人家说，管子里输的是营养药，树喝上能保活。马万劳问老姚一棵大树能卖多少钱，值得有人犯法去偷树。老姚说：一棵要卖几万元哩，是暴利。又告诉马万劳，听说方圆百里生长在村口、村街上，包括庄稼院里几十年的皂角树、国槐树都叫城里人抢购得差不多了；现在，树贩子的手都伸到深山里去了。马万劳听父亲说过，在树类中最长寿的就是皂角和国槐了。有皂角和国槐树的村子大部分是古老的村子，城市为显示自己古老，就要让它们装点门面。他心里忽然充满了愤懑的情绪，心想城市夺走了他的儿子、他的孙子，就连他家门前的老槐树也不放过。城里人咋就见啥爱啥呢？他百思不得其解。

马万劳是一气之下要回石沟村的。一天下午，他来到广场上去看老槐树，发现一大块树皮爹开了，看样子是被车撞的，树肉白白地往外流水。他感到心痛，便到附近商店买了胶带，像给伤员包扎伤口似的，把剥离的树皮粘在树上。心说老槐树不到城里来，咋能遭这罪。于是，他给马小兵打电话，问：警察到城里来没有？马小兵说：我给李主任说了，李主任给派出所也说了，警察不去咱有啥办法。马万劳听了这话，失望地哀叹了一声。此时，一辆拉水车开了过来，一个小伙子手拉黑色的软皮管子就给老槐树下跑。他双手捏着软水管给树屁股上一伸，捏压，一股子水就像射精似的喷了出来，水花子溅到了马万劳身上。马万劳哼了一声，嘴里嘟嘟囔囔走了。小伙子望着他摇晃的背影说：神经病。马万劳的耳朵却不聋，他回过头揶揄说：你们城里人才是神经病！

马万劳有一肚子的火没处发泄，回到儿子家，当即就提出要回石沟村。乔凤英说：刚来半个月你就要回家，急啥？我还没见上孙子的面呢。眼泪就簌簌地流了下来。马万劳说：你看城里好就在这儿往死里住，反正我要回家。荣生两口子看劝说起不了啥作用，只好遂父母的心愿。

其实，跟马万劳一样，老槐树在城里也不习惯，它也很想念家乡。因为山里的气候、土壤适应它，它也习惯于大山里的寂寞和清静。它以为，城市像一个巨大的吸铁石，吸走了农村的人才、农村的青年男女，也吸走了农村的土地和大树。虽然进了城，它被砍去了头颅和手脚，成了城市的风景，让城里人欣赏，开阔了视野，但它却失去了尊严。它像刚换上西服走进城市的农民工，尽管有过一时的激动和光亮，但昔日它的许多鸟类朋友不再来访，牛羊邻居不再从它身下经过了，城市给它的却是如梭的车辆、无尽的雾霾、烦闷的噪声和行色匆匆的陌路人，要适应城里的生活得有一个过程，要扎根城市也不容易。它在大山里生长了上百年，已习惯了山里的风雪雨霜；它是山里世事变迁的见证者和观察者，不愿意临老了迁往他乡，死了当个孤魂野鬼。尽管它心里有说不出的酸楚和无奈，但没有人的帮助，它却无法回到大山里去。

石沟村的人看见，一连几天，两鬓白发的马万劳站在自家门前的大石头旁发呆。他似乎在嗅闻着老槐树的气息，粗巴黑黢的脸紧紧绷着，像先前的老槐树一样饱经沧桑。

正值初夏时节，山岭上的山桃花开了，核桃树、板栗树发芽了，一阵风吹来，树枝摇曳，哗哗地响，像大海起潮一样，随之挟裹着潮湿的绿色的气流冲下山来，与山下的树木对话对流，融为一体。但现在老槐树没有了，气流便在村子里打着转儿，似乎在询问老槐树到哪儿去了。几只喜鹊飞过来，扑棱棱飞，要在老槐树上栖息，可发现它们平日里落脚的树不在了，便在空中盘旋着，发出叽叽喳喳的叫声，似乎在一声声喊，我在哪儿安窝？我在哪儿安窝？叫声里仿佛含着哀怨和恼恨。

一年后，马万劳到城里儿子家住，去世纪广场闲转看到了老槐树，老槐树已经枯死了，变成了植物活化石，但它的骨架像木雕一样仍倔强地矗立在广场上。

后来，人们发现石沟村原来长老槐树的地方又长了一棵镰把粗的国槐树，那是马万劳栽的。他说，老槐树虽然死了，它的魂还在石沟村，树和人一样也有魂哩。

三千元

申祥不经意间说了一句话，把事给惹下了。

那是初秋的一个晌午，日头白亮亮地刺眼，申祥端着茶缸子、哼着秦腔去村口的老槐树下转悠，一副慵懒的神情。绿荫参天的老槐树下是申家堡的信息中心，村里村外发生了什么新鲜事在那儿都能知道。当时，只有张万能和王二福坐在树下石头砌的台阶上闲扯淡，两人为什么事争得红脖子涨脸，见申祥来了，便噘起嘴缄口不言了。

一个留寸头、戴眼镜的年轻人手里提着公文包来到了老槐树下，热情地和他们打招呼，就挨着申祥坐了下来。年轻人自称从县城来的，要到申家堡搞调查研究，听听群众对干部作风特别是村上干部有什么意见。张万能会心地笑了，说：我咋就觉得你面生哩，你原来是领导，微服私访来了；又诡秘地打着哈哈说：谁能有啥意见，现在社会好的不缺吃不缺穿，只差政府给喂到嘴里了。王二福马上响应，站起来手一戳说：对对对，现在的干部好得很，经常下乡访贫问苦呢。我家的房子都是政府帮着盖的，不信你去看看。眼镜领导严肃地说：干部作风转变了，这是广大群众有目共睹的，但我们这回下乡来，主要还是了解群众对政府有没有意见和建议，想听听群众对干部的看法，说白了，就是干部是否有做得不对的地方。王二福问：给干部送礼算不算？眼镜领导说：这属于干部作风问题，算！王二福正要说话，张万能瞟了他一眼，王二福抿紧了厚嘴唇。张万能摘下亮光光的石头镜，用白衬衣的下摆很夸张地擦了两下，戴上，头昂得高高地走了。他的一只脚不偏不倚踩在王二福的脚尖上，王二福"哎哟"一声，尾随张万能也离开了老槐树。

老槐树只留住了申祥和眼镜领导。申祥望着张万能和王二福的背影消失在一堵土墙后面，长长地叹了口气。他欲站起来走，眼镜领导却拽住了他的一只胳膊，说老人家，甭急，再聊聊。申祥见眼镜领导还挺认真，便说他给干部送过礼。眼镜领导似乎一下子有了兴趣，让申祥讲讲。申祥抱着试试看的心理，说了几年前，他为早点拿到盖房补助款，给村长牛大宝送了三千元好处费的事。他想，看你是不是个金刚钻，敢不敢揽这瓷器活。

申祥没想到，这位眼镜领导还真是个金刚钻，当晚，村长牛大宝就把钱退回来了。

傍晚时分，申祥老两口正坐在院子吃饭，村长牛大宝笑嘻嘻站在了他们面前，态度好得比他儿子还亲。是村长，稀客呀，快坐下，快坐下。申祥的老伴余爱兰在惊诧之后，忙起身把一个小凳子递上前去。申家堡是个自然村，村长牛大宝家在村子北头，申祥家在村子东南角，因为同村不同组，加之身份有别，两家来往并不多。平日里，即使申祥偶然在村街上碰见村长，村长也是驾着小轿车呼的一声，就从他身边疾驰而过，他欲问候对方一句也来不及。村民都想和村长套近乎，没有机会。今天村长忽然出现在申家院子，余爱兰咋能不惊喜？牛大宝却没有坐，他说：我还忙着有事呢，说几句话就走。申祥问：啥事？牛大宝说：我给你还钱来了，他从衣兜里掏出一沓钱递到申祥面前。申祥手伸出来又收了回去。牛大宝把钱扔在了饭桌上，说：老申，邻里邻居的，你咋当王连举哩？你以为我稀罕你的钱，我不缺钱！唉，你这人，咋说呢。他拧身走出了申家的院子，前后不到五分钟。

牛大宝咚咚咚的脚步声远了，余爱兰似乎才缓过神来，问老头子，这是啥钱？申祥心知肚明说，这是那年咱家盖房，让他跑补助，请客送礼的三千元。余爱兰慌了，拿了钱便给门外跑，在村街上拽住了牛大宝的胳膊，说：大宝，把这钱拿上，你给咱办事不能贴自己的钱，你跑路还花工夫哩。就将那一沓钞票往牛大宝手里塞。牛大宝用一只大手捏住余爱兰枯瘦的手说：你干啥，叫我犯法呀，拿回去！余爱兰不再说什么，硬将钱塞进牛大宝的衣兜。牛大宝掏出钱摔在地上说：我不稀罕你的臭钱。转身离去，只将一个模糊厚实的背影留给了余爱兰。

申祥家的日子之所以和邻居差了一大截，不是他家的人尿朝天睡着不动弹，也不是他家的人爱生疮害病，而是因为儿子申福心太大造成的。和千千万万个农家一样，申家本来家底就薄，但儿子申福到南方打了几年工，将挣下的几万元钱带回来，没有还结婚欠下的账，没有盖新房，而是投资办起了养殖场，说是要投资赚大钱。申祥阻挡儿子，说不要冒险了，亏了咱挨不起。申福说牛大宝支持让干哩。镇上号召村村办企业，申家堡没有办起一家，牛大宝愁得屙不下，就撺掇他带头办。结果养殖场前两年赚了十万元，后三年亏了三十万，还欠了一屁股的债。申祥看着养殖场日渐萧条，憋了一肚子火说，这是上了牛大宝的当了。申福说：咱办企业办塌火了，怨谁？债主天天来申家讨账，有的索性逮哼哼叫的猪，捉扑棱棱飞的鸡，撵咩咩跑的羊。看着这些人像黄世仁一样穷凶极恶，申祥扑上前就要拼命，申福抱住父亲的腰说：爸，欠人家的账，人家爱咋弄咋弄，有我撑着呢，你甭怕！就这样，申福撂下烂摊子，领着媳妇外出打工去了。几年过去，等他两口子挣钱还完了旧债，似乎在一夜之间，申家堡几乎家家都盖起了新房，住土坯房子的只有申祥和王二福几家了。申祥老两口一年一年企盼盖新房，把眼睛都盼红了。

三年前的一个晌午，申祥从地里干活回来路过王二福家，发现这个游手好闲的老光棍也在盖新房，感到纳闷。王二福说：你以为我没儿没女就没人管了，是政府给我盖新房哩。眉宇间显出十二分的自豪，分明还包含着对申祥的嘲讽。申祥忙四处打问，才弄清像他家这样的贫困户若盖房，国家有专项补助款。他如获至宝，当下就跑到村小学，让李良老师以郑重的口气给政府写了申请，先让组长和亮亮签了字，后马不停蹄交到了村委会。半个月后的一天，镇上一位年轻人骑摩托车来到了申家，给申家的烂房子照了相，告诉申祥，款拨下来会直接打在粮补卡上，再不用管了。望着年轻人的摩托车呜地从村街上飞驰而去，申祥搓着手说，太阳要从西边出来了！

申祥是在万不得已的情况下给牛大宝塞钱的。

第二年开春，申祥拼老命一口气拆了自家的土坯房，将新房的主体盖起来了。在房子内粉时，手中却没一分钱了，申祥就想起了那笔补助款。他先跑到组长和亮亮家催，和亮亮说：这事你要去找牛村长，镇上的领导认得我是谁。申祥火烧火燎去找村长牛大宝，催一次牛大宝说甭急，催两次牛大宝说急不得，而申祥却急得像热锅上的蚂蚁，嘴唇上都起了燎泡，因为他家若给工匠付不了三分之一的工钱，工匠就死活不干了。无奈之中，一天晚上，申祥第三次去找牛大宝，牛大宝坐在自家软乎乎的沙发上，一只手拿着遥控器对着电视摁着说：现在的事不好办，都要打点呀，我去找镇城建干事，得给请一桌酒，挟一条烟；找分管的副镇长，得请喝一场酒，挟两条烟……眼巴巴站在一旁的申祥在心里算着账，说我知道了，就走出了牛大宝家的门。

申祥去问王二福如何把盖房补贴弄到手的。王二福平静地说：小钱换大钱。我给牛大宝塞了三千块钱。

三天后，申祥跟王二福一样拿三千元塞到了牛大宝手中，说牛村长，人情世故我懂。我知道你也忙，但你怎么也得抽时间给咱跑跑。我家等着鸡尻子掏蛋哩。牛大宝说：好，这两天我试着给你家跑跑这事。申祥千恩万谢了一番。果然，一个星期后，两万五千元的盖房补助款就打在了申家的粮补卡上。

村上享受盖房补助的不止申祥和王二福家，还有申安安等几户人家，事后申祥去问申安安领到钱没有。申安安说：我家的补助款早领了。你家只要符合政策，国家的补助是铁板钉钉，一分也不会少。咱请客送礼干啥？这是我娃他舅说的。申祥知道，申安安娃他舅在县上的一个单位当领导，说的话显然不会错。申祥有了被人诳了的感觉。

申祥忽然后悔当初不该给牛大宝投票让牛大宝当村长。村委会换届时，许多村民私下议论都不愿意投牛大宝的票，但张万能说：咱不投他投谁？咱把一头猪喂肥了，肥猪刚吃得少了，可要再喂一头瘦猪，瘦猪吃得还多。村民们勉强给牛大宝投了票。

实际上，申祥这次并没有想当王连举告发牛大宝，因为几年来，有村民不断地向上级反映牛大宝的问题，也没有人将牛大宝怎么样。他没想到，看不出，这“眼镜”还是个切菜的快刀！

在村街上受到牛大宝的羞辱，余爱兰气得脑袋嗡嗡响，像被针扎了一般，她返回自家院子便对老头发起了火，说都是你那臭嘴爱说话，这下把事惹下了。

申祥说：咋能怪我呢，只怪他牛大宝肆意妄为，不得人心，我才告他。

余爱兰说：邻里邻居的，祖祖辈辈在一个村里住哩，你把人家牛大宝得罪了咋办呀？

申祥气呼呼地说：咋办呀，他能把咱开除村籍？又说：他收咱的钱属违纪行为，现在中央反腐倡廉了，怕啥？办事不请客送礼，老百姓就不用花冤枉钱了。

余爱兰说：吃低保、要宅基地、给娃娃上户口、开证明、过红白喜事，哪件事能离开村长？你把人家得罪了，人家给咱找事的日子多着哩。

申祥说：我就不相信共产党的天能变了！

很快地，申祥告发村长牛大宝的事像一溜风在申家堡吹了起来，有人说：那次到申家堡来的眼镜领导是县纪委巡视组成员，是专门抓干部辫子的，在申家堡发现问题后，耀武扬威的牛大宝失急了，才主动给申家退了钱。有人说：因为退赔积极，镇上才没有抹了牛大宝的村长帽子，只给他一个党内警告处分。有人却称：申祥这人没良心，没有邻居情义。人家牛大宝为给他家跑盖房的补助款，和镇干部一天喝了三场酒，喝得都吐到镇政府门口的石狮子嘴里了。镇领导看他讲义气，这才提早把补助款给申家拨了下来，申祥还告人家的状，没良心，不够人。有人还称：申祥是看明年村上要换届了，成心找牛大宝的事哩，背后有人撑腰，有政治目的。甚至有人说：申祥早对牛大宝有意见，几年来多次到镇上、县上反映村干部的问题。这回带材料一次告到了县纪委，诸葛亮挥泪斩马谡，才有了镇上处理牛大宝的事。

面对褒贬不一的议论，申祥不为所动，但他明显感觉到，因为告发牛大宝，乡亲们和他拉开了距离，对他冷淡了。

原先，他端着茶缸子走在村街上、村口的老槐树下，邻居们就热情地和他打招呼，亲昵地拽着他聊天；而现在，乡亲们看见他，没有人主动和他打招呼了，他们站在不同的地方窃窃私语，朝他指指点点。他似乎犯了天条，变成了一个异类，成了一个怪物。

一天晌午，申祥像往常一样端着茶缸子去老槐树下转悠，远远地看见树下聚集了不少人，他们在一块说说笑笑，可他一走近，那些人却像避瘟神一样“呼啦”一下全走散了，个个脸上呈现出惊恐之色，似乎离开晚了，就会染上艾滋病。陡然间遇到冷漠，让申祥很寒心，他弄不明白他到底得罪谁了？他拽住正要起身的张万能，说你走啥，几十年的老伙计了，咱说说话。张万能却挣脱了申祥的手，脸上显出难堪的表情说：我……我家有事……申祥说：咱们那天可是一块儿在这棵树下坐过的，你也碰见那眼镜领导，你说是我找他，还是他找我？似乎只有追究下去，才能找到这件事的罪魁祸首。张万能卸下他的石头眼镜，尿泡脸涨得通红：我……我不知道……站在旁边的王二福龇牙咧嘴说：就是你给领导告的状嘛。申祥火从气来，蓦然感到额头的血管在突突跳，他骂了句舔沟子货，就用茶缸子向王二福砸去。王二福抹了把脸上的茶水，像一只疯狗扑了上来，被邻居们拉住了。

几十年没跟人吵架了，为了一句话差点还和人打在一起，申祥感到既可气又可笑。他不理解，现在这社会是咋了，没有一个人说真话，他说了真话邻居就这样对待他。他忽然感到，自己陷入了一张无形的是非网罗里，但他却看不见、摸不着。

老伴埋怨，村里人不理解，使申祥陷入孤立的境地。他希望有人在这件事上说句公道话。每每在地头、村街上或老槐树下，碰见一个人，他就向那人解释事情的原委。说我早知道那人是巡视组的人，我还不说呢。起初，对方听了都对申祥表示惋惜和同情，说老汉上了领导的当了。后来，有人听了表情冷漠，像听申祥在说别人的事；再后来，有人就会不屑一顾地问申祥：你去县上告状了就告状了，老实交代算了。有一种 “文革” 年代诱供的味道。申祥觉得他比窦娥还冤，即使有一百张嘴也说不清了。于是，申祥每每走在村街上或别的地方，就会像祥林嫂一样逢人便说：人心叵测，人心叵测啊！

申祥去地里干活，在村口碰见了村支书汪得义。汪得义家住五组的低凹村，当支书已有二十多个年头了。申祥觉得肩宽腰圆、一脸憨相的汪得义是个敦厚人，他拉着汪得义的手，将他怎么碰见眼镜领导，怎么说的学了一遍；末了说：我不是故意想告牛村长，是让那人逼的。汪得义哈哈大笑起来，他摇着申祥的手说：老哥，现在和先前不一样了，中央对干部作风要求越来越严了，处理对大宝有好处。又说：关于这件事，没人怪罪你，你不要此地无银三百两呀。

然而，就在申祥从汪得义的话里找到心理平衡的时候，老伴余爱兰和他发生严重的分歧。余爱兰认为，既然已经拿到了盖房的补助款，就不该告牛大宝。县上的领导撂一句话，沟子一拍走了，可牛大宝和咱在一个村里住着哩，咱迟早要遭打击报复，到那时候后悔就赶不上了。申祥说：他牛大宝拿的是咱的钱，给咱退了，咱有啥错？

申祥尽管坚持自己没有错，但面对家庭的压力，他还是有些喘不过气来。半个月来，余爱兰几次把钱摔在地上，要他给牛大宝退回去，说咱家再穷，也不落告人状的话柄。而每次申祥都说，好马不吃回头草，我决不给牛大宝退钱。可余爱兰几乎每天都在唠叨三千元钱的事，因了这三千元钱，搅得申家鸡犬不宁了。一天，申祥刚扛着锄头从地里回来，余爱兰紧跟其后，像老鼠出洞似的探出头朝左右望了望，咣的一声关了大铁门中间的一扇门，又不依不饶说起了给牛大宝退钱的事。申祥听着听着气就不打一处来，他躁呼呼地说：他本来拿的就是咱的钱，凭啥给他退？余爱兰说：给人家了，人家也给咱把事办了，你要啥钱？为人不容易哩，你要这钱干啥？又骂老头：你真是个一根筋。说着就从衣兜里掏出了那一沓钱，再一次摔在了地上。申祥抱着头坐在板凳上俨然是一尊泥塑，不吱一声。余爱兰像哄孩子一样又对老头说：咱错了，你就去给牛大宝赔个情吧。申祥扬起头说：我明明是对的，为啥要服输给他低头回话？余爱兰的嘴唇像寒风中的树叶抖动起来，说那咋办？看到老伴可怜巴巴的模样，申祥气得双手打战，一张瓦刀脸也变了形，说你咋成这样了？又跺着脚感叹：世道真是瞎了！

吵声惊动了一墙之隔的申安安，申安安推门进来，见申祥老两口一个痛哭流涕，一个仰天长叹，忙捡起地上的钱，将申祥推进了屋。申安安劝道：你老婆说的也是。咱身在屋檐下，不得不低头，加之邻里邻居的，低头不见抬头见，你咋能告人家牛大宝，以后叫申福咋活人呀！

夜里，老两口在炕上像鸡似的啄仗，各执一词，各自都有各自的理。三千元像臭狗屎，粘在了申祥身上，又像烫手山芋，烫得申祥异常痛苦。申祥清理思路，忽然觉得他和老伴吵架的根源在眼镜领导身上，若是他那天不来申家堡，哪儿有这些麻烦事。于是，申祥骑着自行车到三十里地外的县城去找眼镜领导发泄怨气。原来，眼镜领导叫谷子良，是县纪检委监督室的主任。申祥气呼呼地说：你这小伙子办事差劲，我给你反映问题，你咋能告诉村干部？谷主任嘿嘿笑了道：我不说明，他的钱退给谁？申祥说：我给你说了一句话，叫村人的唾沫星子都差点把我淹死了，人家打击报复咋办？谷主任站起来嘭地拍了下桌子：他敢！

儿子两口子在外打工，孙子住在学校读书，平日家里只有老两口，老两口却因此闹了别扭。两人一整天都不说一句话，偌大个房子像坟墓似的，没有一点声响。申祥憋不住了，就没话找话和老伴说，可一说就说到牛大宝和三千元上，老两口就吵在一起。每当吵过架，申祥都要给儿子申福打个电话，问他啥时候回家。儿子有两年没回家了，孙子也想念他爸。但申福似乎并不想念孩子，每次接电话，回答几乎都是那一句话：过年就回来了。

其实，申祥希望在外打工的儿子早点回家还有另一层意思，就是能帮自己说服他妈。似乎只有儿子回家，才能解开他们老两口心上的疙瘩。因为申祥相信，走北闯北、见多识广的儿子一定能肯定自己的正义行为。儿子现在是申家的家长，只要家长说一句话，老伴保准信服。

在苦苦的企盼中，腊月二十那天，儿子两口子背着大包提着小包走进了家门。当天夜里，申祥便急不可待地将自己如何给牛大宝塞了三千元钱，碰到眼镜领导如何说了这件事，牛大宝如何给他家退钱的事说给了半躺在热炕上的儿子，等着儿子公正的裁决。申福美美吸了一口烟吐出来，又吸了一口烟吐出来，脸上没有一丝表情，后猛地坐起来望着父亲说：泼出去的水咋能收回来？爸，你得罪了村干部，咱家以后咋办呢？申祥张开了嘴要解释，申福下炕回到自己屋里去了。

儿子的话让申祥透心凉，但他不怕儿子，怕的倒是老伴和儿媳。因为老伴为此事一直和他争吵不休，整天嘴里嘟嘟囔囔，似乎是一只母鸡，随时有和他啄仗的可能。儿媳李玉花得知这件事后，嘴鼓着不说，可行动上不是摔碟子就是摔碗，也从不去灶房帮婆婆做饭，好像她和这个家庭没有任何关系似的。有一天早上，余爱兰到灶房做饭，看见头天夜里吃了饭的锅还没洗，说了几句怨气话，李玉花就撵上去和婆婆弄事，顶得婆婆不住地抹眼泪。申祥听见了上前劝说，李玉花眼珠子一翻，说驴槽多个马嘴，你爱管闲事，再去告我的状，让你儿来收拾我呀！申祥气得浑身哆嗦，紧了紧棉袄出门去了。

一个星期天，申祥的外甥张峰来看望舅父，张峰在市里的一个部门工作，是最让申祥值得炫耀的外甥。家里常常有事儿子若举棋不定，他都要对儿子说：去问问你张峰哥，看他咋说。通常外甥都会站在他的立场上。当日，忧郁中的申祥像看到光明似的，就将牛大宝退钱的事说给了张峰，希望得到外甥的肯定和支持，可这次令申祥失望了，外甥张峰竟没有支持他的正义行为。张峰说：舅，你老了，和人家斗什么，上面千条线，底下一根针，啥事都要从村长这针眼里过哩，村干部咱可得罪不起呀。

腊月二十三那天，申福背着父亲给牛大宝他们请客赔罪，叫牛大宝时牛大宝怎么也不愿意去。牛大宝说：上面现在抓干部作风抓得严，你爸再举报了我，这破村长我就彻底当不成了。申福说：我是我，我爸是我爸，各人是各人的事，我请你们喝酒与他无关。申福就拉拉扯扯将牛大宝拽走了，还叫了汪得义、和亮亮、村会计及妇联主任。在酒桌上，申福的话说得好，说是出门七八年了，他不在家，村干部替他家操心了，他请父母官吃个饭表达一下心意。他先自觉干了三杯酒。村干部们见申福心诚，都放开手脚喝了起来。申福给牛大宝敬酒的时候说：我爸老糊涂了，说漏了嘴，大人不记小人过，告你的事你就不要记在心里了。牛大宝扬起脖子嗞一声喝了酒说：我知道，他是个棺材瓤子了，我咋能和他计较。告我一状，我不照当村长。大家附和说那是那是。

那天晚上，大家在镇上的“君再来”酒店喝得非常高兴，后来又去卡拉OK唱了歌，去浴足堂洗了脚，花完了三千元钱还不够。

申祥得知儿子给村干部请客的事，把肺都气炸了，他用颤抖的手指着儿子的鼻子骂：败家子，社会风气都让你们这些人搞坏了。

申福说：我们常年不在家，靠邻居照应你们。为了家里人好，咱服个输，说个软话把啥少了？

申祥说：咱的钱送给牛大宝，牛大宝给咱退了，你又拿这钱给他们请客，过来过去，还不是用咱的拳头捅咱的眼窝！

申福说：现在的社会，你只要和村干部搞好关系，各种补助就有你的了。

申祥说：政策内的事村干部就该办。

申福说：现在应该办的事多了，但是你不打点、不送礼，事就是办不了或迟迟不办，你有啥办法？咱花了三千元，争取了两万五千元，刨过还落两万二，不少了。我同学在李家塬村当书记，花钱报一个项目，上面给三十万元，结果上面的补助资金拨下来，层层吃过水面，他领到手只有十二万元。这样的事见多不怪了。

申祥无言以对。

当天申祥走出门去，看见天空中飘起雪花，那雪花像棉絮一样大片大片落在地上，地上很快就变得煞白，白得刺眼。他在院子里愣怔了半天，长长地叹息了一声。

盖　房

一

郭致远想在眉坞县老家盖一套房，盖房不是他和妻子孩子住，要让年迈的父母住。

郭家住在黑凹村村西的街上，原来一家七口人挤在老宅院的三间瓦房里，后来，致远兄妹五个结婚的结婚、出嫁的出嫁，有了各自的家庭，就都离开了老宅院。老宅院就只有年迈的父母留守了。

郭致远父母住的房子是人民公社化时期盖的。那时候，生产队没有解散，家家都靠挣工分过活，缺吃少穿为普遍现象；但谁家如果盖房，就是天大的事，除过邻居放弃挣工分来帮忙，亲友更是全力以赴，不计任何回报。郭致远记得，当年他姑家盖房，他爸没少帮着干活。他家盖房，他姑夫、他舅天天来帮忙，从挖地基起，泥里水里就干了一个多月。架梁立木那天，谁也没给谁打招呼，几乎村里的壮劳力都涌进了院子，和泥的，拌灰的，垒墙的，抬檩的，扛椽的，没等到晌午端，在叭叭叭的鞭炮声中，立木就完成了。虽然帮忙的和匠人均吃的是芽芽麦磨的面，抽的是两毛九分钱一盒的“大雁塔”烟，但在邻居的你帮我助下，三间土木结构的新瓦房终于还是盖起来了。那天晌午，郭致远他爸郭志义一屁股坐在院子椿树下的石头上，吧嗒吧嗒连抽了十二锅旱烟，将烟锅在鞋帮上磕了磕，似乎要磕掉几个月忙碌留下的劳累，末了，他黑瘦的脸上呈现出少有的欣喜，站在高大敞亮的新房前感叹：住新房了，我家住新房了！是啊，在关中农民的心目中，盖房、给儿子结婚和安埋老人是一个人一生中最大的事，在艰难的日子里，雄心勃勃的郭志义完成了头一桩大事，他怎么能不激动万分呢。半年里，郭家都充满了喜气。

这是几十年前的事。可如今，郭家的大瓦房陈旧了、落后了。在解决了吃穿之后，农民有了钱，家家都把钱花在了建设上，不是拆了旧房盖新房，就是拆了平房盖楼房，房子的内部设计也一改原先的“一明两暗” 格局，变成像城里人住的单元房，卧室和客厅分开，增设了卫生间，将吃、住、洗澡集中在了一个屋檐下。还将院子用水泥硬化，栽植了花草，围墙一律用砖砌成，门楼上贴了瓷砖，安上红色的大铁门。邻居一座一座新房矗立起来，包围、挤压，郭家的瓦房就显得更陈旧、破烂。特别是他家的院门，虽然门扇是木质的，当年是村里最高大、最威武的，而现在却像一个风烛残年的老人，吱吱咯咯在摇晃了。

听儿子说要盖新房，郭致远他妈直摇头。有一天，当儿子从周原市回家，再一次坐在她的身边提起盖房的事后，她劝道：盖啥哩，甭盖了，我和你爸都八十多了，能活几天？我们在这老屋里凑合几年就算了，盖房要脱一层皮哩。老人说得对，因为在上一辈人的记忆里，要盖一次房，提早几年就要勒紧裤带攒粮、攒钱、备木料，动工后还要打墙、打土坯；主人有操不完的心，干不完的活。一代又一代的农民虽然将盖房当作人生的一件大事来办，但它也是一件劳心劳力的事啊！

郭致远笑着对他妈说：正因为你们年纪大了，才要住新房子，享几天福。妈，您别管，盖房是我们的事，盖好您住就是了。现在盖房主要是攒足钱，不像原来了。他妈听着像小孩子一样兴奋地问：那啥时盖呀？郭致远说，咱明年开春就盖，盖得宽宽敞敞，要让您和我爸住得舒坦、开心。他妈瘦削的脸上绽出了笑容说：好！妈住了新房，争取给咱多活几年。郭致远知道，其实老人早就希望住新房了，只是不好意思在他面前说罢了。郭致远记得有多少次，他回到家中适逢有鞭炮叭叭叭响起来，他妈都要问：这是弄啥放炮哩？他爸常常就会不耐烦地答：是盖新房哩，给你说过多少回了，你咋老记不下。新房好呀，他妈感叹道。就要长长地叹息一声，就要到盖新房的邻居家参观参观。有一次，郭致远回到家，院门上着锁，他撵到刚刚盖过新房的邻居二旦家，只见母亲拄着拐杖站在二旦家水泥打的院子里，在夕阳的余晖中，手搭凉棚，眯着一双浑浊的眼睛，正瞅着面前新盖的贴着白瓷片的二层楼房。随后又踮着小脚，一步一步走上前去，用树皮一样的手，一遍一遍揣摸那光洁漂亮的塑钢门窗，并瞅着安窗师傅将一个窗扇推来推去，苍老的脸上显出少有的惊奇。郭致远没有惊动老母亲；但是，当老母亲这一系列的表情和动作映入他的眼帘后，热泪涌出他的眼眶。他心里忽然有了一种愧疚感：父母亲老了，要赶快让他们住上新房。

郭致远要给老家盖新房，妻子王玉梅起初坚决不同意，她说：他婆他爷三个儿哩，难道只有你一个，凭啥非要让咱盖房？郭致远说：你没看老人家住的是危房，咱要给老人改善改善居住环境啊！王玉梅说：老大老三家日子不差，住的都是楼房小院，他们为啥不把老人接过去住几年，要让老人住在烂房里受罪哩？郭致远知道妻子是刀子嘴豆腐心，常在家庭事务上发牢骚，但她心地善良，往往还是妥协于他。他就进一步给妻子做思想工作说：孝敬老人是个人的事，咱不能和别人争多论少。加之我是在外工作的干部啊，咋能和他们一个认识水平，你说是不是？玉梅看着丈夫一脸的真诚，说：你们这些文化人，心太软，可你只怕别人笑话、爱面子，别人咋要里子哩。末了还是勉强答应了丈夫的想法，说：我依了你吧，权当再心疼你一次。郭致远夸奖说：真是个好老婆，会体贴人。他一时激动，竟上前在妻子的脸上亲了一下，这才忽然发现，妻子昔日光洁的脸颊已变得粗糙，头发里多了缕缕白丝。

二

盖房的事总算定了下来，可怎么盖？由谁盖？又成了一个问题。这些年，随着大批的农村青年外出务工，只有中老年人和妇女留守在家，乡间劳力严重缺乏，现在村里谁家死了人，连抬“八抬”的人都凑不齐了。如今盖房指靠不上邻居帮忙了，都是包工队在干，包也分全包和半包，全包就是包工包料，花钱自然多一些，半包就是只包工，不包料，能省些钱。采取哪种包法，当然都是根据自家的经济状况而定。郭致远两口子商定，采取半包的方式盖房。但半包自己就要挖好房基，购回所需材料，也得几个人来帮忙，给帮忙的人得管饭、供茶水，每人每天还要发一盒烟。就这，邻居还得换工，才有人肯来帮忙哩。玉梅愁的是，家里只有年过八旬的父母，她又在镇上开店，虽然受些麻烦来回跑能解决帮忙人的吃饭问题，可人力的问题咋办？在外工作的人，大都没换下工。

郭致远说，包出去盖房用不了几个人，我就不相信我的威信能差到没人帮忙的地步。至于包工的人，郭致远说，我看就三娃和宝利找几个干吧，反正找谁都花钱，肥水不流外人田。

三娃是郭致远的妹夫，宝利是郭致远的表弟，两人都是瓦工，凭着好手艺走南闯北十多年了。应该说，盖民房对于他俩来说是小菜一碟。

过年期间，郭致远就将准备盖房的想法给三娃和宝利说了，三娃只是笑了笑，宝利打趣道：你早该让我舅我妗子住新房了。郭致远给岳母家拜年，喝酒时，对娃他大舅立民说：哥准备给家里盖房呀，到时候你开你的车给咱运料。立民是去年刚买的“时风牌”三轮汽车，拉沙石最多可拉五吨。立民仰脖将一杯酒干了，说：你盖那么多房吃房呀？我家房漏得像筛子，连翻修的钱都没有哩。你干脆献个爱心，把盖房钱借给我用算了。郭致远难堪地端起又一杯酒说：老人没地方住呀。就把话岔开了。郭致远的岳父打圆场说：你姐夫是尽孝哩。他在市里上班，来回奔波，每个星期要跑一百多里，你们不知道他多辛苦，你只知道钱钱钱。

当晚，按照王玉梅的提议，郭致远骑摩托车带着妻子又回到黑凹村，请大哥和三弟喝酒，商量盖房的事。

郭家兄弟三个，老大郭致理在家务农，老二郭致远在周原市教书，老三郭致安在外打工，平常各忙各的，难得有掏心交流的机会，更别说开怀畅饮了。坐在共同住过的老土屋里，用着陈旧的家具，头顶虽然灯光灰暗，但过年的喜气依然浓烈，兄弟三人先碰了三杯，屋子里的气氛顿时活跃起来。郭志义腰更弯了，靠着土墙看着儿子们商量盖房的大事。本来他应该和儿子们坐在一块，可他说，我不喝酒，菜也咬不动了。老婆盘腿坐在热乎乎的炕上，身后墙上贴着大红“福”字，她笑眯眯看着坐在一起的三个儿子，说：少喝酒，多吃菜，多吃菜！郭致远仿佛没听见母亲的话，他仍在给大哥和三弟续酒，几杯酒下肚，兄弟三个脸红身子热，话也越说越亲。兄弟之间昔日的矛盾、隔阂好像被酒精一扫而光。喝酒喝到高潮，郭致远就将盖房的计划说了，还解释：这几年在外面忙，没顾上家，让父母一直在老房子里住着，我心里很不安；老房子当初分家分给了我，我现在有责任为老人盖座新房子。郭致理只是用筷子夹着咬一口满嘴流油的大肉片子，没有接话。郭致安自给自倒了一盅酒，喝干了，说：二哥给父母盖新房是好事，我双手赞成！可盖三间平房，按现在的造价，也得十多万元，这笔钱咋弄？不等郭致远回答，郭致理咂了咂嘴接茬：我想钱不成问题。你二哥胆子小，拉账盖房他不会干。郭致安“噢噢”两声说：我两个娃上学，花钱就像鸡沟子掏蛋，咋也接不上。没办法，过不了几天，我两口又得到东莞打工去，这是回家时给人家答应的，就帮不上家里的忙了。又说：我正月十六走，在这之前还能干些活儿。

王玉梅又将一个炒豆腐端上来，忙给大哥三弟续上酒，兄弟三个“咣” 地碰杯又喝了。郭致远对郭致理说：大哥，老三指靠不上，这次盖房还要你给咱多辛苦哩。你盖过房，对工序熟悉，和邻居关系搞得好，多给咱操些心。郭致理将一片肥肉塞进嘴里咬，咬了半天，咽了说：咱包出去了，平日也用不了几个人，有我和咱爸搅后手（干家里的活儿），不怕！老大这么一说，等于来了个总结表态，郭志义脸色立马好了：没问题，有你大哥的这句话，盖房你就不用多操心了。

多喝了几盅酒，当晚郭致远睡得特别踏实，半夜里，有人推醒了他。他睁眼看，台灯还柔柔地发着亮光，王玉梅正手撑着脑袋，侧身看着自己。郭致远问：你咋还不睡？答：睡不着。问：盖房的事安排妥当了，还有啥操心的？王玉梅说，几年了，兄弟三个都没围在一个桌子前吃过饭，没想到，今晚上一说要给老人盖房，老大老三态度转变那么大。末了感叹：总是咂一个奶头长大的，血脉连着哩，还是兄弟们好！郭致远将妻子搂在怀里说，是你的主意好！

三

给兄弟亲戚都打过了招呼，说干就干。正月初六，郭致远打电话叫来了妹夫、娃他舅，大哥和三弟也一起上手，先将老屋里的家具搬到暂时住的两间小平房里，清理了杂物，用两天时间，就拆掉了三间旧瓦房。正月初十，从齐家寨叫来了一台挖掘机，只用了三个小时就挖出了地基。

照规矩，地基挖好后，要再砌五十公分高的墙，打上地圈梁包工队才接手。打地圈梁主要是为防地震，但打地圈梁至少得五吨水泥，还有钢筋、沙子和石子，这些都不怕，怕的是用人多。搅拌机一转开，就立即得将混凝土用完，不敢耽搁，延长了时间凝固就会出问题。王玉梅不主张打地圈梁，理由主要是费力费时，而花钱找民工别人笑话，靠邻居帮忙没人帮，那样人就丢大了。郭致远说：不怕，我去给咱叫人，咱给他们开工钱。王玉梅说：你几十年不在农村，不和乡邻打交道了，你能叫来几个人？你出钱他们还不一定来呢，另外，我也不愿意让你低声下气去求人。再说土墙还耐三十多年哩，咱盖的是平房，不打地圈梁它就能塌了？算了，不打省时省力。经过一番争论，最后郭致远还是听了妻子的话。

五十公分高的墙是三娃和宝利砌的，仅仅用了两天时间。第二天中午，摆了三个桌子在院子吃饭，郭致远端着酒和帮忙的人碰杯。到了三娃和宝利跟前，多碰了两杯说，自已人有手艺就是方便，接下来盖房就要靠你俩抡瓦刀呢。三娃笑笑说：给老人盖房哩，那没啥说的。宝利则说：咱干的是下苦活，就这，有些人请咱还不一定去挣他的钱。老表盖房，随叫随到。邻居长娃说：郭老师，因了这句话，你和你两个兄弟也得再来一杯。好好好，再来一杯。郭致远说。在大家的起哄声中，郭致远又给三娃宝利倒了酒，三人碰过一块干了。

晚上，累了一天的王玉梅腾地一下坐在床上对丈夫说：这下地基砌好了，你赶紧给咱买砖，砖还不够哩。要盖房，郭家其实只有一万块砖，远远不够。那是二十多年前，郭致远还在县上教书，有一天下午，他回家刚走到村口，碰到满脸灰尘的邻居长娃，长娃忙跑上前接过他递上去的纸烟问：兄弟，你要砖不，我这有一万块砖卖给你。又说他在三组的砖厂干活，砖卖不动了，砖厂发不出工资，老板就拿砖给他们抵工资。可他家现在不需要砖，急用钱，想找个人把砖卖出去，也找不下人。郭致远问：多钱？长娃说：我不加一分钱，厂里给我七百，给你也是七百。郭致远当即掏七百元递给长娃。长娃感激得流出眼泪说：兄弟，你给哥解了急了，砖卖了，娃就能上学了。在最困难的时候有人帮一把，人往往最容易将帮忙的人记在心里。当时买砖，郭致远两口子就动了盖房的念头，结果一拖就过了几十年。今天妻子又提到买砖，郭致远得意地说：砖你不用愁，我已给张龙说了，拉他的砖。

张龙先前当过包工头，如今在李家崖办砖厂。那是去年冬季的一天中午，郭致远在齐家寨街头转悠，一辆桑塔纳轿车忽然停在他身旁，他扭头看，车窗的玻璃摇了下去，露出一张熟悉的脸。这不是老同学张龙吗？张龙穿西服扎领带，大背头梳得溜光，大冬天还戴着墨镜，笑嘻嘻望着他。张龙递出一支“中华”牌香烟，两人就热乎乎聊起来，张龙得知郭致远想给老家盖房，就说：砖我给你包了，加运费一千砖二百元。郭致远没想到运气这么好，激动得手都在打战，忙说：好、好，谢谢老同学！王玉梅听了丈夫碰见张龙的事，说：既然人家给咱应承了，你就该给人家留几个订钱，要不，现在盖房的人多，二百元就买不下砖。郭致远自信地说：我当时让过人家，人家说，钱他不缺，咱啥时动工，打个电话就行了。张龙是个仗义的人，老同学绝对说话算数。王玉梅说：现在砖价都涨到三百多元了，张龙心里还是有你这个同学哩。郭致远说：可现在还得等，砖厂没开工哩。王玉梅说：等就等，事都安顿下了，不急。

四

第二天，郭致远坐班车到周原市上班。这期间，他不时地给父亲打电话，让将砌好的墙养护好。每次郭志义接电话，都会用苍老的声音答：好着哩，你不用操心！

一晃半个月过去，看着城市公园里花红草绿，塔吊在一个个高楼上动起来，郭致远就想起自己要盖的房。在王玉梅的催促下，他给张龙打了几次电话，张龙先是说快动弹开了，动弹开了，后称砖是烧开了，正在给急用的客户送。张龙对郭致远说：你怕啥，答应你的砖少不了一块。郭致远又给三娃和宝利各打了电话，再次叮嘱盖房的事，他说：兄弟，你放心，工钱不会少你一分。主要是让你俩给咱干，你能给咱操上心。三娃嘴里哼哼哈哈。宝利说：哥，你赶紧拉砖么，没砖拿啥垒墙？

又过了一个星期，郭致远等不及了，当天一下班，便急匆匆坐车赶回齐家寨。他刚一进门，玉梅就埋怨，你咋不急哩，没看都到阴历二月了，砖咋还拉不下。郭致远说了问张龙的情况，玉梅说：我让你给人家先给些订钱，你不给，能拉上砖才怪哩。郭致远说：老同学能哄了我？人家给咱优惠价，迟一点也无所谓。玉梅说：是无所谓，可你到时候让谁盖房，等你把砖拉回来，村里连鬼大个人都找不见了，你寻谁干活？郭致远说：我给三娃宝利他们说好的，他们能变了？玉梅说着气就上来了：你迟迟动不了工，人家在家干等？人家还等着挣钱呢。说着说着两人就吵了起来，玉梅又提起当初不让盖房，非要盖，现在砖买不到，干活的人定不下来，把人撂在半道上咋办呀！听了这话，郭致远就心烦气躁，他说：你别提起箩儿斗动弹，咱只说盖房的事。你盖你盖么，你有本事你盖。玉梅不满地说，屁股一拍出门而去。

郭致远骑摩托回到老家，走进院门，只见老父亲正站在老房子前，望着残垣断壁发呆。从母亲的口中他才得知，三弟两口子早已打工去了，三娃在县城一家建筑工地干活。宝利来了两次，看动不了工急得直跺脚，也到西安干活去了。郭致远看着院子里堆满的旧砖瓦、旧木料，新砌的半截墙，心烦意乱，叹息了一声。次日一早，他便骑摩托驶向李家崖砖厂探究竟。到了砖厂，看见一辆汽车正停在轮窑前，一男一女两个中年人正给车上装砖，有人从窑里向外拉砖块，新烧的砖在窑前码了几十垛。一个胖子站在汽车上喊，装快些，装快些，我今天还要再拉一回哩。拉砖的汽车一走，郭致远忙上前去，给一名出窑的男人递支烟问，最近砖紧张不？男人喘了口气，抹了把脸上汗说，你想买砖，没货。郭致远指着旁边的砖垛说，这不是有砖么。男人说，那是人家订下的，收过钱的货也供不上呢。

看来一两天是拉不上砖的，郭致远感到一丝失望，不知所措。回家吃午饭时，他忽然想到了本村的发小李文义，便到村子东边去找李文义讨主意。李文义刚从地里干活回家，满身的尘土，看到郭致远来了，热情地取烟、泡茶。两人坐在院子里说了几句家常话，郭致远就将他咋想给老人盖新房，张龙咋应承的砖，三娃宝利咋答应干活等来龙去脉学说了一遍。李文义细细听着，不停地点头，末了说：买砖的事另想办法，张龙靠不住。郭致远问：为啥？李文义说：市场上一千砖都卖到三百二了，二百元他能卖给你？加之你又没给人家定钱，能把人家固住？郭致远说：张龙是他高中的同学，不可能骗他。李文义说：不是骗不骗的事，关键是现在货紧，他就只能认钱不认人了。关于干活的事，李文义埋怨说：你咋能指靠亲戚，越是亲戚，将来话越不好说，算工钱时你给他算多了，你不悦意；算少了，他嫌吃亏。亲戚的面子抹不开，有气都窝在肚里，以后还不好相处。我家有活从来不叫亲戚帮忙。李文义的一番话让郭致远心里蓦然开了窍，但却加重了他的失望情绪。因为他脱离农村几十年，和乡邻生疏起来，不知道如何下手了，只好抱头叹息。看着郭致远一筹莫展的样子，李文义倒笑了起来：甭怕，怕啥哩，活人能叫尿憋死，咱另想办法。又说，咱村上现在瓦工也不少，大头、来娃都包工给人盖房哩，你抽空可以问问他们有没有时间盖你的房。

从李文义家出来，春天的阳光正好，但郭致远却感觉不到温暖。他回家给妈打了一声招呼，就骑摩托去了齐家寨，后到周原上班。当天夜里，妻子就打来电话说，张龙赌博借高利贷太多了，债主逼上门，小车让人开走了，砖窑让人占了，张龙也跑得没影了。郭致远这才意识到，张龙外表风光，原来也是外强中干。也庆幸张龙没有接自己的定钱，接了，就是肉包子打狗回不来了。但庆幸之余，他仍然发愁自己盖房的砖咋办。

又一个星期五的下午，郭致远刚回到县上，手机就响了。原来电话是王宏利打的，他说刚看见老师在平阳街医院门前走过，让老师到平阳大酒店芙蓉包间喝酒。王宏利是郭致远的学生，上中学时几乎天天逃学钻网吧，郭致远没少批评他，也没少拧他的耳朵。王宏利在保证书里还写下“只要学不死，就往死里学”的狠话约束自己，但再批评、拧耳朵、写保证也管不住自己的腿，干脆就没参加中考，被一家职业中学接走了。后来，王宏利毕业被推荐到珠海一家企业打工，钱没挣下多少，倒领回了一个大肚子姑娘。家人一看事情不好，可也算捡了个便宜媳妇，当即就给他结了婚。不久，他就当了爸爸。娃天天哭着要奶吃，父母供不上奶粉钱，媳妇就指着他的脸骂：你是不是娃他爸？你羞你先人哩！媳妇的骂声骂得贪睡的王宏利睡不住了，衣服往肩膀头上一搭，他就和村里一帮中年人去建筑工地上搬砖头、供灰，别人每月干三十天，他算加班干三十五天。白净的脸越晒越黑。后来，他还学着提瓦刀、铺模板、绑钢筋，学干起工资高的技术活儿。再后来，又包一些浇筑地基的苦累活儿，当起小老板。郭致远不知道王宏利又要找他办啥事，有些犹豫，但一想回家又要和妻子说盖房的事，心烦，就先去和王宏利见面。

到了酒店，王宏利热情地将他领进包间，只见椅子上已坐了三个男人，王宏利介绍这是张老板、李老板，那是王股长。三人听说来人是王宏利的老师，毕恭毕敬，笑容可掬。待郭致远坐定，王宏利忙上前殷勤地递上烟，随即就打着了火，又给几位来客说：几年前，我娃到周原市上重点高中，就是郭老师办的，郭老师是周原市的名师，教育界认识不少人呢。说着大家就碰杯喝酒，聊了起来。王宏利就问郭致远为啥每星期都回眉坞，不嫌辛苦。郭致远苦笑一声，说了父母年迈，家中盖房买不到砖、找不下工队的事。王宏利说：这可巧了，张老板你干大工程，给老师想想办法。没料这样一说，旁边的张老板端一杯酒站了起来。刚才郭致远没细瞅，这才发现张老板也就三十多岁，个子有一米八以上，虎头虎脑，膀大肚圆，留着青皮头，一笑两眼就挤在一起，看起来挺善良。他对郭致远说：你是宏利的老师也就是我们的老师，虽然我现在赚了不少钱，但我最崇敬的是老师。郭老师，来，咱喝了这杯酒，你的砖我给你包了。你盖房四万砖就够了，一千砖加运费，给你算二百四十元，行不？明天就安排人给你送。郭致远没想到今天的酒喝来了好运，也端酒起身说：好，谢谢你，这杯酒我喝了。王宏利这才说：张老板在县城东的工业园内包了不少项目的土建工程，在李家堡砖厂订了三百万块砖，随用砖厂就要送到。郭致远说：那这价格是否太低了，张老板要贴本。王宏利说：这些事不用你管，他明天把砖送到，你付款就行了。

难办的事立马解决，心里高兴，郭致远就多喝了几盅，王宏利开着自家的小车将他送到齐家寨。他本来想当即将这一好消息告诉玉梅，但又把话咽到肚子里，竟乘着酒兴，高兴地唱了几句秦腔。

五

睡梦中的郭致远被手机铃声吵醒，他一看是家中的电话，忙问：啥事？他爸大声说：两个三轮汽车把砖送来了，咋办？郭致远喜形于色，看着妻子在旁边站着，故意高声回答：好，我知道了。装卸咱不用管，你去小卖铺买两捆啤酒让下苦的人喝，我一会儿就回来了。玉梅忙问：咋没听你说，砖就送上门了，谁家的？郭致远走出门撂了一句“拾下的”，就骑摩托箭一样射向黑凹村。玉梅说：看你的能耐！

郭致远走进老家的院门，只见砖码了半个院子，四个小伙子正从两辆三轮汽车上吭哧吭哧往下卸砖，汗水浸湿了他们的衣服。郭致远忙上前掏出烟说：歇歇，插上“氧气”再干，不急。三个人接住了他的烟，另外一个斜眼干瘦的小伙用衣袖抹了把脸上的汗：张老板逼着让一天把砖送完，说你急用哩，哪有空儿歇。这句话倒提醒了郭致远，是啊，这下砖的问题解决了，找谁干活呢？他走出院门左右张望，太阳当空照，水泥铺就的村街上空荡荡的，寂静无声，只有两只黑色的流浪狗互相追随、调情，发出“吱吱吱”的叫声，街的尽头，一位满头白发的老人坐在碌碡上发呆。郭致远折回家中，抱着试试看的想法，分别给三娃和宝利拨打了电话，想告诉他们砖拉下了。三娃手机里的歌儿唱了一遍又一遍，就是没人接。宝利也没接电话。过了几分钟，宝利回电话了，听了郭致远的话说：哥，我恨不得现在就回去给你盖房哩，可在这儿干了四十二天活，不是整月人家不结工资，你说咋办？郭致远“啪”的合了手机，一句话也不说了。

郭志义看儿子皱起眉头，安慰说：他俩靠不住算了，提瓦刀的人多着呢。咱村今年就三家盖房，你去找找大头或者来娃，看他们有没有时间。也只能这样了，郭致远叹了口气，走出家门，迎面就碰到了长娃冲他笑。长娃两年前患脑梗留下后遗症，走起路来一颠一颠，右腿就拖在地上。长娃问郭致远盖房的事咋样了。郭致远说：万事俱备，只差动工了，就是愁得找不下包活的。长娃说：别人家盖房，都是半年前订包工队哩，你不早打算，咋能等火烧眉毛了着急。郭致远问起大头和来娃，长娃说：大头给三组老王家盖房，来娃给村北的黑狗家盖房。大头手下有十多个人，分两摊干；来娃加上媳妇只有七八个人，人还天天到不齐，过年到现在，一家的房还没盖起哩。郭致远试探着问，来娃咋不多叫些人？叫谁呀？抡瓦刀好的都到城里挣大钱去了，年轻人不抡瓦刀了，干小工嫌脏嫌累，村里剩下的中老年人、妇女还要干地里的活，缺劳力呀！郭致远听长娃说着，就往村北走去先找来娃。

黑狗家盖五间两层楼，三个瓦工站在二层的脚手架上砌墙，供下手的只有两个小工。一个小工是个十五六岁的男孩子，在师傅的喊声中在脚手架上穿梭，供砖供灰；一个是瘦小的来娃媳妇，她正撅起屁股，给搅拌机斗子里吃力地倒水泥。来娃在墙上大声叫骂：你俩死货，放快些！看见郭致远，忙打招呼。郭致远走进黑狗家院子，让来娃下来说个事。来娃用瓦刀在砖上“咣咣咣”敲了敲：说吧。郭致远就把想请他盖房的事说了。来娃说：不行！关键是没人。我给黑狗家把主体盖起来，麦就该收了。郭致远这才想起，过了年就说盖房，三耽搁两耽搁，两个多月过去，今天都五月十号了，六月初麦子就成熟了。到了龙口夺食的时节，你一天出多少钱，庄稼人也不会干泥水活儿。午饭时分，焦急的郭致远又去找大头，大头媳妇秀琴说，大头他们晌午在三组吃饭，晚上才能回家。

整个下午，郭致远焦灼不安，待天刚黑，就又走进大头家的门，秀琴说，人还没回来呢。他就坐在院子和秀琴拉家常。秀琴说，大头他们和三组王家说好的，包工每平方米是一百一十元，工钱分三次给完。谁料今年人手缺，盖房期间，工价又涨了，大工日工资涨到了一百五十元，大头欲每平方米涨到一百二十元，王家人不同意，两个瓦工就不干了，王家该首付的工资也不给付。双方发生了争执，大头这几天躁得像烟锅一样，见谁都骂。死货，饭做好了没，饿死了。正说着，一个粗嗓子吼起来，一辆摩托车就钻进院子，正是大头。大头墩墩个子，黑脸，肩宽腰粗，见人不是笑便是骂。当夜看站在面前的是自己的教师，忙下车就从口袋里掏烟递上去：郭哥，你咋来了，稀客呀！郭致远说：我没办法了，求你来了。就说了家中盖房的事。大头说：盖！郭致远无奈地说：现在这不是实在找不下人吗，哥找你帮忙来了。大头说：不好意思，本来老师盖房，我应该早些去帮忙，但给人家应承干活，走不了。让我想想再说。大头吸着从郭致远手中接过的烟，右手在大脑袋上挠，挠了半天说：郭哥，你不是急吗，那我先抽三个瓦工回来，咱明天就动工。郭致远问：王家的活耽搁不？大头说：不耽搁。郭致远问：工价咋算？咱丑话说在前头，免得闹得不愉快。大头说：你在给我大妈大伯盖房，尽孝哩，是我们学习的榜样！每平方米还是一百一十元，工价一分钱不涨。

郭致远没想到大头这么痛快，他回到家，没顾上吃老母亲给他留的饭，只给父亲说了句“明天动工”，就骑摩托到了齐家寨。他将这一喜讯告诉了玉梅，让玉梅快去超市买两瓶酒、一条烟，再买些菜。随后给立民打电话，让他明天一早拉五吨水泥送到，再到河口沙场去拉一车沙子。并大声说，钱你先垫上。事安顿好，他给校长打了电话，请了一天假。

六

随着叭叭叭的鞭炮声响起，郭家院子动了工。按照乡俗，在整个盖房的过程中，主家要在动工、立木和完工当天分别给包工队管一顿饭，立木当天还要招待前来祝贺的亲友。当天，包括大头来了三个瓦工，三个小工，加之前来帮忙的郭致理、立民，郭致远的岳父岳母摆了两桌菜，郭致远特意和大头碰了三杯酒，他想说一句，大头，是你给了哥面子，但没有说出口，嘴里只是说：谢谢！大头第一次和自己的老师喝酒，激动得手都没地方放，用袖子抹抹嘴角的酒说：没有啥，咱就是干这活的。

吃过午饭，立民开着三轮汽车和郭致远到李家堡拉了一台搅拌机，又马不停蹄到齐家寨拉回租赁的钢管、模板等。卸了车，他拍了拍手上的土，揣了一盒烟，又忙不迭去找大哥郭致理。郭致理正在自家的苹果园疏果，他疏得很仔细、很认真。自从儿子两口子外出打工，四亩多果园里的活儿就被郭致理两口包揽了。郭致远将烟扔过去说：大哥，家里的事我都安置好了，我得上班去了。父亲年纪大，有病，他干不了啥活，你就多给咱操些心。郭致理说知道了。从大哥的果园回来，太阳快落山了，郭致远给正在做饭的玉梅打了声招呼，就心急火燎地骑上摩托车赶往县城，坐上去周原市的班车。

多少年没干过重活，两天的忙碌，累得郭致远浑身疼痛，像散了架一样。他一坐上车，就呼噜呼噜睡着了。忽然间，听到有人说，有贼，贼把我手机偷去了！郭致远睁眼看，只见车上挤满了人，一位穿蓝上衣的中年妇女正在说着被贼偷的经过，她要求司机将车开到前边的派出所去，沿途不要停车，但许多乘客不愿意。司机说：咋能因为你的一部手机耽搁了大家。郭致远看那名妇女急得满头大汗，气得哇哇大哭，他倒庆幸自己将手机装进西服内侧的口袋安全，随后又睡了过去。到了周原市下车时，他不自觉地掏手机给玉梅拨电话，手伸进口袋，里面却是空的，再掏，口袋底是一个洞。他揭起衣服看，原来是贼用刀片在衣服里子割了口子偷走了手机，怪不得一路上手机没有响。

次日中午，趁着放学时间，郭致远去买了个新手机，卡刚插好，手机就响起来。玉梅问他，为啥把手机关了？郭致远搪塞说是手机没电了，问有啥急事。玉梅说：大头问墙内用多粗的钢筋？郭致远让她告诉大头，他平时用多粗钢筋就用多粗钢筋。下午，郭致远正给学生上第二节课，手机震动起来，他忙按了手机。下了课回过去，父亲说：大头称，还需要几苗五寸的钉子和线绳，砌墙得用。郭致远让父亲将这些事说给玉梅，让她去办。父亲说玉梅和立民到齐家寨拉钢筋去了。郭致远对父亲说，你不用管，我让玉梅捎上就行了。他忙给玉梅打电话说了。玉梅说，本来她让大哥和立民去买钢筋，但大哥说他忙着哩，走不开。郭致远正给玉梅说话，上课铃响了。放学后，郭致远又给家中打电话，询问了一些事情，这才放心地关了手机。

从此，每天晚上，玉梅都要给郭致远"汇报"工程的进度情况，郭致远遥控指挥给妻子做一番"指示"。一连几天，郭致远脑子一直膨胀着，发麻发木。有天晚上，玉梅发牢骚说：这几天，我又要采购材料又要帮大头他们干活，骑自行车跑得痔疮也犯了，胳膊也抬不起来了，也没见大哥过问过问。郭致远说：咱包工了，大哥可能考虑没啥干的。又安慰妻子：你咬牙坚持一下，我就回来了。

七

郭致远骑摩托进了院子，天已擦黑了。灯光下，新砌的砖墙呈现出房的轮廓，他看见两个人还弯着腰在"嚓啦嚓啦"擦砖缝，仔细瞅，一个是大头，另一个是大头媳妇秀琴。他对大头喊：歇歇，擦不擦无所谓，忙给大头递上一支烟。大头说：这要趁湿擦，干了就擦不下了，不好看。又说：墙已全部砌成，房上的钢架扎过，模板也支好了，明天就能浇筑了，要多找些帮忙的人。郭致远说好，我现在就联系。正说着，郭致理剔着牙进了院子说：我刚看电视，天气预报说明天有雨哩。郭致远没好气地说，有雨谁也没办法。只能一颗红心，两手准备。于是便给齐家寨的吴大海打电话，让他明天将大型搅拌机开到黑凹村来，再联系一台铲车。吴大海说，明天他没时间，有人订过了。郭致远沮丧地要给李家堡的另一名搅拌机手打电话，大头说：郭哥，这事你不用操心，我早给你订了，是吴大海。郭致远千谢万谢，说大头操心了。

匆匆吃过晚饭，郭致远骑摩托带着玉梅回到齐家寨，两口子商定，明天一早，就买菜买烟买酒，准备待客。按照当地习俗，盖房立木架梁，亲友们均要送礼祝贺，主家就要招呼待客。现在盖房不用木头了，没有梁不立木，浇筑封顶就搞个仪式，也是图个大吉大利。郭致远打电话一一通知了亲戚，特意嘱咐三娃，让早点来帮忙，让立民和岳父岳母一块来，来的人越多越好。浇筑过，房的主体就算完成了。郭致远两口子高兴得睡不着，夜半时分，刚闭上眼睛，外面却“啪啪啪”下起了雨。玉梅忧愁地说，下雨活就干不成了。郭致远说，美美干了一星期，下雨工匠们倒正好可以歇一天。玉梅说，你这样想，但工匠们干的是包活，恨不得早一天干完，另外麦子也黄了，庄稼人就忙开了呢。

天蒙蒙亮，玉梅起床走出门，只见天空聚集着一疙瘩一疙瘩的乌云，铜钱大的雨点稀稀拉拉砸在地上，不知啥时候才能停。她犹豫了一下，还是赶紧到批发市场买了肉、菜，又去一家商店买了烟和酒，这才叫醒郭致远。郭致远听说还在下雨，揉揉眼睛，伸了个懒腰说：这天干不成活，叫人再睡一会儿。他刚倒在床上，手机响了，大头在电话里问，郭哥，这天咋办呀？郭致远问：你说呢？大头说，干不成，浇筑遇上小雨，水泥就漏成漏鱼了。歇着看吧。随后，三娃、立民、吴大海等都打来了电话，问：咋弄呀？郭致远一一回答：等着看！一连接了几个电话，搅得郭致远咋也睡不着了，他起床后一会儿望望天空，一会儿望望天空，烦躁不安。八点多钟，一块块乌云慢慢往东移去，天空亮堂了许多，雨有一滴没一滴下着，郭致远说：回家开工！他立即给吴大海等人打了电话，喊来一辆出租车，拉着肉菜等驶向黑凹村。

郭家院子里已忙碌开了，大头和几个工匠在房上正检查扎的钢筋，当天除过大头媳妇，还增加了大头他爸等五个小工。郭致理扛着铁锨早蹲在了大门口。立民的三轮汽车拉着他爸他妈刚到，吴大海的搅拌机和一台铲车就到了门口。也巧，此时一阵风吹过，雨停了，太阳就冒出了白花花。大头高兴地说：郭老师吉人自有天相，老天说晴就晴了哩。吴大海将搅拌机开到院子，长长的运输带就伸上了房顶，大家各就各位就要开工了。玉梅数来数去，刨过工匠，小工只有八个人，人手欠，就让郭致远快去叫街坊邻居。郭致远就给李文义打了电话。站在房顶的大头说，不用叫，快放鞭炮，炮一响，帮忙的人就来了。立民就赶紧将一塑料袋炮递给大头，先是“轰轰轰”的“冲天龙”声，接着“叭叭叭”的鞭炮声又响起来，清脆的爆竹声冲出郭家院子，响彻在黑凹村上空。

在炮声的震撼下，邻居纷纷打开了院门走出来，朝郭家张望，就有人说，是致远家盖房哩！王老二、李老三等几个老汉就扛着铁锨向郭家走去。李文义也跑着赶来了。郭致远见邻居来帮忙，喜出望外，忙上前给他们每人递上一支烟，又将一盒烟塞进对方的口袋里。他刚转过身，见长娃拖着病腿进了院子，又将手里留的一盒烟塞给长娃。有人看到打趣：病腿干不成活，混饭来了。长娃咧嘴笑，一笑口水就流：兄弟盖房，我搭把手，尽一点心意。来的大多是老汉，能切出菜的人没几个，郭致远急了，就又装着烟慌慌张张跑出去找人。

十多位村民正在村南的老槐树下谝闲传，其中一个白胡子老汉正和长脖子的李文革抬杠，老汉说：原来盖房愁的是没钱，现在盖房愁的是没人，不但没人帮忙还没人住啊。李文革说：没人住让鬼住么。老汉又说：几十年前人穷，但人心齐；现在人富了，人心倒瞎了，兄弟之间都死不往来。李文革说：现在谁管谁哩，都是母鸡下蛋各顾各！

郭致远从大槐树下经过，他感到这话似乎就是让他听的，他敷衍地和邻居们打了个招呼，邻居们脸上很漠然。他不知道找谁帮忙更合适，就径直跑向村东的顾来来家。

一个娃读书，妻子和一个娃在外打工，留下顾来来独自在家种地，按说顾家的日子应该过得去，但几年前顾来来遭遇一场车祸，肇事者是个开三轮车的，家中穷的除过贷款拿不出一分钱，顾来来的三万多元治疗费就白挨了。顾来来常接过郭致远递上来的烟说：哥，你家中迟早有啥活言传，兄弟腿虽然落下了毛病，可出力的活还能干。

当天，顾来来正吭哧吭哧抱着一袋化肥给架子车上放，听郭致远说了盖房的事，眼睛睁得铜铃一般大，愣了一会儿说：你先回，我给旱玉米施了肥就来了。郭致远笑着说，今天浇筑哩，缺劳力，你能不能把手中的活儿放一放，先给哥帮个忙？顾来来说：地干了咋办？先施肥，再给你帮忙。便拉着车子走了。

这个死脑筋人，怎么给他说才能让他听明白呀。郭致远欲撵上去再给顾来来解释一番，看着顾来来撅着屁股狠劲拉着架子车的背影，失落地叹口气拧身往家走。他路过老李家麻将馆，听到有人正在嘻嘻哈哈稀里哗啦搓麻将，一个说：郭老二家今天浇筑哩，你们也不去帮忙？有人答：现在这社会，谁顾谁哩！郭致远脑袋里“轰”的一下，听见自家院子的鞭炮仍在叭叭叭响。

授　粉

世上有男女之别，植物有雌雄之分。动物要繁衍后代，得寻找配偶；植物要结籽坐果，须通过授粉。授粉是植物由开花到结果必经的过程。

虽然同是植物，但授粉的方式却不同，有的以风为媒，有的通过昆虫实现传授。本来，猕猴桃可以通过风吹达到授粉的目的，但它的花粉粒大，在空气中飘浮的距离短，依靠风力效果不好。蜜蜂的飞行也可以完成授粉的任务，但这些年野生蜜蜂越来越少，加之遇到低温、阴雨天气时，它不愿意在田野活动，就耽搁了任务的完成。怎么办？聪明的人类就依靠手工给猕猴桃授粉。手工授粉等同于人工授精，尽管并不能保证完全成功，但能主动促其得到受孕的机会，增加成功的可能。

花绽放了，花朵中留下五颜六色的花粉，开花的植物就要寻找“对象”，让同类植物也闻到自己的芳香，这和男大当婚、女大当嫁是一个道理。通俗地说，授粉就是雄花和雌花“交配”的过程。授粉充分的猕猴桃树孕育的果子长得快、个头大、外观好，商品果率高。这是徐桂莲听镇上的农技员讲的。这些她都懂，都记着。

尽管猕猴桃田间管理工序繁杂，要除草、要疏果、要套袋等，但关键还在授粉上。所以授粉的时候就是果农最忙碌的时节，家家男女老少不但齐上阵，而且还最操心，人人在树枝绿叶的缝隙中死盯细查，生怕漏掉一朵花。

徐桂莲是授粉的一把好手。每年到了授粉时节，她都趁天没亮到果园，将开了的猕猴桃雄花采集回家，把花粉用牙刷刷下来，在太阳下晒干或热炕上烤干，再碾成粉末，用箩儿筛出杂质，装入玻璃瓶子里，准备给猕猴桃授粉。她家的果园有五棵雄树，树龄大，花开得繁，足可以满足所有雌树的授粉需求。授粉时，她左手端着装有花粉的纸杯子，右手拿着毛笔，低头在杯子里的花粉上蘸一下，仰脸在绽放的花朵里蘸一下，就好比是让花粉和花朵“亲吻”。通过“亲吻”，一棵棵的雄树和雌树便幸福“联姻”了。她知道，授粉靠的是细心和耐心。花儿是被动的，人是主动的，人只有积极跟进，授粉才能授得好，花儿才能感到舒心。

授粉的活儿不重，但一个人整天重复同样的动作，会感到枯燥、乏味，而徐桂莲授粉却愈干愈上劲，心里愈高兴。因为她觉得眼前的花儿不是花儿，而是自己的孩子，这些孩子个个呈现笑脸，似乎想让她“亲”一下。她知道，在这“亲”一下中，花里就能生长出猕猴桃。猕猴桃雏形毛茸茸的，像没有脱去胎毛的大熊猫，可长着长着就一天一个样，变得核桃大、鸡蛋大了；等脱去“胎毛”的时候，就变得光滑可爱了。猕猴桃能换来一沓沓的红票子，她家过上好日子就是靠的它：给婆婆治病靠它，新盖的房子靠它，她身上穿的衣裳是它换来的，她儿子上学是用它供着，以后上大学还离不开它，总之，它等于就是她家未来生活的依靠和全部。猕猴桃胜过男人。男人在外打工，离她有七八百里地，和她见不上面，只能在电话中说话；而她天天和猕猴桃树在一起，猕猴桃树像她养大的孩子陪伴着她，让她不感到寂寞，觉得心里充实。她把汗水洒在土地里，土地没有亏待她，长出了茁壮茂盛的猕猴桃树；她把心血花费在了猕猴桃树上，树也没有辜负她，结下了累累果实，给她带来了美好的遐想和希望。在她的心目中，树上那朵朵雪白的花儿比人强，人生气了，会噘着嘴、皱着眉不搭理你；可它们永远不生气，一直都是一副笑脸，似乎在说：你在地里干活孤单，有我们给你作伴哩！

有了这样的好心情，徐桂莲就把授粉当成了一件高兴事，觉得干这件事有意义、有乐趣。倘若在天气好的情况下，她独自一人用四天时间，给家中五亩多地的猕猴桃就授完粉了。

往年，徐桂莲给自家的猕猴桃授过粉，还帮娘家妈授粉，帮邻居家授粉。别人给邻居帮忙按市场价收工钱，一般让出一二十元左右，大家都觉得合情合理，但她从不收邻居的工钱。她觉得给邻居干活是一种帮忙行为，因为对方忙不过来，才需要你伸出援手，是举手之劳的事，帮忙拿工钱就意味着是在做买卖。她不喜欢做这种买卖。她知道，做这种买卖，邻居间的情就淡了，意也就薄了。邻居之间无偿的帮助，才能产生情意，才能巩固情意。那么她心劲大，难道就真不感觉劳累？不，她也感到累，在几天紧张的忙碌劳作中，她腰酸背痛，特别是授粉时昂着头且神情专注，脖项硬得转都转不动，回家连饭都懒得做了；晚上鞋一蹬，上了炕就呼呼睡了过去。但次日眼睛一睁，看到贴了半个墙的奖状，她又像吃了药王孙思邈研制的精神药，精神抖擞去地里干活了。因为看见奖状，等于看见了儿子的笑脸，儿子是她的精神寄托，是她的希望和未来。

奖状是儿子在学校一张一张挣回来的。儿子从上小学一年级起就得奖状，不是三好学生，就是优秀学生。儿子依托这些奖状从村小学念书念到了镇上，又从镇上念到了市上的一所重点中学。她明白，奖状虽然只是一个荣誉称号，只是一张纸，不像银行存钱一样有利息，不像买彩票一样能中几万元甚至几十万元大奖，但因上面盖了印章，意义就不同凡响。因为依他们朴素的心理，认为学校能给儿子发奖状，就说明这个学生在读书上用功了，没有白花钱，比别的学生学习好一些，是学校对学生的褒奖。褒奖意味着认可，意味着肯定。于是，每次儿子把奖状领回来，徐桂莲都要想方设法给儿子做一顿好吃的，表示一下对儿子的赞赏；随后，郑重其事地把奖状端端正正贴在里屋墙上，还要让站在旁边的儿子看，说：儿子，看端不端正？似乎贴不端正就对不起儿子的奖状。常常家中来了客人，一进门花花绿绿的奖状扑面而来，便会惊叹：你家孩子上学上得好！每每听到来人夸奖儿子，徐桂莲心里就像喝了蜜似的。

徐桂莲所在的王家堡村如今家家种猕猴桃，一棵棵猕猴桃树栽在地里，用钢丝串联在水泥桩上，就成为果园子。一个一个果园子连成一片，看起来遍地都是猕猴桃了；风吹起来，树叶哗哗地动，碧波荡漾，俨然是无边无际的海洋了。

今年，徐桂莲早早就为授粉做准备了。去年她一时大意，授粉没授好，果子长相不佳，没卖上好价钱。男人埋怨：你咋弄的，咱往年要卖四五万元哩，今年才卖了两万多元。徐桂莲委屈得直抹眼泪，说：我太急了，授粉时把有些花漏掉了，果子才大的大、小的小，有了爷爷孙子之分，谁知损失有这么大啊。男人又安慰她：算了算了，事情过去了说也白说，只能堤内损失堤内补了。为了从“堤内”把损失补回来，她暗下决心，今年一定要把粉授好。

要让猕猴桃树多结果，前提是要给地里多施肥、施好肥。这就好比要让一个人多干活，要让他吃饱吃好一样。树吃饱了吃好了，它就根系发达、枝叶茂盛，能多坐果。但给猕猴桃施什么肥好呢？二十多年前，种地施化肥人觉得洋气，施日本尿素更稀罕，大有外国的月亮比中国的圆的意味。可而今人人都谈论起绿色食品，都讲究吃绿色食品，种猕猴桃又兴施农家肥了，说施化肥容易造成土地板结，影响树的生长，结出的桃子含糖量不够；而农家肥就是有机肥，有机肥施在果园里，结的果子香甜无害。于是乎，农家肥吃香了，牛粪、鸡粪、猪粪、羊粪成了香饽饽。

家家种植了猕猴桃，人人把心思用在了果园里，不养鸡不喂猪了，过上了像城里人一样的生活，哪有农家肥给果园施？有人就专门倒腾贩卖起有机肥，疯了似的一车一车拉到村里卖给果农，拿羊粪来说，一袋就卖到了二十多元。徐桂莲今年投资上万元，给地里施了三百袋羊粪，五车牛粪，五袋复合肥，又隔三岔五把家里厕所攒的稀粪用塑料桶装了给地里施，恨不得让自家的果树上长出天下最好、最大的猕猴桃。几天前的早晨，她又用架子车给果园拉稀粪，一不小心崴了脚。当时疼得她龇牙咧嘴，一屁股坐在地上抱着脚哎哟了半天，但果园里鸦雀无声，好像没有一个人，寂寥得让人心慌。分田到户后，人都钻在自家地里各干各的活，谁也没工夫操心别人的事。最后，还是邻居的小媳妇艾子收工路过她家地头，帮她倒了桶里的稀粪，把她搀扶在车子上送回了家。

艾子搀扶徐桂莲坐在屋檐下的台阶上，又跑回家拿来了一个白色的塑料瓶，说这是云南白药，消肿快，抹抹两天就好了。徐桂莲用手把裤管往上拽，露出了红肿的脚腕子；艾子蹲下来帮徐桂莲脱了鞋袜，先给红肿的地方喷药，后用细长的指头涂抹，再用手掌大面积揉搓，嘴里说看肿成啥了。她一使劲，徐桂莲就呻吟起来，说：你轻点轻点。艾子问：你感觉严重不严重？徐桂莲满脸痛苦，只说疼、疼。艾子白净的鹅蛋形脸上显出无奈，说：那咋办？要不你到镇医院拍个片子，看看骨折没有。徐桂莲说：不用了，真的骨折了，我的脚就动不了，你看，我的脚还能动。似乎为证实自己说的话，徐桂莲动了动脚让艾子瞧。艾子看到徐桂莲的脚没有自己的脚白净顺溜，有些黑，其中有两个脚趾严重变形，脚底前端有一层厚痂，她知道这是长期劳作的结果，心里不由生出一丝怜惜。她再看徐桂莲的脸，尽管五官端正，可脸皮粗糙、黑，黑得有些僵硬，好像脸上的那一层肉皮是粘贴上去的；宽阔的额头上有了褶皱，耳朵后面已有了斑斑白发。她听婆婆讲过，桂莲嫂年轻时是一表人才，嫁到王家堡村时才二十一岁，和她现在一样鲜嫩漂亮，都是日子这把老刀子把人折磨成了这样。

安顿好徐桂莲，艾子就坐在旁边和徐桂莲拉家常，她问徐桂莲：要给猕猴桃授粉了，我安民哥回不回家？徐桂莲说：他不回家。他回来也只能干几天活，人家还扣工资呢，划不来，我不让他回来。

立夏前后，猕猴桃的花就开了，就到了忙碌紧张的授粉时节。徐桂莲见天望着天空没有一丝云彩，日头朗朗的，心里发急，在家里坐不住了，就忍着疼痛，强挣着一瘸一拐到果园里看，想看看猕猴桃花开得怎么样了，是否到了授粉的火候上。因为天气愈好，猕猴桃的花就愈开得快。她听镇上的农技员讲过，一般以花开后一两天授粉效果最好。可她去果园看了一次又一次，又一次次失望而归。那些挂在枝头的花蕾像白色的绣球，有的半张着“嘴”，有的还没张开“嘴”，不但雌花欲开未开，雄花也同样，雌花雄花的“嘴”没张开，就是不想“吃”东西，还不能授粉。

可真正到了给猕猴桃授粉的时候，徐桂莲的婆婆患脑梗住了医院，她顾不上授粉了。

婆婆住了医院，徐桂莲要照管婆婆吃喝拉撒，一步也不能离开，给猕猴桃授粉的事就干不成了。几天后，趁着婆婆打吊瓶的机会，徐桂莲去街上买了些花粉，听男人的话，准备到时候雇人授粉算了。王家堡村东边有个工业园区，渭北塬上的人每天都骑着摩托来这儿找活儿干，久而久之，这儿自然就形成了一个劳务市场。附近的人忙不过来地里的活，便常去劳务市场找人；后来熟悉了，打个电话，该叫的人就来了。劳务市场揽工的大部分是些中年男女，因要顾家，还要操心自家地里的庄稼，去不得远处，利用的是农闲时间，就在家门口能挣几个钱挣几个钱。他们靠务农打工增加收入，不挑剔，碰上什么活干什么活，工钱由双方商定。如今村里啥都不缺，就是缺劳力。村里谁家活忙了，就去劳务市场叫人。可徐桂莲家从来没雇过人，没雇过人不是她家没钱雇不起，而是她舍不得花钱。尽管男人走时一再嘱咐徐桂莲，地里的活儿忙了就干脆雇人干，不要累了自己。徐桂莲嘴里说好，但她还是把男人的钱舍不得花一分，不忍心花一分，更不愿花在雇人上。她知道，丈夫的钱是用命换来的，钱上沾着男人的血汗，带着男人的体温，她要将男人挣的钱花在最要紧的事上，花在最亲的人身上。她心想，自己只要不害病不生疮，能动弹，为啥要雇人？另外，她觉得庄稼地里的活可以推，只要天不下雨耽搁，一天干不完两天干，今天干不完明天还可以干，不急，急的时候她少歇会儿加个班就干完了，没有必要花钱雇人。但这次不行了，授粉时效性很强，花张开“嘴” 你不授粉，它就自己败了；错过一时，会耽搁一年收入。

这天，徐桂莲听同病房的胖女人说猕猴桃花开了，便给同学魏巧巧打电话，让魏巧巧去劳务市场给她叫两个人授粉。魏巧巧家住工业园区旁边的吴家村，家中也种有猕猴桃。魏巧巧很快回了电话，称劳务市场一个人都没了。她听说，这几天家家都发急了，授粉的人不好找。徐桂莲说：你明天早些去给我雇人，最好找三个人，一天把粉就授完了。魏巧巧说：听说工价都涨到八十元了，人还缺哩。徐桂莲自言自语道，这工价也太高了。手里不自觉地挂了手机。她忽然感觉心里空落落的，像是丢了什么东西。

夜里，睡在病房里的徐桂莲辗转反侧，咋也睡不着，她悄悄走出病房，坐在医院花园里的水泥台阶上。园子里花香四溢，她深深地呼吸了一口，望着夜空中密密匝匝的星星发起了愣。星星一闪一闪似乎在给她眨眼睛，“眼睛”越眨越大，把她都“吃”掉了。她觉得那“眼睛”像是儿子的，又像是丈夫的，最后又变成婆婆的，“眼睛”一直在盯着她，看她把家里的事怎么办。徐桂莲蓦然心里一亮，决定为不误农时，她可以利用婆婆打吊瓶的时间回家授粉。想到这儿，她有些激动，有些欣喜，恨不得连夜就回家去。她曾头戴矿灯夜晚在果园里翻地、拔草，让村里的人感到震惊。村里人常常不明白她是在什么时候把地里的活干完的。但授粉不能和翻地比，也不能和拔草比，翻地是粗活，铁锨扎深扎浅无所谓，拔草拔多拔少不影响什么；授粉是细活，是数儿活，哪朵花“亲”不到都不行。更让人着急的是，花在夜里不开，它像人一样，是在凌晨睁眼张嘴的。凌晨光线不好，树叶遮盖，花在晨气中朦胧不清，会有漏网的。漏掉一朵花就等于漏了一枚果子，猕猴桃可就要减产了。所以早晚加班都不行，只能在白天挤时间授粉。

这天晌午，护士给婆婆挂上吊瓶，徐桂莲给胖女人说了自己的想法，并嘱咐：你眼瞅着瓶里的药快完了，就快喊护士；麻烦你再给我婆婆把午饭买上。胖女人说：我知道了，你放心！

徐桂莲骑着电动车先回了家，拿了纸杯、毛笔等授粉要用的东西，又骑车去果园里授粉。猕猴桃花似乎是在一夜间开放的，个个大张着“嘴”，好像在等她喂吃的。果园里很静，静得她能听到自己的心跳声。她很快就给一棵树的花授完了粉。

徐桂莲在果园里授粉，仿佛看见对面的树枝间也有一双手在上下动着，那手上青色的血管高凸，动作熟练，一看就是男人的。

她问：你啥时回来的？

男人答：夜黑。

她问：你咋不打声招呼？

男人说：你在医院陪妈，我想着你累了，没打搅你。

她说：你还知道心疼人。

男人说：我不心疼你心疼谁。

徐桂莲忽然感到脸红心跳，仿佛回到了十几年前和男人在月光下谈恋爱的那一夜。此时，手机唱起了《月亮之上》，她才明白眼前是个幻影。电话是旺才老婆王福梅打来的。王福梅扯开大嗓门问：咋还不见你授粉？再不授粉花可就开败了。徐桂莲说：我在医院又要管我妈又要授粉，两只手忙不过来啊，想雇人又找不下。福梅说：我两口正好闲着，先帮你授吧。福梅家有八亩猴猕桃，是“海沃德”，“海沃德”授粉可推迟几天。徐桂莲说：我瞅空从医院跑回来了，刚回家进了地，急死人了。福梅说：好，那我们就来了。徐桂莲心里一阵欢喜，手又快了起来。一会儿，福梅两口子就带着授粉的工具来帮徐桂莲了。

当天后晌，徐桂莲人回到了医院，但却操心着授粉的事，她给王福梅打电话，问：授粉授得怎么样了？王福梅接上电话，徐桂莲从话筒里就能听到银铃般的笑声。王福梅说：花开得多，我们几个人正加紧授，想赶天黑把这块地授完哩。徐桂莲家共有两块地，山羊沟那儿的一块是二亩八分，大口井这儿的是二亩二分，先授的就是大口井旁边的地。

徐桂莲问谁在笑，王福梅说是艾子，知道你婆婆住院了，你忙不过来，艾子、改香、菊娃几个都来给你家帮忙了。艾子大声喊：你家的花开得繁，今年肯定是个丰收年。徐桂莲的眼前就浮现出几位女邻居在一块授粉的愉快样子，她知道王福梅干起活来既利索又细心，相信她们一定能把粉授好。徐桂莲激动地说：多亏你们了！心里感到暖烘烘的。她准备给王福梅她们每天开一百元的工钱，比市场上多二十元。现在没有白帮的忙，因为家家都有果园，果园里活又都紧，费力气不说，是没工夫。工夫也值钱。躺在病床上的婆婆听徐桂莲接电话，自怨地说：都怪我不争气，在这时节害病，看粉授不好，树上结不下果子咋办？徐桂莲说：这些事不用你管，你安心养病吧。

第二天，婆婆挂上吊瓶，徐桂莲又给胖女人嘱咐了一番，出了医院到银行的自动取款机上取了五百元钱，到街上买了两个大西瓜。刚上市的西瓜一公斤卖到五元钱，她平时舍不得吃，今天还是大方地花五十多元一次买了两个，骑着车子就往回赶。来到山羊沟那块地地头，她抱着西瓜向果园里喊：福梅，快让大家出来吃西瓜。福梅答应：好、好，就来了！可就是不见出来。

热情的阳光在果树的枝叶上跳跃。徐桂莲撵进地里，看见授过粉的花儿像新娘子似的鲜活。福梅和艾子正给中间一行的一棵树授粉，改香和菊娃给旁边的另一棵树授粉，中间隔着三棵树。她们个个眼随手看，树梢上的花儿够不着，就踮起脚尖，手跟眼走，瞅准花朵，逐一对上号，动作又快又轻又巧，像是在跳编排好的舞蹈。王福梅对艾子说：蘸一次花粉可满足五六朵花，把粉一定要涂抹在花的柱头上。戴着面罩的艾子笑着说：知道、知道。又说：这树也怪，还分个公母，和人一样。艾子是个爱美的女人，每次下地干活，都要戴上面罩，那面罩是棉布做的，能遮住脸也能遮住脖子，不至于让紫外线刺痛她的脸。她还戴护袖，不让阳光晒黑她白皙的胳膊。开始村里的人都说风凉话，说这个小媳妇穷讲究，在地里干活哪有怕见阳光的道理。后来大家发现，同样在阳光下干活，风吹日晒，艾子的脸蛋子依然鲜嫩，像刚摘的黄瓜一样能掐出水来。许多女人都学起艾子的样儿，戴起了面罩和护袖在地里干活了。改香说：人分性别，树也分男女，没有小建，你咋能生下娃娃。菊娃说：是啊，小建不给你授粉，你的花再开，也不顶啥。她们嘻嘻笑起来，笑得有些暧昧。在树荫下，几个女人毫不顾忌地在说着属于她们的私房话。

见徐桂莲来了，王福梅说：我们两头夹击，把这几棵树一授就完了。徐桂莲伸出手要接纸杯，说：让我来。王福梅说：你换艾子吧，艾子不习惯干这活，脖子可能都僵硬了。艾子是陕南人，和王小建一同在东莞打工相识相爱的。去年春节回家结婚，不久就生了孩子，因孩子小才没有再和王小建去打工，夫妻天各一方，过起了牛郎织女的日子。艾子还没回应，改香却笑着接上了话茬：谁说艾子不习惯，艾子最喜欢授粉，她说授粉就像男女做爱一样，是高兴的事。艾子反驳道：是啊，男女不做爱生不了娃娃，花不授粉坐不了果，你也想让你老公给你授粉呢。菊娃打趣道：男人都外出打工了，看谁给你们授粉。看着姐妹们高兴的样子，徐桂莲心里轻松了许多，也仿佛一下子年轻了十岁。

果园里传来一阵笑声。

和徐桂莲家连畔种地的胡更生也在树下授粉，他听到女人们的笑声，尽管不知道她们因什么笑起来，但还是受到了感染，也跟着嘿嘿嘿笑起来。

大家集中火力，给徐桂莲家的猕猴桃授完了粉，然后到地头吃了西瓜，各自抹了把嘴就要回家去。徐桂莲忙从衣兜掏出钱，给王福梅她们每人递上去一百元。王福梅死活不接，用手挡着，说邻里邻居的，帮这点忙算个啥。徐桂莲说：那咋行，旺才送我妈上医院都没给钱哩。她把钱再给王福梅手里塞，王福梅挥着手，咯咯笑着跑远了。王福梅一跑，艾子、改香和菊娃也跑了，个个把揉皱的百元大钞撂在了徐桂莲面前，说快照顾你婆婆去。

徐桂莲望着姐妹们疲惫的身影，喉咙里忽然冒出一股咸咸的东西。

赔多少是个够

不好，黑凹村的李根发家盖房出事了！

那是几天前的上午，李根发东叫西喊招来了十几个亲戚和邻居准备打房基，在架临时线接电夯时，邻居王大贵爬上围墙拉电线，还没在两米多高的墙上站稳，就“嗵” 地摔下来摔了个仰八叉，当时头上就冒出了血。院子摆得乱七八糟，活也干不成了，李根发赶紧叫出租车把王大贵送到医院。

本来，按妻子张小英的想法，现在可以先不盖新房，等两个娃大学毕业了再盖，她说：过几年咱头就轻了，不迟。可李根发犟得不行，他说：你没看村里家家都盖新房了，咱还住在这土墙房里，下雨天漏得像筛子一样，凑合不成了。盖！于是，奔着盖新房的宏伟目标，两口子开始没黑没明地干着攒钱。白天，李根发骑摩托车到二十里外县城的建筑工地当小工、卸水泥，张小英去齐家寨一家小工厂帮灶；晚上，两口子回家又打着电筒锄玉米、浇地，务弄八亩地的庄稼，挣死挣活四年过去，除过供娃上学，硬是从牙缝里挤了十万元。冬季的一天晚上，两口子坐在热腾腾的土炕上，看着一分一分打拼来的十万元存单商量盖新房的事，李根发不大的眼睛里放射出少有的光泽，他激动地说：咱开春就盖吧，这些钱差不多就够了。张小英说：二旦家盖的一层半房就花了十五万哩，这些钱可能不够。李根发似乎胸有成竹：到时候拆了旧房，木料和瓦还能用，不够，再向亲戚借些钱，基本上把这工程就拿下来了。正月初六年气还未退，李根发就叫来帮忙的人，拆了老旧的土坯房，全家人住进临时搭的帐篷里。很快，又叫来一台挖掘机挖好了地基。但是，谁也没想到，全家人满怀信心要实现盖新房这一美好的梦想时，偏偏打地基发生了事故。

李根发家住在村子西街，王大贵家住在村子东头，平时两家来往并不多，只是见面打个招呼。但两家的地却连着，李根发家要浇地，水就要从大贵家地头过。有一次，李根发家浇地，水跑到大贵家果园，一急之下，李根发就提着铁锹赶上去铲土堵水，大贵的媳妇余慧看见不愿意了，说：咋能随便在她家地里铲土？她家的地施肥多，肥得流油。实质是嫌她家的两棵苹果树喝上水了，第三棵没喝上，就和李根发吵起来，吵得脸红脖子粗。从此后，两家人心生芥蒂，好长时间不搭话了，见面都别别扭扭。那天，王大贵要到果园去剪树，走到村头的大槐树下，听说李根发家盖房找人帮忙，就往李家跑。因为王大贵实诚，是个热心人，一般谁家过红白喜事，他都要撂下手中的活儿去帮忙。大贵有句口头禅：日头从家家门前过哩，谁也有难怅的时候。村里有人说，现在帮忙的人难寻得很，你还跑恁快。王大贵说，邻里邻居的，咱去帮一把，结果进李家院子就上墙，上墙就摔了下来。

人高马大的王大贵从墙上摔下来昏迷不醒，把李根发两口子吓得浑身打战，让出租车直接把大贵就送到了县医院。好在经检查，大贵是血压升高了，头上只碰破了点皮，李根发两口子这才松了口气。医务人员给大贵紧急包扎了伤口并挂上了吊瓶。小英满面愁容问，该不要紧吧。李根发虽然心里也有些担忧，但他安慰妻子：不要紧，没多大的事！便给他哥李根劳打了电话，让李根劳将大贵摔伤住院的事赶紧告诉大贵媳妇余慧，给她说大贵不要紧，让她放心。余慧很快赶到了医院，她跌跌撞撞进了丈夫的病房，看男人的脸发紫，嘴唇干涩，纱布从脖子缠到头上，像是从战场上刚下来的伤兵，正在打点滴，先是抹眼泪，后“哇”地就哭出了声，扑向丈夫。张小英忙上前拽住她的胳膊说：妹子，你甭害怕，他没多大的伤。余慧推开张小英，翻着白眼仁，手指朝前一戳说：你说伤不重，我不信！我要去问医生，医生说啥就是啥。看到余慧火气冲天，站在病床前的李根发颇为尴尬，他忙给妻子使眼色，意思是不要挡，让余慧去找医生。余慧噔噔噔跑到医生办公室，听主治医生说了丈夫的病情，知道大贵是因为不慎从墙头上摔了下来，只是一些外伤，这才像泄气的皮球一样回到了病房。于是，李根发两口子和大贵的媳妇余慧，三个人就坐在大贵的病床前守着受伤的大贵。一会儿，李根发的手机响了，是他哥李根劳，说地基打好了，匠人问：啥时候动工呀？李根发望着余慧冷冰的脸烦躁地说：你给匠人说，等我的电话。

下午，大贵挂了四瓶点滴清醒了过来，他睁开眼睛第一句话是：我想喝水。李根发忙倒了杯水双手递了上去，大贵坐起来，接过水咕咚咕咚喝了，问：我咋躺在病床上了？李根发学说了发生事故的经过，感叹道：叫你把我的魂都吓丢了。张小英两手摸着自己的衣角，赔着笑脸语无伦次地说：没啥事就好，我去街上给你买点吃的。就出了病房的门。余慧一只手将被子给丈夫往上拽了拽，一个手摸了摸丈夫的额头，怪嗔说：叫你剪果树哩，你跑去给人义务帮忙，栽死活该！

一会儿，张小英用塑料袋提着米皮回来了，对大贵说：兄弟，米皮软活，你先吃点垫个肚子，也好消化。余慧将塑料袋放到碗里，坐在床上就给丈夫喂，大贵很快就将一份米皮吃完了。眼瞅着大贵黧黑僵硬的脸变得活泛起来，李根发长长地吁了口气。病房里的空气也活跃了起来。大贵说：根发哥，不好意思，给你添麻烦了。李根发说：咋能说这话，你给我帮忙哩，我就应该管你治病。末了，两家商定，先由余慧陪护男人，李根发两口子回黑凹村继续盖房。临走时，李根发从口袋里掏出五百块钱给余慧说：住院费我缴了一千元，你用这钱给大贵买些营养品。

就这样，李根发两口子每天安排了家中的活儿，就到医院看望摔伤的王大贵，去了不空手，不是提着牛奶、核桃露，就是水果。可一个星期过去，大贵血压降了，头上伤好了，就是没有出院的意思。一天上午，李根发又要去医院看望大贵，小英就不愿意了，她说：咱天天伺候大贵啥时能到头？大贵他病好了，咋就是不出院哩？李根发也为难，说：人家是给咱帮忙盖房摔伤的，咱该给人家看病呀。小英说短短几天，光大贵的医疗费就花了三千多元，再这样下去，我看咱攒的盖房钱就全花在这事上了。李根发问：那你说咋办？小英说：今天你别去了，快去给咱说买砖的事。李根发想妻子说得也对，医疗费反正给医院缴了，有余慧在医院陪护大贵，也可以。

王大贵给李根发家帮忙盖房摔伤的事，在黑凹村很快成为人们议论的热点话题。一天晌午，一些闲人在村头的老槐树下晒暖暖，就议论开了。一个年轻人说：电视上报道，某地一个老太太走在路上摔倒昏迷了，过往的人没人扶；有个中年人好心将她扶起来并送到了医院，结果离开时被老太太的儿子拉住了，要中年人赔钱。中年人说，你妈自己倒的我赔啥钱？老太太的儿子说，你没撞倒你送我妈，你到医院干啥？中年人急了，让老太太作证——就连老太太也说假话称是中年人撞的，你说这中年人冤不冤？另一个人说：现在出了事故，人甩不离发急哩，何况大贵还是给李家帮忙摔伤的，大贵可能就把李根发缠住了。一个老汉甚至断言：精明的李根发在王大贵的事上，反正得出一身水。

果然，两天后的下午，李根发接到大贵妻子余慧的电话称：大贵账上没钱了。李根发拿两千元钱赶天黑送到医院，医院的结账窗户早已关闭，他便上楼去病房送钱。此时，只见大贵两口子正坐在床上又说又笑。他询问大贵的病情，大贵说好多了，现在他能吃能睡，就是头有些晕。余慧接话道：头出血了，能不晕？瓜熊，你还不赶紧睡下。硬将大贵压在了床上。看见李根发给余慧手中递钱，大贵脸上显出惊讶之色说：咋又没钱了，这医院谁能住得起？李根发难堪地笑笑说：兄弟，甭怕，花钱再多，咱也得把病治好。你安心住院，钱的事你不用担心。余慧瞟了一眼李根发，对大贵说：你看看人家根发哥多好，你安心养病吧。又对李根发说：你回吧，医院有我哩。

李根发回到家中，一屁股坐在院了的木头上，发出一声长长的叹息，正在厨房做饭的小英忙跑出来问：大贵啥时能出院？李根发双手抱着头不说话。再问，李根发躁乎乎地说：人家没说，我咋知道！小英说：你个肉头，你咋不知道催催他。咱攒的钱花光了，看你房咋盖呀。一句话，把李根发顶到了南墙根。李根发有苦没出道，就跑到他哥李根劳家，坐在他妈面前诉委屈。他妈见儿子为难，核桃皮一样紧绷的脸松弛下来，说没啥没啥，幸好大贵没有大麻达。又语重心长地说：无论咋说，大贵是给咱帮忙摔伤的，咱要给人家把病看好。宁可多花钱，也不能让人家吃亏。李根发挠挠乱蓬蓬的头发说：这我知道。他妈又说：是灾避不过，是财就该来。吃点亏没啥，吃亏是福。钱是人身上的垢痂，花了就花了，甭吝惜。再次嘱咐：咱不能干昧良心的事，过去叫人戳脊梁骨。

老母亲说得也对，但问题是，家中正在盖房，出了事故，一件本来洋洋火火的大喜事让这事故给搅乱了，人心里不美气，啥事也干不成。李根发是个谨慎的人，胆子小，从没经过这样的事，心烦意乱，恍恍惚惚，吃饭、睡觉、走路都在想这件事，几天下来，他人变得胡子拉碴不说，差点还闹出大乱子。他骑摩托车去李家堡砖厂说买砖的事，途经一个拐弯，没反应过来，差点和迎面驶来的摩托车撞在一起。看着被烟熏黑、粘着报纸的旧木头零七散八扔在院子里，泼烦得很，那天要将旧木头堆在一起，和妻子抬木头时，两人没有一块扔出去，结果落下的一头砸在李根发的右脚上，疼得他呻吟了半天。

王大贵这事咋了结，思来想去心里没底，李根发两口子添了思想负担。这天晚饭后，愁眉苦脸的李根发去找他哥李根劳讨主意。李根劳先抽了弟弟递上来的一根纸烟，慢悠悠地吸着，李根发也点燃一根烟吸着，兄弟两人很快就被烟雾笼罩了。等烟吸完了，李根劳说：这下大贵一摔伤，就得到医院睡一个多月，把咱赖住了。李根发说：不会吧，老邻居咋能这样。李根劳又接过弟弟的一根烟说：现在的人，瞌睡遇不上枕头发急哩。李根劳还给弟弟讲了两个类似的事例：张家村有个小伙子开着推土机回家，一个老汉正好迎面走来就晕倒在地，小伙子一看老汉是本族的二爷，二话没说，就将二爷送到了医院，结果是老汉的心脏病犯了，在医院住了一年半，花了三万多元。钱最终全让小伙子掏了。老汉儿子死缠硬磨说，他爸虽然患了几十年心脏病，但从来没摔倒过，这回晕倒在地，是推土机轰隆隆的声音把他爸吓出病的。如果小伙子不给他爸治病，他就要把他爸背到小伙子家去住，住个一年半载。郭家河村有个人给他表哥家帮忙盖房，墙上一块砖头掉下去砸在他头上，他喊叫头疼得要命，表哥很快叫人将他送到周原市一家医院检查，他脑子里积了血，第一次做开颅手术除血，第二次做手术，第三次做手术连他的胆结石也做了。统共花了十二万元。两家为钱的事扯皮打官司，最终表哥认了八万元。这人不愿意，嫌表哥出钱少，两口子天天到表哥家门前跳起来叫骂，表哥躁了，掂把菜刀撵出来说：你头里的病我认，花多少钱我心甘情愿，难道胆结石都是砖头砸的？你再骂一句，放了你狗日的血。刀在手中就胡抡起来，两口子像灰老鼠一样跑了，再也不闹了。李根发说：这是讹人哩！李根劳说：人不要脸了，谁也没办法！我看，这事老鼠拉木锨，大头还在后面呢。李根劳接过弟弟递上来的纸烟，点燃，抽了一口说：依我看，跟大贵这样耗着也不是个办法，长痛不如短痛，干脆一次给大贵给些钱，把这件事割断，咱也就有心思盖房了。李根发问：赔多少是个够？李根劳说：谁也说不准。末了，他又建议弟弟找司法所咨询咨询，他听说计算赔偿国家是有标准的，以防将来大贵要死赖皮，思想上有个准备。

李根劳说得巧，刚过了一天，李根发又接到大贵妻子余慧的电话，余慧说：你们把人给医院一拉就不管了？我人可是给你家盖房摔伤的，你如果不管，我就拉到你家去。李根发听着余慧咬人的话，气得心里就像生了火，仿佛满脸横肉的余慧正披头散发站在他面前，唾沫星子乱溅。但这次理亏，他又不能发作，只好忍了。他笑嘻嘻地问：弟妹咋了咋了，你发啥发脾气呀，啥事你说。啥事，我老公账上没钱了，医院不给看了，人家叫出院哩。你看咋办？余慧高喉咙大嗓子说，啪地挂了手机。我当人死了哩，你发这么大的火。李根发对着手机自言自语说了一句，忙让妻子小英取两千块钱，就要送到医院去。小英吊着脸，磨磨蹭蹭打开箱子取出一沓钱给男人，却从中分出一半说：这事成了长虫的沟子深罐罐？买砖的钱都快花完了。很是不悦。

当天，李根发吃过早饭，就准备骑摩托车去医院看望大贵，对门的媳妇翠花失急慌张跑进厨房给小英叽叽咕咕了几句，小英跑出门就两手伸开，拦住了正要骑车走的李根发。李根发问咋了，小英说回回回，到屋里我给你说。李根发两口子进了屋，小英关上门说：我刚听翠花说余慧从医院回家了，给大贵几个他哥学说这事哩。李根发说：学说怕啥，这事在村里都摇了铃了，怕她学说。小英说：翠花说大贵他大哥不吭气，别的几个他哥也不吭气，余慧急了说没人管大贵了，又哭又闹到她娘家搬人去了。李根发问：那咋办呀？我去问问咱哥。小英惊慌失色地说：问啥呢，不问了。我估摸余慧可能要搬娘家人跟咱闹仗呀，好汉不吃眼前亏，咱先躲躲风头，看她能咋。李根发心里“咯噔”一下，他没想到余慧还能有这一招，难怪村里叫她“铁铲铲”。李根发问：真的？小英说有人看见，咋能不是真的。李根发说：那咱怕啥，我给咱哥说说，咱提早做准备，跟他王家弄一场。小英说：王家兄弟五个，你家兄弟两个，能打过人家？还是躲吧，不要鸡蛋碰石头了。李根发问去哪儿，小英说声他舅家。两口子一个推摩托，一个锁院门，随后，骑上摩托一溜烟出了村。

一进娃他舅家的门，两口子就藏在小英她妈的炕上，小英还忙拉上窗帘，小英她妈说：怕啥哩，怕啥哩，狼来啦？小英说：妈您别声张，根发打电话呢。李根发就拨手机轻声慢气给他哥李根劳说了情况，特别嘱咐，让他哥注意他家的动静，看看大贵家的人有啥行动。李根劳回答知道了。十分钟后，李根劳回话说：他家门前没人。二十分钟后，李根劳回话说：他家门前还是没人。李根发说：没人就好、没人就好。小英说：大贵是个实心眼人，不会装病，就是他妻子余慧是个麻糜不分，将来这事要坏就坏在她身上了。李根发说：你咋能这样说话，人家总是给咱帮忙受的伤呀。小英说：你咋老替人家说话哩！你干脆跟余慧过一搭去。李根发见妻子躁了，就不再接话。过了一会儿，小英说：其实，要说大贵老实也不老实。大前年他和村上几个人在县城一个建筑工地干活，摔了一跤，腿上擦了点皮，在医院住了一个月不说，最后还诈了包工头三千元。包工头说伤不重，可大贵两口子天天到工地上大声叫骂，扬言包工头不赔钱，就要告法院。叫骂到第八天，包工头头大得受不了，拿了一沓钱从办公室窗子撂出来说，你赶紧走，再别坏我的名声了。这是余慧在村里学说的，她还说，狗日包工头想着我好欺负，但他不知道，我去时腰上别着铁铲铲哩。当时在场的人都笑了。后来村里人就叫她“铁铲铲”。李根发说：大贵诈包工头，包工头有钱哩，可咱没多少钱呀。后来，两口子都昏昏然睡着了。

天黑的时候，一阵响亮的彩铃声惊醒了李根发，他看是他哥李根劳的电话，忙问：哥，现在啥情况？李根劳说：自打你给我说了，我就坐在我家平房上给你家门口望哩，望来望去，都是过路的人。晌午吃饭时，我看有人敲你门哩，细一看，是三组的赵四，看你家门锁着，就跑来问我你弄啥去了，我说我不知道。他问你把房盖的咋样了，准备叫你和他一块出去打工呢。李根发急了，打断李根劳的话说：哥，你说亮清，最后是啥情况？李根劳接着说：天快黑了，你家门口狗大个人都没有，就是小英养的那两只母鸡扑上扑下飞不回院子，在咕咕叫哩。李根发心里一块石头落了地，笑着对李根劳说：你把鸡先关在你家，再给咱妈说一声，让她甭担心。李根劳说：咱妈知道了，让你两口子快回来哩。李根发说声知道，就关了手机。小英说咱不能回家，万一大贵家的人趁夜间来闹事咋办呀。她妈说：我女儿平时胆大得很，咋遇事就怕了。好，今黑就住在咱家，陪妈说说知心话。吃过饭，小英就将大贵给她家帮忙摔伤的事给她妈说了一遍。她妈却说：听妈一句话，明天再去医院看看人家，事不大，我想他大贵家也不会闹事。

听了小英她妈的话，李根发第二天先送小英回家，就去医院看望大贵。大贵一人躺在床上，他就试探着问大贵余慧到哪儿去了。大贵说余慧回她娘家了，头一天，她二哥的孙子过满月哩。李根发立马脸上堆笑说：我就说哩，她咋就没见人，随手掏出一千元塞给大贵，大贵又是推让了半天才接住。

从医院出来，李根发径直来到齐家寨镇司法所，走进办公室，只见胡子拉碴的司法员老马在处理发生在张家村的一件纠纷。一个瘦高的男人正和一个脸上见血的胖女人争吵，男说：你为啥要折我家的苹果股，该打！女说：你家的苹果股为啥要伸到我地里？男说：那个股上还结了七八个苹果哩，你为啥不等我摘了果子再说？女说：果树股伸到我地里，碍事，我应该折它。瘦男人见胖女人说得理直气壮，气得脸发紫，抡起拳头就打胖女人，老马上前一把将瘦男人抱住说：不能动手不能动手！在老马的劝说下，两人气鼓鼓地坐在木椅上，不吵了。这下老马对那瘦男人说：你错在先，因为你家的苹果树股伸到人家地里，叫侵犯领空，你理长啥哩？你早剪了这个树股，能发生这样的事？又对胖女人讲：你错在后，不该自作主张将人家的树股折了。李根发见老马一句两句说不完，正要转身走时，没想到老马又说了一句：邻里邻居，以后不能为鸡毛蒜皮的事再打闹了。瘦男人和胖女人却双双出门走了。李根发便将大贵给自家盖房怎么受的伤，花了多少钱，还赖着不出院的事给老马说了一遍，问老马咋办。老马说：这样的事怎么处理，法律上还是个空白，纯粹是良心账，属道德层面的，所以就常有讹人的事发生。这就要看你的造化了，碰上个好邻居，没多大的事，碰上个皮缠棍人，就得多花钱。李根发问：能不能给大贵一笔赔偿，一次性将这件事了结？老马说：这当然是上策，但赔多少是个够，必须要王大贵开口才算数，大贵不说，现在谁也没办法。他建议李根发最好去找村上，到时候由村上调解这个纠纷，因为双方都是本村村民，村上调解能起大的作用。

李根发便找到村长王二说了这事。王二说：老马说的跟没说一样，他好歹算个司法机构哩，都害怕粘牙事，村上就不怕了？李根发说：他最担心大贵在医院耗下去，他两口子辛辛苦苦攒的盖房钱可就全花光了。王二说：这只是你们心里的病，事情还没有发生哩，你怕啥？再说大贵是个老实人，相信他不会装病，老睡在病床上，睡得他浑身疼，急死他狗日的。另外，他也没有讹人的胆，借给他两个胆，他狗日的也不敢。李根发说：万一大贵要赔偿咋办？王二说：人家是你家盖房摔伤的，你赔偿也在情理之中，就是看赔多赔少说话了。李根发问：那由谁来在中间说事？王二就不耐烦了，手一挥：你现在先给人家好好看病，事还没在那一步呢，你急啥？

李根发回家将这些话说给妻子小英，小英说：咱得有个思想准备，小心成了冤大头。晚上，两口子睡不着，又说起这件事，但说了半夜，他们才想起来，几天过去了，余慧并没有打电话。后来，两口子商量，再去医院看望大贵，顺便探探大贵两口子的口气。

于是，第二天，李根发两口子带着营养品和两千元钱来到医院看望大贵，见大贵头包着纱布在病房里活动。他们问了大贵的生活起居情况，大贵说好着哩，你们再不要来了，快操心盖房的事。我都把余慧打发回去了。李根发掏出钱给大贵，大贵死活不要。走出医院，小英说：看来大贵没多大的事了，他咋就不说啥时出院。李根发说：那咱咋说呀？回到家里，小英忽然对男人说：你明天再去看看大贵吧。李根发说：咱要操心盖房的事，总不能天天去呀。去得太勤叫人家觉得催他出院呢。小英说：你明天去吧，我给你把礼品都准备好了。其实小英的心思，要的就是逼大贵出院的效果。

当天下午，李根发就又提着礼品赶到了医院。到病房外面，却听大贵两口子正在对话，余慧说：你是给他家帮忙摔的，就应该让他家看病。大贵说：人家不是没管呀。余慧说：你再住些日子，把身体再查查，省得咱花钱。大贵说：家里一大堆活，住啥院哩，给人家添麻烦。又说：也是怪我，那天早上没吃饭就急着去帮忙……高血压是几年前就有的，你又不是不知道，头上擦了点皮，再没病了，总不能讹人吧？余慧说：你这个榆木疙瘩……

大贵两口子在商量出院的事，李根发不好走进病房，怕生出尴尬，就去街上转了一圈。半个小时后，他去病房，却不见了大贵两口子。同病房的老汉说：两口子为出院的事吵了起来，最终，小伙子拔了吊针，还是走了。

狼项目

北山上有狼的消息是从老疤子嘴里传出来的。那天下午，老疤子像往常一样，在山坡上捡柴火准备回家烧炕，就在他扛着一捆柴火下山的时候，树林子里忽然就跑出了几只野物。那野物个个尾巴拖在地上不紧不慢地走着，在灰暗的天空下显得更灰更模糊。就在他发现野物的那一刹那间，野物也看见了他，慌张地撒开腿再次跑向树林。狼，那是狼！老疤子脑子里闪过这样的念头，他有些激动，但更多的却是惊喜。有四十多年了，他都没有见过狼呀。

老疤子说他在山上发现了狼，起初村里许多人都不相信，后来说的人多了大家就半信半疑，传着传着这一消息传到了村长高大山的耳朵。眼看着别的村子都有了脱贫致富的项目，坡下村被老天爷扔在山沟里，政府不允许砍伐树木后就啥事也弄不成，村长高大山急得像热锅上的蚂蚁。就在高大山为让村里人富起来没有好项目的时候，得知了老疤子在山上碰见狼的事。这天晚上高大山在家中喝了几盅小酒，忽然脑门子一拍来了主意，他想村里为啥不能成立一个搜狼队，将狼带回村里，再给村里修一个动物园，让山外的游客都来参观挣游客的钱。他夜里激动得睡不着，就跑到支书李二娃家说了自己的想法，支书李二娃说狼是保护动物，怎么能关进园子里让人参观，那不就违反了国家有关政策吗？高大山说大熊猫是国宝，不也在笼子里关着，还坐着飞机出了国让洋人参观哩！猴子也是保护动物，那山东人河南人怎么拉着猴子整天在街上耍杂技？你别给我上政策课了，咱村里穷就是把政策认得太真，拴住了人的手脚，这回要解放思想哩。狼是咱山上的资源，咱又不卖它不杀它犯的哪门子法？这样一说，坡下村两个当家人梆子敲在一块，事情就算决定了。可是搜狼队都由哪些人组成呢，他们一时找不下合适的人选。

坡下村要逮狼挣钱的消息像一股狂风，很快传到镇上，又很快传到县上，县长李大虎倒很支持高大山的想法，但也有人持反对态度。面对不同的意见，李大虎先后找来旅游、林业等相关部门的负责人，先后召开了四十九次会议讨论这一议题，总算基本定了下来。后来他在政府办公会议上说，作为一个国家级贫困县，咱们这里除过穷山恶水还有什么呢？再有就是北山上的狼了，我看我们县上只要能做好“狼项目”，钞票就会像哗哗的流水一样，让群众富起来。高大山说得有道理，咱不是花钱买的狼，咱也不是要杀狼，咱是让游客参观狼让狼和人交流呢么，这就叫人和动物的和谐相处。一个村干部都能看到这一步，说明高大山站得高、看得远，咱们要学习哩。几十年没有见狼了，难怪有个作家写书《怀念狼》，咱们如果能逮住狼，把人们对狼的怀念变成现实，再把它做成旅游项目增加收入，这就是实现双赢的大好事呀。

县长一锤定音。会上立马决定由县政府出面，在坡下村实施“狼项目”，以狼为由头在北山开发旅游产业，带动当地经济发展。县有关部门对北山进行了实地考察，找出了关于狼在北山活动过的零零碎碎的资料拼凑起来，写出了实施这一项目的可行性报告，送省上审批立项，争取国家专项资金。

高大山听说自己瞅的一件好事让县上从空中弄走了，十分不满。他撵到镇上对眼镜镇长说，这狼是我村人发现的，就在我村背后的山上，我把投资商都寻下了，这县上咋就不讲理，要胡插手呢？眼镜镇长把他审视了半天问，你是不是我的部下？高大山答：

当然。又问：我由谁管？又答：县长。眼镜镇长说，那咱都是一个政府你还说啥，你是共产党员你不知道啥叫下级服从上级？按说镇上也有招商任务，我都急得没沟子抠哩，也想把这个项目抓到手，但抓项目是“一把手” 工程，咱要服从大局，不能打自己的小算盘。回去只管撅起沟子干就是了，项目实施中出了岔子，我就打你的沟板子。

县公安局成立了搜狼队承担寻找狼的任务，这一任务落在治安大队大队长李军肩上。李军身材高大，黑脸阔下巴，曾在部队服役十一年，是个干不成事决不罢休的主儿。在欢送搜狼队的仪式上，公安局局长说，上山寻狼，是光荣而艰巨的任务，希望大家振作精神，克服困难……

李军领着十名队员从坡下村向北山进发。初冬时节，群山一片苍茫，队员们先按老疤子的描述，沿着狼出没的方向在荆棘丛、柏树和桦树林中穿梭寻找目标，后来就开始攀崖爬壁，在沟沟坎坎上巡视。有一天，他们在老鹰岭的半山发现几只野物在青色山崖上蹿来蹦去，待赶到跟前野物早已跑得无踪无影，几名警察在树丛里寻找了半天，有人才看清从他们视线里逃脱的是几只狐狸。还有一次，他们听到树林里有“呜呜呜”的声音，循声觅去，发现在一片树林后面的半崖上有一个洞，声音就是从山洞里传出来的。两名警察在山崖下蹲守了一天一夜，第二天上午，一只狗熊懒洋洋地钻了出来。还有一次，他们在一片桦树林里穿行，忽然听到不远处传来“呼哧呼哧”的声音，赶忙在四周埋伏，半个小时后看到两只羚羊款款走来。就这样，队员们在北山地区整整寻找了半个多月也一无所获。这天晚上，他们坐在篝火边泡干吃面，又谈论起了狼的事。一名队员说，北山上早就没狼了，这是他听他爷爷说的。他爷爷还说，几十年前人把狼当恶物对待，狼也经常下山吃猪、吃羊糟害百姓，人都对付狼，早把狼打完了。他爷爷还说北山的后面有个窝子村，有一年政府提倡大力养猪，十二户村民养了四十多头猪，两个晚上就叫狼叼完了。村民们气得个个浑身发抖，村上就成立了打狼队整整一个冬天上山打狼，队长王三枪在山上发现了一个狼窝，进去一看只有四个狼崽在嗷嗷待哺，就将狼崽一个个提起来摔死了。后来村里清静了好些年。另一名队员说，他也听他爷爷说过，当年不但打狼，就连麻雀也被列在“四害”之中，一群麻雀飞过来刚要给树上落，一伙人就扑上去追赶摇树，一棵树摇起来，棵棵树都在动，麻雀没处落脚在空中飞来飞去最后就被活活累死了。李军说撵狼的任务很艰巨，如果找不到狼他们恐怕过年都回不了家，大家要做好长期撵狼的思想准备。李军又说：这狼也怪，找你又不杀你不剐你，现在是要保护你呢，你咋就是不现身，害得我们警察不得安生。

令警察们没有想到的是，他们关于狼的议论却被狼听到了，就在离他们不远的地方正有三只狼。这三只狼皆为灰色，父亲叫老灰，两个儿子分别叫大灰和二灰。它们一家其实早发现了头戴钢盔手持警棍的警察，与警察捉迷藏已十多天了。每每进入冬季食物减少，就是狼最难挨的时光。那一天，老灰领着两个儿子在山上奔波了半天都没有觅到可口的食物，就只好冒险下山和农户家的狼狗们混在一起讨口饭吃。它们发现山里现在许多人家都养了狗，而其中狼狗居多，由于狗们的生活质量在不断提高，现在也对它们放松了警惕性不与它们为敌了。即使有时碰见狼狗，狼狗们也睁一只眼闭一只眼，这样它们才能混饱肚子再返回山上。因为几十年人都没有见过狼了，谁也不会想到狼和狗之间能达成谅解成为朋友，可就在那天黄昏它们返回山上的时候，却被老疤子发现了。在老灰的记忆中它们家有两个敌人，一个是老疤子，另一个就是李军，老疤子的祖父打死了它的祖父，而李军的父亲打死了它的祖母，这些都是它父亲告诉它的。令它没有想到的是，在它们还没有找到这两个人复仇的时候，仇人却又找它们上山来了。它知道，这些年来，它们的同类越来越少，要活下来实在不易，只有巧妙周旋才能躲过这一劫。而两个儿子对于它们的家世并不十分清楚，大灰听了李军的话高兴地对父亲说：爸爸，咱干脆出去投降吧，这样警察也就交了差，咱们也就不受这份洋罪了。你看咱们整天饿着肚子跑来跑去，夜里又没有个固定的居所真是活受罪呀。二灰对哥哥的看法表示赞同，也希望爸爸能考虑未来。老灰告诉儿子，它们当下的处境确实艰难，但是它们却拥有自由，想干什么就干什么，自由是最可贵的。人现在不用武力对付它们了，谁知道再耍什么花招，要逮住它们让它们去干什么，还是不要轻易上了人的当，说来说去人的计谋总是比它们高一筹，它们永远斗不过人。

就在老灰和两个儿子商量对策的时候，忽然看见不远处的篝火快要熄灭了，一名警察向它们走来，虽然它们藏在荆棘丛中，还是悄无声息地紧紧贴在一起。这名警察来到荆棘丛前，抹下裤子掏出一个黑乎乎的家伙，往外喷出一股清亮亮的尿水又返回到篝火旁，接着警察个个喊冷，都钻进了帐篷。老灰还和两个儿子商量过，欲在民警们睡死之后去袭击他们，后来认为和警察搏斗赢的可能性并不大就抛开了这一想法。天没亮的时候，老灰领着两个儿子转移了地方。

在惊恐中度过了一天。这天下午，老灰安排两个儿子下山探探风声，弄清人逮住它们到底想干什么。大灰撒腿很快跑到县城混进县长李大虎家的院子，县长家的狼狗对它先是“汪汪汪”叫了几声很不欢迎，后来它们玩耍了一会儿就熟悉了，两个一块吃起了盆里的猪头肉。猪头肉是县长上午会餐时没吃完带回来的，大灰感觉到人做的熟猪肉比它们往常吃的生猪肉要香得多，但它还是表现出少有的矜持，尽量少吃一些。因为爸爸给它特意交代，在这朝不保夕的时候，不要因为贪吃或大意而惹来杀身之祸。它一边吃着几块碎肉一边竖起耳朵，仔细听着屋里的动静，只听见县长问，怎么半个月了还没有找到狼？对方说，你放心县长，李军是我们局里的强将，办事果断认真，他立过军令状称找不到狼决不下山。问：游乐园修得怎么样了？另一个人说：正在加紧修建，计划赶春节前完工，游人来了就有看头了。又问：门票价格怎么定的？再一个人说：我们初步确定为五十元，不知高不高？县长说：我看还是三十元为宜吧。你想想，一张门票三十元，每天要有多少游人来看狼呢。到时要由专门的饲养员把狼喂好，再到省城的动物园学习取经，把狼训练好，让狼多出一些节目，那时再涨门票价格也不迟。对方说：县长说得对，咱就按县长说的办。随后屋子里传出哈哈哈的笑声。大灰猜想县长一定是在和公安局局长、旅游局局长或物价局局长谈话，商量它们以后的事，原来是准备让它们上台表演为县上增加旅游收入。

二灰在坡下村转悠了一阵子，等家家户户的炕洞冒烟时分，溜进老疤子家的院子。它趴在门上往屋里望，发现老疤子正在灯光下眯着本来就小的眼睛，右脸上的疤痕蠕动着，一心一意地擦他的那杆老猎枪。村长高大山歪着头正在劝说老疤子：尽管几十年前狼咬伤过你，但狼现在是宝贝，不能打，知道不？咱村上的计划是泡汤了，县上接手要修起了游乐园咱也是挣钱，咱不能坏了县上的计划。我给镇长已经建议了，游乐园建起了，让你去专门训练狼，你也不枉当了一回猎人。狼可是我第一个发现的。老疤子歪过头倔腾腾地强调了一句，继续一心一意在擦他的那杆老猎枪，老猎枪被擦得通体发亮，仿佛几十年它就没有生过锈。二灰想老疤子的那杆枪一定是要对付它们的。

大灰二灰返回山上，向爸爸汇报了山下的最新消息，老灰想政府要逮住它们让它们做奴隶，老疤子要武力解决它们，看来它们的厄运要来了。老灰说令它想不通的是，几十年前人把它们当敌人看，现在它们不糟害百姓了，人还要把它们当敌人，凌辱它们。什么时间不需要它们了就打它们，什么时间需要它们就找它们，它们的活动难道能要人来决定吗？人真是太坏了。当夜，老灰领着两个儿子又向另一个长满松树柏树的山顶上转移。

十天过去了，十五天过去了，一个月又过去了，搜狼队仍没有发现狼的蛛丝马迹。李军他们不免有些泄气，但因为有军令在身，他们还在坚持继续找狼。这一天，天气出奇的冷，大片大片的雪花飘起来，山上变成银装素裹的世界，树木、枯草和崖石都染上了一层银白色。李军他们在帐篷里休息，因为多天的奔波已让他们感到十分疲惫。忽然一名队员发现在不远处的松树林子里，有两只身上带雪的野物在缓慢行走，接着飞跑起来，当它们身上的雪抖落掉后变成了灰色。仔细看，那正是他们日夜要寻找的狼，其中一只狼的身上还背了一只狼。他惊喜地大喊：狼、狼来了！李军他们钻出帐篷就向前赶去。可是赶到松树林子里早已不见了狼的踪影，只有雪地上留下的一道狼爪印。李军命令大家向四周展开搜寻，说狼一定就在附近。

那三只狼正是老灰一家。在饥寒交迫中，父子三个分头觅食，大灰在山崖上终于发现了一具羚羊的尸体，就在它扑上前伸嘴去叼时，听到远方传来“轰”的一声，受到惊吓摔到崖下跌断了一条腿。听到警察的呐喊，它们慌不择路又向另一个山坡跑去，最终艰难地爬上一个光秃秃的山顶。这个小山头三面临崖，顶上风大雪大，冷风飕飕吹过来，冻得它们瑟瑟发抖。就在它们意识到走错地方要转移的时候，警察已经赶来堵住了唯一的去路。

李军他们再次发现老灰一家时，三只狼正孤独地站在雪地上，他们决定上前去施救。但狼并不明白人的意图，在双方对峙后，一队人推进，三只狼开始后退、后退，直后退到了小山顶上。不能再逼狼了，逼下崖我们就失职了。这样的念头在脑际一闪而过，李军忙让战友停下脚步，拨通手机给局长汇报了这一紧急情况，并提出让县消防大队上山援助解救被困的狼。公安局局长带人来了，消防官兵来了，县长李大虎也赶到了，往日冷清的小山谷被一阵一阵的喧闹声淹没。在李军的带领下，救援人员先实地察看了地形，发现这座小山三面的崖石高度均在七八丈以上，有人就提出万一狼被逼急了跳崖怎么办？县长李大虎说：要采取一切有力措施，保护狼的安全。尽全力抓住活狼。警察们便冒雪帮助消防人员搬运云梯和棉垫，将云梯搭在了西边的崖上，将棉垫铺在了北边的崖下。因为按照紧急处置方案，消防人员将攀云梯上山顶救助受困的狼，警察在下面配合，狼如果反抗，万一发生意外摔下崖就会落在棉垫上。

一切准备就绪，全副武装的消防人员攀云梯依次上到山顶发现，原来这座小石山浑然一体，山顶为凹形，面积有十多丈大，三只狼正紧紧地依偎在一起，雪花落在它们的身上白绒绒的，和柔顺的绵羊没有什么两样，但狼的头颅却高高昂起，眼里射出骇人的光芒。山下传来县长从干电池喇叭里发出的声音：你们一定不要伤了狼，要捉活狼……活狼……就在消防人员一步一步、小心翼翼靠近狼要逮住狼的那一刻，三只狼却像射出去的箭一样飞奔而去，随后传来“嗵”的长长的回声。山上山下的人几乎同时感到心惊，消防队员上前几步，顺着东边的山崖往下望，只见山崖如斧劈刀砍一般，齐茬茬光溜溜地望不到底，大家吸了一口冷气。

救援队员在山下仔细搜寻，天快黑的时候发现了被摔死的三只狼，只见两只小狼分别架在树杈上，血红的舌头吐得老长，而老狼直接落在了一块大石头上，死得最为壮烈。

狼跳崖的消息传回去，热衷于实施狼项目的人不免像泄气的皮球一样蔫了下来。游乐园施工工地的轰鸣声也戛然而止，村长高大山竟伤心得抱头痛哭。

狼死了，狼项目怎么实施成了一件头疼事。开了几次县政府办公会也拿不出个万全之策来，投资这一项目的浙江客商却像催命鬼，天天来问县长李大虎怎么办，并威胁县上违约就要赔偿他十倍的损失，因为对他来说上千万元的资金不能就这样打水漂。就在县长李大虎不知该如何处理这个烫手山芋的时候，一天夜里，旅游局局长唐文明来对县长李大虎说：不怕不怕，狼项目不能停。这确实是只有咱们县上能搞的一个好的生态项目，继续搞，明天就让开工，出不了大乱子。咱们到外面去考察，人家大部分旅游景点都是白地捏骨角捏出来的，南方人把个石头能说成万年亿万年的，能吹上天；沿海人把条鱼能吹成海怪、海豚；为提高知名度，有些地方还用历史人物、戏剧人物垫背，打出了李白故里、愚公故里、潘金莲故里，甚至还打出了孙悟空、白骨精诞生地的招牌，大肆宣传造势招客哩，咱怕啥，咱的狼是真的，山是真的，不怕！看着唐文明眉飞色舞的神情，李大虎说：那你可要策划好，不敢闹出笑话来。唐文明拍胸脯说：你放心，我一定要把北山闹得叫他游客潮涌人气旺！

接下来的时间里，唐文明亲自督阵，将坡下村的半拉子游乐场建成了硬件设施齐全，流光溢彩的游乐场；将狼跳崖的没有名字的山命名为“狼崖山”，将摔死狼的那块石头命名为“殉情石”；又请来省内一位著名书法家题了字，让一位祖传手艺的老石匠刻在山崖和石头上。“殉情石” 上还刻有狼殉情的缘由和时间等。高大山、老疤子家的狼狗等十多只狼狗也被选进来接受跳高、跳远、过独木桥、钻火龙等项目的训练。挑选是在严格的限制下进行的。那天，坡下村锣鼓喧天，载歌载舞，由县长李大虎亲自主持的“选彪” 大赛拉开帷幕。三十二只公母狼狗经过激烈角逐，高大山、老疤子家的狼狗等十二只狼狗入围获奖。入围的狼狗除主权不变、管吃管住外，它的主人每月还可以领到五百元的伙食补助。接下来，这十二只狼狗就能代表县上在游乐场表演。对于这些做法，高大山很是不解，称咱山里人咋能弄虚假事骗人？唐文明说，怎么你还嫌不够？就这还是看在县长脸上，给你家的狗看了情面哩。

半年后，电视里打出了“要看生态狼，请到狼故里” 的广告。广告的画面上是一片茂密的森林，一群凶猛的狼穿过森林，向无垠的田野飞奔而去。尽管广告片只有短短的十八秒，但它却惊险刺激，撩起了人们对于狼的回忆和向往。煽情的广告在电视里一次又一次出现，天南地北的游客如洪水一般涌到了坡下村看生态狼。头刮得青光、穿唐装的村长高大山引导游客观看狼跳高、跳远、过独木桥、钻火龙等表演。当有人提出表演的是狼狗，不是他们想要看的狼时，村长高大山解释，古书里记载，狗是狼的舅父，常言说外甥像舅，所以狼和狗的基本习性是一样的，狼狗就是狼和狗交配生的混血儿。听着这一新鲜的推论，游客们有的点头称是，而更多的则捧腹大笑起来。随后，穿着艳丽、打扮时尚的讲解员唐丽丽（唐文明的女儿）带领游客徒步三公里的石板小径，游览狼崖山。经过培训的唐丽丽用她那一张樱桃小口讲解得夸张形象、惟妙惟肖，语速掌握得恰到好处，惹得游客一声声感叹。

生态狼这一旅游品牌如吸铁石，吸引着成千上万的游客，其中也不乏黄头发、黑皮肤的外国友人。这一年暑期到来，一拨一拨的游客在狼崖山下涌动，游客们看过狼表演，有的就钻进一家家“农家乐”品尝当地的农家小吃。更多的游客就来到狼崖山下，和手拿写着“发现狼第一人”字样纸板的老疤子合影留念。留大背头的老疤子黝黑的刀条脸上泛着鲜亮的光，他正在美女帅哥的簇拥下，美滋滋地一次一次出现在镜头里，当然他每次合影，也能获得一百元的报酬。老疤子的身后，一对对热恋中的情侣或手挽手，或相拥搂抱，海誓山盟在“殉情石” 上拍照。一位小巧貌美的女子，眼里含泪对男友说：如果你将来变了心，就连狼也不如……还有游客抱着好奇心，听唐丽丽重复了上万次的狼故事。胸前夹着微型话筒的唐丽丽讲解道：这两只狼来自大秦岭莽莽的森林，在红桦林中相识相爱，因父母对这桩婚姻坚决反对，它们相约来到这座石山上殉了情。它们为真爱的坚贞，震撼了千千万万的人，在当地流传着许多美丽的传说和版本……

一位腆着大肚子，穿背带裤、戴礼帽的美籍老年华人感叹：当下社会，狼都知道对爱情忠贞不渝，何况人乎?

看　戏

一

虽然是傍晚时分，但李家堡的村街上已是人影稀疏了。只有村子北头老吴家开的小商店，还向外射出一道橘黄的灯光。一个女人拉着娃娃的手从灯光里走过，吓唬娃娃说天黑了，你还不回家，把你卖了去。娃娃发出“哇”的一声，哭了起来。一个老汉拄着拐杖从商店前走过，骂骂咧咧的。有个穿夹克衫的男子趴在商店的窗口上，和店老板老吴说着什么，随后手里拿了一包烟离开了。几个老人佝偻着身子，夹着板凳一摇一晃走进灯光里，影影绰绰的，像皮影戏里的人物。有人问：你们干啥去？答：到陈家坡看大戏，陈大元死了，演戏哩。有人说：才死了人有戏看了，走，咱也去瞅个热闹。

人们当下就议论开了，说陈大元的儿子陈万万办大企业，挣的钱拿汽车拉哩，比在周原市做生意的张大鹏有钱。他爸陈大元吃得好，穿得好，像过去的财东一样，整天掂个大脑袋转来转去打麻将呢。这回他爸死了，肯定要给他爸把事过得热热闹闹，往大里整呢。一个老太太说，听说陈万万从省城请来了大戏，戏从今黑起，要演三天三晚上哩。

买盐的吴智良老汉正在商店外面捡拾一张硬纸片，他听说陈家坡演戏，像孩子般高兴，回家给老伴范玉霞说：快吃饭，吃了咱去陈家坡看戏。老两口都是戏迷，常十里八里撵着到庙会上看戏。平时儿子一家打工的打工，上学的上学，只有老两口守着个冷清的家，看个戏心里就不空落了，好在身体还硬朗，跑来跑去也感觉不到困乏。陈家坡是王家崖村三组，李家堡为一组，两个村子相距不过二里地，出了村下个坡就到了。范玉霞问：陈家坡干啥演戏？吴智良说：咱管他干啥，只要演戏咱就去看。他似乎要卖个关子，和老婆逗个嘴，激起老婆对看戏的兴趣。范玉霞笑了说：你哄我哩。吴智良说：陈大元死了。他儿从省城请来了大戏。范玉霞有些不相信，因为前几天她害感冒，去村上的卫生室打吊瓶还碰见过陈大元。她问陈大元咋了，陈大元说自己的心脏病又发作了，心跳口战，感到气短，也来打吊瓶。当时，陈大元兴奋地说，如今社会好了，儿子对他也孝顺，常给他买人参等补药吃，他要再过几年好日子呢。大胖脸上显示出满足的表情。另外，她听陈大元说自己身体再没啥大毛病，能吃能睡，可没过几天，陈大元说死就死了。看来，人上了八十岁，像风中的豆油灯，说灭就灭了。老两口急急忙忙喝了碗稀饭，提着小凳子就要出门。吴智良忽然想起什么似的问老伴，你吃药没有？范玉霞说：吃过了。你呢？吴智良歪着头说：我没吃呀。范玉霞说：你操心我，你都差点忘了；又转身开了屋门，在炕头柜子上的一个药瓶里倒出几粒药，自己先喝了，后端着一杯水出门让老头喝了。老两口一个是高血压，一个曾患过脑溢血，平时主要靠药物控制，每天吃药是老两口生活中的大事。吃了药，老两口似乎这才放心了，便关了院门，摇摇晃晃朝村外走去。

走在通往陈家坡的水泥路上，吴智良看见，去陈家坡的不只是他们，前面后面还有许多老人。是啊，年轻人几乎都外出打工了，平时没有什么文化活动，村里寂寥得让人心慌，谁家过个红白喜事，就好比老年人的节日。老人们怎么能不欣喜若狂？他们中有的走着，有的坐在儿子孙子驾驶的三轮车上，在苍茫的夜空下，像一股流水朝前涌去。远远地，就看到陈家坡的文化广场上灯火通明，戏台子下已坐了不少人。

二

吴智良老两口提着小板凳站在戏台子下，搭眼一望，戏台子上面灯火辉煌，戏台子下面黑压压一片，伸长的脖子像安了转珠似的往人堆里瞅，欲寻找一个空地坐下来，可刺目的灯光让他们眼睛发花。正在此时，听到有人说，爷，你咋才来呀？吴智良转身看到，陈家坡组组长彭三贵正在和他的邻居李万水打招呼。彭三贵的头发如刺猬身上的毛一股股奓起，短小的皮夹克搭在半腰，窄棒棒裤子好像绑在腿上似的，乍一看像个歌星，就是脸上的几个粉刺疙瘩煞了风景。他点头哈腰地给李万水递上一支香烟，忙掏出打火机“啪” 地打着点燃，手一指说：爷，你给台子正中间走，和我万才爷他们坐在一起。

彭三贵这样一提醒，吴智良这才看见，村长李胜利他爸李万才早来了。他鹤立鸡群般坐在戏台子下面的最佳位置，嘴里噙了根烟，袅袅青烟在他旁边画出一道弧线。

李万水感叹道：这坛场大呀。

彭三贵说：我陈爷活了八十三岁，是喜丧。他的丧事当然要煽大整圆，办得高端、大气、上档次。我爷是谁？是我万万叔他爸。我万万叔是谁？是大老板，是名副其实的千万富翁，是县政协委员呀。咱王家崖有谁能比？

彭三贵之所以把陈大元我爷我爷地叫，是他在村里的辈分低。一个村子，尽管姓氏有别，但也讲究个辈分高低，在相互的称呼中，也能体现出一个人的卑尊贵贱。李万水下巴抬起问：过这么大的事，谁当总管？彭三贵嘻嘻笑了说：当然是我胜利叔呀，甭说陈万万有的是钱，他还离不了我叔。再说过这种事，光劳客就有八十多人，除过我叔谁能调动得了。李万水要的就是这句话，这就说到他的心上了，就把他的身份凸显出来了。他知道村里过这些事大都离不开本家侄子胜利，因为胜利是村长，在王家崖村是叱咤风云、一呼百应的人物。他常给人说，我胜利吃块肉我还能跟着喝口汤哩。

吴智良看着彭三贵那一副哈巴狗模样，心里骂了句“舔沟子货”，便拉着老伴的手，抬起脚，跟着李万水从人缝隙里跷过去，在李万才跟前坐了下来。

夜幕下，男女老少仍三三两两向戏台子下集中，广场上乱哄哄的，有人喊孩子，有人喊他妈，坐下来的人个个脸上都呈现出欣喜的表情。似乎这一切都在为大戏的开演酝酿着气氛。气氛酝酿到一定的程度，大戏就开演了。

吴智良和李万才开了几句玩笑，便说到了陈大元身上，因为没有陈大元的死，他们就没有坐在一起看戏的机会。从李万才的嘴里吴智良才知道，陈大元是在打麻将的时候猝死的。

大儿子万万当了老板，有了花不完的钱，在县城买了房，让年迈的父母住进去享清福。可陈大元偏在城里住不习惯，三天两头嚷嚷着要回陈家坡，万万就将父母安顿在自己早先在陈家坡盖的小洋楼里。陈大元整天闲得呻唤，又种起了庄稼。有一天，陈万万撵到地里夺过父亲手里的锄头，扔得远远的，说：我办企业，坐奔驰，咋能让你的身上再沾土，你这不是给我脸上抹黑吗！陈大元尴尬地问儿子：那我干啥呀？陈万万说：你想干啥干啥，钱我给你供上。打那以后，陈大元就常和邻居常德几个打麻将，打得昏天黑地。前天晚上，陈大元又和常德几个人一起打麻将，手臭，前半夜老是掏掏掏。为捞几个钱，坚持到临天明的时候，炸弹是揭到了，却一头跌倒没命了。李万水感叹：这都是叫钱烧的，八十多了咋能和年轻人在一块打牌。又问：这么大的坛场，得花多少钱呀？李万才说：人家万万说了，把他爸的后事要办好，花多少钱无所谓。这戏是特意从省城请来的，都是名角，演的是本戏。李万水说：陈万万拉扯大，来客多，把事不办大也不行，他脸上也挂不住。李万才说：除过叫大戏，万万还准备给他爸叫两个响器班子吹打；箍的墓大得很，铺的是大理石，要陪席梦思、沙发、电视和麻将桌，让他爸在阴间也能享受上。吴智良评论说：没钱埋人哩，有钱埋钱哩，过白事没啥原则，人家万万有的是钱，在乎啥。李万才说：陈家摆了二十张桌子待客，我听胜利说，光这几天县上、镇上就来了不下几百人，挽幛、花圈在村街上都摆满了，听说光礼金就收了十多万元。李万水说：唉，你看人家老陈，儿把事弄大了，死了也风光。范玉霞接茬道：你死了，也让你儿给你演台大戏。李万水说：我儿打工挣不下钱，连他的沟子都捂不住，还能顾得了他老子。就这样，他们东拉西扯地闲聊着，似乎来到戏台子下不是为了看戏，而是为了感受吵吵嚷嚷、烟雾腾腾的气氛。

三

当晚，演的是秦腔传统剧目《游龟山》，虽然这出戏对老年人来说早已耳熟能详，在电视里也看了不止一百遍，但台下的观众仍昂着头，像木偶似的瞅着台上演员的一招一式、一颦一笑，看得津津有味，如痴如醉。因为这是和演员现场面对面交流，有曲牌的烘托，在空旷的乡野里，就有了不一样的气氛和感染力。在舞台上的红色大幕拉开、司鼓敲响的那一刻，观众还稀稀拉拉鼓起了掌。

然而，夜半时分，当戏演到高潮的时候，吴智良老汉却呼噜呼噜打起盹来。范玉霞碰碰老头的胳膊。吴智良冷不丁睁大眼睛。台上的胡凤莲正唱得起劲，吴智良又打起呼噜。范玉霞再碰碰他。反复多次，吴智良老打呼噜。范玉霞说：你瞌睡了，干脆咱回；站起来就要走。吴智良一把拽住老婆的胳膊说：你甭看我眼窝闭着，我在听戏哩。范玉霞这才发现，有些人熬夜熬不住了，提着小板凳早已离去，戏台子下只剩下二十多位老人。

戏终于演完了，观众轰地站起来，一窝蜂似的就要散去，村长李胜利在戏台子上出现了。李胜利穿着黑色西服，大背头梳得溜光，右手拿着话筒，嘴先搭在话筒上试探性地噗噗吹了两下，咳嗽了一声，像在选举大会上一样提高了嗓门喊：大家不要走，大家不要走，陈老板为感谢父老乡亲来捧场，略表心意，给六十岁以上的老人要发补助，请大家等一等。看戏不买票还得补助，这在王家崖村可是破天荒的事。戏台子底下的人欢呼起来，都站在原地不动了。有人问：发多钱？李胜利揸起了一个指头说：谁领不上甭后悔。

李胜利话音未落，彭三贵和李家堡组组长吴贵生及几个执事的人就闪亮登场，出现在了戏台子下面。他们个个手里拿着一沓红票子，笑呵呵地把百元大钞分发给老人们，表情和动作宛如盛大典礼上的礼仪小姐。大部分老人接过钱就提着板凳起身走了，纷纷称赞陈老板好！吴智良把钱紧紧地攥在了手里。李万水接过红票子却没有急于离开，他两眼放光，像验证金子的真假一样，先把钱拿着看，后在空中抖了抖，感叹道：好事今天叫咱给遇上了！

其实，陈家给看戏的人发钱是一位老板提议的。当晚，李胜利陪一位老板喝过酒去看戏，彭三贵失急慌忙跑过来说：村长，万万叫你陪客哩。李胜利说，不是刚陪过吗，又来谁了？彭三贵说：又来了个老板，老板叫你过去。李胜利说：你陪不是一样么。彭三贵笑说：咋能一样，一样我就把酒贪污到自己肚子了。李胜利从戏场走出来，看见陈家门前停着一辆奔驰小轿车；进了院子，看见陈万万正和一个中年男子坐在用篷布隔成的包间里抽着烟说话。那男子头剃得精光，一个女人正用茶盘端着菜给桌子上放。陈万万招手说快来快来，李村长，这是咱县上有名的企业家田大光。李胜利忙笑着伸出手和田大光握了，坐了下来问：是不是常上电视的田老板？李胜利一边给酒盅里斟酒一边说：是啊，田老板卖房哩，几乎天天上电视，他的光辉形象永远活在我们心中。田大光大嘴一咧，哈哈笑了，说：你这是盼我早死呀。三个人说笑着就碰杯喝了起来，陈万万给李胜利说：田老板跟我的关系可是不一般，常给我解急帮忙哩。田大光说相互相互的，忙拿起酒瓶给两人续酒。说到父亲的丧事办理上，三人都感叹要孝敬父母，要把父母服侍好。说着说着，陈万万忽然像想起什么事似的，说我的威望低，看戏的人不多，咱花的钱没摔响啊！李胜利尴尬地说：要不然，我让三贵到大喇叭喊一声。嘴里就喊三贵、三贵。不用喊！田大光嘴里吐出一股酒气，瞪着血红的眼珠子说：咱又不是召集开会，在喇叭上喊啥？陈哥，咱发钱，谁来看戏发钱，咱有的是钱。发钱最管用，有钱能让鬼推磨。李胜利说，咱可不能破了村上的规矩。田大光说：啥规矩，钱就是规矩。你要是手头紧，我给咱掏。当下就拉开随身带的手提包，拿出砖头厚的红票子。陈万万推过钱说，你这是给我做难看，我没钱吗？胜利，今晚就开始给看戏的人发钱，每人一百元。

四

陈家坡看戏发钱的事像长了腿似的，一夜间跑了方圆几十里，村村落落的人都知道了。从第二天起，戏台子下的人像涨潮似的陡然增加。本村的人来了，外村的人来了，爱看戏的人来了，不爱看戏的人来了，能走动的老人来了，走不动的人让车子拉着驮着也来了。一时间，陈家门前人头攒动，变得拥挤起来；陈家坡文化广场上更是人山人海，熙熙攘攘，小商贩也积极跟进，在广场边摆起了饮食、小百货摊点，鼓风机呜呜吹着，一股股火舌吐出了炉膛；一道道炊烟冒向天空。有人在摊点上吃着小吃，有人坐在戏台子下面瞎等，大有乡间物资交流会的阵势。

晌午，来到戏台子下最早的当数吴智良老两口。夜黑来陈家坡看戏，没想到每人还领到一百元钱，顶他儿在县城打一天工。老两口激动得一夜都睡不着觉，坐在炕上感叹：儿子玉生一年到头几乎不给他们一分钱，油、盐、酱、醋这些日用开销全靠他们捡破烂解决。可这看一场戏就挣了二百元，太阳真是从西边出来了。他们决定，今天继续看戏，多看几天，多挣些钱。于是，天亮老婆早早就做好了饭，让老头吃，自己却坐在一边发呆。吴智良问：你咋不吃饭？范玉霞说：你忘了，我坐席前从来在家不吃饭。我听万才老婆说，在陈家看戏还管饭呢。

吴智良老两口走在村街上，碰见几位邻居，有的说：你们这么早就去陈家坡看戏呀？有的问：听说看戏发钱哩，是不？吴智良歪着头张嘴正要回答，范玉霞拽了一下老头的衣襟说：看你木囊的，赶紧走！吴智良哼了一声，喘着粗气就往前走，头也不回。似乎看戏去的人多了，他们就领不上钱了。身后有人打趣道，你看老汉还给咱保密哩。另外一个说：他去得早顶啥，我打听了，人家只给晚上看戏的人发钱，大不了，他晌午能在陈家多吃一碗饭。人们哈哈哈笑起来。

在院子吃饭的李万银看见吴智良老两口从自家门口路过，给老伴李淑兰说：吃快些，你看老吴两口都看戏走了，咱也快走。李淑兰说：我没吃饭哩，你急啥。李万银一只手拽住老伴的胳膊往外走，另一只手拉上了门说：你忍一忍，到时候你在陈家吃饭。

吴智良老两口来到陈家坡文化广场，看见今天比夜黑的人能多五倍，其中老人娃娃居多，吵吵嚷嚷，跟赶大集差不多，但大部分人都在饮食摊点前转悠。范玉霞也转去了，吴智良就拿了凳子在戏台子下正中的地方先坐下来，把另一个凳子放在旁边，掏出一根黑卷烟抽起来。一根烟没抽完，他的周围就坐了不少人，三分地大的广场几乎就坐满了。后来的人就给人堆里挤。吴贵生扛把椅子来到戏台下面，安顿李万才坐了下来。李万才拿出老太爷的派头，见人就打招呼，声音洪钟似的响亮。

范玉霞在各类摊点前边转边问着价格，一股香喷喷的饮食气息扑鼻而来，但她硬忍着没舍得花一分钱。司鼓声响起，她就赶紧到戏台子下去了。她刚坐下，戏就开演了。

本戏《三滴血》演完，喇叭里传来李胜利的声音：父老乡亲们，看过戏不愿回家的观众到陈家吃午饭。下午演出《窦娥冤》。

人群里发出欢呼声。男女老少洪水似的向陈家涌去。

五

家家院子小，房却盖得多，院子里就没地方了，要过红白喜事就在门外的街道上搭帐篷，帐篷里支上饭桌，来客就在帐篷里坐流水席。当然，街道也就被堵死了，但谁家也不会怪罪邻居，日头从家家门口过哩。陈家这次也把坐席的帐篷搭在街道上，不同的是，他家一次摆二十桌酒席。

李家堡的李社会给陈家打杂，对走进帐篷的邻居说：面、汤端上来了，自己动手！观众争先恐后地捞面吃起来，没坐上板凳的人就站着吃，帐篷里传来噗噜噗噜的吸面条声。巧莲和丈夫财财领着他哑巴哥屯屯坐在一张饭桌上，屯屯一口气吃了八碗臊子面还不够，看见跑堂的端来了汤，站起身一次便给自己面前放了两碗。财财嫌他哥太戳眼，拉着屯屯的胳膊就要走，坐在旁边的李万水说：你叫哑巴吃饱么，这儿不限量。人家陈万万这次给他爸过事，要准备二十万哩，怕啥。李万银乜着眼睛说：人家给演员发红包是五千八千地发，还没你吃的？他吃完一碗面还要喝汤，刚喝了两口，老伴就说，快挑面，面来了。帐篷里一派热腾腾的景象，仿佛是“大跃进”年代吃大食堂的再现。

吴智良蹲在桌子后面悄悄吃了三碗面条，用树皮样的手抹了把油囔囔的嘴，撂下碗走出帐篷。他看见老王家和老余家的哑巴穿着破衣烂衫，蓬头垢面，正端着脑袋大小的碗，坐在陈家大门外的石狮子上大口挑面条吃，吃得满头大汗，吃得鼻涕涎水都流进了碗里。其中一根筷子掉在地上，用脏兮兮的手捡起来在胳肢窝一擦，又插进碗里。

就这样，观众吃过饭，个个打着饱嗝走了。桌子上是残汤剩菜，地上扔着皱巴巴的餐巾纸，几只流浪狗在地上啃着骨头，帐篷里一片狼藉；院子里，泔水从一个瓦瓮里溢了出来。吃过饭，大家又去转悠等着看戏。看过戏，再吃晚饭。

晚饭是稀饭、馒头，加三凉三热的菜。热菜是粉条炒豆腐、萝卜炖肉和醋熘白菜。在帐篷里面的一桌，热菜刚端上来，大家抡圆筷子还没夹几口，坐在上席的李万才就把那碗萝卜炖肉端起来，说我给狗再带点吃的，倒进了一个塑料袋里。李万银对跑堂的喊：再来一碗萝卜炖肉！一位年轻女子赶紧端了补上了桌。后面就有人效仿李家的人，以各种借口将刚端上桌的菜倒进塑料袋，筷子在空中舞着，喊没菜了，快上菜！没馍了，快端馍！端汤！似乎吃得少了，他们就吃了大亏。明亮的灯光下，跑堂的人穿梭在帐篷内外，像被狼撵似的。一个女子跑得太急，连鞋也丢了，惹得大家哄堂大笑。李万银吃了三个馒头，喝了两碗汤，走时不忘再抓三个馒头，说晚上看戏饿了吃。

吴智良老两口坐在帐篷最里面的一张桌子上，牙掉得没几颗了，吃白菜不行，吃豆腐、萝卜炖肉合适，但这两碗菜要了两次，他还没夹几筷头，就被人吃完了。吴智良欲再要一碗，张张嘴却说不出口。范玉霞看出了老汉的心思，便让又上了一碗萝卜炖肉，可菜一端来，吴智良好像跟谁赌气，把菜就倒进了塑料袋，又给袋里扔了两个馒头。似乎这样做，他的心理才能平衡一些。邻桌的财财打趣道：智良叔，你这是吃了湿的带干的呀。吴智良倔腾腾地说：你们家家都有狗，我家就没狗？

六

次日晚上，演的是《铡美案》，吴智良看着看着抱着光头呼噜呼噜打起了瞌睡，范玉霞碰碰老头的胳膊，说：你咋睡着了？吴智良说：没有，我听着哩。可过一会呼噜又响起来。老婆再碰，老头不高兴了，说你急啥，我睡也要睡到戏演完，把钱领了。范玉霞左右望，只见李万才、李万水等几个老汉都睡着了。可是戏一演完，他们似乎打了强心剂，有的伸胳膊打哈欠，有的揉眼窝，纷纷站起来，伸出手等着发钱。领了钱，个个心满意足地离开了。

然而，在发钱中吴贵生却和一个叫石红亮的人发生了冲突。

李胜利带领几个执事的人，和头天晚上一样给观众发补助，吴贵生发到巧莲一家的时候，面前忽然伸出一只手说：没给我发。吴贵生看是陈家坡组的石红亮，说：你年龄轻，没有。石红亮说：大家都有，为啥不给我发？我也来捧场啊。吴贵生说，给六十岁以上老人发，你有六十岁？你一晚上打麻将赢几百元哩，看上这几个钱？石红亮骂骂咧咧说：咋，看戏的人一多，他陈家就变卦了，就不发钱了？因为石红亮认为，陈万万花大钱讲排场为他爸办丧事，无非是以此事做引子，在炫耀自己的社会地位和财富。吴贵生说：谁说不发钱了，关键是你年龄不够，不能给你发。石红亮指着吴贵生的鼻子骂：你狗仗人势，欺负人。你是给老板省钱哩。两人就指指戳戳吵了起来。旁边人赶上来劝架，劝不开，李胜利赶上前一把将石红亮推开了。李胜利说：啥都有规矩，不是说全部看戏的人都发钱，主要是给老人发。你爸你妈来保准领上。一提到他爸他妈，石红亮不依不饶，又龇牙咧嘴和李胜利吵了起来。因为石红亮父母早死了。无奈的李胜利打电话请示过陈万万后说：好，老板说了，可以给你破例。你厉害！看来，在这件事上也拿不住石红亮。彭三贵给了石红亮一百块钱，石红亮牛皮哄哄走了。许多中年人看见这一幕，也纷纷伸出手要补助，李胜利笑了说：好！大家都爱钱，这是好事，但你们得去找陈万万，陈万万说发多少，我没意见。

事情出在第三天。给陈家坡去的时候，范玉霞说走快些、走快些。吴智良说让我歇歇，就一屁股坐在路边的一块石头上。范玉霞见老头瘦削的脸发黄，冒汗珠，忙蹲下问：你咋了？吴智良说：我感到胸闷、气短、不舒服。范玉霞说：那咱干脆不看戏了，你回家躺着歇歇，甭硬撑。吴智良有气无力地说：没事、没事，再看一天，我能撑住。范玉霞心里明白，其实老伴不是为看戏，是为挣那一百块钱。就这样，吴智良在路上歇了几次，最后还是强挣着和老婆坐在了戏台子底下。晌午吃饭时，吴智良没有到陈家去，说不想吃。范玉霞就到陈家给老头端了碗面条，让他多少吃几口面。可吴智良吃了几口就不吃了，两手抱起了脑袋。范玉霞说：要不咱回家，不看戏了。吴智良的嘴巴抖动了半天，说：你咋能说这话，我睡也要睡在戏台子底下。李万水看见了说：好，让智良躺在我的躺椅上。

晚上，吴智良坐在躺椅上看戏，看着看着同样睡着了，却没打一声呼噜。范玉霞推了老头一把，“他爸他爸”地喊，老头也不应答，早已不省人事了。她“哇”地哭出声来。戏台下乱作一团，人们都围着老汉，问：咋了咋了？但都不知道该怎么办。有人喊来了吴贵生，吴贵生忙拨打了“120”，很快，救护车将老汉拉走了。李胜利闻讯赶到现场，问咋回事。吴贵生说明了情况，李胜利两手摊开喊：出了点意外，没有啥，大家继续看戏！

七

李万水早晨起床，一声撕心裂肺的哭声传来，听得出，那是只有失去爹娘才可能发出的哭声。他靸鞋跑出院门，只见有人从吴智良家出出进进，个个脸上写着悲戚。他问站在门口发呆的巧莲：咋了？巧莲说：吴老汉殁了。

李万水头“轰”地一下，像爆炸了似的，忙去了吴家。进了老旧的屋子，看见吴智良直挺挺躺在一块门板上，仿佛睡着了一样，一盏长明灯在门板后面点燃着，吴玉生和两个姐姐正趴在地上放声恸哭。李万水心里一阵酸楚，上前拉着吴玉生的胳膊，说：大侄子，甭哭了，甭哭了，哭也哭不活你爸。就把吴玉生拉到了院子。从吴玉生口里，李万水才知道吴智良是因心脏病去世的。吴玉生抹把眼泪说，夜黑他和妻子翠香赶到医院，医生正在紧急抢救父亲，可抢救了半天，他爸也没醒过来。医生称，这种病来得急，送医院有点迟了。李万水心里像被人挖了一镢头，忽然有了兔死狐悲的感觉，叹息了一声，问起老汉后事的安排。吴玉生眼神呆滞，眉头皱成了疙瘩，说：我家的底细你知道，年年挣的钱不够搅销，哪有钱办事啊？李万水问：棺板寿衣准备没？根据当地的习俗，人过了花甲之年就进入老人的序列了，儿女就该给老人购置诸如棺材、寿衣等物，开始准备后事了。因为人总有走的那一天，以防万一，提早准备能安排得消停、妥帖，也不至于到老人倒了头发急、恐慌。吴智良老两口过八十岁了，按理应该早准备后事了。吴玉生说：我爸我妈平时身体都好好的，加之我手头紧，总想着把房盖了再说，哪能来得及考虑这事。李万水心说啥都没准备，这是热丧，这可是件棘手事。他走进里屋，安慰了躺在炕上的范玉霞一番，回家了。

早饭时分，别的邻居也纷纷进了吴家院子，他们关切地询问着吴智良的事，安慰着范玉霞老人。李万银说：唉，有病就不要看戏了，看啥戏哩，看把病耽搁了。财财不解地问：人送进了医院，医院咋就没办法呢？常德说：医院能咋，你得了要命的病，医院也没办法；关键是把人耽搁了。财财问：那你说怨谁？李万才说：谁都不怨。人说生有时辰，死有地方，我看是老汉大限到了，该有这一遭。常德说：都是演戏惹的祸，他陈万万不给他爸演大戏，给看戏的人不发钱，咋能发生这事。他的话一针见血，似乎找到了这件事的病根上。

常德和陈万万是一块穿开裆裤长大的，两人的脾气都劣，中学毕业后就在社会上当起了混混，常常打架打得让警察抓了进班房。有一年，邻近张家村的砖厂包出去两年了，要不来一分钱的承包费，村长急了，让两人去帮忙讨账，答应给百分之十的好处费。两人找到砖厂承包人，提出半月内必须上缴十万元的承包费。承包人嘴里说好好好，可半月过去，也没有动静。两人手提了菜刀撵到承包人家里，二话不说，抡起菜刀就砍，吓得承包人跪在地上捣蒜似的磕头求饶，次日背了一袋子钱就给张家村把承包费缴了。常德吹说他和陈万万是铁打的哥们，拿了好处费赌博去了，陈万万却三天两头提着菜刀到张家村砖厂闹事，理由是承包人说话不算数，把他诓了，把他的脸打了。承包人吓得像老鼠见猫似的东躲西藏，最后死活不愿意承包砖厂了，陈万万顺势当了砖厂的老板。常德气不顺，也想到砖厂伸一条腿，跟陈万万合伙经营，陈万万的黑脸抽动了一下，问常德手里有多少钱。常德半天说不出一句话，陈万万不屑地说：没钱入啥股，你如果愿意在这干活儿倒可以，每月给你多发五十块钱。常德没料到陈万万是个白眼狼，如此不讲情面，夹克衫往肩膀头上一搭，扬长而去。几年后，盖房盖到半拉子没钱了，常德跑去向陈万万借钱，陈万万问了常德的情况，训导常德说：你不走正道哪能挣到钱？一句话戳到了常德的软肋上，常德心想，你也是抡菜刀起家的，叫花子刚扔了乞讨棍，有啥资格教训我？翻着白眼仁气鼓鼓走了。两人有了隔阂，也就不来往了。后来，陈万万又办起了硫酸厂、化工厂，干起了房地产开发，生意愈做愈大，开着小车跑来跑去。而常德每每看见昔日的砖厂主趾高气扬，气就不打一处来，心说：你把我的财路堵了，我和你姓陈的势不两立。今天机会来了，他要拿吴玉生当枪使，去打陈万万一枪。财财附和，说：是啊是啊，我叔不为挣那一百块钱，就不会把命搭上。李万银点了点头，似乎明白了其中的奥秘：那照你们这样说，老汉的死与陈家有点关系？有直接关系。常德煽呼说，喝酒把人喝死了，一搭喝酒的人都有赔偿责任，他陈家能逃脱了？玉生，你去找陈万万看他咋弄。吴玉生若有所思地说：对呀，他陈家不演戏，我爸就不看戏，不看戏咋能犯病？我找他陈万万去。在众人的撺掇下，吴玉生似乎明白了这件事的内在关系，终于找到了杀害父亲的凶手。他问：这事可咋办呀？常德说：把你爸的尸首拉到陈家坡去，把陈家的门堵了，不信他不发急。吴玉生支吾了一声。常德说：你错过今天，就没人管你爸的事了。

就在吴玉生发怨气的时候，组长吴贵生进了院子门。吴贵生看见眼前的阵势，问：这是弄啥？吴玉生说：我要去陈家讨个说法，是他家演戏害死了我爸。吴贵生一把抱住吴玉生，说：坐下说，坐下说。吴玉生说了他爸抢救的经过和怪罪陈家的理由，吴贵生说：那我问你，人家陈家演戏非要你爸去来，拿轿抬他来？没有啊，你是自愿去的，发病了，发现晚了，没救下，就这么简单。这能怪谁？又说：胜利说了，这是意外，意外的事谁愿意叫发生。吴玉生说：你这是替陈家说话，我就要找他去，他不管，我一头撞死在他身上。站起来要走，又被吴贵生抱住了。吴贵生说：你这是故意生岔子，让我问问村长咋办。他拨李胜利手机，半天没人接，里面只传来吵闹声，半晌李胜利接了问：让你陪客喝酒，你跑哪儿去了？吴贵生说：我回李家堡了，玉生他爸死了。李胜利说：这个还没埋，那个又倒头了，把人忙死呀。让玉生把烧酒盘子准备好，我后晌就来了。吴贵生还欲说话，对方手机挂了。他再次拨打李胜利的手机，说了玉生要去陈家闹事的话，李胜利说：啥，他讹人啊！你让他安顿他爸的事，有啥话下来再说。陈家待客下来马上出殡啊，他咋能胡来？吴贵生挂了手机对吴玉生说：今天陈万万他爸出殡，你不要胡搅蛮缠。随后，吴贵生说了声我先去陈家帮忙，慌慌张张出门走了。

李胜利的话对吴玉生没起到安抚的作用，反而像汽油一样泼在了吴玉生心中的火苗子上。吴玉生本来就对陈万万没啥好感。那一年，他去陈万万的化工厂打工，干的是最累最脏的活，可一月只能挣四百多元，工资还拖欠着。他嫌划不来，辞了工去找陈万万结算工资，陈万万哼了一声，说一年没干满，工资不发。他给陈万万递上去一支烟，笑说：陈老板，乡里乡党的，我家日子难怅，给咱看个面情。陈万万脸像霜打了似的说：都像你这样，我这厂子咋办？到底一分钱工资也没给吴玉生。当日，吴玉生骂道：放他妈的狗屁，他陈万万有钱有势，花十万八万给他爸热闹，我爸的丧事就没人管了？我要叫他陈万万吃不了兜着走！

晌午时分，南来北往的人驾着小车到陈家坡随礼，陈万万家正在待客，忽然传来悲天恸地的哭声，那哭声狼嚎一般。客人先是没有在意，以为是陈家的儿女在灵前哭丧，后来才弄明白，哭声是从西边驶来的一辆三轮车上发出来的。三轮车径直开到了陈家搭的帐篷外面，几个小伙不容分说，把一具用床单盖着的尸首抬了下来。众人纷纷围拢上来，只见一个黑脸男人和两个女人跪在地上呜呜哭，嘴里喊着：爸呀爸呀，你死了我们咋弄呀？就烧开了麻纸，一片片纸灰飘飞起来，在空中游荡。有人认出这是李家堡的吴玉生，忙上前架起了他。

此时，一阵风吹起了床单，露出了吴智良僵硬的脸。吴智良似乎在看着自己死后，村里人如何在看因他的死带来的热闹。

梦中的格桑花

一

妻子艾艾的电话是晚上八点多打来的，那时候雷天亮和吴大宝几个人正像往常一样在“挖坑”。

他们这些在建筑工地打工的人闲下来没事干，年轻人就去钻网吧、在大街上溜达，中年人就坐在工棚里的大铺上“挖坑”。雷天亮觉得“挖坑”的游戏很有趣，有趣就有趣在它表面看似在打扑克，但决定输赢的关键在出牌，而怎么出牌，出什么牌，却是一门学问，考验着一个人的智力。如果说他们身上通常装不了多少钱的话，往日他们“挖坑”也不在乎赢多少钱，关键是想用“挖坑”这种游戏做由头制造出吵吵嚷嚷、烟雾腾腾的气氛。那种气氛别人感觉可能很无聊，但对他们这些农民工来说却很亲切，因为它像一个天真无邪的孩子，怎么逗它它也不发躁，它能给冷清的工棚带来一阵热闹，它能驱赶人心头的孤寂和无聊情绪，让这些来自五湖四海的打工者不想家。

雷天亮接电话瓮声瓮气地问：咋啦？不咋。妻子艾艾在电话那头说。不咋打啥电话？挂啦！他没好气地挂了电话。

吴大宝问雷天亮：挖几手？他们的老规矩是挖一手一块钱，雷天亮这把牌好，手里揭了三个3。雷天亮说挖满。挖满就是他一个人单挑另外三个人，一次能赢三手的钱。雷天亮正高兴地插牌，手机又响了，又是妻子艾艾打来的。他接电话又问：咋啦？不咋。她还是这么说。不咋打啥电话？叫鬼缠住啦？他这么一问，她在那头却嘤嘤哭了起来：咋了，没事就不能给你打个电话，我在家一个人……心慌……听了这句话，雷天亮愣怔了，原来妻子艾艾在家也感到了无聊，她也知道孤独。他将手中的牌给旁边的工友手里一塞，走出了工棚。

从充斥着烟草味的工棚走出来，外面的空气清爽多了，雷天亮深深地呼吸了一下，满身披上了一层朦朦胧胧的光，那是不远处一座大楼上的霓虹灯投射来的。他惆怅地向东南方向望去，想：这个时辰在他的家乡小石沟，大多数人可能已经睡下了，但城里的大街上还熙熙攘攘，有人在商场购物，有人在电影院看电影，有人在街道边吃烧烤、喝啤酒，享受着繁华的夜生活。唉，他叹了口气。山区夜里凉，他想艾艾一定是独自坐在炕上看电视，看着看着觉得无聊，便有了给他打电话的念头。他将手机贴在耳朵上问：还有啥事？艾艾说：我准备星期六进城去。他问：干啥？她扑哧笑了：你说去干啥，看你呀！我有啥好看的？他的心里一热，顿时激动起来。唉，日头从西边出来了。他心里这么想着，脑门子一拍还是答应：好！到时候我去接你。

二

夜里，雷天亮失眠了，他翻来覆去睡不着，想起了家中许多的事情。

雷天亮出生的小石沟村蛰伏在秦岭腹地的一个山洼里，村外有条小河，春天里，山清水秀，山坡上的各种野花争相怒放，显得格外漂亮。城里的人就赶来拍照、摄像，有人还将拍的视频发到网上，网友都称赞这儿美丽富饶。美丽雷天亮从小就感觉到了，富饶他却不敢苟同。不能说成语是这么说的，就可以将这四个字连在一起念。他常想，人在享受了美丽的景色后还想吃香的喝辣的，那叫吃五谷思六味，只是一种向往罢了。因为在小石沟，至今还有百分之八十的人住在土木结构的老旧房里，这是一个证明。为此，乡亲们为了尽早脱贫致富，点洋芋、种旱玉米等，变着法子增加收入，希望在坡地里能多刨些钱，还有更多的人背井离乡，踏上了打工路。

雷天亮是和妻子吵了一架后赌气出门打工的。去年正月走亲戚，艾艾坐在炕上扳着指头算，应走的有十五家，她到村里的小超市，给一家买了一箱牛奶、一把挂面。雷天亮说：今年你准备的年礼还是老两样，值不了三十块钱，咋能拿出手？艾艾说：谁家走亲戚不想提个重礼图体面，就这，下来也得四百五十块钱哩。雷天亮掂了掂牛奶，说：这都是廉价的垃圾奶，提着它走亲戚，你不怕人笑话？去年咱送的就是这个牌子的奶，最后它转来转去又转回咱家，你喝得拉肚子。你忘了？艾艾急得满脸通红，说咱买来了，那咋办？雷天亮说退呀。艾艾就用架子车将礼当拉着送到了超市，超市女老板问：你退了，换啥礼当？艾艾说不要了。不要了不退！女老板说，我的牛奶又不是假的，你嫌便宜，有高档的，一箱三十八块钱，你要不要？不要！不要是你买不起，没钱呀，怪我啥？不退。人穷志短。艾艾听了女老板的话，忽然感到心里发虚，脸“腾”地红到了耳朵根，又将礼当拉回了家，进院子就“哇”一声哭了起来。偏偏雷天亮问：你咋没换这垃圾奶？本来家中经济紧张，艾艾平时就抠鼻痂削指头过日子，今天在众人面前受辱，窝了一肚子火，男人再一问，等于来了个火上泼油。艾艾抹着眼泪说：你能，你咋不去。雷天亮说：我大男人觍着脸给人家咋说。你不好意思说让我丢人。艾艾边哭边诉委屈，你好面子，知道丢人，我就不知道丢人。你亏你先人哩。又坐在炕边上，陈谷子烂芝麻历数男人的短处：跟了你没吃的没穿的，说你是男人挣不来钱，有㞞的用处，让婆娘娃娃受屈哩。雷天亮愣了，他只是操了个好心，没想到却惹来一身臊。只怪自己家穷，才买不起高档礼品。他笑着说：礼当不好无所谓，给他舅家提去算了。艾艾却一蹦多高，高耸的胸脯起伏，说：不行，你年年用瞎瞎礼当哄我娘家人，今年咋也得送重礼。雷天亮伸手问：钱呢？你把钱拿来我再买。艾艾气得脸发青，说：你男人当得屎出来了，问婆娘要钱，没本事拔根尿毛吊死去。要不买，咱俩干脆离婚。又“哇”一声哭了，我跟你过这苦日子受够了。后来就上炕用被子捂上了脸，家中什么活也不干了。

那是大年初一发生的事。第二天就要拜丈人家，无奈，雷天亮只好去找在城里打工的吴大宝借了一千元钱，到镇上重买了一回礼品。可一连几天走亲戚，艾艾表情僵硬，不和他多说一句话。

家里待不成了。正月初六，雷天亮萌生了外出打工的念头，去找吴大宝讨主意，不料吴大宝已经走了。他婆娘说：过年放假，我大宝看工地，一天挣双份工资哩。吴大宝长得猴子样干瘦，似乎刮一股风就能吹倒，那时候，在生产队干话，十分工都挣不上，现在倒挣上了双份工资，自己粗胳膊壮腿，跟不上他吴大宝？元宵节一过，雷天亮就背着铺盖进城了。走的时候艾艾还在炕上睡着，他瞥了妻子一眼，她脸上像是结了一层冰，没有一丝反应。他赌气地想：我出门挣钱去呀，把地里的活撂给你，你好好干吧。

雷天亮来到城里好不容易找到吴大宝说明来意，吴大宝说：工地上活还没开，要不你先回家歇着，等活开了工地需要人，我再给你打电话。回家，回家用热脸蹭老婆的冷屁股呀？不回，就像当年村里人说的，就是在城里掏大粪也比在农村强。这种信念让雷天亮变得坚强起来，他扛着铺盖卷走街串巷，最后来到城中村租了间房，总算在城市落了脚。从此后，他白天睡觉，晚上就去大街上的垃圾桶里捡破烂，卖几个钱维持生活。

半夜里，吴大宝起床撒尿，看雷天亮眼睛仍睁着，问：咋了，是不是老婆又要钱，把人愁的？因为雷天亮出门打工一年多，妻子艾艾几乎每次打电话都是说钱的事，有一次称儿子考上高中了，儿子要买个手机；有一次称上中学的女儿要买夏天衣服；有一次称她妈生病住院了；又有一次称她娘家哥哥的儿子要结婚，得给人家随礼，重礼……一般来说艾艾是头一天说第二天就要钱，雷天亮方便不方便都得赶紧兑现，雷天亮就常张口向工友们借。他曾借过吴大宝一千元钱。一天晚上，吴大宝和雷天亮到一家小酒馆喝酒，说起各自的难处，吴大宝感叹：女人是个吸血鬼，只知道张口闭口要钱，她就不想想男人在外面流血流汗，挣一分钱多难。雷天亮喝了口酒，头摇得像拨浪鼓：没办法，咱天生就是下苦的坯子,挣不下钱只能说咱没本事。后来，他每月开了工资，就索性只给自己留五百元的生活费，将其余的钱全部打在艾艾的银行卡上。果然从那以后，艾艾就很少主动给他打电话了。

吴大宝最知道雷天亮的心思，因为他俩同住在小石沟，是一块玩尿泥长大的。雷天亮说，艾艾打电话不是要钱。那她还要啥？她是要来周原看我哩。坐在铺上抽烟的吴大宝嘿嘿笑，你说这女人贱不贱，和她在一块她和你吵架、怄气，离开不在一起了，她又念你想你。又说：她来给你献爱心，好！这是大喜事呀，那你愁啥？她啥时候来？我们把宿舍腾出来，让你两口子好好热乎热乎。

三

在外打工的人，都珍惜和妻子相聚的机会，他们能相互理解。去年八月，四川老马的妻子来看望老马，他们五个人就是在别的工棚里打游击过夜，让老马和妻子热乎了半个月。虽然半个月里大家都没睡过一个囫囵觉，但看到老马整天乐呵呵地过节一样，他们也好像沾了老马的喜气，跟着高兴了一阵子。不协调的就是中间出现了一个插曲，气得老马差点辞了工。

有天晚上老马加班，老马的老婆早早睡下了，恍惚中感觉有人摸她的奶子，她吓了一跳，“腾”地坐了起来，但揉揉眼睛四下里瞅，彩钢瓦棚里黑洞洞的，只有外面机械的轰鸣声传进来。她以为是在做梦，就又睡下了。忽然，她又感觉有只手摸在了她的奶子上，这次她没有动身子，也没有吭声，而是用自己的两只手合拢起来，猛地拽住了摸在胸上的手，那只手却硬是“嗖”地抽了出去。谁，在干啥子？老马老婆喊了一声，翻起了身，等她拉亮电灯，却见有人开门跑了出去。

跑出去的人是黑皮。黑皮和老马他们同在脚手架上干活，尿憋了下来上厕所，上了厕所就想起抽烟，口袋里摸出烟盒一捏，瘪了，想起枕头边还撂着一盒烟，就开了宿舍的门去取。忽然他闻到女人的气息，猛然想起老马的老婆睡在里面，浑身燥热起来。于是，他大气也不敢出，借着外面照进来的微弱的灯光，蹑手蹑脚摸到老马的床前，将手伸进老马老婆的被窝。

老马老婆以为男人在和自己调情，骂了一句你龟儿子，急啥，就又倒头睡着了。后半夜，老马下了班钻进老婆的被窝，就急不可待地摸老婆的大奶子，睡得迷迷糊糊的老婆期期艾艾地说：摸啥子么，刚才摸了又不搞，急死人。老马停下摸奶子的手，就追问老婆刚才谁摸过？老婆以为丈夫在和自己开玩笑，说：你没摸还能是狗摸的。老了老了还跟城里人一样学坏了。老马一脸正经地说：我刚才还在脚手架上干活，怎么能摸上你的奶子？不信你去问老雷，他能做证。你说：让哪个龟儿子摸上了？老婆忽然意识到问题的严重性，揉着惺忪的眼睛撒谎说：那就是我做梦哩。老马说：你都来几天了，还能做这种梦？你老实交代。老婆嘤嘤哭了，说我撂下娃娃跑了上千里看望你，你还疑神疑鬼，我好委屈啊！老马见老婆哭得泪人一样，一下子将老婆揽在了怀里，说：我就问问嘛，没人摸就算了。

不料，次日一早，老马去灶房打饭，还未进门，就听黑皮对炊事员说，你蒸的馒头咋这么凉，还没老马老婆的奶子热。有人就哄堂大笑起来。老马脸烧烘烘的，进也不是，退也不是；大伙儿看见老马都挺尴尬。黑皮却不以为然，蹲在地上手捏着一个雪白的馒头仍在说：这就是没老马老婆的奶子热么，笑啥哩。如果说老马先以为是黑皮开玩笑的话，再重复应该就是真的了。老马脑子轰地一下，这才想起黑皮和自己住在一个宿舍，一定是他头天晚上用钥匙开门摸了老婆的奶子。他和黑皮同上下午的班，晚上黑皮称要上厕所，跳下脚手架一个多小时都没见人。他有充裕的作案时间。看来，老婆说的是真话，不是在做梦。老马厉声问：你龟儿子说谁哩？黑皮拧过头瞟了一眼身材干瘦的老马，说：长的奶子不让人摸叫狗摸呀。众人又一次发出笑声。孱弱的老马恼羞成怒，抡起打饭的铝钵猛地砸在黑皮头上，发出“当”的一声。黑皮站起来，瞪圆了铜铃一样的眼睛反扑过来，像一头发怒的狮子，两人抱着厮打在一起，后咚地摔在地上，很快黑皮就骑在了老马身上，呼哧呼哧地喘粗气。雷天亮等人强拉硬拽将两人分了开来。老马抹着嘴角的血骂：龟儿子，你是强奸妇女，我要告你。黑皮将花衬衣向两边一拽，几颗纽扣就迸飞了，袒露的肚皮显出一条黑龙，他用手在黑龙上啪啪一拍：嘿嘿，告吧，我去过监狱三次了，还在乎多这一回。可惜这回只能算强奸未遂。黑皮头一次坐监是偷了邻居家一头牛，第二次是偷了一个工地上的几袋水泥，第三次则是和人打架，捅了对方一刀。大家都知道一身懒肉的黑皮是个赖子，见了女人就流口水。老马虽然打架输了，嘴却不饶人：龟儿子，不要脸，你摸别人的老婆，你咋不摸你妈呢。黑皮嬉皮笑脸反击：你还要感谢我哩，你不摸，我不摸，那大奶子不是蔫啦。两人打了一会儿口水战，便被大家拉走了。老马却咽不下这口气，老婆被人摸了，自己还挨了打，他感到丢人，气没地方出，走进工棚就扇了老婆一巴掌，骂道：你这个婊子，拉野汉不挣钱还落股臊腥气。你滚回老家去！刚才两个男人打架，老马老婆从窗户早看到了，本来她准备跑上前帮男人打黑皮，但人生地不熟的，又因为是自己引起的纠纷，觉得害羞，没想到男人却将责任推到了自己身上。她捂着脸委屈地哭了起来，边哭边说：自己没本事，还怪人家，你有钱咱住在宾馆，他能摸上？老婆的话，惹得老马也吧嗒吧嗒掉眼泪，他扑上去抱着娇小的女人哇地哭出了声。末了，两口子商量，不在这个城市打工了，回四川。

老马找包工头说了事情的缘由，包工头先训斥了黑皮一顿，黑皮嘿嘿笑了说：我也没想将老马老婆咋样，只是摸摸，想试试她的奶子弹性大不大，开个玩笑，没想到老马就动手打我。包工头说：你不摸你媳妇的摸人家老婆的，这是胡摸呢。黑皮说：我有啥摸就不摸她的奶子了。惹得大家哈哈大笑起来。后来，包工头又去给老马做了半天思想工作，采取了折中的办法——黑皮交了宿舍的钥匙，搬到了另外一个工棚；让老马安心和老婆住在一块，其中带薪休假三天。老马这才放弃了回家的打算。

雷天亮说：到时候再说吧。吴大宝说：咋，不愿意在宿舍住？那就去住旅社，旅社清静、干净。吴大宝这么一说，雷天亮心里倒发了虚，脸火辣辣地烧起来。因为去年艾艾来周原市，两口子住过一回旅社。

四

去年三月里，艾艾安顿好家中的活儿，就急着来城里看望雷天亮。雷天亮当时也说没啥看的，她说你都在霓虹灯下逛哩，也叫我去一回，四五年我都没去城里了，我也想在城里的大马路上踏几脚。她就硬来了。因为那时候雷天亮来到这座城市不久，还住在城中村一幢破旧的楼房里，睡地铺，屋里堆着他捡来的饮料瓶、啤酒瓶、纸盒子、纸箱子等，上厕所要到楼下去，不方便不说，不管大小便每次还得掏五角钱。另外，雷天亮也不想让艾艾看到他在外面的狼狈相，怕她心里难过。于是，那天雷天亮到汽车站接了艾艾，在大街上转都没转，就将她直接领到火车站旁边小巷里的春风旅社。

旅社的服务员见顾客来了，对他们很热情，登记看了身份证，问：结婚证带了吗？雷天亮说：没有。结婚二十多年，娃都多大了，还带啥结婚证。服务员说也是的，一看你俩就是两口子。但最近这儿创全国文明城市，公安查得紧，你们可要注意一些。雷天亮心想，我们是正经夫妻，怕啥？不料半夜里，两口子正在被窝里亲热，门咚咚响起来，雷天亮不悦地问：谁呀，有啥事？门外答：派出所的。雷天亮让艾艾睡觉，不要怕。他失急慌忙穿好衣裳开了门，一个戴大盖帽、脸上有麻点的中年警察和一个胖女人进了门。麻脸警察指着床上的艾艾问：她是你什么人？雷天亮答：老婆。又问：谁的老婆？又答：我的老婆。麻脸警察伸手向他要结婚证。没带。雷天亮笑着解释：我是山里人，在城里打工，老婆来了还带啥结婚证。麻脸警察脸抻得平平的，说：没结婚证怎么能证明她是你老婆？听到这句戗人的话，雷天亮脖子一梗就躁了，说：那她跟我睡在一起，不是我老婆还能是你老婆？麻脸警察说：你怎么是这种态度，这文明城市怎么创？雷天亮说：我啥态度？创文明城市总不能不让我两口子给一块睡吧？麻脸警察说：你越这样解释，我越认为你们有问题。他转过身叮嘱胖女人：老板，你盯着，没有证不能让他俩睡在一个床上。胖女人说：王警官，你放心，我会监督好的。

麻脸警察走了，胖老板却没有走，她靠在门上笑眯眯地看着雷天亮，好像真要盯住他们，生怕他们干出什么违法的事来。雷天亮笑着说：老板，你先关上门，夜里冷，我怕冻感冒了。胖老板没有动一下，她问：你们咋办呀？雷天亮说：咋办，我们睡觉呀，你快走吧。胖老板说：我怕王麻子杀个回马枪。那就退钱，我们住不成走呀。雷天亮说着用手推了把捂在被子里的艾艾，快起来！胖老板说你们现在走了，只能退一半钱。雷天亮眼睛睁得老大：啥，只退一半钱？你这儿住不成又不是我们不住，咋能这样不讲理？那你说咋住呀，总不能叫我在床上坐一夜吧。胖老板朝走廊里望了一眼，回头狡黠地笑笑说：要不这样，你们换到里面313房间去住，千万不要作声。如果王麻子再来，我就说你们走了。这个主意不错！雷天亮两口子提着行李跟着胖老板悄没声息像做贼一样走进313房间。胖老板临走交代，谁敲门也别开。雷天亮嘴里哦哦着赶忙关上了门，脱了衣服就将艾艾搂进了被窝，饿狼扑食般在她的脸上啃起来。艾艾脸涨得通红，头转来转去，怎么躲也躲不过男人带着烟味的嘴唇。她说羞死了，手伸过去关了灯。不料，情急之中，雷天亮趴上媳妇的肚皮刚活动几下，床就咯吱咯吱响了起来，艾艾轻声说：不敢动，有人来了。两口子就搂紧了屏息谛听，果然，楼道里有噔噔噔的脚步声，一会儿轻一会儿重。雷天亮忙拽被子捂住了他俩的头，两人在被窝里呼哧呼哧喘粗气。过了会儿，楼道里静了下来，雷天亮掀开被子说，捂死人了，就又摸开妻子的奶子。他摸着摸着，摸得艾艾急了，说你快弄呀。雷天亮再次趴上妻子的肚皮，门却啪啪啪响起来，有人喊：开门，快开门！雷天亮要穿衣服下床，艾艾拉住了他：你忘了老板说的话，不能开。两口子就只好钻在被窝里。过了会儿，听女老板在门外说：我说了，这个房子没住人呀。脚步声远去了。虽然警察再没查结婚证，但这一打搅，两口子却没了做爱的兴致。他们就披衣坐起来说家中的事，说到深夜，困乏了，刚刚睡下，窗外就传来呜呜的汽车声，天亮了。花了六十元的住宿费，啥事也没弄成。八点多钟，雷天亮就起床了，他感到不无遗憾，学着城里人的样子，笨拙地搂抱着艾艾亲了又亲，亲得艾艾红润的脸更红了。

五

雷天亮操心着艾艾来城里的事，下午下了班，就没有和吴大宝他们“挖坑”，而是上街早早地去找旅社。昨天晚上，他想了又想，觉得艾艾来城里还是住旅社最安全，他不怕花那几个住宿钱，尽管他们曾为住旅社被查得啥事也没弄成。因为他和老马的情况不一样，老马离家远，几年回不了一趟家，妻子来了住的时间长，住旅社花费大，在街上吃饭也要花钱，老马的负担就重了。他无所谓，他家离城里也就一百多里，艾艾即使来，也是住一夜就走了。最要紧的是，他怕艾艾来了住在工棚，碰见黑皮一样的人，在艾艾身上摸摸揣揣，闹出丢人事就不划算了。

雷天亮从工地出来，坐8路公交车先到了城西汽车站。因为艾艾一旦来城里，就要在这儿下车，他觉得在汽车站附近找个旅社方便。可是，他东奔西跑打问了一下，这儿只有三家宾馆，卫生条件都很好，但标准间每晚都在一百二十元以上，价有些高。到哪儿去呢？他站在三十二层的国际大酒店楼下发起了愁。后来脑袋一拍，眼睛发亮，他想起了住过的春风旅社。春风旅社是三层的楼房，陈旧，门脸也不靓丽，但卫生条件不差，住一晚只有六十元，便宜。加之旅社的女老板也知道体贴人，上次总算投机取巧让他两口子钻进了一个被窝。他凭着记忆，穿过两条马路，又左拐右拐，最后钻进一条小巷子，再往前走了一百多米，就进了春风旅社的门。服务台后面，一个女人正在呼噜呼噜打瞌睡，听到有人进门，猛地抬起头，他认出正是女老板。住宿？女老板揉揉眼睛，两手将头发往后一拢，大脸盘上呈现出职业性的微笑。雷天亮也笑着回答：住宿。两口子住一块要不要结婚证？女老板警惕地转过头望了望：真的假的？当然是真的。雷天亮说，不是真的敢给一块儿住。女老板咯咯笑了，不要。真的还要啥证？雷天亮说，前一段，你们这儿不是查证嘛。女老板仔细打量着他说，噢，想起来了，你和媳妇在我这儿住过，老顾客。又说：那是搞运动哩，一阵一阵，再查，我这儿就该关门了。雷天亮点点头说：不要证就行。过两天我老婆还来，我们来你这儿住。女老板说：我以为你现在就住，随时来就行了，递给雷天亮一张名片。

落实好旅社，雷天亮长长吁了口气，就从小巷子出来往回走，刚要穿马路，却听到有人喊“老雷老雷”。他一转身，发现黑皮穿着花衬衣，大脑袋刮得青光，胸脯上露出两条龙，站在摩肩接踵的人流里向自己招手，旁边还有两个年轻人。看他有些发愣，黑皮摇着手：快来、快来么！雷天亮以为黑皮喊他有事，忙走上前去，还没等说话，就被黑皮拽住手腕走了。你干啥呀？雷天亮磨磨蹭蹭有些不愿意。打飞机，打飞机去！一提到“打飞机”，雷天亮脑子嗡地一下，抱住旁边的一棵树死活不愿走了。黑皮嘿嘿淫笑了一声，说：叫小姐把老雷吓瘫了，不去不去算了。黑皮手一松，和两个年轻人一块儿走了，大屁股一颠一颠的。

雷天亮之所以拒绝了黑皮，是因为上过黑皮的当。前不久的一天下了班，雷天亮独自在大街上漫无目的地转悠，他从红旗路转到跃进路，从跃进路转到火车站，走着看，看着走，脸上显出惊讶、迷茫的神情。用黑皮的话说就是，咱农村人在城里不为买啥，为给眼睛放光哩。他正站在火车站广场，睁大眼睛望候车厅上面的大闹钟，闹钟大是大，等了半天没有看到秒针走。没想到黑皮出现在他面前，拽住他的手腕子就走。他问：干啥去呀？黑皮嘿嘿笑着说：好事，好事！不能把老哥忘了。他问：是什么好事？黑皮说：你去就知道了。他就跟着黑皮在人群中挤着往前走，这才发现黑皮还带着俩年轻人，一个胖，一个瘦。三个人挤眉弄眼，看起来怪怪的。

他们穿过两条马路进了一条窄巷子，巷子里行人不多，静悄悄的，两边的门脸上写有美发、按摩的字样，透亮的玻璃后面或坐或站着穿红戴绿的小姐，她们或向外摆着指甲涂红的手，或噘着红嘴唇瞟飞眼，显出搔首弄姿的媚态。雷天亮看着忙转过了脸。而黑皮和胖瘦两个小伙喜滋滋的，像检查工作的领导走进包抓的村子见到了熟人，边走边向门店里的小姐招手示意，随后进了“一点红”美发屋。雷天亮以为他们要理发，但理发店里只有一面大镜子，镜子下面只有一把椅子，屋里干干净净，地上连发渣都没有。两个女子穿着超短裙、低胸衣，高耸的奶子欲露非露，晃悠悠的，叫人看着眼馋。其中一个胖女子将黑皮领进了屋内的包厢。这就不像是理发店嘛。雷天亮想着脸红耳烧，刚要在椅子上落座，却被一个高挑个、黄头发、翘嘴唇的女子连拉带拽进入另一个包厢，说要给他按摩。包厢很小，里面只有一张床。床窄窄的，头顶亮着幽幽的灯光。女子让他脱光衣服躺在床上。他问裤头还脱不？女子说穿上也行。他抱着好奇心，三两下脱了衣服，想看看女子有什么绝活。女子让他翻过身去，先用两手在他的肩、背、脊梁骨上使劲压起来，压得他浑身麻酥酥的；后来竟上了床，两手抓住空中的吊环，双脚踩在他的后腰上。雷天亮哎哟一声，倒也感到一身的轻松。因为他整天干的是重体力活，常常感到腰疼腿酸。接着女子又让他仰面躺着，用两手在他的肩、胸、腰上轻轻地按摩，她拿捏得很到位，很轻柔，长长的头发落在他身上，秃噜的大奶子就倾泻下来，他闻到一股浓郁的清香，体内像有一股电流倏然穿过。女子摸着摸着，一只小巧的手竟滑向他的腹部，伸进裤头摸到了他的家伙。那家伙虽然长期隐藏在阴暗的地方，但很敏感，本来受到感染已有了勃动，再一摸它竟端端站了起来，将裤裆顶起了一个包。雷天亮蓦然感到下身憋得难受，产生了要发泄的欲望。女子倒不急，挨紧他坐在床边，用一只手慢慢在他的家伙上摅摸，用另一只手揭起了裤头。几分钟后，他的家伙变得红头涨脸，端直得跟电杆一样，禁不住挑逗就射出了一道白线。他蓦然间有了一种说不出的快感。女子嘻嘻笑着出了包厢。

雷天亮穿好衣服走出包厢，黑皮和那两个小伙已走了，女老板称每人一次五十元，四个人共计二百元。雷天亮说自己只有一次，女老板笑说那三个年轻人已走了，人家说你请客哩。他们的钱你也得开。我请啥客，是他们领我来的。雷天亮脸红脖子粗分辩。女老板白皙的脸立即变了颜色：怎么，你想赖了，快掏钱！雷天亮没有想到，刚刚笑容可掬的老板现在却满脸冰霜，变脸比脱裤子还快。他很不情愿地从口袋里掏出两张百元钞票递给老板，走出“一点红”美发屋，飞一样离开了这个巷子，似乎巷子里有狼，会扑上来猛咬自己一口。

回到工地后，雷天亮将黑皮叫到一个没人的地方，讨要他代开的“打飞机”钱。黑皮笑着说：你出勤多挣钱多，权当请我们吃喝了，行不行？雷天亮说：可这不是吃喝呀。黑皮哈哈笑了：你以为是温饱年代，只有请人吃喝，肚子饱了就行了，交裆的家伙饿着哩。雷天亮结巴半天，再说不出什么，只是拽住黑皮的胳膊不丢，黑皮从口袋里掏出一盒“好猫”香烟往雷天亮手里一塞：好了好了，老哥，你爱浑身上下都舒服，给你一盒高档烟算补偿。雷天亮好像干了见不得人的龌龊事，也只能接过烟，吃个哑巴亏。

后来，雷天亮从黑皮口中得知，那个巷子叫淑媛巷，从前是妓院集中的地方。他们享用的节目叫“打飞机”。黑皮说，那儿还可以打炮呢。老马问打一次炮得多钱？黑皮说：这要看人是不是漂亮、在啥地方了，有的姑娘嫩得能掐出水，在五星级宾馆打炮得花上千元，还有下岗女工在火车站旁拉客，铺个单子在公园就地一滚把事就干了，一次五十元还没生意。吴大宝问：你花多钱干过事？黑皮说：太贵的咱花不起，太便宜的咱看不上，一般就是要个小姐花一二百元。老马说：怪不得你攒不下钱，是个月光族，你把钱都花在“打炮”上了。大伙儿嘎嘎大笑起来。黑皮倒脸不红眼不眨，他问雷天亮“打飞机”受活不？雷天亮羞得脸红耳烧不愿回答。有一次黑皮却在人多的地方偏偏又问，雷天亮气呼呼地说：你受活你去嘛，问我干啥。黑皮哈哈地笑了：“打飞机”当然受活，大家谁不知道，怕就怕你这山棒没感觉。黑皮家住城郊，他自认为是城里人，将山里人称“山棒”。大伙听了哄堂大笑，老马竟笑得差点岔过气去。但雷天亮认为黑皮他们对这个节目的定义下得不准，他记得看过一本书，书上将这种行为叫手淫。在以后的日子里，雷天亮发现老马、吴大宝等人都有手淫的习惯，黑皮竟名正言顺在宿舍、在厕所里手淫。有一次雷天亮骂黑皮恶心，黑皮大发牢骚说：现今社会，领导干部包情人，老板有钱人包二奶、嫖小姐，咱可怜连个媳妇也娶不起，想“打飞机”没钱，强奸妇女坐牢哩，你说让我这东西给哪儿去？细细琢磨，雷天亮觉得黑皮说的话也有道理，后来自己也学着工友手淫。他手淫是偷偷进行的，因为他心里常常产生一种羞耻感。

六

妻子艾艾打过电话后，几天没有动静，雷天亮有了种急迫感，他想给艾艾打个电话问问，又怕艾艾骂他没出息。

一天晚上，雷天亮拖着疲乏的身子正要上床睡觉，接到了艾艾发的短信，艾艾说她明天下午来周原，到站可能就是四点半左右。雷天亮心里算计，工地到城西汽车站坐公交得半个小时，还应该去早些，干脆明天下午给班长打声招呼，三点多就去。第二天吃午饭时，雷天亮洗了头，刮了胡子，特意换了干净的白衬衣。下午干了一会儿活，他掏出手机看看时间差不多了，就凑上前去，给正在砌砖的班长老任耳朵上夹了一根烟，说了去接老婆的事。胡子拉碴的老任嘿嘿笑了：好，好事，你早点去！

雷天亮坐公交车先来到火车站，快步穿过小巷走进春风旅社，让胖老板给他登记房间。胖老板笑着说：你两口还住313吧。说到313房间，雷天亮脸红了起来，又想起那天晚上警察检查的情形，问：警察不会再来吧？胖老板说：不会了，天天晚上查，老娘的生意就没法做了。又问：几天了，你老婆怎么才来呀？答：家里农活忙，她走不开。雷天亮交了六十元的住宿费，又交了一百元的押金，装了房间的钥匙赶忙就向汽车站跑去。

雷天亮满头大汗来到了汽车站，正好看见一拨人从出站口出来，他们中有男有女，有的拉着箱子，有的肩上背着包，一个留长发、背着包、穿着米黄色衬衣的女人站在出站口正侧身往大街上望，这不是妻子艾艾吗？因为艾艾也常常是这样的穿着打扮。雷天亮快步赶上前去，站在了那女人的面前，那女人猛一回头，他发现那张脸却不是艾艾的脸。艾艾的脸是椭圆形的，又白又细，虽然鼻子两边有稀稀拉拉的雀斑，但是耐看。这张脸上颧骨高突，黑中泛黄。那女人瞪了他一眼，他倒吸了一口气，心想，在城里把人认错，可就出了丑了。他从衣兜里摸出手机一看，原来还不到四点。

雷天亮在车站外面转了一圈，又站在出站口往里望。他看见一辆挂有“凤山—周原”牌子的班车进了站，一个个乘客从车上下来，没有艾艾。第二辆车到了，有位穿花衬衣的女人在车里向外招手，好像是艾艾，他的目光追随着她下了车，她手中的挎包却被一个黑脸的中年男子接住了。那男人一脸的疲惫之色。他可能和我一样打工，他老婆看他来了。雷天亮心里想着，眼瞅着一辆一辆班车进了站，一拨一拨的乘客从他的身边出了站，他摁了手机看，都五点二十分了，还是没有妻子艾艾的身影。雷天亮慌了，忙给艾艾发了短信，问她走到哪儿了。但是短信发出去，艾艾没有回。他又发了一条短信，艾艾还是没有回。他拨打艾艾的手机，手机里回复称无法接通。这是咋了？她会不会有啥事？恰在此时，有凤山县来的乘客出站，他忙赶上前问一位老汉：路上顺利吧？老汉气呼呼地说：顺利个屁，有辆车在秦岭上翻了，把我们坐的车挡得过不来，急死人了。车翻了，雷天亮脑子里嗡地一下，他想问问老汉到底是什么车，老汉却钻进一辆出租车走了。

秦岭山高弯急，常常发生车祸。雷天亮脑子一片空白，就跑到售票窗口买了一张车票，糊里糊涂坐上了到凤山县的班车。

班车很快出了城，驶上了盘山公路。正是仲夏时节，崇山峻岭上呈现出片片绿色，盛开的花儿和树木层次分明，像一幅美丽的油画。乘客们趴在车窗上纷纷往向外眺望，惊叹不已。车窗打开，一股清新的山风吹进来，顿感心旷神怡。雷天亮却对窗外的景色没一点兴趣，他只盼着班车能飞驶起来，尽快回到凤山县。但是，班车仍吭哧吭哧在盘山公路上绕来绕去，像一个有气无力的老人。他再一次拨打艾艾的手机，手机竟然关了机，便失望地闭上了眼睛。忽然，有人说：看，车在这儿翻了，多悬！啊呀，车咋撞成这个样子了！差一点就滚到沟里了！雷天亮睁开眼睛，蓦然看见悬崖下的公路边，趴着一辆破烂不堪的大货车，有几个人站在车旁指指点点，其中两名警察正拉着皮尺在路上量着，他这才长长地嘘了口气。

七

班车行驶到小石沟路口的时候，太阳已经落山了，雷天亮跳下车，在沙石路上大步流星往村里走去。到了村口，乡党们都和他打招呼，他心不在焉地敷衍着，径直往魂牵梦萦的家里走，推了一把大铁门，门却锁得紧紧的。雷天亮感到纳闷，艾艾没去城里，不在家，又能去哪儿？望着冷清的院子，他心里产生了一种失落感。他打了盆水，洗了把脸，正准备出门去寻找艾艾，铁门当的一声响，艾艾走进了院子。我还没进城哩，你咋就回来了？艾艾笑盈盈地问，脸上显出惊喜之色。雷天亮没接妻子的茬，他满脸愠怒问：你干啥去了？手机打不通，把人都急死了。艾艾说：我后晌刚准备出门哩，他舅打电话说他外婆有病了，我赶紧就给坡下村跑。我妈睡在炕上气都喘不上来，脚手冰凉，他舅坐在炕边拉着我妈的手只是哭。我说哭啥哩，快把咱妈拉上给医院走。他就开三轮车将我妈拉到了镇卫生院，卫生院的大夫检查说，是我妈血压升高了，不要紧，要挂吊针。我俩就陪老人挂了两瓶吊针，吊针打得慢，一挂就挂到天黑了。原来如此！雷天亮说：那你该给我打个电话么，叫人在车站等、等，发短信你不回，打手机不接。艾艾说：我想给你打电话，可手机没电了，他舅又没拿手机，我拿啥给你打呀。说着艾艾就赶紧揉面、擀面，雷天亮拉风箱烧火做起了饭。

一大老碗干面吃了，雷天亮打着饱嗝出门转了一圈，回了家，艾艾已躺在炕上睡了。雷天亮没瞌睡，就看电视。在外打工，整天忙得头昏脑涨，连电视都看不上，工棚里也没有电视。他拿着遥控器一个台一个台摁，正全神贯注看一部武打片，遥控器却被艾艾一把夺走，将电视关了。她嗔怪道：难道电视比老婆好？

当然电视没老婆好！雷天亮笑了笑，便也上了炕。他刚一躺下，艾艾就像鸟儿一样钻进了他的怀里。热、热得很，让人凉一凉。雷天亮说着就将赤条条的艾艾往开推，艾艾不愿意，哼哼唧唧撒起娇来。也是几个月没见，雷天亮忽然感觉，平日里唠唠叨叨似母老虎的妻子也学会了很温柔，脸上现出两朵红晕，心里蓦然生出冲动，就爬上了妻子雪白的身子。可他没料到，自己的家伙却不争气，软得像面条，尽管他吭哧吭哧半天，就是放不进去，急得他满头的汗。艾艾脸上呈现出沮丧的表情：弄不成算了，甭应付了。雷天亮从妻子身上滚下来说，你帮忙，我能行。他将妻子的手拉过来放在自己的家伙上，让妻子摸摸它。艾艾说：又不是娃娃的牛牛还要拨拉哩，算了。你把粮缴给别的女人了，别骗我了。雷天亮说：谁和别的女人胡搞，就不是人。我做梦都在想你，想……你掂着空口袋哄我哩。艾艾啪地关了灯转过身子。他扳艾艾的身子，艾艾没有反应；使劲再扳，艾艾忽地坐起来盯着他问：你在外面和小姐胡搞了？他答没有。艾艾捉住他的家伙，没有，没有它咋蔫得像死蛇？你哄鬼哩！

雷天亮坐起来靠在墙上长长地嘘了口气，陷入到深深的自责中，他想，这是不是由于自己手淫造成的恶果，忽然感到很对不住妻子。但是，有什么办法呢？他虽然爱自己的女人，可女人不能伴随他，就好像人出门总不可能将自家的厕所都带上，憋急了只能自己想办法解决。雷天亮想把自己在外面如何省吃俭用、如何想家的苦楚给妻子诉说一番，但艾艾怎么也不愿意听。

天蒙蒙亮，雷天亮起床就往城里赶去。因为他没有给工地上请假，旅社还有押金要赶紧取了，要不，上午十二点过后，又得掏六十元的房费。临走时，艾艾还睡着，她说：盼星星盼月亮盼回了男人，男人却没有了一点情况，以后就不要回家了，她找别的男人呀。雷天亮听着妻子说的刺耳话，肚子气得咕咕响，但却说不出反驳的话来。他能说什么呢？他虽然在外面打工挣的是现成钱，但一人吃了全家不饿，下了班就没事了，而妻子在家要务弄十几亩地的庄稼，管两个娃，还要干家务活，她更不容易！

八

头天夜里没有休息好，加之坐车颠簸奔波，回到建筑工地上，雷天亮感到人困马乏，身上没有一丝力气，干活时坐在砖头上就打盹。黑皮说：老雷回家犁了地，是把人挣脱水了。雷天亮说：我有枪没子弹了，哪像你们年轻人，个个都是神枪手。四川老马说：

三十如狼，四十如虎，你正勇猛着呢，怎么就能没子弹。工友们用各种酸话开着雷天亮的玩笑，工地上传来阵阵笑声。是啊，他们每天出着牛马力，在别的方面不如人，而谈到女人就感到特别开心，其实不过是过过嘴瘾罢了。

一天晚上，雷天亮下了工去市区的大街上溜达，忽然看见一个小伙子赤着上身，手提着衣裳站在河边唱——

人人都说城里好，
傻瓜才往城里跑；
城里挣钱城里花，
根本没钱寄回家；
想找老婆没人爱，
娶了老婆用不上……

这不是黑皮吗？这家伙摇头晃脑唱得真投入，雷天亮陡然觉得，黑皮似乎是为他在唱。

事实上，雷天亮回了一次家，非但没有工友们料想的那么高兴，心情反而郁闷起来。干活的时候，他常常发痴发呆，别人喊一声应一声，手里也没先前那么利索了。下了工，他也不再和四川老马、吴大宝他们“挖坑”了。别人吵吵闹闹，他却紧绷着脸，一副心事重重的样子，或唉声叹气，坐在工棚外的模板上抽烟，或走上街一个人漫无目的地溜达。晚上，他躺在大铺上辗转反侧睡不着，就会想起和妻子在一起时的无奈样子。如果家伙长期勃不起，患了阳痿病，那可就完蛋了。他把心里的忧愁说给吴大宝，吴大宝嘿嘿笑了，不可能，那是你压抑得太久了，不要紧张，调整调整，夫妻生活就好了。我刚进城的时候，也有过这种情况。有一天早晨，两人正巧一块在厕所解小便，雷天亮掏出家伙，尿水就射了一米多高。吴大宝说，没麻达，你能行！他俩哈哈大笑了起来。

这天下午，雷天亮下了班走上大街，转着转着就来到了火车站。他坐在车站广场的一棵樱花树下，抽着烟，望着一个个的男人女人背着大包、提着小包行色匆匆地走进候车室发呆。此时，他的手机响了一下，提醒来了短信，他忙摁了手机，短信是儿子发来的：爸爸，告诉你特大喜讯，高考成绩出来了，我考了579分。感谢您对我的付出和辛劳。

突如其来的喜讯冲走了雷天亮心里的阴霾，让他差点晕倒，他心里一阵冲动，鼻子发酸，所有的辛劳和付出都是值得的。他站起身来四处张望，急切地搜寻一张张面孔，恨不得将这一好消息告诉全城的人。他决定，拿出自己省吃俭用积攒的全部的钱，给儿子买一台手提电脑，要让儿子和城里的孩子一样。忽然，一股浓郁的芳香扑鼻而来，随之传来轻盈的歌声：

> 五彩云霞随风飘向天涯，
> 让我再看看门前满坡格桑花……

雷天亮转身望去，发现在火车站旁边一个拆迁过的空地上，开着一簇簇紫色、黄色、红色的花儿，一伙青年男女正站在花丛前自拍留影。一位中年男人正在给女儿介绍，格桑花又称“幸福花”，在藏语中，格桑是幸福的意思。一个蹒跚学步的小男孩，用娇嫩的小手指着盛开的花儿说：妈妈，我也要格桑花。

抑或是看到了格桑花的缘故，这个晚上，雷天亮的心情特别好，他觉得空气是清新的，头顶的星星也炫目明亮。他索性不坐公交车回工地了，慢慢地步行在宽阔的马路上，竟然打起了口哨。

夜里，雷天亮做了个梦，梦见他牵着艾艾的手在蓝天白云下奔跑，艾艾扎着羊角辫，穿着白裙子，在他们的前面，是一片姹紫嫣红的格桑花。

岗位都是满的

在超市打工的李芙蓉下班回家就和老公丁小杰吵架，埋怨老公不像个男人，吃软饭。丁小杰说：我在家给你洗衣服做饭干家务，不比你轻松；再说我也不是偷懒，不愿意老在家待着，工作已安排了，我只等通知哩。李芙蓉说怪了，你和人家王战利一块安排的，等了一个月了，你仍在等，为啥王战利就上班了？丁小杰问你怎么知道的？李芙蓉说：王战利今天和他老婆一块逛超市，亲口告诉我的，说他在一家企业上岗了，还能有假。丁小杰眼睛眨巴着，挠挠后脑勺说：这是咋回事？李芙蓉从提回来的塑料袋里抽出一根黄瓜，朝坐在沙发上看电视的老公砸了过去：你是个大熊包。

丁小杰顾不得看电视了，忙上前说，老婆挣人民币辛苦了，又要给老婆拿毛巾擦脸，又要给老婆盛饭。李芙蓉看到老公跑来跑去殷勤的样子，倒咯咯咯笑了起来，笑得她露出了一嘴白玉样的牙齿，也笑弯了小蛮腰，一副妩媚的神情。丁小杰扑上前欲拥抱她，她躲过身去说别想美事了，快看看你的工作怎么落实吧。丁小杰蔫了。

王战利和丁小杰是中学同学，又是同一年当兵，同一年退伍。不同的是，王战利为野战军在东北服役，当的是汽车兵；而丁小杰当的是武警，在西北的天山下看管犯人。汽车兵在部队好歹练就了手艺，退伍找工作相对容易，王战利回归老百姓队伍没半个月，就在一家私营企业开上了车。而在部队站岗的丁小杰，因为啥技术也没学着，四处碰壁后，最终给一家私营企业当保安。王战利吃的是手艺饭，丁小杰靠熬时间挣钱，两人的收入显然就有了差别，差别还大呢。战友们常在一块聊天说：这次县上把够条件的退伍军人集体安置，他们才有了就业的机会，因丁小杰在部队荣立过三等功，当过班长，又是党员，虽然进行政部门不合政策，但安排在县交通局下属的事业单位也不错。战友们十分羡慕。

丁小杰听说王战利上了岗，发急了。上岗意味着啥？意味着你在单位有了立锥之地，有了你的一张办公桌或一台电脑，更拥有了一个取钱取不完的工资卡。丁小杰记得，那天下午，他从县人社局拿到盖有红印的介绍信，喜得像喝了蜜一样，看都没顾上看就给交通局跑，似乎去得迟了，交通局就不接收他了。人社局和交通局不在一条街上，相距有一公里远，他从人社局的办公楼里跑出来，就被车流挡住了。他站在那儿寻找穿越马路的机会，一辆辆的出租车停在他身边按喇叭，但他理也没理，似乎到单位报到必须亲自去，坐车去给人以不重视的感觉，他从车流中飞奔过去。

丁小杰一路小跑来到交通局的时候，已是下午五点半了，好在快下班了，交通局二楼办公室的门还开着。办公室一位留分头的中年男人正背靠在真皮椅上看报纸，见有人进来了，像电影里的账房先生一样将鼻子上架的眼镜往向一推，问：有事？气喘吁吁的丁小杰好像来不及回答，从衣兜里掏出介绍信，双手递给了中年人。中年人先展开看，接着把眼镜扳下来看，看仔细了说：你是来报到的，好！中年人又将眼镜推上去，站起来说：好，有这张纸，你就端上铁饭碗了。并向丁小杰投来欣赏的目光，自言自语道：我儿考了三年，都没拿上这张纸。丁小杰忙解释：我在部队是士官，当了十四年兵。中年人说：知道知道，前些天，我就听局长说了你的事。丁小杰问：那我啥时候上班？中年人说：等通知吧。

丁小杰从交通局出来，激动得浑身哆嗦，他真想将这一喜讯告诉全世界的人，但看着大街上人们行色匆匆的样子，便打着口哨回家去了。

丁小杰的家在城中村。这几年，原本只有一条街的县城因实施了一个一个房地产开发项目，骨架在不断地拉大，面积自然也在快速扩张，将城关镇的两个村子吃掉后，庄稼地里盖起了高楼大厦，村民也摇身一变成了居民。土地值了钱，这些刚转换了身份的人就在自家的宅基地上，将房子越盖越多，越盖越高，随便搭个棚子都收起了租金。丁小杰两口子进城打工，租住在一户居民二楼的一间房子里。当天，丁小杰噔噔噔跑上二楼，喊了声“亲”，却忽然想起老婆还在超市上着班，拍了一下脑袋又向城南的超市跑去。

李芙蓉在超市服装区手拿一件夹克衫，正和一位留寸头的男子讨价还价，看见老公并未打招呼。寸头说：三百八十元贵了，能不能再便宜？李芙蓉说：最多再能便宜三十元钱，得店长批准，我没有这权力。寸头不屑地说：这破衣服还不减价，我在省城一件夹克八百元都愿意掏。李芙蓉说：你既然觉得省城的衣服好，就去省城掏大价买，何必在这小县城转来转去。寸头说：我只是在这儿看看，并不一定买，便转身去看化妆品了。李芙蓉不悦地说：你不诚心买，把衣服试一次又一次，害得我陪你半天，耽搁时间。她嘴里嘟囔：笨狗扎了个狼狗势。把衣服又挂了起来。丁小杰见老婆气得歪鼻子吊脸，说：你咋能这样对待顾客？李芙蓉委屈得抹起了眼泪，说：我一天站十几个小时，腿都站肿了，一月才挣人家一千多元，容易吗？下午为卖掉这件衣服，跟他磨牙两个多小时，他却不买了，老娘能不生气？放在乡下，我就掂起棍子捶他呢，你看我敢不敢。丁小杰忙掏出纸巾给老婆擦眼泪，说：敢，咋不敢，像这样的“青皮”就该揍一顿，我老婆是花木兰呢；又附在老婆耳朵上说：告诉你，我今天已去交通局报到了。李芙蓉惊奇地睁大眼睛，破涕为笑，将小嘟嘟嘴就要给老公的脸上贴，丁小杰用手捂住了李芙蓉的嘴，说：这是在超市。李芙蓉兴奋地说：我下班请你吃火锅，庆祝庆祝。

当晚，小两口在一家火锅店吃火锅，丁小杰就将他这次安排工作的事完完整整说了一遍。回到出租屋，小两口心里都热得睡不着，就亲热了一番。李芙蓉摸着老公胳膊上的腱肉，夸奖了老公一番。她说：丁小杰当兵是杠杠的，退伍一次就安排到了交通系统，给我脸上添了彩，算我当初没看走眼。

从那以后，丁小杰就辞了当保安的工作，回家等通知。因为他们想，工作的事定了下来，等不了多长时间。李芙蓉同意让他在家歇几天，说几年了，为挣钱老公风里来雨里去，不容易啊！李芙蓉只想着丁小杰歇几天，谁知竟等了一个月。这期间丁小杰多次去交通局，希望早日上岗，得到的回答还是那句话：等通知吧。

当了一个月的“家庭妇男”，没受到表扬，还挨了老婆一顿骂，第二天，丁小杰忙去交通局打问情况。他先上二楼去最里面敲局长办公室的门，没人应，再敲时听有人喊：干啥、干啥？回过头发现是上次让他等通知的那位中年人，中年人黑脸紧绷，手中夹着香烟说：局长不在。丁小杰说：叔，是我，我前几天刚来过。中年人拍了下脑袋：唉，我咋忘了，是丁小杰呀，还是你工作的事？走，去办公室。丁小杰跟中年人给办公室走，一位年轻女子上楼问中年人：杨主任，胡局长在不在？丁小杰这才弄清，中年人是交通局办公室主任。杨主任笑着说：胡局长今天又去市上跑项目了，这跑项目就是跑钱哩，难呀！年轻女子下楼了。在办公室里，杨主任让丁小杰坐下，给丁小杰倒了杯茶说：我前几天都给你说，你的事要局长定夺啊！丁小杰说：我知道，我这不是在催局长么，胡局长啥时候能回来？杨主任回答不知道，又说：跑项目要找人，请客送礼，麻缠着哩。几天了，都没见胡局长的踪影。丁小杰想，交通局肯定忙，修路架桥都要交通局来管，怎么能不忙。他和杨主任寒暄了两句，回家了。

一连去了三次，胡局长的门都关着，这叫丁小杰很失望。这天上午，丁小杰从交通局的院子出来，没有马上回家，就在街上转。因为他每来一次，回家老婆都要问他一次，他都要说局长忙，老婆问他问烦了，他自己也厌烦了。他现在最怕见老婆，多耽搁一些时间，就似乎能减轻一些见老婆的压力。他毫无目的在街上转，不料转到一家游戏厅门前却碰到了王战利。王战利穿着时尚的T恤衫，戴着茶色太阳镜，差点和丁小杰擦肩而过了，转过身一把抓住了丁小杰的手。丁小杰被这突如其来的举动吓了一跳，等对方摘了眼镜他才认出王战利。王战利一拳打在丁小杰肩头说：小杰，你好清闲啊！丁小杰说：我想忙哩，没地方呀。我刚去交通局找局长，局长还是不在，我真想找到他捶他一顿。提到工作情况，王战利说：我上班的那家企业是县上引资招来的，老板在电视里常露脸，名扬全国，我就给老板开小车，车是“奔驰”。企业待遇不错，给职工“五险一金”全有，就是上班太累。这不，我开车到县城，就是专门给老板买德国卫生纸来了。老板的夫人从深圳来了，嫌北方造的卫生纸用不习惯，老板就让我来县城买，只认准德国造的一个牌子。如果县城买不下，我可能还得去省城跑一趟。王战利掏出“中华”香烟给丁小杰一支，自己嘴里叼一支，用充飞机油的打火机“哧”打火点燃，猛吸了一口说：娘的，你说这事累人不累人，为旮一包卫生纸，大热天让人跑几十里。丁小杰知道，那家企业制造药品，在秦岭的龙山下。丁小杰回了王战利一拳说：我想累还累不上呢，烧得你。王战利说：我教你个办法，你去局长办公室门口死等，不信见不到他，我就是等了三天才等到老板的。丁小杰眼睛一亮说：还是你的鬼点子多。受到王战利的启发，丁小杰就回到交通局，端戳戳站在胡局长办公室门口死等，站困了，去办公室要张报纸说看看，将报纸垫在屁股底下坐着等。不时有人上到二楼，见丁小杰坐在局长门口守着，也没人理他。

杨主任出门迎接客人，看见丁小杰坐在局长门前，双手抱膝打瞌睡，上前拍拍他的肩膀，问丁小杰：你坐这儿干啥？丁小杰揉揉惺忪的眼睛：等局长。杨主任说：你咋能坐这儿，影响单位形象，让人不知道还以为是工头上门讨账哩。丁小杰呼地站了起来，那我就站着等。他双目平视，挺胸收腹，只是手中少拿一杆枪，好像在部队站岗。哎，这才是革命军人的样子。杨主任笑了，望着比他高一头的丁小杰又问：喝水不？丁小杰给杨主任敬了个军礼：报告杨主任，不喝。杨主任给他回了一个军礼：给局长站好岗。丁小杰双脚并拢：是！

丁小杰中午没吃饭，没喝一口水，给局长站岗站到下午快下班了，局长还没回来。他跑到街上买个肉夹馍吃了，又回到交通局和杨主任聊天。那时候杨主任正在看文件，他走进办公室，先给杨主任递上一支王战利给的“中华”香烟，顺手点燃，又给杨主任沏了新茶，这才坐在旁边。杨主任感叹道：当了兵的人就是灵光，作风硬，我那时候像你一样啊！从闲聊中，丁小杰才知道原来杨主任也当过兵，和他同在天山下，不同的是他当的是野战军，是由副团长转业回到地方工作的。因他老给领导提意见，由副局长当到了现在的位置。杨主任说：当兵人脾气耿直，开始我也看不惯，现在习惯了。丁小杰说：您是老首长，请首长多批评。杨主任笑了：什么首长，咱有几斤几两咱知道。又说咱是战友，天下军人是一家嘛。两人的距离一下子缩短了，丁小杰就趁势说到了自己的工作上。他说：他当兵期间家中全靠父母支撑着，现在父亲有了病，两个妹妹上大学，母亲在家又要务八亩多地，又要给他管孩子，经济上就指望他。可他们两口挣的驴槽不够驴吃，真是丢人。杨主任安慰他，急也没啥用，我也帮不上你啥忙，只能给你当眼线，让你尽快见到局长。丁小杰感动不已，从口袋里掏出刚买的一包“中华”烟就给杨主任手中塞，杨主任手一伸挡住了，说让局长抽，局长要给你办事。

丁小杰见到局长是第三天中午的事。当时他正在无聊地睡懒觉，手机唱歌了：丁小杰，快来，局长回来了。杨主任的声音不大，但语气很坚定，很焦急。丁小杰仿佛看见杨主任眼瞅着局长给办公室走，举起手机给他打电话的样子。丁小杰爬起来就给交通局跑，脸也没顾上洗。到了局长门口，胡局长正要出门说去省上，他一把抱住了胡局长的腰。胡局长说：我不认识你，你抱着我干啥？丁小杰说：你不认识我，我认识你，你是我的领导，我找你办事哩。办啥事，有跑项目的事大？项目的事大，我这事也大，你今天就要给我一句话。两人正吵着，杨主任从办公室跑了出来，说：我以为谁要劫持局长，原来是丁小杰，你就是安排工作的事嘛。放开局长，有话好好说。丁小杰听杨主任的话心领神会，放了胡局长。胡局长忙开了办公室的门，将丁小杰让了进去。丁小杰说了自己工作的情况和急于上岗的心情，恳求局长快让他上岗。胡局长说：你比我当年的心情还急迫，只是你要理解，局里不是没有考虑你的问题，研究过几次了，问题是现在下属单位的岗位都是满的。丁小杰问：那我啥时候能上岗？胡局长嘴里吐了一股烟说：明天有岗位你明天上岗，后天有岗位你后天上岗。说不准。丁小杰十分疑惑，说：我成机动队员了？胡局长说：你是终身队员，党员要听党的话，要给政府分忧。

总算见到了局长，听到了局长的真言，虽然一时还上不了岗，但还算没有白跑。丁小杰欣慰地回家去了。他打算再去那家企业当一段时间的保安，忙着总比闲着强。

但李芙蓉却接受不了这样的解释，她手里拿着擀面杖说：没岗位，没岗位为啥要把你给那儿安排？我看他是糊弄人，哄瓜娃睡觉呢。你去找人社局问问，把你当皮球踢是不是糟蹋了党的安置政策。丁小杰去人社局问，一位脸上有疤的中年人说：我们给你开了介绍信，下来就是你的事了。丁小杰说：可人家不安排我上岗，说没岗位。工作人员说：没岗位能录人？继续去找，十二个人都上岗了，就差你了。

丁小杰一连找了五次胡局长，胡局长还是那句话，岗位都是满的。丁小杰急红了眼，拽住胡局长不让胡局长出门，堵在门口给胡局长讲党的安置政策，讲得头头是道，一条一条非常清楚。他一再发牢骚，说我为政府分忧，退伍几年都是自谋职业，现在终于录用了，为啥不让我上岗？一直抽烟的胡局长等丁小杰把委屈诉完了，用一只手捋了捋后背头说话了。胡局长说：丁小杰，亏你还是共产党员，怎么能冤枉说我不让你上岗，交通局这几年进的人够多了，人多岗位少，人浮于事非常严重，连机关的厕所都是两个人在淘呢。丁小杰说：我是政策内安置的，难道连厕所也淘不上？我当兵尽义务，就落这下场？胡局长说：这能怨我？丁小杰说：我看病就在你这儿。两人说着抬起了杠，抬得红脖子涨脸。胡局长"啪"地一拍桌子，睁圆了眼睛蛮横地说：你是领导的亲戚，我马上让你上岗。

一句话，戗得丁小杰哑口无言，他只好无奈地走了。

丁小杰去找王战利讨经验，王战利问：你打点没有？现在不花钱哪能办了事。丁小杰才蓦然想起自己两手空空找找找，胡局长的心病可能就害在这儿。丁小杰回家说了花钱的事，李芙蓉坚决反对。她说：当年你为穿上军装给人请客送礼花钱，现在为安排工作还花钱，不行，难道你的义务白尽了？再说你的工作是政府安排的，咱堂堂正正，为啥要花钱？

丁小杰认为老婆说得也有道理，可道理人人都懂，如何才能尽快上岗？这个棘手的问题把丁小杰难住了。

丁小杰又去找分管安置的民政局李副局长讨主意，李副局长说：我们也没办法。又将这件事的背景介绍了一下，说这次你们之所以能安置工作，是搭古由县创全国"双拥"县的东风了。"双拥"县考评中有一条，就是要给部队官兵把好事办实，把实事办好，县委谷书记亲自过问，县政府才下了功夫，决定解决几年来积压的复退军人安置问题。又说：我也知道交通局确实超编，仅运管站就超了四十多人。县上换一届领导塞进去几个人，换一届领导塞进去几个人，怎么能不超编？这些单位现在成了领导七姑子八大姨的养老院了。他们都在寅吃卯粮，你不去，关系户就把你的口粮吃了。丁小杰问：那怎么办？李副局长说：找呀，你拿着盖红印的介绍信怕啥，把胡有理催急了，他就得给你腾岗位。

丁小杰又去找胡有理局长，胡有理还是那句话：你是领导的亲戚，我马上让你上岗。胡有理说：丁小杰，你也别嫌我的话难听，这就是社会现实。丁小杰说：县上领导不是说过的吗，安置到事业单位咋就这么难？胡有理说：领导说归领导说，你进来没岗位，没粮吃呀。一脸的无奈。

无助的丁小杰想不出好主意，在街上怏怏走着回家去，走到渭阳路中段碰到了同学李小三。李小三喊了一声“小杰”，兴奋地将丁小杰拉进了他开的照相馆，喝茶中说起各自的情况。丁小杰感叹：有苦难言呀！就说了胡有理的话，说我祖祖辈辈务农，亲戚里也没出过一个当官的，这不是要我的命吗？李小三听了却笑起来：鸡不尿尿有出路哩。现在谁把谁能难住，我给你找个领导亲戚帮忙。便如此这般地细诉了一番。

丁小杰再一次去找胡有理，先热情地握住对方的手说：我今天机会真好呀，一来就见到了领导。随后将手提包放在胡有理办公桌上，从包里往外掏东西，说：让我给领导掏好烟。说得胡有理眉开眼笑。丁小杰掏着掏着掏出了一张照片，照片引起了胡有理的注意，胡有理把照片拿在手中眼睛发亮，说：这不是罗万才省长吗，你咋和他认识？丁小杰脸涨得通红，说罗省长是我爸的战友，他们一块在越南战场上钻过猫儿洞，这照片是前年我去省城看望他时拍的。胡有理将照片拿在手里认真看，罗省长西装革履笑容可掬地站在丁小杰身后，丁小杰的眼睛炯炯有神，目视前方。他嗔怪道：丁小杰，你有这么硬的关系怎么不早说呀？丁小杰说：我爸说，他是他，老罗是老罗，他是农民了，找人家干啥？胡有理说：你爸是老脑筋，他懂得啥，现在这社会，人脉关系就是资源、就是金钱、就是权力。人找人能通天。别人找不下人发急哩，恨不得有个当大官的爷，你们却视而不见，把这么好的事糟蹋了。胡有理一副温和的神情，和先前简直判若两人。他立马拉开办公桌的抽屉，从抽屉里取出一盒茶叶给丁小杰泡，说这是一个老板送的好茶叶，一斤上千元哩，让你尝尝。丁小杰要自己从热水机接水，胡有理执意不让，说你坐着，还是我来；又打开套间的门，拿出一个鼓鼓的档案袋递到丁小杰手里，说：这是两条“中华”烟，回去给你爸捎上，你给他说，我抽空还要去看望他呢。

丁小杰没想到给父亲找了个高官战友，胡局长的态度有了天翻地覆的变化，他更没想到，胡局长一个电话就让他上岗了。

胡局长拿着话筒和运管站吴站长通话：吴站长，给你配了个左膀右臂，是个复退军人，人很精干，快过来领人。啥？超员？即使超一百个人也得让他上岗。好、好，这是县委谷书记的要求。又放下话筒说：丁小杰，现在运管站就过来领你报到上岗。丁小杰说：胡局长，让你为难了。胡有理说：反了他了，给我还讲条件，安置复退军人无条件。万分激动的丁小杰提着包就要走，说我自己去运管站，不麻烦了。胡有理说也好。丁小杰刚走到门口，胡有理喊丁小杰回来，丁小杰回去，胡有理将照片递上来，说把这宝贝照片珍藏好。

丁小杰在运管站很快受到重用，上班三个月后当上了稽查队队长。他穿着制服，每天领着队员在公路上严查营运车辆，说情托关系的人三天两头把烟呀、酒呀什么的送到他家，求他少罚款或放了违规车。李芙蓉也不在超市打工了，经胡有理介绍，她到一家公司上了班，名曰给老板当秘书，月工资三千多元；实则一天没多少事，啥时上班啥时下班由自己，接送上幼儿园的孩子不受影响。每每提到老公，李芙蓉脸上特别有光，常在同学面前说：当初我爸妈嫌他家穷，死活不同意我俩谈恋爱，但我就看上他的人。金子迟早都发光。

一天下午，丁小杰正在路上执法，忽然接到吴站长的电话，吴站长让他五点半去天鹅湖大酒店宇宙包间喝酒。丁小杰刚要问一句，对方就将电话挂了。受宠若惊的丁小杰准时到达，发现上座有胡局长、一名副局长和杨主任，两旁围坐着运管站班子成员。他惊慌失措不知道坐在哪儿合适，胡局长说：来来来，丁小杰，坐我跟前。吴站长忙让出自己的座位，丁小杰便坐在了胡局长和吴站长中间。上菜的间隙，大家抽烟喝茶又说又笑，似乎好久都没有相聚了。胡局长询问丁小杰的工作情况，吴站长竖起了大拇指，说：是块好钢呀！过去，稽查队的工作推不开，安全隐患多，交通事故多；现在，听到丁小杰的名字，吓得黑车司机都尿裤子哩。大家哄笑起来。胡局长拍拍丁小杰的肩：你的成绩有目共睹，我在市报上都看到了。

半年后，丁小杰被调整为县运管站办公室主任；不久，当上了副站长。

胡局长先后约过丁小杰几次，和丁小杰套近乎，每次丁小杰到他办公室去，他都要不厌其烦给丁小杰敬烟沏茶。他似乎没有先前那么忙了，又似乎成了丁小杰的下级，要求丁小杰办事。说到去看望丁小杰的父亲，胡局长就唉的一声拍脑袋，说怎么老这么忙，老忘这事，我一定要去呢。仿佛见不到丁小杰他爸，他就会造成终生遗憾。

但胡局长越是巴结丁小杰，丁小杰心里越害怕，他知道胡局长巴结他是因为副省长罗万才，是要利用他接通这根线，线接通了，上下就连在一起了，胡局长的各种想法就能实现了。可丁小杰心里却忐忑不安，担心李小三用电脑合成的照片被识破，担心自己的谎言被戳穿。他明白，弄虚作假的事一旦露了馅，自己就要吃不饱了兜着走。他曾找李小三说过自己的担忧，李小三倒认为无所谓，他说，别人是故意弄虚作假，你是不得已，这有本质的区别。因为你的工作是名正言顺安排的，只是为早上岗，不用怕。我邻居是个局长，这人十年把档案里的年龄改了三次，总是退不了休，把想接班的两个副局长气得都进精神病院了。丁小杰笑了，说你吹吧，造谣吧。李小三一本正经说：他的年龄就是让我爸帮忙给改的，能有假。丁小杰知道，李小三他爸确实在组织部。

虽然李小三安慰了丁小杰一番，但丁小杰还是夜里做噩梦。老婆李芙蓉得知事情真相，笑得前仰后合，她说怪不得局长对你恁关照，原来你爸的老战友当了副省长啊！丁小杰让老婆不要声张，让外人听见不得了。李芙蓉说还保密哩，我在外人面前要专门炫耀炫耀，叫他们知道咱也有靠山，背景大。

丁小杰的猜想不幸言中。十月的一天，胡局长让丁小杰到他办公室去一趟。丁小杰去了，胡局长说：你跟我跑一次省城，去找找罗省长，我把土特产都备好了。县上计划给石峪河再修建一座桥，投资得上千万元，想争取一些资金，我们跑了几次也争不下来，这回只能抱罗省长的粗腿了。丁小杰脸红心跳，左右为难，他两手搓了半天说，争取资金为啥非要找罗省长？胡局长说，罗省长分管交通。要去找罗万才，他和罗万才的关系一目了然，戏演砸了非同小可，丁小杰对这件事的轻重心知肚明。丁小杰却没有借口推托，说：去找罗叔行，但他脾气耿直，从不收礼。我去看望过他几次，凡花钱买的东西都退回来了。你不拿走，他就骂你，骂得你狗血喷头。罗叔说收贵重礼品是受贿。丁小杰是想给罗万才编瞎话吓唬胡局长，让胡局长不要去了，他也就不受罪了。胡局长哈哈笑了说：哪个领导说过让请客送礼？没有，一个也没有说，但有些人还在照送不误，因为你不送或送得晚了，领导把别人的礼就收了，给别人把事就办了。再说咱们带的也是一些土特产，不用花钱。最后决定，明天他们就和县长一块去省城找罗省长。

次日凌晨，丁小杰还未起床，手机响了，胡局长说今天不去省城了，罗省长出国了。丁小杰搂着老婆说：我可以睡个好觉了。

几天后，胡局长在办公室对丁小杰说：为公家的事不找罗省长了，这个硬关系，以后我自己有啥事再用。丁小杰松了口气。

然而，胡局长还没等见到罗省长，自己就被“双规”了，丁小杰再也不用做噩梦了。胡有理像王连举，交代了许多给他行贿的人，其中有干工程的老板和交通系统的下属，受贿达一百二十万元。

一年后，交通系统调整班子，丁小杰当上了运管站站长。据说，丁小杰的高升与狱中的胡有理有关，胡有理如实交代了丁小杰告诫他不要给罗省长送礼的事。组织上认为，丁小杰廉洁自律做得好。

表　扬

三（2）班的李雨欣在上学的路上捡到了十元钱，五（1）班的吴瑞生在校园打扫卫生时捡到五十元钱，他们都缴了公。在此，我们对这两名学生拾金不昧的行为给予表扬，希望大家能以他们为榜样，做守纪诚信的好学生。

星期一早晨，建国路小学照例举行了隆重的升国旗仪式，校长站在高高飘扬的国旗下，鲜艳的红旗把他映衬得红光满面，格外精神。他面对数千名学生，总结上星期工作后，讲出了以上的话。校长的话音刚落，下面就爆发出热烈的掌声。五（1）班的同学纷纷在队伍里用目光搜寻胖墩吴瑞生，向他行注目礼，似乎身边出现了大英雄。吴瑞生却好像对校长的表扬早已习惯，昂起了头在望天，东方，一轮朝阳正在冉冉升起。

石小岗推了站在旁边的吴瑞生一把，向吴瑞生投去羡慕的目光，说：你运气真好，咋总能捡到钱？下次让我捡吧。吴瑞生的大脑袋扭动了一下，好像有些不大愿意。等石小岗再推了一把后，他说：钱让我碰上了，我怎么能不捡？老师早说了，捡到钱物要缴公。吴瑞生转过了身说：我不跟你说了。人群哗地潮水般散去了，广场上只剩下胖墩吴瑞生和瘦小的石小岗。

拾到钱物交公能受表扬，石小岗打上学就知道。来到建国路小学读书后，学校对此更重视，常常是学生拾到钱物缴了公，不但班主任老师表扬，还利用升国旗的时机在全校师生面前公开表扬。学校这样做，似乎是想让更多的学生知道这种行为是对的，是值得肯定的，是需要大力弘扬的。这样持续下去，学生中涌现出的好人好事会越来越多。光吴瑞生就受到过三次表扬。

石小岗一直渴望因捡拾钱物能受到一次表扬，可总是没有机会。没有机会不是他发现了钱物不知道捡拾，而是压根就没有拾到钱物的机遇。有一次，在小区的院子里，背着书包行走的石小岗发现地上丢了一个文具盒，他正要赶上去捡时，一个穿花裙子的女学生跑前去捡起了它，拿在手中朝他看了一眼，理直气壮地说：是我的！石小岗嘿嘿笑了，说：你咋能把文具盒弄丢了。“花裙子”咯咯咯笑，露出玉米粒样的白牙说：我拿着文具盒在手中玩，想吃口香糖，手在兜里掏糖，就把文具盒扔了。石小岗想不通，“花裙子”为什么要把文具盒拿在手中，拿在手中怎么能扔了。心想他就是两个手都占着也不会扔了文具盒，再说上学的路上又不用文具盒，为什么要把文具盒拿在手里当玩具？文具盒是装铅笔、橡皮、小刀用的，应该装在书包里才对呀。如果丢了它，可就上不成学了。这是奶奶叮嘱他的，不止叮嘱过一次。奶奶还叮嘱他，不能像城里的孩子大手大脚花钱，铺张浪费，要学会节俭，家有万贯，补纳一半。因为别人家有爸爸妈妈挣钱，他们家只有爸爸一个挣钱。爸爸在建筑工地上干活，攀高爬低不容易。每次奶奶说这些话时，石小岗都会郑重地点点头，似乎用这种方式表达接受，奶奶的话就装在他的小脑袋里了。石小岗把自己的文具盒看得很贵重。他常常在教室、在家里写完作业，都要细心认真地把文具盒扣得发出“啪”的一声响，才装进书包。尽管文具盒上并没有什么灰尘，有时候他还要用毛巾擦拭文具盒，让它变得鲜亮起来。因为奶奶告诉过他，一个像他现在用的差不多的文具盒，都要花几十块钱呢。为此，他格外珍惜文具盒。他讪讪地对“花裙子”说：我捡了你的文具盒会交给老师的。文具盒，我有。好像为证实自己说的话，他还从书包里掏出自己的文具盒举起来，让“花裙子”看了看。后来，他知道“花裙子”叫李雨欣，和自己在一个学校上学。还有一次，在去学校的路上，石小岗发现地上丢了个钱包，但他捡到手里还未交给老师，好事还未做成就被失主要走了。当时，他看看周围没有人，“腾腾腾”跑了上去，谁知刚把钱包捡起来，一只白净的手就伸到了他的面前：小朋友，拿来吧，钱包是我的。石小岗仰脸望去，看见站在自己面前的是一个大姐姐，大姐姐正笑盈盈地望着他。石小岗羞得脸红耳赤，好像自己干了一件错事，双手把钱包递给了大姐姐，用衣袖抹了把脸上的汗珠说：我不是要你的钱包，要拾了交给老师。大姐姐说：谢谢你，小朋友。又用绵绵的手摸了摸石小岗的脑袋，说了句“真是个乖孩子”，便转身走了。石小岗顺大姐姐的背影望去，在前边的一棵法国梧桐树下，正有一位戴眼镜的大哥哥骑在自行车上等大姐姐。大哥哥笑呵呵的，给他竖起了两个手指。他明白那样的手势是表示赞扬，他常常在电视里看到许多男女打这样的手势，外国总统也打这样的手势。

捡拾钱物是可遇不可求的事，受不到表扬无所谓，在其他方面受到老师表扬也是一件好事情。但这样的好事情石小岗也碰不上，因为他在学习上不优秀，打篮球、踢足球比不过男同学，跳舞、跳绳比女同学差。总之，从大山里来的石小岗从哪方面比，都比不过城里的同学，他觉得除过捡拾钱物，自己是不会得到表扬的。所以，每每听到别的同学捡拾了钱物，石小岗就会羡慕到嫉妒的程度。可愈是这样，石小岗愈渴望表扬，好比受穷的孩子欲吃日本的三明治一样。

上午第二节是语文课，带语文的李老师是五（1）班的班主任。果然，李老师又提到了吴瑞生捡钱的事，又把吴瑞生表扬了一回。李老师说：这是我们班的光荣，大家要向吴瑞生同学学习，为我们班增光添彩。对于接踵而至的表扬，吴瑞生似乎有些接受不了，他拿课本挡住了脸，仿佛不愿意让同学们看见自己；但是，他愈是用课本遮挡，同学们愈是望他。几十双眼睛一齐望，目光齐刷刷投到吴瑞生的课本上，似乎要穿透课本，看看受了表扬后吴瑞生脸上会是什么样的表情，脸皮是薄还是厚，是红色还是黄色。然而，无论同学们怎么望，吴瑞生也不拿掉课本。直到李老师讲了半节课，同学们不再望他。

下课的铃声响了。同学们呼啦一下涌出教室，走出校门，就各自散去了。吴瑞生走出校门就钻进了一辆小轿车，后面的同学起哄喊“大奔”“大奔”！ “大奔” 是吴瑞生的绰号，因为他坐的是他爸爸乘坐的奔驰小轿车。吴瑞生在车窗里向同学们挥了挥手，好比贵宾在向欢送的人告别。

石小岗没有像别的同学一样在校门口起哄，他目不斜视从人行道稠密的人群里穿过，背着书包径直回了家。

石小岗的家在一个老旧小区里。一年前，爸爸把他和奶奶从大山里领进这座城市的那天，牵着他的手走过一条街又一条街，来到了这个小区。当时，石小岗看着街两边的花开得很鲜艳，街上汽车穿梭、人流如织，感到很好奇。他东张西望，恨不得满身都长眼睛看看城里的景致，有一步没一步走，但爸爸拽着他愈走愈快，拽得他差点都倒在地上。爸爸说：城里就是人多、车多，有啥好看的。奶奶嘱咐他，要记住路，城市大，以后小心把你丢了。

这个小区在周原市老城区。近些年来，周原市加大了老城区的改造力度，通过招商开发的方式，将一栋栋老旧的房子推倒，盖起了一座座的高楼大厦，美化了小区的环境，但这个小区没有改造，还是那么陈旧丑陋，好像年迈的老人躲在角落里被人遗忘了。小区锈迹斑斑的铁栅门破烂不堪，靠在长草的砖墙上，似乎不靠着墙，它就会倒下来。小区里尽管全是楼房，但没有周围的楼高，高的戳进云端里。楼房只有六层，墙是青砖垒成的。院子里生长着杨树、法桐等，垃圾这儿一堆那儿一堆，空地的铁丝上挂着五颜六色的床单、衣裳，万国旗似的。有人在单元门口或空闲的地方扎起篱笆，给地里种起了菜。只有一些老人在出进，显得冷冷清清。爸爸领着石小岗和奶奶从一堆垃圾旁边绕过去，走进了一个门洞。门洞里漆黑一片，有了响声，头顶忽然出现一盏灯，灯是石小岗最熟悉不过的灯泡，发出昏黄的亮光，像病入膏肓的人的脸庞。石小岗这才看清，水泥砌成的楼梯坑坑洼洼，一辆破旧的自行车靠在楼梯的墙角，一只蜘蛛正舞动长爪在自行车上吐丝织网。爸爸上到二楼，打开一个屋门说，到了，便将身上的铺盖先放在屋里的床上，走出门接过奶奶背的包，这才把石小岗拉进了门。整个房子有五十多平方米，进门是厨房，里面是客厅，再里面是卧室，卧室很小，放下一张床，几乎就没有地方了。奶奶里里外外打量了一番说，这就行了。一个月房租多钱？爸爸说：人家要二百元，我磨了半天，最后磨到了一百八十元。又说，妈，你和小岗睡在里间，我睡在外间的钢丝床上。石小岗问爸爸，妈妈来了给哪儿睡？爸爸说：来了支大床。

在石小岗的心目中似乎没有妈妈这个概念，只有爸爸和奶奶。在外打工的爸爸过年过节回山里的那个家，会把他抱在怀里，在他的小脸蛋上亲一口又一口，再把他高高地举起来，举过头顶，嘴里说让你坐“土飞机”。他在空中享受着惊险带来的刺激。他的鼻涕涎水就流在了爸爸黑瘦的脸上。石小岗是和奶奶在一起长大的。每当他听到小伙伴叫妈妈的时候，他就要回家问奶奶要妈妈，奶奶都会说，你妈妈给你挣钱去了。在家乡三岔村上学后，还是没有见过妈妈的面。有一次，石小岗和绰号叫“猴头”的同学为一支粉笔打了起来，“猴头”骂石小岗是没妈的兔崽子，石小岗才知道自己没有妈妈。他抹着眼泪回家一头扑在奶奶怀里，问奶奶自己为什么没有妈妈，奶奶的眼泪就从被皱褶包围的眼眶里溢了出来。奶奶紧紧地把他搂抱在怀里，似乎一松手，孙子就有可能被人抢走了。奶奶笑笑说：别的娃娃有妈妈，我娃也有妈妈，没有妈妈咋行，我娃又不是石头缝里蹦出来的。那我妈妈呢？石小岗一听说自己有妈妈，便睁大眼睛逼问奶奶，就像老师在课堂上给他提问似的。可奶奶还是那句话，说妈妈给你挣钱去了。这样的话，石小岗听过不下一百回了。让他想不通的是，妈妈挣钱怎么就挣个没完没了，她总要回一趟家呀。难道他想念妈妈，妈妈就不想他？对于奶奶给出的这个答案，石小岗是不满意的，他又问：妈妈到哪儿给我挣钱去了？奶奶说：妈妈到城市给你挣钱去了。他问：城市在哪儿？奶奶手指着门前面的大山说：城市在山的那一面，城市里有高大的楼房，有火车、有汽车，人多得像大槐树下的蚂蚁一样，可热闹、可好看哪，你大了让你爸领你去城市。石小岗的眸子里充满了期待。有了确切的目标，每当思念妈妈的时候，石小岗就站在自家门前的大槐树下眺望大山，大山碧绿碧绿的，一眼望不到头，山上点缀着五颜六色的花儿，轻风拂面，花儿摇头晃脑，好像在对他说：你妈妈在哪儿，我们不知道，我们不知道！他又仰起脸望天，天空湛蓝透亮，头顶忽然掠过一群鸟儿，那些鸟儿在他的面前盘旋着飞翔，叽叽喳喳，似乎在说：我去给你妈妈带信，我去给你妈妈带信！然而，鸟儿不知带了多少回信，石小岗的妈妈还是没有回家。石小岗不知做了多少次梦，梦中自己变成了鸟儿，但他也没有飞到城市里。

在以后的日子里，石小岗常常看见爸爸从城里打工回家，就和奶奶在屋子里说话，他们说话的声音不高，生怕被人听见似的。若碰见石小岗推门进屋，就干脆抿紧了嘴不说了。石小岗从奶奶和爸爸的表情上判断，说话的内容一定与自己有关，与自己的妈妈有关。奶奶和爸爸愈回避他，他愈想知道他们在说些什么。秋天里的一个晌午，石小岗放学回家，又听到奶奶和爸爸在里屋说话，他屏声静气贴着门听，听奶奶叹了口气说，照你这么说，赵小兰是找不着了。爸爸说：不是找不着，她是在故意躲避，不打算跟我了。我听说她在周原市，在周原市找了半个月，没有见人。听她从前的一个工友说，她去省城一个工厂打工了，我又跑到省城，在那个厂子门口等了半个月，没有见到她，问了一个女工，这位女工说，赵小兰听说有人在找她，就辞工了。奶奶说：她不愿意跟你了，也该见见她儿子呀，这个没良心的赵小兰。接下来屋子里唉声叹气。石小岗能想象出奶奶爸爸有多么的无奈。打那以后，石小岗在爸爸跟前再不提妈妈了，他猜想，一定是爸爸伤了妈妈的心，妈妈才不喜欢爸爸了。他在梦中常见到妈妈，但怎么也看不清妈妈的面庞。妈妈的形象对他来说是模糊的。

找不着妈妈，在城里打工的爸爸也很少回家了。好不容易等到有一天，石小岗看见爸爸回家了，像往常一样想撒个娇，就往爸爸怀里钻，问妈妈啥时回家？爸爸推了他一把说，外面玩去。石小岗再纠缠，爸爸呵斥他，说去不去，滚！石小岗没想到爸爸不喜欢他了，被爸爸一推就推倒在地，他抹着眼泪哇哇哭起来。这下奶奶不依了，一边把孙子拉起来搂在怀里，一边责骂爸爸，你自己没本事，拿孩子撒什么气，有能耐把你媳妇找回来。不料爸爸却不受骂，他像发怒的狮子一样，红着双眼说：赵小兰不回家咋能怨我，只怨咱家穷，买不下房买不下车。爸爸和奶奶吵翻了天，把瓷脸盆从屋子摔到了院子，又出门去了，半年多再没回三岔村。

暑假过后，爸爸回家却忽然提出要带奶奶和石小岗去周原市，说要让儿子去城里读书。石小岗欢呼雀跃，忙去向村里的小伙伴告别，向“猴头”告别，但那天“猴头”不在家，“猴头”被爷爷领着去外婆家了。为什么石小岗如此兴奋？因为在他的心目中，城市在遥远的地方，而妈妈就在城市里，他去了城市没准能见到妈妈。然而，进入城市一年多了，石小岗每天在大街上行走，碰见年轻漂亮的女人都要多瞅两眼，他相信妈妈一定十分漂亮，似乎一疏忽漂亮妈妈就会和他擦肩而过，似乎城市能给他一个惊喜，但他却总是失望。奶奶说：你不到一岁妈妈就走了，即使你站在妈妈面前，妈妈也不会认得你的。是啊，在偌大的城市里，在茫茫人海里，赵小兰怎么能认出儿子石小岗，石小岗也未必能碰见妈妈赵小兰。

那天上午，石小岗“腾腾腾”上了楼梯，却发现租住的房门关着，他推了推，推不开，知道奶奶一定又出去了。来到城里后，奶奶在租住的房子里待不住，闲下来老是往外面跑，她不去商场不逛公园，去得最多的而是菜市场。她常提着买回来的蒜苗、西红柿发牢骚：今天菜又涨价了，这城里住不起啊！要是在山里，光家门前种的菜就够咱吃了。于是，奶奶每天就等下午去市场买收摊菜，因为那时候菜便宜。石小岗知道，自从爸爸去省城打工后，他的生活全靠奶奶操心，奶奶没少在花钱上费心思。可现在是午饭时间，奶奶能去哪儿？石小岗用脖子上吊的钥匙开了门，打开电饭锅，看见锅里焖着米饭，炒勺里有白菜炒肉，他就自己盛了碗米饭，铲了菜吃起来。奶奶嘱咐过他，不管自己在不在家，他吃过饭就要赶紧去学校，不能耽搁了读书。穷人的孩子早当家，没有妈妈，石小岗从小就学会了做饭、洗衣裳，帮奶奶干一些力所能及的家务活。吃过了饭，奶奶还没有回家，石小岗洗刷了自己的饭碗，就锁了门去学校了。在大街上，他却看见了奶奶，佝偻着身子的奶奶背了个蛇皮袋子正从一棵树下经过，他张嘴喊“奶奶、奶奶”，奶奶似乎没有听见，用衣袖抹了把额头的汗珠，转身走进了一个小巷子，只留给他一个沉重的背影和雪白的后脑勺。

这天下午放学后，石小岗走出校门，看见吴瑞生站在马路边望来往的汽车，脸上显出焦急的表情。随后，吴瑞生从书包里掏出一个精致的小手机搭在耳朵边不满地说：爸，车怎么还没来？什么，你忙着谈生意，不接我了，那我怎么回家？坐公交车，我知道怎么坐？一位留小辫子的女同学用指头在脸上刮了一下，羞吴瑞生说：连公交车都不会坐，小少爷，不害臊。同学们轰地笑了起来。吴瑞生倒似乎不感到害臊，他嬉皮笑脸地说：我就让我老爸开车接我，他不接我，我晚上就不回家。一位男同学问：你不回家住哪儿？吴瑞生好像有些不耐烦，打了个手势说：我爱去哪儿去哪儿，关你的屁事。他拍拍胸前牛仔服的衣兜说：我这儿装的有钱。同学们就不再理会吴瑞生了，让他站在马路边继续等。

石小岗跟几个同学往家走，在路上，同学们议论起吴瑞生，一个同学说：吴瑞生他爸爸当老板，家中特有钱，吴瑞生衣兜里有个钱包，钱包里装有一沓百元大钞哩。上次吴瑞生过生日，请同学们吃饭、唱歌，一次花了五百元连眼都不眨。一个说：吴瑞生常去网吧打游戏，上课打瞌睡，不交作业，老师从来不敢批评他。留小分头的同学说：你们知道吴瑞生为啥总能拾钱？那些钱都是他自己的。圆脸同学问：你怎么知道？“小分头”说：吴瑞生告诉我的，他说，每次他都把钱揉皱了扔在地上，拾起来称是别人丢的交给老师。他还说，他受老师一次表扬，他爸爸脸上特有光，能奖他二百块钱。“圆脸”皱皱鼻子说：你不要胡说八道，吴瑞生是少先队队长，怎么能这样。“小分头”手背朝上做了个动作：说假话，我就是地上爬的乌龟。

同学们哈哈笑起来。

跟在同学们后面的石小岗没有笑，他忽然想哭，想大声哭。因为他身上最多只装过十元零花钱，还不是一个整张，而是一元、两元和五角的票子。他从来不用这些钱买吃的，只买学习用品。也可以说，他若用这些钱买了吃的，他就没钱买学习用品了，就不能上学了。他一路小跑着走了。

石小岗回到家里，奶奶还是不在家，他想奶奶一定又到菜市场去了。于是，石小岗便像往常一样，从书包里掏出书和本子写作业。奶奶告诉过他，不能贪玩，不能乱跑，城里人多，人贩子会将贪玩的孩子贩卖。奶奶还告诉过他，说他和别的孩子不一样，别的孩子是城市人，是在家门口读书；他是城市的客人，是借读，为他能在洋学堂读书，爸爸没少跑路，没少看人的脸色，是人托人请客送礼才办成的。他应该给大人争口气才对。奶奶一直管城里的学校叫洋学堂。

天色暗下来的时候，奶奶回家了，她肩上背了个鼓鼓囊囊的蛇皮袋子，进了门，把袋子“嗵”地给地上一扔，用胳膊擦了把额头的汗珠说：今天碰到便宜菜了。见奶奶满脸喜悦，石小岗也禁不住高兴起来，他帮奶奶从袋子里取出了茄子、南瓜、辣椒等，还唱起了歌儿。

吃过晚饭，石小岗打开电视要看，奶奶把电视关了。奶奶说：早睡早起，明天你还要上学哩。石小岗撒娇说：奶奶，我把今天的作业写完了，让我看一会儿吧，就一会儿。石小岗要去摸电视的按钮，把电视重新打开。这是台14英寸的黑白电视，是爸爸花三十块钱从旧货市场上买来的。那天，爸爸在窗户外面接好了天线，用手把电视机下面的按钮按了半天，在儿子急切的等待中，荧屏上的雪花没有了，才出现了几个人影儿。石小岗兴奋地拍起了手。爸爸说：妈，有了电视，你婆孙俩以后就不心慌了。奶奶噢噢了两声。但平时奶奶很少看电视，她每天都在忙着做饭、买菜、洗衣服，把全部的心思和时间都花在了家务活上，好像没有闲暇看电视。平时只有石小岗打开电视看，把按钮按来按去，调出一个不冒雪花的频道。正在洗手的奶奶从水池跟前跑过来，握住了他的手。奶奶说：看电视好比抽大烟，容易上瘾误大事。你的主要任务是学习。石小岗看到奶奶面色凝重，语气严肃，不明白奶奶是怎么了，不让他看电视。他赌气地噘着厚嘴唇，“腾” 地一屁股坐在钢丝床上，从书包里抽出语文书拿在手中，哗啦啦翻过去扔到了一边。他们家的客厅没有沙发，也没有凳子，只有一张钢丝床。

吴瑞生又拾钱了，又在国旗下受到了校长的表扬。这次石小岗没受到鼓舞，相反受到了打击，有些不服气。石小岗不服气不是对学校的做法有意见，而是对吴瑞生的弄虚作假气愤，他觉得，如果同学们都拿自己的钱买表扬，表扬就没有意思了。他用鄙夷的目光望着吴瑞生，目光里的吴瑞生变成了乌龟。他想将这件事的真相告诉班主任李老师，但他知道，没有证据，老师是不会相信的。

夜里，石小岗躺在爸爸睡过的钢丝床上怎么也睡不着，屋子里有些黑，透过窗户，他看见不远处高楼上发出霓虹灯的光芒，光芒在夜空中朦朦胧胧，诗一般美丽，但离他似乎很遥远。他想爸爸，不知道爸爸在什么地方；想没有任何印象的妈妈，不知道妈妈会不会想他。他耳边只有沉重的鼾声，那是奶奶发出来的，起初他有些不习惯奶奶打鼾，后来习惯了，若没有奶奶的鼾声作伴，他反倒睡不着觉了。他又想起校长站在红旗下表扬吴瑞生讲的话，心想吴瑞生能拾到钱受表扬，我为什么不能？他也要受一次表扬，让奶奶脸上有光，得到爸爸的奖赏。因为他们家好久没有过笑声了。

这天上午放学后，趁着奶奶没在家，石小岗没有先吃饭，而是关了门，从身上卸下书包，走进里屋拉开了床头柜的抽屉。他记得奶奶常常把缴过水费、电费、物业管理费和卫生费，红的蓝的绿的发票放在抽屉里，买菜取钱也是拉开抽屉取的，钱一定就在抽屉里。可是，石小岗拉开抽屉，看见里面只有一些横七竖八的发票，奶奶的发卡，缝补衣裳用的针线、顶针等小零碎，翻了一下，发票下面有钱，只是一毛、两毛、五毛的纸币，连一元面值的纸币都没有。奶奶会把钱藏在哪儿呢？他有些好奇，有些急迫，手脚有些慌乱，心里也像揣了个小兔子咚咚跳了起来。忽然，他眼睛一亮，似乎想起了什么，他双手把奶奶的枕头抱起放在一边，揭起了用家织布缝的褥子，看见褥子下面压着一卷儿红纸币。他知道，这是奶奶藏钱的老方法，在山里的时候，他见过奶奶把爸爸递上去的一沓钱就压在褥子下面。他将一卷儿钱抻开，有两张百元面值的，还有五张一元的、一张五元的。他觉得五元和一元的太少，便将一张百元的钞票装进了衣兜里。

又一个星期来到了。星期一早晨，校长站在国旗下特别表扬了石小岗。说五一班的石小岗在上学的路上捡到了一百元钱，第一时间交给了老师。校长特别强调，石小岗是从大山里转到城市来的学生，家中比较贫困，一百元钱对石小岗来说很重要，但石小岗没有私念，这一点很可贵。校长号召大家向拾金不昧的石小岗学习。受到校长的点名表扬，石小岗激动得浑身哆嗦，两手捏着白衬衣的下摆，抿着嘴忙低下了头，苹果似的脸红得比他胸前的红领巾还红，好像有些不好意思。如果不是站在人群里，他一定会大喊起来，但他没有喊，因为同学们都给他投来了钦慕的目光。他愿意接受这些目光。集会一结束，许多同学都跑进了厕所，石小岗没有撒净尿，就往教室里跑，结果裤子上留下了尿渍。因为上课的铃声响起，他不能迟到，他知道班主任老师还要在上课前表扬他。

一连几天，石小岗沉浸在因拾钱受校长表扬的亢奋中。他发现，同学们忽然对自己态度好了，热情多了，甚至有些同学还主动接近他，和他交朋友。李雨欣上学也来他家约他一块走；骄傲的吴瑞生还请他吃了一回三明治。似乎他和城里的学生一样了，他们再也不嫌他是山里娃了，穿廉价的衣服了。

一天下午，石小岗放学一路唱着歌回到家，却发现奶奶没有像往常一样去菜市场，正坐在客厅里的钢丝床上发愣。他一连叫了几声奶奶，奶奶也没有反应，奶奶好像变成了一个陌生人。他扑进奶奶怀里问：奶奶，怎么了？奶奶抚摸着他乱蓬蓬的头发说：我把钱丢了。石小岗睁大眼睛问：你怎么装的，怎么弄丢的？奶奶说：我把二百元钱压在头顶的褥子下面，想着天凉了，去给你买一身牛仔服，你不是说穿牛仔服帅气吗，可一看少了一百元钱。我以为咱家招贼了，看门锁好着，想着是不是自己把钱分开放了，把屋里翻了个底朝天也没找到。后来想，可能是该死的老鼠把钱拉走了。在老家时，老鼠就咬过我放的钱，可瞅来瞅去，屋里没有老鼠呀，如果有老鼠，它不吃案板上的剩饭，为啥端端要拉钱？那钱是奶奶捡了两个月破烂攒下的，是给我孙儿买新衣裳的钱啊！这该千刀万剐的老鼠！奶奶说着说着抹起了老泪。石小岗这才知道那二百元钱的来路，才知道奶奶早出晚归在干什么。他想，都是自己要得到表扬，把钱交给了老师，这下穿不上帅气的牛仔服了，让奶奶伤心成了这样。他陡然感到自己变成了老鼠。他知道，老鼠是害人的动物，是不招人喜欢的。他“哇”地哭了起来。奶奶问他为什么哭，他不说，只是哭，哭得呜呜的，奶奶怎么给他擦眼泪也擦不完。

王家村有个王幸福

一

王幸福没想到为吃低保挨了打。

冬日里的一个晌午，王才才进了王幸福家的院子就“幸福、幸福”一声接一声喊。那时候王幸福正在炕上打呼噜，他打了通宵的麻将，瞌睡死了，翻了个身又打呼噜。王才才在他的大屁股上拍了一巴掌，说：幸福，你的低保吃不成了。

王幸福一骨碌爬起来问：啥，你说啥？大张的嘴巴像个问号。

王才才说：低保公示出来了，上面没有你的名字呀！

胡说，我是谁，谁不让我吃低保！王幸福蹬上棉裤，穿着民政局送的军用棉袄气呼呼地说着就给门外跑。王才才双手伸在袖管里缩头耷脑像跟屁虫一样跟在后面，想看看王幸福能有啥表现。

两人来到了村口的文化广场，广场西边的砖墙上果然贴了一张大红纸，上面写有王家村低保户公示的字样，一伙人正在红纸前指指点点。王幸福挤进去昂起乱蓬蓬的脑袋往红纸上瞅，看见有尹东成、王大广、王二牛等八户，就是没有自己的名字。王才才说，你把眼睛瞅烂也没有你，你甭看了。人群里发出笑声。王幸福躁了，扑上去一把撕下了公示榜就往村东走。拄着单拐的尹东成说：这榜刚贴上，你就敢撕了？王幸福说，我找村长去，问他为啥不让我吃低保。

王幸福来到村长武志高家，武志高正一手剔牙，一手拿着遥控器坐在热炕上看电视。他见王幸福躁烘烘的样子，问：幸福咋了，把你气得两头冒烟哩？

王幸福把手里的红纸给地上一扔，说：村长，你捣啥鬼，为啥不让我吃低保？

武志高的大脸盘浮现出笑容，但双眼仍瞅着电视，说你吃低保吃了十二年了，还没吃够？然后手一摆，说：该弄啥弄啥去。

王幸福说：我是县长定的贫困户。

武志高正色道：谁定的也不行，现在政策变了，上面的要求是要经过群众评议、公示，群众对你的意见最大。

王幸福问：那你为啥让尹东成、王二牛他们吃低保？

武志高说了这几家吃低保的理由。尹东成的两个孩子在外打工，两口子在地里拼死拼活地刨，闲了给人打短工，按说日子也能过得去。可谁承想，去年尹东成扒了土坯房盖楼房，一河滩的账没还完，在李家堡砖厂打工出窑时，砖垛子倒了，把他的腿塌骨折了。这起事故虽然没要了尹东成的命，但光治疗费就花了几万元，旧债新账加起来，尹家的好光景等于推迟了几年。王大广他妈是个药罐子，一天光药钱就得上百元，不吃药就咳嗽，好像要把肠肠肚肚都咳出来。因病返贫。王二牛家去年冬季烧炕把房子烧毁了，在果树地庵房里凑合着住，买盐都赊账……

王幸福手一摆：不说他们的事了，说咱的事。你不是说要让我当脱贫致富的样板吗？

武志高说：但样板树起来，你总不能吃老本吧。自己也动弹动弹，省得让人提意见。

王幸福一脚踢开地上的红纸，问：谁给我提意见，我找他去。

武志高看着王幸福的背影，心想看把你能的。

二

王幸福从武志高家出来，一路走一路骂，骂天骂地骂社会，骂得嘴里唾沫星子四溅。他从文化广场上经过，看公示榜的人望见他垂头丧气的样子哧哧笑，他觉得这些人分明是在讥讽自己。他一脚踢起一个瓦片，瓦片从尹东成的头顶擦过。

王幸福不知道他得罪了谁，这人非要和他过不去。对于他来说，粮食补贴和每月的低保钱虽然只有一百多元，但它像泉水一直在淙淙流淌，日子还能将就着过，一旦不吃低保，饿当然饿不死，他手中可就不活泛了。甭说平时打个小麻将，就连油、盐、酱、醋这些日用开销也难对付，因为除过卖粮，他没有挣钱的门路。实际上，几十年前，他爸王三贵的日子过得比他还难怅，多亏工作组组长给当贫协主席的王三贵介绍了个寡妇，四十岁的王三贵才算成了家。中年得子，王三贵便给儿子取名幸福，期盼后人能过上好日子。可如今睡在土中的王三贵不会料到，儿子幸福的名字叫了几十年，他家仍然穷得叮当响，儿子至今还是个光棍。可以说，低保就是王幸福的衣食父母，是他的命根子。告他的状就等同于断了他的财路，他当然不愿意。

这天王幸福正在吃早饭，王才才像贼似的溜进了王幸福家，挤眉弄眼告诉王幸福，是尹东成告了他的状。王才才说：尹东成不但在村上提意见，还把他的事捅到了乡上。王幸福听了火涌到了头顶，撂下饭碗就去找尹东成弄事。他连颠带跑来到中街的尹东成家门口喊：尹东成、尹东成你出来！屋子里半天没回应，王幸福再喊，喊出了尹东成的婆娘，婆娘说老尹吃了饭到广场上活动去了。王幸福撵到文化广场，见满头白发的尹东成正坐在石凳上晒暖暖，他大声质问道：尹东成，是你告了我的状？尹东成的瘦长脸抽动了一下，眼皮也没抬，说：明人不做暗事，我对你就是有意见，咋，还不兴提？王幸福气势汹汹走到尹东成面前，手指戳着尹东成的脸说：你为啥不让我吃低保？尹东成说：低保政策是政府制定的，你能吃别人也能吃。王幸福说：我就要吃。尹东成问：难道吃低保是你家承包的？王幸福一脸骄傲地说：我吃低保是县长定的。尹东成冷笑一声，说：我还以为是你爸给你留的铁饭碗呢。县长定的咋？你咋不让县长给你安排个工作，领的工资比吃低保钱还多。王幸福恼羞成怒，手指再往前一戳，说：你敢骂县长，我要揭发你。尹东成哼了一声，起身一瘸一拐走了，说：你赶紧揭发去，和当年你爸一样让我上批判会。王幸福撵上去伸两条胳膊挡住尹东成说：你走不成！尹东成说：我偏要走，咋，你要打击报复？结果两人推推搡搡发生了肢体冲突，尹东成抡起拐杖要打王幸福，王幸福一拳打中了尹东成的脸，尹东成哎哟一声倒在水泥地上。

尹东成一路呻吟回到家中，老婆看他鼻青脸肿问咋了，尹东成说遭到王幸福的报复。老婆将他扶上炕躺下，说：我不让你告王幸福的状，你不听，看那二㞞货把你打成啥了。尹东成一手摸着脸说：我把他狗日的告到底了，看他能翻天！

尹东成早看不起贫协前主席的后人了，他常瞧着肥头大耳、趾高气扬的王幸福心里就往外冒火气。他想不通干部眼睛都瞎了，咋能让王幸福这二流子吃低保？他认为，如今社会好了，政府处处都为群众着想，这是历朝历代没有过的事。但事物是一分为二的，政府福利好了有人就成为懒汉了，和老子操心多了儿子不动弹是一个道理。既然喊按劳分配，就要惩罚懒汉，鼓励勤劳人。可王幸福似乎是国家的功臣，一吃低保就吃了十多年。他忽然发现，当今人对吃低保越来越看重了，好像谁家能吃上低保就有了脸面，证明“上面”有人，最起码和村干部关系处得好。吃低保和门上挂革命军属牌子一样，俨然成为一种光荣了。贫穷已不是衡量吃低保的唯一标准。低保似乎变成了一种礼物，变成了一种平衡关系的工具，想给谁送给谁送，想让谁吃让谁吃了，有人活活把党的好政策给糟蹋了。村里许多人在背地里表示对王幸福的不满，但都是敢怒而不敢言，他这次给王幸福提意见，是借着受伤理由充足发泄自己的愤懑，也是代表了民意。

王幸福和尹东成打架的事像一溜风吹开了，很快吹到了尹东成的儿子大虎和二虎耳里。当晚，在县城打工的兄弟俩回到了王家村，从被窝里拉出了赤条条的王幸福，把王幸福美美教训了一顿，打得王幸福身上青一块紫一块，还将一根针扎在了王幸福的屁股上。兄弟俩走时撂下一句话：再欺负我爸，把你的皮剥了。王幸福呜呜哭了一夜。

王幸福挨了一顿饱打，羞耻得三天没出门。王才才来看望他，他说：都怪你挑起了事，让我挨了挫。王才才笑了说：我只听说二虎在县城打架打得出了名，没想到二虎下手这么狠。王幸福说：下次我要给他下黑手，把他家苹果树剁了。王才才问：你吃低保的事咋办？王幸福说：不吃白不吃，吃了也白吃。王才才说：对呀。王幸福挤挤眼睛，说：我要去找李县长，让县长给我做主。

三

王幸福能连续十多年吃低保，都是沾了县长李永年的光。那一年，武志高刚当上村长，就碰到乡上来王家村访贫问苦，武志高说：现在群众生活整体来说好多了，不缺吃少穿了，但就是个别的农户因病、因灾返贫。乡党委书记李永年说：你把我领到最穷的家里去看看。武志高就带着李永年他们去村里看望了几户贫困户，各送了米面油和三百元的慰问金。

李永年他们去二组看望另一个贫困户，看见在两个高大的门楼中间，夹着一截子豁豁牙牙的土墙，用土坯垒起来的小门楼东倒西歪；顺着敞开的院门往里望，土坯房的房顶陷了个牛槽样的坑，一根椽子顶着屋檐，好像椽子一取掉，老旧的房子就可能随时轰然坍塌。破败的情景把李永年震慑住了，他停下脚步问：这是谁家，这么穷？武志高说是光棍王幸福家。李永年说：咱去看看他家的日子怎么过。他们走进王家的门，屋子里空荡荡的，地上蹾着几袋粮食，里屋的土炕上扔着一床烂被子，炕角有几件旧衣裳，除过一个陈旧的柜子、一个木箱、一个木凳子，几乎没有什么家具，唯一的电器是头顶吊的灯泡。武志高喊：幸福、幸福。屋檐下连接的厨房里有了应答声。李永年推开用高粱秸编织的厨房门，一股发馊的气息扑面而来，案板上有几个碟子碗，落有零星的鸡屎，大铁锅用一顶草帽盖着，一个蓬头垢面的中年男人正坐在灶火间的柴草上，手端着大老碗，夹了一大口酸菜吃苞谷糁。武志高说：王幸福，乡上李书记看你来了。那男人睁了睁眼屎未擦的眼睛，哆嗦着站起来问：书记找我干啥？乡民政干事老潘将手中的一袋米提起来说：我们慰问你来了。王幸福把碗给灶台上一蹾，激动得两手一搓，嘿嘿嘿憨笑起来，露出了一嘴黄牙。武志高一把将王幸福拽出屋子说：给李书记说说你家的情况。王幸福上前拉着李永年的手说：李书记，我是贫农出身，我家现在只剩一袋麦子了，缺吃不说，关键是我冷呀！似乎是为配合自己的话，王幸福说到冷，浑身筛糠般地哆嗦起来，两条腿抖得好像随时就断裂了。现场的人这才发现，“三九”天王家水缸里已结了冰，而王幸福只穿了一件空心棉袄和单裤子，光脚板伸在胶鞋里，咋能不冷？李永年问王幸福靠啥收入。王幸福掰着指头算了半天说：二三月里，我卖了二百斤麦子，收入一百六十元；忙前卖了一百斤麦子，收入八十五元；种秋时卖了一百三十斤麦子，收入一百二十六元；秋播时卖了二百斤苞谷，收入一百四十五元。患了一次病还卖了两袋苞谷，过年又卖了两袋苞谷。李永年感叹说：光靠卖粮过日子咋行啊！王幸福说：本来他家还养了三只鸡和一头猪，但鸡是公的，只叫鸣不下蛋；猪爱吃麸皮不吃草，没等他卖，猪就病死了。李永年眼睛湿润了，说：我们要关心群众生活，让每个困难群众都温暖过冬。当天，除了跟别的贫困户一样给王幸福家送了生活用品和慰问金，李永年还掏出自己身上的二百元钱递给王幸福，说：老王，快去买个新棉袄穿上，小心冻坏了。

打那以后，每年到春荒和过年的时候，李永年都要去王家村慰问王幸福。他若实在抽不开身，总要给去的领导交代，别忘了王家村有个王幸福。

后来，国家实施最低生活保障政策，李永年提议先让王幸福吃上了低保。

四

王幸福没想到天上掉下的馅饼能砸在自己头上。他从武志高手里接过存折，把存折拿在手里翻来覆去看，甚至还拿着存折在太阳下照，似乎想看透存折里有啥名堂。因为他从来没在银行存过钱，弄不懂一个纸做的存折就能把钱存住，不敢相信用它就能取出啥都能买的红票子。夜里睡一觉醒来，他从炕席下取出那蓝色的存折拿在手里瞅，瞅着瞅着眼前就出现一沓红票子，高兴得以为是在做梦。他把自己的光肚皮狠掐了一下，才相信是真的。后来，他闲下来看存折看上了瘾，一天不看就像丢了魂似的。好像那存折就是他过上幸福生活的保证，就是他的老婆娃娃热炕头，就是他的命。那一天，武志高说：王幸福，你可要记住，你吃低保是李书记特意批的，全村只有八户啊！王幸福双手攥着存折深深鞠了一躬说：感谢党和政府的关怀和照顾！武志高笑了，说：王幸福也会说光面话了。王幸福说：我跟电视里的人学的。

因为有了李永年的话，王家村年年上报低保户，武志高都说：不能忘了王幸福！

几年后，国家实施专门解决贫困户住房问题的安居工程，武志高将这一喜讯告诉了王幸福，并上报给了乡上。安居工程国家只补助两万多元，要盖三间砖混结构的平房显然不够，还得自筹些钱。王幸福今天跑到李家村他姑家，明天跑着找黄家庄的他舅，好话说了一箩筐，他姑家给借了三千元，可他舅吴万德只给他借了两千元。他嫌他舅借得少，嘴里嘟嘟囔囔蹲在他舅家门道里不走。吴万德说：你嫌少，你妗子还嫌多哩。人家为过上好日子，没黑没明挣破沟子干，农闲了还出去打工，可你整天游手好闲，衣服搭在肩膀头上装得和人一样，我都替你妈感到害臊呢。王幸福嘿嘿笑着，说：这不是政府给我盖房嘛，你再帮一些，我就不住危房了。吴万德说：不看你是我亲外甥的面子，我给你一分钱还不借哩。滚！可王幸福不滚，他嬉皮笑脸给他舅递上去一支烟，点燃，两个指头一搓说：再加两千，再加两千。吴万德扑哧笑了，说你是跟我做买卖？那是这样，我再借你两千元，你现在就打借条，必须还。如果只拿两千元，舅算赞助就不要了。你选择看咋样划算。王幸福问：手上这钱真不要了？吴万德说：真的。王幸福说：当然拿两千元划算。转身就跑了。吴万德哈哈大笑，说我就知道你爱捡小便宜。他妗子黄梅英说：他都借了几个两千元了，我知道给他借钱是肉包子打狗回不来。

王幸福找武志高说他不盖房了。武志高问为啥。王幸福说盖房的钱借不够，就连他亲舅也才给他借了两千元，不够意思，掀他的下坡碌碡。武志高说你可想好，错过这村就没有这店了，好政策一家只能享用一次。王幸福在武志高家的地上一蹲，双手抱头，摆出一副万般无奈的样子，说：只怨我妈生了我一个独杆杆，没人帮衬我呀。说得可怜兮兮的，到动情处就呜呜哭，肩膀头一耸一耸，像他妈刚死了一样。他日子过不前去了，常趴在他父母的坟头上哭。他哭和别人哭不一样，别人哭逝去的父母只是表示追思，而他是一边哭一边诉说，嫌父母生了他不管他，把他撂在世上让他活受罪。哭得有鼻子有眼，哭得眼泪鼻涕掉下来，似乎要把心里憋了几十年的话都说给躺在土中的父母，叫人感到一种孤独和恓惶。王幸福看村长不表态，又说：没人管我，我就住在危房里，干脆叫房倒了塌死我算了。武志高心想这咋行，别说王幸福是贫农的后代，就说现在也是乡党委书记李永年亲自定的贫困户，让他塌死了给上面咋交差？武志高大手在膝盖上一拍说：幸福，后面的日子还幸福着哩，你咋能往绝路上想？好了，咱也来个特事特办，因人点菜，由村里给你先把钱垫上，义务帮工把房盖了。共产党不能让穷人的日子过不去！

盖房期间，王幸福整天手搭在后腰上跟着看，好像是别人家在盖房，和他没有啥关系。工匠垒墙需要线绳和几苗钉子，问王幸福要，王幸福说：你来咋不带上哩。

五

人是依赖性强的动物。自从吃上低保，住上了新房子，王幸福基本生活有了保障；但另一方面，吃了低保，王幸福也似乎有了依靠，身子懒了，种庄稼的热情也不高了。别的人种地，把地头地尾边边角角都种到，似乎地里能刨出金子；他胡乱给地里撒一些种子，出苗多少从来不管。别的人整天泡在地里，又是给苞谷间苗，又是施肥、拔草，像侍弄娃娃一样侍弄庄稼，忙得团团转；而他自种上苞谷，就再不到地里去了，任草疯长把庄稼包围了也不去拔，天旱了也不浇地，年年收的是嫩棒子。有人说，看你没打下粮，日子咋过呀？王幸福嘴里叼着烟头一拧说：你操心你冬天冷，别管我夏天热。我有政府管哩。

光景好转起来，王幸福学会了抽烟喝酒，也学会了打麻将。他常说人家是赌博哩，咱也娱乐娱乐。他们打麻将不像有钱人打得大，也就是八块十块地打，但打着打着就收不住手了，一晚上也要输上百元钱，而赢家常是武志高。有一次，王幸福把三百元钱输完了，借二百元也输完了，有人就说：你去领低保钱啊。武志高附和，说：幸福，明天再去存折上取二百元，咱再打。王幸福哭丧着脸不说话。王才才说：他每月取钱比政府存得快，存折上早没钱了。王幸福说：钱都让你赢去了。就要去抓武志高面前的红票子，武志高用手挡了笑说：在这儿可是凭本事哩。

王幸福成了老资格的低保户，摸清了政府在扶贫救济方面的政策和规律。他花一百元从武志高那儿买来了一个旧手机，没事了就给乡民政干事老潘打个电话，说老潘，天热了，你来时最好给我带个凉席。过段时间打电话，说老潘，冬天来别忘了多给我带几床棉被。老潘说记下了，王幸福忽然又说：去年送的棉袄太薄了，我穿在身上像没穿一样，干脆再给我捎件军大衣。老潘笑说：你的要求高，一家要的东西比几家的都多了。王幸福理直气壮地说：我是李书记定的低保户。

收了麦子种苞谷，收了苞谷种麦子，一眨眼又到年关了。当了县民政局局长的李永年照例慰问贫困户王幸福，发现王幸福变样了，原来面黄肌瘦的他已吃得红光满面，大背头梳得溜光，裹着崭新的军大衣靠在门前的麦秸垛上，眯着眼睛晒暖暖。看见有人提着米面油来了，脸上没有一丝的激动。武志高说：幸福，李局长慰问你来了！王幸福屁股也没动一下，不屑地说：你们今年咋才来呀？他像猪一样慢腾腾爬起来，说：咋送的又是米面油，老三样？又两个指头一搓，说：李局长，以后直接给咱给些红票票就行了。武志高在王幸福屁股上踹了一脚，说：你油嘴滑舌，脸厚得像脚后跟，把你美的，要求恁高。大家进了院子，王幸福手朝前一伸招呼进屋坐，屋里有沙发；又拧头对老潘说：老潘，你给我把面倒进瓦瓮里。

李永年他们走进王幸福家的屋子，发现房子虽然不大，但明亮宽敞，门窗是塑钢的，天花板上安的吸顶灯，地上铺了瓷砖，沙发、电视等家具家电也都有了。光炕上就摞了八床新被子。武志高说：我就是要树立王幸福这个脱贫致富的样板。李永年摸摸沙发说：该配的都配上了，王幸福只差个老婆了。王幸福嘿嘿笑。

六

冬天夜长，一个人坐在热炕上看电视老打瞌睡，王幸福常常就穿上老潘送的军大衣去老姚的麻将馆打几圈麻将。身上钱输完了，回家仍睡不着，他就趴着望墙上贴的美女画，拿来手机拨打美女下面的一个电话。

几个月前，县上开展“千名干部进万户解民忧促发展”活动，给每家发了一张挂历画，上面印着包抓干部的手机号，组长牛玉田对王幸福说：包抓你的干部叫闫春萍，你有啥困难向他说。王幸福想着闫春萍是个女干部，晚上就给闫春萍打电话，谁知打过去接电话的闫春萍是个男的。闫春萍得知是王家村的王幸福，很关心地问了王幸福的生活状况，问得很周到、很仔细，态度和语气很像李永年。王幸福说：家中啥都好，可就是舍不得挂电话，足足聊了四十分钟。从此，王幸福有事没事就给闫春萍打电话，今天说没盐吃了，明天说感冒了，闫春萍每次来王家村都要给王幸福一百、二百块钱。

当晚，王幸福从麻将馆出来，又到王才才家坐了半天，说他口淡，王才才拿出过年剩的半瓶酒说：喝几口酒嘴里就有味了。王幸福扔了手中的纸烟，手一伸说：拿酒来，我只喝一口。王才才把酒瓶递上来，王幸福咕咚咕咚灌起来，王才才说多了、多了，赶忙夺走了酒瓶子。

王幸福踩着清冷的月光，晕晕乎乎回到家，感觉屋子像冰窖一样，就不由自主给闫春萍打电话。闫春萍问：王幸福，怎么了？王幸福摁了挂机。手机再次响起，闫春萍问，王幸福还是不说话。闫春萍急了，思忖王幸福是不是出了意外，把电话打过来问：王幸福，你到底怎么了？你要想开些啊。王幸福哇一声哭了，说闫干部，我家现在啥都不缺了，就是缺个暖脚的女人，我这困难你咋不管？闫春萍说：这困难我不好解决，因为找媳妇得两厢情愿啊！闫春萍开导王幸福，给王幸福说了半夜的宽心话。三天后，闫春萍来到王家村给王幸福五百元钱，并将王幸福要媳妇的事说给了组长牛玉田。牛玉田拍着王幸福的肩说：老王，甭丢王家村的人了，政府可照顾不了老婆。

几年后，李永年升任副县长、县长，但他仍然牵挂着王幸福。有一次，县电视台播出了李县长亲自慰问王幸福的情景，王幸福从李县长手中接过一床被子和现金，激动得热泪盈眶，连声说：感谢、感谢党和政府对我的关怀和照顾！临走时，李永年说：我们要关心贫困群众的生活，但脱贫不能光靠政府照顾啊！武志高说那是那是。

虽然李永年说脱贫不能光靠国家照顾，但王家村每年给上面报低保户，仍雷打不动要报上王幸福。有人提意见，武志高说：王幸福是县长定的低保户，你有意见等于对县长有意见。

七

王幸福坐车到三十里外的县城找李县长，在县政府门口被保安挡住了。一个大肚子保安问王幸福找谁，他答找李县长。胖保安问：你认识李县长？他说：认识认识。胖保安说：全县人都认识县长呢。你打电话，让县长办公室的人来接你。他说：我不知道李县长的电话。胖保安说：我就知道你不认识李县长，你唬谁，我是火眼金睛，一看就知道你是上访户，要混进政府机关捣乱。王幸福说：你少拿大肚子扛人，你去给李永年说，我是王家村的王幸福，他就知道了。胖保安说：你说你认识李永年，李永年调北山县半年了，你咋不知道？政府还有一位女县长姓李，你还幸福不幸福？保安们哄堂大笑。

受到保安的奚落，王幸福憋了一肚子火，又去乡上讨说法。他进了乡政府院子大喊要见乡长，有工作人员出来悄声说：方乡长正在开会，不要大呼小叫。王幸福坐在办公楼下的台阶上，抽出一支烟咂在嘴里，手一指对工作人员说：你去告诉乡长，就说我是王家村的王幸福。工作人员说好好好，你先在这儿等着。抽了两支烟还没有见到乡长，王幸福楼上楼下喊乡长、乡长，一位留寸头的年轻人从会议室出来说：王幸福，你来来来，找我有啥事？王幸福瞥了一眼“寸头”说：我不找你，我找乡长。“寸头”说我就是。王幸福说：你嘴上没毛，说话不牢，不要唬我。“寸头”哈哈笑了，正要解释，下乡回来的老潘说：老王，你有啥话快给方乡长说，乡长还忙着哩。王幸福这才相信了，跟着方乡长进了办公室。方乡长让王幸福坐，给王幸福倒了杯茶，问王幸福有啥事？王幸福把村上今年怎么公示低保户，他怎么有意见，村长武志高怎么说的给方乡长说了一遍，并一口咬定，说他吃低保是县长让吃的。一再问，为啥不让我吃低保？方乡长说：武志高做得对！这种做法是县上要求的。王幸福脖子一扭说：我还要吃低保。方乡长说：老王，虽然你不认识我，可我一来就知道你的大名。听包村干部说，你一天两手甩着啥活都不干，领了低保钱就打麻将，是不是？王幸福脸红耳赤，嘴里呜里呜啦说不出一句话。方乡长说：现在，扶贫工作由输血型向造血型转变，王幸福，你也不能老戴低保户的帽子，自己也要跟其他人一样，多想些办法增加收入，或者去打工挣钱呀！王幸福问：我明年吃低保咋办？方乡长说：不能吃了。老王，你才四十来岁，好好干几年吧，不能老指靠政府照顾了。

王幸福在县在乡上碰了壁，心灰意冷回了家。但他心不甘，认为不是乡长不让他吃低保，而是武志高得了别人的好处从中作梗，不让他吃低保。他要去缠武志高，给武志高来个软硬兼施，非把武志高的脚缠碎不可，让武志高把他报上去。他知道，让贫困户吃低保是国家的大政策，大政策就像村东边河里的水，家家都想从河里盛水浇自家的地，浇上浇不上就看自己的能耐大小了。王幸福去找武志高，武志高说：你找县长、乡长都没用，甭找我了，找我啥也不顶。王幸福说：村长村长，你是咱村最大的官，你咋能说话不管用？你先给我报上去，上面批不批，我就不怨你了。武志高说：为让你吃低保，人都戳我的脊梁骨了，我难怅啊！又说：我给几千口人当村长，又不是给你一个人当村长，手心手背都是肉，不能光让你吃低保吧。你不能咂着党妈妈的奶头不松口啊！王幸福心凉了半截，问：村长，按你这样说，我就吃不成低保了？武志高说：你凭啥年年要吃低保？王幸福说：我是贫农！武志高大嘴一咧嘿嘿笑了，说你甭翻老皇历了，贫农咋？风水轮流转，几十年前闹革命，贫农吃香，现在上面号召发展经济，该富农走红了，你最好还是争取当富农。王幸福说你欺负贫农。武志高说：我是鼓励让你致富哩，你咋不知好歹了。王幸福变了脸说：你不让我吃低保，我可在你家吃饭呀，反正光脚的不怕穿鞋的。武志高说：你这还把人给箍住了。大手摸摸脑门子说：是这吧，我把你报到乡上，上面批不批，我可管不了。你可悄悄地甭胡说，现在吃低保人眼馋，省得有人再给你提意见。王幸福说：好好好，有村长这句话，我晚上就能睡着了。

八

缠着村长又吃上了低保，王幸福兴奋极了。他像叫妈妈惯坏的孩子，离了妈妈的奶，又是哭又是闹，妈妈心软了，他就又把奶吃上了。这天邻居的孩子过满月，你劝他劝王幸福喝酒就喝高了，回到村里便钻进老姚家麻将馆打麻将。麻万寿老汉来麻将馆，看没地方坐了，就让王幸福腾出椅子，说：幸福，你又没钱甭占着茅坑不拉屎。醉醺醺的王幸福瞪着血红的眼睛，从衬衣兜里掏出一沓红票子，在手里甩了甩，似乎在给人炫耀，说这是昨天刚领的低保钱，还不够你们赢？王才才问：幸福，你不是不吃低保了吗，咋还领钱哩？王幸福说：他武志高敢不让我吃低保，我的低保钱都让他赢去了。我是帮他吃哩，我不吃他损失就大了。人们大笑起来。

谁想没过几天，王幸福再去银行取低保钱，卡上却没钱了。现在跟以前不同了，粮食补贴和低保钱都打在银行卡上了。王幸福去找武志高，问是咋回事，谁又告他的状了？武志高气哄哄地说：你别问告状的事，先说你在老姚家麻将馆咋说的？你他妈胡说八道，把我都连累了，叫乡长把我狠骂了一顿。这下你吃不成低保甭怨我；又呸地吐了一口痰说：活该！王幸福蔫了。

王幸福又去乡上找乡长，他见天蹲在方乡长办公室门口，双手抱着脑袋说：我是贫农的娃，共产党总不能饿死我呀！翻来覆去就这一句话，泼烦得乡长受不了了，方乡长说：王幸福，吃低保不是铁饭碗，不是终身制，现在和劳模一样是动态管理了，你也要有点思想觉悟，让真正穷的人吃低保渡过难关。王幸福说：你不让我吃低保了，救济救济我，让我脸上也有光呀。方乡长说：救济是救急不救穷，能让你富起来吗？

王幸福看这一招不灵，又来一招，他紧裹了大衣，屁股下垫了个石头，双手一抄在乡政府门口坐下来晒暖暖，一晒一天。他想年关了，县上的领导肯定要来，他要给乡上难堪，看你乡长管不管。可一连几天，乡上的干部出来进去没人理他，他急了，一个上午，听说乡政府开会，就坐到了会议室门口。不料他的屁股还没暖热，两名警察赶来了，称他妨碍公务，将他推推搡搡赶出乡政府院子。

王幸福去找他舅吴万德，哇地哭了，说：舅，我爹妈都不在了，你不给我做主谁给我做主呀？吴万德哈哈笑了说：咋，让我跟人打架，舅老了，打不动了。你两个表弟倒身强体壮，但忙得挣钱顾不上。吴万德说：人活脸，树活皮，咱不能叫人笑话。过日子要靠自己哩。你离了政府就像离了你爹妈一样，日子就过不前去了，你是扶不起来的阿斗啊。我邻居老杨家给儿找媳妇，女方听说他家吃低保，还死活不愿意哩。又说：我常告诉你，现在的社会好得很，只要肯下苦，日子咋都能过得去，可你不少胳膊不少腿，一身的好苦叫懒害了，把我的话当耳旁风，自己混自己都混不前去，吊死去算了。

据说，挨了舅父的一顿骂，清明节王幸福去父母坟上哭了一场，安顿了地里的活儿，和王才才一块出门打工去了。他放出话说，打工能吃上现成饭，钱攒多了还要娶媳妇呢。

评选贫困户

一

“广大村民注意了，广大村民注意了，今天上午，村上召开评选贫困户大会，希望广大村民积极踊跃参加。会后演戏。”早饭时分，李王村村口老槐树上架的大喇叭忽然发出久违的声响，村长宋天才用他那一贯沙哑的声音喊出了这样的通知。如今家家有电视看，人人腰里别上了手机，一些人家中还装上了电脑，就连在地里干活，脖子上挂的收音机也在哇哇地唱，通信进入现代化时代，昔日以宣传政策为主的有线大喇叭近乎下岗了，成了老物件。但大喇叭对村一级来说还离不了，因为它使用起来不但方便，而且最大的好处是，村上要下达个紧急通知，有什么紧要事，村干部嘴搭在话筒上一喊，声音就能直接灌进全村男女老少的耳朵里，所谓灌耳音就是这个灌法，这样一竿子插到底，就能做到人人皆知了。

宋天才喜欢通过大喇叭对村民喊话，每年春季树发芽时，县气象站发来紧急通知，称有一股寒流来袭，要果农注意防寒流以免给猕猴桃生长带来影响，他会在大喇叭里反复喊；夏季麦收时，他也会对村民喊话，虽然现在不需要像以前一样提醒村民防火防盗了，但他提醒村民要加紧收割，以免遭到雷雨袭击。他知道喊来喊去是空洞的、多余的，对于群众来说并没有多大的实际意义，可他还得喊几声，这样对上级是个交代，对下面也是个任务落实，比撵到家家门口去做说服工作灵验得多。他明白这不叫宣传叫服务，给群众服务是第一位的。可以说，在这一点上，宋天才觉得大喇叭比任何现代化通讯工具都管用、实用，服务都服得好。

然而，初夏的这天早晨，宋天才的喊话却给村民带来了震撼，把人喊糊涂了。因为村民不明白，有评选先进的、评选劳模的，当年也有评选拔尖户的，可还没见过有评选贫困户的。他们猜想，是不是宋天才头天夜里喝酒喝多了，在说醉话呢。有人估摸，抑或是宋天才把话喊颠倒了，说错了话呢。李王村的人在老槐树下针对村长宋天才的喊话，当下就发出了议论，有人称：这会开得新鲜！有人称：这是奇葩说！有人骂：狗嘴里吐不出个象牙！可这些话，对于躲在大喇叭后面的宋天才来说压根听不见，说也等于白说。有人发急，干脆拨通宋天才的手机求证喊话的真实性，准备和另外一个人打赌。因为他们和宋天才是邻居，邻居之间常开一些粗俗的玩笑。面对一阵接一阵的手机铃声，坐在村委会办公室的宋天才不停地答复：没错，就是召开评选贫困户大会，没错！但一个个回复，在手机里产生不了众所周知的作用，情急之中，宋天才又拿起话筒搭在嘴上喊：广大村民注意了，今天上午，村上就是要召开评选贫困户大会，大会的主要议题就是评选贫困户，希望广大村民和贫困户都积极踊跃参加，参与评选。会后演戏。

宋天才沙哑的声音再次在李王村上空回荡起来，村民们这才弄清楚，他先前在喇叭里的喊话内容是千真万确的。但大部分村民听了哈哈一笑，心想开会是个闲淡事，加演的戏倒可以看。就和村民参加选举会不为选举为领礼品，参加活动为领洗衣粉，当年看阶级斗争电影为看加演的新闻简报一样。搞活动开会加演就像饭里放盐，有盐的饭吃起来才有味道。

第二次喊话结束，像从考场下来似的，宋天才喘了口气，咕咚咕咚喝了几口茶水，用两只大手在清瘦的脸上揉搓了一番。为了筹备今天的大会，夜黑没有休息好，困得他连打哈欠。

二

村委会现在的办公室在原来李家村小学的教学楼上。学校撤销了，娃娃都到五里外的镇中心小学就读了，村上就将两层十间的教学楼改造成了村党支部、村委会办公室和党员活动室等，凡上面要求的常设机构都留了办公室，挂上了木牌子。挂上牌子一目了然。反正房子多，闲着也是闲着，用也用不完。宋天才记得小时候，自己读小学就在这儿，当时教室还是砖木结构的一排排房子。后来，乘着普及九年义务教育的东风，李家村村民有钱的出钱，有力的出力，建起了这栋小洋楼，在当时可是全村最好的建筑了。娃娃们每天在小洋楼下的操场上跑操、打球、跳绳，上课铃声响起，他们像听到命令的兔子一样往楼梯上跑，楼上楼下都有童声童气的笑声和歌声。琅琅的读书声吸引着一茬一茬渴望求知的孩子。总之，这儿整天价都充满了活力和生机。可忽然间，上面一纸文件，李家村小学说撤销就撤销了。村子没有了学校，有一年夏天，宋天才从老校舍门前经过，陡然感到一种寂寥和空虚，好像心里少了什么。后来，村委会搬到了这个院子，这个院子才有了响动和笑声，不至于被撂荒。再后来，李家村和王家村合并改成了李王村，王家村空闲的学校和村委会办公阵地出租了，招来了一个小工厂，李王村的村委会还在这儿。二十多年过去，楼房的样式没有变，只是将教室改成了办公室，而在村委会执事的人变了。这就叫世事变迁啊！宋天才常在心里感叹道。

当时，为在哪儿办公还发生了大的争议。据说，王家村党支部书记王志贤说合并的村名叫李王村，把李字放前，把王字排后，不是欺负他王志贤，是欺负王家村；合并的李王村不在原王家村村委会办公，不是小瞧王家村村干部，而是小瞧王家村村民。王家村离村委会太远了，村民办事不方便。他一百个不愿意，一千个不答应。似乎是为表示自己的愤慨，在李王两村合并后第一次召开的会议上，王志贤盛怒之下，连手里的玻璃茶杯都摔了，摔得玻璃碴子飞起来，有一块扎进李家村党支部书记李连贵的腮帮子上。李连贵抹了一把脸上的血，站起来“啪”地拍了下桌子，躁了。他说：你王家村爱不爱合并和我们李家村有啥关系，这是县上的决定，不愿意拉倒，我们堂堂的李家村还瞧不上你巴掌大的王家村呢。你嫌王家村小，我们还不愿意叫你兼并呢。王志贤用了一个企业改革中的名词，把搭在肩膀头上的褂子下摆提了一下，骂骂咧咧出门去了。大家不欢而散。

本来，按镇上的预想，两个村子合并后，从稳定的角度着想，要赶紧把新建李王村的“两委”班子成员定下来，由两个村子各出一名正职，准备让李连贵当支部书记，王志贤当村主任。当天还要酝酿合并村的干部人选，可没进行到这个程序，有镇上领导参加的会就开砸了，剩下的人大眼瞪小眼，不知道怎么办。

三

就这样，名义上两个村子合并了，但两个村子依然各拉各的弦，各唱各的调，等同于一个国家两个政府在执政。王志贤和从前一样，把原王家村党支部、村委会的印章装在死不丢手的提包里，走在哪儿在哪儿办公，谁管他吃喝他给谁办事，整天吃香的喝辣的，三天两头都是醉醺醺的样子。他常在酒桌上抹一把油囊囊的嘴，吸一口烟自满地说：宁做鸡头，不做凤尾。这儿山高皇帝远，谁也管不着，我看当个小支书还实惠、自在。

王志贤感到自在，镇上的领导们却不自在了。因为全县乡村合并工作即将结束，新建李王村的牌子还没有挂出去，榆树镇就会拖了全县的后腿。镇党委书记魏峰在办公室坐不住了，只好撵到王志贤家反复做工作，说把两个村改为李王村，是县民政局通过考察，反复商议决定的。“李、王”两字没有先后之别，和数学上的一加一是一个道理。说不在王家村村委会办公，不是小瞧王家村村干部，也不是小瞧王家村村民，只是考虑王家村偏僻、交通不方便，房子陈旧，办公条件差罢了。魏峰又说：合并了，李王村成了大村，成了经济发展重点村，考虑县上的领导会常来蹲点、检查，外县的人来参观，村容村貌要整洁，办公室要规范，这才决定在李家村办公，等等。可做工作做了一天一夜，王志贤除过吃饭、喝茶就是嘴里噙着纸烟，好像嘴上安了把锁，任口水和烟灰往下掉，死活不吐核，不吐核就是不表态。于是，魏峰拿出了备好的第二套方案，让王志贤就范。魏峰知道，王志贤点子多，心眼活，又能说会道，他能把高粱秸当拐杖用，他能把石头吹得开了花，他能把死人叫灵醒，他能给蚂蚁绾笼头。他八面玲珑，凡事经他的手，他都能像用稀泥抹光墙一样，处理得妥妥帖帖。可他就是恋权，私心重，把心思不放在正事上。表面上，他对村子合并有意见，实质上是怕削弱了他手中的权力，心病在这儿。魏峰说：你老哥工作能力强，在群众中威信高，这些我都知道，干脆我推荐你当李王村党支部书记，让李连贵退一步做村主任，怎么样？王志贤嘿嘿笑了，拉着魏峰的手说：走，咱喝两盅，你嫂子把菜都炒好了。

王志贤由王家村的小支书当上李王村的大支书，春风得意，见天头昂得高高的，似乎什么事也不放在眼里了。村民若碰见他和他打招呼，他只是哼的一声。对于原李家村村干部的意见，他更是听不进去。有一年，王志贤竟背着其他村干部，私自用原王家村村委会的印章到县上跑回三十万元的项目资金，给原王家村三个组各打了一眼机井。打井能解决农田灌溉问题，当然是大好事，但因为一碗水没端平，偏了一方，原李家村人不愿意了，造成了集体上访。县上要求严肃处理始作俑者。镇党委认为，王志贤的所作所为导致李王村分裂，人心涣散，影响恶劣，撸了他李王村党支部书记的帽子。王志贤信奉大小的官比民强的哲学，一旦摘掉了官帽，心里就像抽筋动骨似的疼痛。他三天两头去找魏峰诉委屈，哭得一把鼻涕一把泪，说他当了十多年村干部，没有功劳还有苦劳，无论给哪个村打井，反正都是给李王村群众谋利益，他又没把钱装进自己包里。手心手背都是肉，王家村李家村都是一个村，怎么能分出个里外。并扬言：镇上不给我个说法，我王家村人也要到县里上访，告李连贵他爸、他堂哥吃人情低保，叫他现任的班子也不得安然。

王志贤和李连贵是两头拴不到一个槽上的犟驴，让李连贵接王志贤的手，王志贤自然不悦意。当时正在乡镇换届的非常时期，急于调回县城工作的魏峰怕再发生上访事件，搞成按下葫芦浮出瓢的事，影响自己的前程，他又去找王志贤做工作。因为他知道，王志贤之所以能在村里呼风唤雨，靠的是社会上的各种关系，靠的是家族势力的支持，稳不住王志贤的情绪，王家村人一旦去县老爷大堂闹起来，他头上镇党委书记的帽子也难保了。王志贤当村干部当久了，脸皮厚，成了老油条，扔在油锅里再炸也没用，因了头上的乌纱帽，他会不计后果，孤注一掷的。魏峰用乡镇干部惯用的手法，拍拍打打安抚王志贤，拉拉扯扯请王志贤喝酒，和王志贤赛酒，用玻璃杯仰脖子一口气喝，一会儿清醒一会儿醉软硬兼施做工作，和王志贤谈判。谈判的结果是，王志贤制止王家村人上访，镇上让王志贤两口子吃低保，等于用贫困户待遇做交易，换来了李王村的稳定。

四

李王村的办公楼下，昔日的小学操场已改成了文化广场，广场上还添了假山、雕塑、舞台，周围栽了银杏、冬青、百日红、玉兰等花卉树木，应该说是环境优美了。可终日忙碌的村民却没工夫在这儿休闲，要跳广场舞，在自家门前的小广场跳跳就行了，只有村上开选举大会、文艺下乡演个戏什么的，村委会院子里方能出现人头攒动、欢声笑语的情景。

宋天才下了楼，看见村上的几名干部正喊喊叫叫、指指点点，在广场舞台的两根木杆上挂会标。会标是一块三丈长三尺宽的红布，布上白纸黑色写着“李王村评选贫困户大会”十个大字，字是村会计李改成写的，尽管字歪歪扭扭，不太好看，有种头大身子粗的感觉，但关键是醒目。醒目就行，人一走进广场，就明白开什么会了。他们要的就是这个效果。李改成说：宋主任，你看哪儿还有不对的地方？宋天才瞅着会标，手指着说：这边高了，这边高了。踩在梯子上的副主任李小明赶紧解了绳子，又把会标落了一公分，问：看看这下咋样？李改成说：这下两边一样平了。宋天才说：今天这个会很严肃，不能马虎。又说，下来把主席台摆好，再把地扫干净。李小明下了梯子，忙去打开办公楼一层库房的门，和几个人抬出了六套原来娃娃用的桌椅，扫了桌上的尘土，又擦洗一番，这才抬到会标前面并在一起，给桌子上铺了床单，当主席台用。一切准备停当，李小明抹了把额头的汗说，宋主任，今天村上召开这个会，选不出贫困户咋办？李改成拍了拍手上的尘土说：有人争哩，咋能选不出贫困户，选不出咱村人就提前奔小康了。

大家哈哈哈笑了起来。

检查了一遍会场的准备情况，宋天才又上二楼去打盹。宋天才记得，他跑运输的时候，开着二十吨的大货车全国各地没黑没明跑，一天最多跑上千公里，都从不打盹。每到一个地方装货的时候，妻子李玉霞说让他在车上打会儿盹，他都说不困，就拉着妻子的手逛街去了。他不是喜欢逛街，而是为陪妻子去开开眼界，了解了解异地的风情，让妻子吃一顿异地的饭食，购几件异地的服饰，让妻子开开心。李玉霞说，钱眼上有火哩。宋天才认为钱确实是个好东西，身上装钱人不但有胆量，想买啥买啥，心情也好，根本不知道困乏。可正当宋天才跑运输挣钱的时候，村民却选举他当上了村主任，他只好把大货车转让给了李玉霞的弟弟，干上了这受累不挣钱的差事。有时候他想，当个村干部真不容易，还不如他跑运输，一个几千口人的村子就像一辆大货车，让他拽他有些拽不动了，感到身心疲惫。

清脆的手机铃声把宋天才吵醒了，电话是包扶干部乔方亮打来的，他问会场准备得怎么样了？宋天才打个哈欠说：万事俱备，只等开会了。乔方亮说：好，我就放心了。宋天才心想：你也真是个细致人，连这心都操，扶贫的事是今年的大事，我敢马虎。乔方亮是县水利局的工程师，他个子不高，留寸头，戴着一副眼镜，说起话来咬文嚼字，做起事来丁是丁、卯是卯。其他村干部都认为乔方亮古板、机械。但宋天才觉得，作为技术干部的乔方亮最大的好处是理性，不感情用事。

附近村的娃娃们听到大喇叭响，早早就跑进了村委会院子。宋天才透过窗户看到，娃娃们像一群麻雀落在了大树上，在文化广场上叽叽喳喳，他们中有的在踢毽子、跳绳，有的趴在健身器械上戏耍。其中一个女孩哼道：狗旦狗旦去上学，村上没有学校了，学校学校在哪里？学校建在镇街上，镇街上咋去呀？来回小车接送哩……

听着不知谁创作的歌谣，宋天才心里蓦然有了一种五味杂陈的感觉。

五

其实，李王村召开别具一格的评选贫困户大会，也是无奈之举。

今年中央提出打响扶贫攻坚战役后，各地都拿出了精准扶贫的方案，古由县给全县一百四十五个村派出了包扶干部，并决定在产业上给贫困人口每人五千元的资助，力争让贫困户在一年内脱贫。但前期工作是要搞好精准识别，给贫困户“建档立卡”。

榆树镇开过动员会，党委书记张鹏对走在会场外的宋天才说：关键时期，李连贵撂了挑子，就看你敢不敢啃硬骨头了。又嘱咐：要在旁人面前说硬气话，先把自己屁股上的屎擦干净。宋天才点了点头。他知道张鹏的话外有音，李连贵就是因人情保被王志贤告倒了，事情一出来，李连贵他爸他堂哥的低保不但被取消了，李连贵自己还背了个党内警告处分。镇党委在村上宣布处理决定后，李连贵似乎很委屈，他倔腾腾地说：他王志贤能吃低保，我爸就不能吃了？我当村支书，我爸再吃不上低保，我当这有啥用？我不干这村支书了，不干还不行吗？那天，张鹏以李连贵的事例严肃地告诫大家，当干部千万不能有私心，有私心是当不长久的。宋天才庆幸丈母娘软缠硬磨要吃低保，他没有答应是正确的。要不，他就会成了李连贵第二。

宋天才从镇上开会回来的当天，就和乔方亮商议如何搞好贫困户的精准识别。乔方亮建议，村上可以先召开一个由“两委”会班子成员和群众代表参加的民主评议会，把全村八个组吃低保的四十二户贫困户捋一捋，给精准识别打下基础。他说：各地经济发展状况不同，县上定的贫困户标准是人均收入低于三千元，看看村上这样的户到底有多少。宋天才认为，这个主意好，晚上立马召开了民主评议会。参加会的人明白，民主评议，就是要甄别贫困户，大家都很赞成。评议中，大家对大部分贫困户没有异议，就是对三户有不同的看法，一个是一组的李宝仓，一个是五组的李大发，还有一个是七组的王志贤。

李宝仓家有五口人，老母亲七十多岁了，两个娃上中学，主要靠种植猕猴桃收入。本来，两口子拼死拼活埋头在地里刨，一年下来，能收入三四万元，日子过得去。不料家中出了意外，拉了一河滩的账。去年八月，他女儿在上学的路上遭了车祸，肇事者逃逸，女儿在市上一家医院做了两次开颅手术，花完了家中的积蓄不说，还欠了四万多元的债。至今女儿在家休养，学也上不成了。李宝仓老婆愁得整天唉声叹气，见人就有抹不完的眼泪。李宝仓是个实诚人，穷得连盐都买不起了，这才得知政府还有吃低保的政策。他高兴得一夜合不上眼，几次申请吃低保，组上报到村上，村上称报到镇上，可报着报着就没了下文。李宝仓又听人说欲吃低保要送礼，把家中唯一的老公鸡抱着送给了镇民政干事，民政干事对他说，你等着，钱月月就打到你卡上了。李宝仓逢人就夸党的政策好。但等了一月又一月，银行卡上一分钱也没有。

李大发家三口人，住的三间平房是他爸手里盖的，按说两口子种几亩猕猴桃，养一个孩子生活不成问题，但他不知咋的也吃上了低保。吃上低保，他就不下地了，整天泡在邻居的麻将馆里，任果树疯长，园子里生满荒草也不管，更甭提给猕猴桃授粉、打尖、剪枝了。常常是婆娘撵到麻将馆叫他去地里干活，他手一摆说，让我揭个炸弹再说。同样干一年，别人家一亩桃子卖上万元，他家一亩桃子卖三四千元，相差一大截。婆娘看邻居站在地头手蘸唾沫数钞票，气得大骂男人，说毛桃没卖下钱，看你吃屎啊？李大发脸倒不红，干笑一声说：你甭愁，咱有政府管哩。你说他是贫困户吃低保，可李大发却不亏嘴，隔三岔五骑摩托带着老婆娃到镇街上下馆子，说吃老婆做的饭时间长了，嘴里没味，要换个口味，要提高生活质量，吃了喝了又掏不出钱付账。年底了，饭店老板上门催账，李大发拍着老板的肩膀，说老哥，甭怕，我能白吃了你的不成，过两天领了低保金给你一次清了。老板说：你吃了半年饭，统共欠三千多元，一年的低保金都不够。李大发说：你甭愁，不够我问我爸要，我爸是退休教师，卡上的钱取也取不完。李大发去找他爸要钱，他爸问要钱干啥，他说给饭店清账。他爸不满地说：家里饭吃着都嫌不香了，还去下馆子。李大发挠着头笑，说：是你孙子要去吃猪头肉，补营养哩。他爸翻着白眼仁说：好好编，你两口子嘴馋了让我孙子背黑锅，不给！李大发气急败坏从棉袄口袋里掏出条细麻绳，说：不给，我吊死在你门口。他熟练地给绳上绾了个环儿，给脖子套上，就要往门前的树上挂。他爸嘴唇哆嗦得像被蜂蜇了，掏出银行卡扔了过去。有人说他是啃老，他说：我把我爸的血吸出来，关你屁事。

按照惯例，过年过节，政府要慰问一次贫困户，李大发家就能得到诸如米面油、衣服等慰问物品。常常是民政局的人前脚走，李大发后脚就把送的米面油提到了村北的老田家小卖铺，他要求用这些物品兑换成烟酒。嘴里嘟囔，只知道给人送这些东西，好像人吃不饱似的，我家都攒得不少了，一次给成钱，多好。老田劝：甭发牢骚了，有人想吃低保还吃不上呢。李大发扭头捩项说：低保不吃白不吃，吃了也白吃。一副安然自得的神情，俨然当贫困户无上光荣。有一年冬天，先是县民政局给李大发送了件军大衣，后爱心人士又给李王村贫困户每户送一件价值八百元的羽绒服。李大发胳膊伸进衣袖筒试穿，认为军大衣比羽绒服还暖和，转手就把羽绒服以五百元的价格卖给了老田，手拿一沓红票子甩来甩去，兴奋得像中了彩，说这钱够我晚上打麻将了。

群众对李大发这样的懒汉吃低保意见很大，村上几次决定不让他吃低保了，但谁举报他，他骂谁，村干部谁提他的名字，他骂谁。常常是两口子撵到人家门口，要么一个骂了一个接着骂，要么男声女声一齐骂，跳起来骂，大有男女合唱的意味。骂得村干部都不敢提他家的事了。李大发活脱脱就是浩然笔下的滚刀肉。

王志贤的儿子在市里一家国有企业上班，已买房结婚，家中只有王志贤和他老婆住在三间两层的楼房里过活，家底殷实，日子滋润，可他两口子一直吃低保。王志贤吃上了低保，当起了甩手掌柜，即使去地里转一圈，也是挑剔老婆把树没剪好，把地里的草没拔净，如农技员给农民指导种地。他穿着笔挺的西服，大背头梳得溜光，整天手提着他儿子带回来的保温杯，嘴里叼着“红好猫”香烟，像脱产干部在村子里转悠，哪儿热闹给哪儿去，逍遥自在得赛过神仙。他竟连党费也不缴了，党小组长去收党费，他说：我不当支书了，缴啥党费?

村上曾想取消王志贤的贫困户待遇，王志贤找到支书李连贵说，我这名额是镇党委特批的，不占村上指标。王志贤常在人面前呷一口茶水说：你看，这日子能过，也算咱当干部没白当。把他的，这社会咋这么好呢。与其说他是在赞美社会，倒不如说是在炫耀自己的本事。村里有个叫牛万贵的倔老汉看不惯王志贤的做派，说王志贤的尾巴翘到天上去了，好像他给李王村立下了大功劳，好像低保是他家的，他想咋吃就咋吃，难道政府就没个规矩？老汉声称要到镇上举报王志贤吃特殊低保，王志贤撂话说：让他告，跑断他狗日的腿。我是谁？

大家评议认为，李宝仓家因灾返贫，符合相关政策，应该吃低保。李大发和王志贤家属违规，应该取消低保。

七组组长王栓劳满脸无奈地说：王志贤咱惹不起啊，他在县上镇上轻车熟路，想告谁告谁，一告就赢。

宋天才说：要不，把王志贤的事先搁下？

乔方亮说：我看他能把天戳个窟窿。出了乱子我顶着。

六

王志贤和李大发被取消低保待遇的风声传出去，在村子里掀起轩然大波，大部分群众认为，县上来的乔方亮，这小伙子戴个眼镜，看起来文质彬彬，没想到还是个切菜的快刀，是个敢吃螃蟹的人。但也有人觉得，村上这样说，不过是做个样子。因为这几年来，不断有人向上级反映王志贤违规吃低保的问题，谁也没把他咋样。李大发这个二流子仍在扮演着贫困户的角色。政府干啥事都是一阵风，风刮过去，就再没人管了。这两个都是难缠人，把你村干部缠不下才怪哩。

果然不出所料，王志贤先不答应了。他听说村上要取消自己的低保，在自家院子转出转进，气得鼻子哼哼哼，气得肚子咕咕响，气得眼睛要冒出血。王志贤不是缺几个低保金，爱背吃低保的名，他是感到心里憋屈，气不顺。佛争一炷香，人争一口气，他现在不是垂涎那几个低保钱，而是在赌气。他要让李王村的人知道，他不当村干部照样有威信、有人缘。这些是日积月累而来的，不是当干部当出来的。村上下了他的低保，他觉得丢人。但这样的话他不能给人说，只能窝在心里。无名之火没处发，他就骂老婆，说她爱干活，迟早要挣死在地里，说她剪树没剪好，果树上的花儿开得比去年少。老婆说：咱不害疮不生病，在地里刨几个钱，不用看别人的脸色，花起来硬气。前些年，政府没有低保政策，人就不活了。王志贤嘴一撇说：你懂得个屁！

王志贤像热锅上的蚂蚁，像屁股里钻了虫子，三天两头往村委会跑，欲从村干部嘴里打探出确切的情报，弄清村上是否要取消了他的待遇。这天，王志贤吃过早饭撂下碗，就骑着电动车去了四里外的村委会，他要去找宋天才问问是怎么回事。宋天才虽然没有跟他共过事，但他们之间没有利益冲突，他毕竟是上一届班子成员。他相信宋天才不会把他怎么样。在楼梯上，王志贤先碰见了村会计李改成，头发乱蓬蓬的李改成和他握了手，就慌慌张张给楼下跑，手指着说，我去上个厕所，尿把我憋死了。王志贤知道这栋楼里没有自来水，没有厕所，厕所在楼后面。接着村副书记吕小丁又下了楼，王志贤问：宋主任在不在？吕小丁说：在、在。吕小丁刚从部队复员，嘴上没毛，是个聋子耳朵样子货，不拿村上的事。李王村的权力在宋天才手里。

刚接过手机的宋天才见老支书来了，忙赶上前热情地把王志贤连拉带推安顿在自己的座位上，好像两人几个月没见面似的。宋天才笑着说：王书记，你咋今天有时间指导我们工作了。王志贤说：我成天都闲着哩，闲得人心里慌，你们忙，忙了好呀。宋天才倒了一杯茶递给王志贤说：无事不登三宝殿。老支书今天来有啥事？王志贤说：听说村上开了识别会，我来咨询政府又有了啥新政策？宋天才说：我不隐瞒你，有这事，县上要求给贫困户建档立卡，大家只是初步议了议，八字还没见一撇，事情还没定下来哩。王志贤接过宋天才递过来的香烟点燃，嘴里吐了一个烟圈，不屑一顾地说：谁吃饱了撑的，这事还搞得恁细致，吃米饭也会有稻粒哩。宋天才装出无奈的样子说：这都是上面的要求，我能分不出哪头长、哪头短，也想让咱村的人多吃低保，拿到帮扶款呢，肉烂都在锅里啊。王志贤大嘴咧开嘿嘿笑了起来，他拍了下宋天才瘦削的肩膀，说：我就不信，你兄弟如今在李王村当家，能拿老哥当靶子。宋天才说：那是那是，我再难怅也要让老领导好过呀，反正低保是政府发的，你不吃他就吃了，谁吃都一样。王志贤打着哈哈说：这话可说到我心里了。

宋天才把王志贤送出办公室，回去推开里间的门笑了：你看我这样说行不行？坐在桌子前的乔方亮扔了手里的报纸说：好，你这个维持会长当得好！

七

晌午，宋天才巧妙地把王志贤打发走了，后晌李大发就来了。李大发不像王志贤当过村干部，能说出咨询的话来，他一进村委会院子骂骂咧咧上了二楼，一脚就把宋天才办公室的门蹬开了，门“咣”地碰到墙上，有几块墙皮哗啦掉了下来，似乎要给宋天才来个下马威。人未进屋，李大发的大嗓门就吼了起来：谁不让我吃低保了？谁不让我吃低保了？正在填报表的宋天才在李大发身上睃巡了一遍，起身要走出门去。李大发两个胳膊伸出一横，挡在门口问：你说哪个王八蛋把我的穷帽子摘了，不让我吃低保？宋天才笑了说：敢踢村长办公室门的人，怕只有你李大发了，你歪得很。又说：评议低保户的事，是上面要求的，你有意见到镇上提去。李大发的大脑袋摇起来，摇得拨浪鼓似的说：我不去，我看就是村上不让我吃低保。宋天才说：你吃低保几年了，咱也不能躺在贫困户的床上睡大觉呀，也要动弹动弹了。李大发说：谁尿痛眼憋人，在我面前说呀，在背后日弄我。宋天才说：你还有啥事？没事我还忙着呢。碰了个软钉子，李大发尴尬地走了。

接下来的几天里，王志贤和李大发又先后来村委会几次，但宋天才忙得不是今天到镇上开会，就是明天和乔方亮去县上接受培训，见不上面。剩下的村干部不拿事，当然不表态。两人怒冲冲而来，怏怏而去。

这天晌午，王志贤走进村委会院子，看见李大发也一摇一晃来了。王志贤用揶揄的口吻问：你个闲痞，咋不打麻将了，来这儿干啥？李大发说：和你一样，当贫困户呀。王志贤鼻子抽了抽，轻蔑地说：你根本不是穷，是嘴馋身子懒；你也配吃低保，是糟蹋社会哩。李大发用一双牛眼睛把王志贤瞪了半天，说老鸹甭笑猪黑，你不是也想咂党妈妈的奶么。你说你老两口缺吃还是缺穿，日子过得跟过去的财东差不多，还要和我这穷人争饭吃，你是给党脸上抹黑哩。一句话，顶得王志贤的脸由红变黄，黄蜡蜡的。王志贤转过脸去，再不想和这二流子多说一句话了。

牛万贵老汉去村上开证明，一进村委会院子，看见许多人在办公楼下面围观，他以为有人在耍猴，便忙凑上去瞅热闹，发现是王志贤和李大发在赛穷。看着这两人滑稽可笑的样子，等同于赵本山和范伟在表演骗人的小品。他哑然失笑，佯装问：你们两家到底谁穷？

李大发说：当然我家穷，我家的猕猴桃长得差，一年卖不了几个钱，经常出去兜里都是空的，到街上下馆子都得欠账。

王志贤说：我老婆是高血压，我是风湿腿，一天都离不了药，在村卫生室挂吊瓶也欠账。

李大发说：我几个月都没吃肉了。

王志贤说：我想买盒蜂王浆喝，都没钱。

李大发从屁股兜里掏出一盒“猴王”香烟说：你看，别人抽十块钱的烟，我抽的啥，五块钱的烟。

王志贤用手摸摸身上穿的灰夹克衫，说我这衣裳都穿了几年了，老婆要给我买件新的，没钱啊！

大家这才忽然发现，今天王志贤的衣装有了变化，往常，他总是穿着那身价值上千元的黑西服，即使大冷天穿上羽绒服，也要敞开怀，似乎要提醒人们不要忘了他的身价。可今天，他穿的夹克衫皱皱巴巴、脏兮兮的，发黄的手指夹着廉价香烟，干涩的嘴上还留有烟丝，死不丢手的高档保温杯也不见提了。

李大发大声说：我家穷。

王志贤不示弱：我家穷！

两人竟为一个穷字，像好斗的公鸡啄起了仗，似乎在理论上站不住脚，贫困户的帽子就戴不成了。

牛万贵鄙夷地说：看来，你们都比杨白劳可怜啊。

围观的人哈哈大笑。

受到村民的奚落，在人面前丢了丑，气得王志贤一夜合不上眼。他想，这都怨村上要给贫困户搞什么“建档立卡”，搅得人心惶惶，才有了和李大发比穷的事。他不理解的是，村上为啥非要跟他过不去。几天后，他又来到村委会办公室，质问正在开会的村干部：谁不让我吃低保了？大家看他气势汹汹的样子，不吱声。王志贤气急败坏地跺了下脚：你们是聋子还是哑巴？我看你们谁敢摘了我老王的低保户帽子！宋天才说：甭急，有啥话坐下说、坐下说。王志贤躁呼呼地说：是不是嫌我的日子过得好了一点，对我有看法，当面提嘛，何必在背后嚼舌根子，做小动作。他的鼻翼急促地扇动，呼哧呼哧喘粗气，手往空中一戳说：我要告你们的状！

宋天才正在安抚王志贤，李大发手提一条麻绳进了门，他龇牙咧嘴地说：你们不让我吃低保，我就吊死在门口。乔方亮说：你在这儿耍把戏，只怕挣不到一分钱。又当即拨打手机，说：派出所吗，有人在李王村寻衅滋事，来两个警察。李大发愣怔了。

这两个人成了村上开展扶贫工作的“钉子户”，拔不掉，就稳不住群众的情绪。于是，村上决定，召开一个评选贫困户大户，由群众评一评谁家是真穷还是假穷，群众的眼睛是雪亮的。

八

宋天才两手卡腰站在村委会院子，看到会场布置得有模有样，气势很大，心里陡然间产生了一种踏实感。因为他当上村长只有一年多时间，除过那次被村民们拉扯进了这个院子，在众人的掌声和欢呼声中上了一回舞台，还没有经过大坛场。这和新媳妇没准备好饭菜，客人就拥进了家门的情形差不了多少。他走出村委会大院，放眼远眺，只见南边的秦岭山脉大气恢宏，锯齿状的山头轮廓分明，在黛色的底色上，还呈现出一抹一抹的雪白，像大师级画家画出的油画。无垠的田野里，黄色的油菜花，葱葱郁郁的猕猴桃一览无余。他深深地呼吸了一口，像是要把各种花儿的芳香和植物散发出的清新空气全都吸进腔内，顿觉心情舒畅。东西南北的路上，撂下饭碗的庄稼人手提着凳子，像潮水似的正向村委会涌来，似乎要来看一场大戏。

忽然，一辆面包车驶进村委会院子，乔方亮等五个人从车上下来，手里还提着司鼓、二胡等乐器。乔方亮指着一位满头白发的老人说：这是我爸。宋天才握着老人的手说：谢谢你们来给我们烘摊子。老人笑着说：没啥没啥，唱戏这是我们的爱好。乔方亮他爸原是县化肥厂的职工，退休后和几位工友组织了个自乐班，天天晚上在县城的文化广场上唱秦腔。当日，儿子邀请他来李王村助兴演出，几个人高兴得不得了。他们很快在舞台上摆好乐器，就敲打唱了起来，扩音大喇叭把高亢的秦腔声传到了李王村的角角落落。

李王村男女老少哑巴瘸子能来的都参加大会了，只有他们心里知道，大部分人来并不是为参加评选的，而是想看看这是怎么个评选法，是来瞅热闹的。

看着会场的人坐得差不多了，李改成让自乐班停了下来，领着乔方亮他爸等人到村委会办公室喝茶去了。

宋天才宣布李王村贫困户评选大会开始。乔方亮讲了全县脱贫攻坚的形势，说明了召开大会的目的，强调说：总之一句话，就是为让贫困户早点富起来！会场上响起热烈的掌声。

李小明念贫困户的姓名，村民几乎一一通过，念到李大发，没有一个发言。吕小丁拿起话筒，让李大发站起来说说自家的收入情况。

李大发死活不起来，嘴里支吾了半天，大家也没听清他说了什么。有人拽李大发的胳膊，说：你是死狗烂套子呀！大家哄地笑起来。

吕小丁大声问：大家到底同意不同意李大发吃低保？

会场上的人面面相觑。

牛万贵老汉站起来说：我没意见，建议政府每月给大发再加二百元，让他下馆子打麻将。

会场上哗然一片。

当日，李王村召开的评选大会结束后，自乐班又唱起了秦腔折子戏《三对面》，村口的扩音大喇叭里唱：

她富贵来我贫贱
贫而有志秦香莲

石沟村的风流韵事

一

马闪闪和吴智为钱的事在村口打起来了，后来就打进了派出所，但派出所最终也没有能解决他们的钱的问题。

马闪闪和吴智是在村口的文化广场上打起来的。初秋的一个晌午，有两辆外地的大卡车来石沟村收购果品，村里几乎所有的人都在场。这几年，地处秦岭深处的石沟村这家种苹果，那家种苹果，一个个的苹果园就连成了片，覆盖了村子周围的沟沟坎坎，石沟村成了省级苹果生产示范村。有了示范村的招牌，每年苹果成熟时节，天南地北的客商就来石沟村收购果品。因汽车太大太长，弯路转不过，开不到果园里去，村民将苹果摘了，就只能用三轮车一车一车运到村口的文化广场上，在这儿由客商分拣划等、过秤、装车。久而久之，文化广场就等同于农贸市场了。当然，给果农付钱也在这儿，谁的身影在这儿出现得多，笑声最响亮，也说明谁家卖的钱最多。

吴智的笑声却招来了一顿打。今年吴智家的八亩“红富士”苹果获得大丰收，总计卖了六万六千元。女客商摁计算器摁了两次，认为准确无误了，便从肩上挂的坤包里取出了一沓一沓硬崭崭的红票子，双手递给了吴智。吴智接过钱数也没数，就大不咧咧将钞票分别塞进两个衣兜里，哈哈哈一笑。他的笑声很夸张、很响亮。就在他要跨上三轮车离去的一刹那间，一只大手拽住了他的胳膊。是马闪闪。马闪闪黑着瘦长的脸，瞪圆眼珠子说：哪儿跑？还钱！吴智不屑地说：抢人呀！脚一踩，三轮车就轰隆隆响了起来。马闪闪拔了三轮车钥匙，硬硬把吴智从车上拽了下来，说你不要脸的东西，还钱！吴智脸红耳赤，嘴里支吾起来。马闪闪用手指头在吴智面前一戳，你这个害人精，还钱！吴智问凭啥给你钱？马闪闪嘴里呜啦了半天，说不出个所以然来。吴智趁机低头一缩，撒腿就跑。马闪闪紧追其后。

吴智绕汽车跑了一圈，从装苹果的人堆里跳跃着穿梭过去，跑到了下山回来的婆娘李东英跟前，将钱掏给了李东英。李东英像跑接力赛似的跑回了家，连她手里提的两个果箱也扔在了路上。

显然，他们狗撵兔子的游戏引起了现场人的兴趣，人群中发出了轰的笑声。

吴智的这一招惹怒了马闪闪。马闪闪不知从哪儿摸了根镰把粗的木棍，撵上前就朝吴智的腿上抡去。吴智刚一倒地，马闪闪就骑马似的骑在了吴智身上，用两只拳头砸吴智的脑袋。吴智紧缩着乱蓬蓬的脑袋，吭哧吭哧喘粗气，好像要钻进地缝里去。马闪闪的婆娘于兰兰扑上前，待男人揪起吴智的头发，一把挖在了吴智脸上，留下了几道血印子。

后面的这一幕发生得太震撼，叫现场的人有些接受不了，又顿感莫名其妙。人们便停下手中的活儿，呼啦一下围了上来，脸上呈现出好奇的神情，类似于看耍猴。有人上前挡架，可再怎么拉，马闪闪就是不放开吴智。围观者面面相觑，寻思两家关系好好的，咋说打就打起架来了。

马万本老汉捋捋下巴上的白胡须走上来了。八十七岁的马万本是村里德高望重的人，也是马闪闪的本家叔父，他威严地咳嗽了一声，问：你们为啥打架？

马万本这一问，似乎问到了于兰兰的软肋上，她恼羞成怒，又在吴智的脑袋上狠踩了一脚说：他是强奸犯！

于兰兰的话等于捅开了石沟村的一个秘密。听说出了强奸犯，围观者更多了，他们似乎对这样的事更有兴趣，只剩下老弱病残的人了，村里整天冷清得除过狗吠声叫人心慌，没有新鲜的议论话题，添点荤菜，比如吃饭就有味道了。

马万本觉得自己问到了一件尴尬事上，他的胡须抖动了一下，张了张嘴，似乎想说什么，但最终一声不响，转身离开了文化广场。

围观者的增加似乎鼓励了于兰兰，这个天不怕地不怕的女人反而上劲了，她打了一个手势，像在批判会上发言一样，说：吴智是个色狼、豺狼，该千刀万剐。他强奸了我，应承赔偿我精神损失费十万元，三年了都不兑现，今年卖了苹果还不给钱，不打他狗日的打谁。

人们这才忽然想起来，吴智和于兰兰有好长时间没在一起打麻将了。

围观者中有人点头，有人摇头，但大家脸上都呈现出复杂的表情。

忽然，一辆小轿车驶进文化广场，马闪闪的侄子马小六从车上下来喊：把强奸犯送官！

随着马小六一招手，马家人呼啦扑上来，把干瘦的吴智连拽带抬塞进了马小六的小轿车。

看热闹的人似乎意犹未尽，望着绝尘而去的小轿车犯起了愣怔。

二

其实人们不知道，这起强奸案早在三年前就发生了。

马闪闪和吴智家同住在一条街上，两家相距不到五十米。在村人的印象中，他们两家的人抬脚就往对方家跑，像回自家屋里一样方便，彼此不分你我，亲密得就像一家人。吴智家盖房那年，马闪闪两口子帮忙帮了半个月，连工钱都不要。马闪闪家盖房，吴智不但像主家一样操心，还给马家借了两万元钱。村里人都说，就是亲兄弟也没有吴智和马闪闪那么好。

事情就坏在两家的关系上。两家的孩子在外打工或上学，那年春上，李东英和马闪闪也外出打工了，吴智和于兰兰闷得慌，就常去村西老万家麻将馆打麻将。因为村里的男人女人闲下来没事干，就是到你家、到他家围着桌子打麻将。吴智懒得做饭，三天两头就去蹭于兰兰的饭吃，要不于兰兰就给吴智把饭端过来了。后来，于兰兰干脆就去吴智家打麻将，或者叫吴智去她家打麻将，说是在家吃饭不耽误打牌。一来二去日子久了，两人就眉目传情传到了一个炕上。干那事和打麻将一样容易上瘾，常常是打牌不打牌，吴智就往于兰兰那儿跑，看见肉乎乎的于兰兰，抱起来就迫不及待地上炕。吴智觉得，于兰兰虽然没有李东英的身坯子高，但她胸脯大、屁股圆，很性感；于兰兰认为，吴智比年轻的马闪闪床上功夫强。两人就明铺暗盖成了相好。

夏末的一个傍晚，吴智来到马家抱起于兰兰要像往常一样上炕，于兰兰说她身子不舒服，但兽性大发的吴智以为于兰兰在骗他，抱起于兰兰又是在脸上亲又是啃，还是把于兰兰放在了炕上。就在两人推搡了一阵行好事的时候，马闪闪进了门。

马闪闪去渭北高原的小煤窑打工，想挣大钱将盖房拉的烂账还了，因为他常听说小煤窑的工资大。但他没想到这次被窑主诳了，窑主用铁丝网将他们像圈猪一样圈起来，给他们管吃管喝，只让他们一心一意下窑挖煤，可就是不给他们开工资。窑主称现在招工难，干不到年底不给发钱。马闪闪他们忽然意识到自己成了夏衍笔下的包身工，一气之下，剪断铁丝网跑脱了。

在小煤窑流血流汗一分钱没拿到手，马闪闪窝了一肚子火，忍饥挨饿回了家，却看见吴智趴在自己媳妇身上。宁穿朋友衣，不占朋友妻。马闪闪气得黑血似乎在往外冒，恨不得上前掐死这对狗男女。他虽然日子过得紧巴，走不到人前去，但他决不会接受妻子给他戴绿帽子的事实。他先拽住吴智的脚腕子，狠劲将光屁股的吴智从于兰兰的身上拽下来，又拖到了地上，磕得吴智的嘴巴立马流出了血。他又跑进厨房掮了把菜刀，返回里屋向吴智砍去，幸亏提上裤子的吴智躲得快，让菜刀劈到了墙砖上。吴智没料到蔫驴似的马闪闪能下这样的手，吓得他浑身哆嗦打尿战。他嗵地跪在地上捣蒜似的磕起了头，说兄弟兄弟，是哥一时糊涂，原谅我一回。

彪悍的马闪闪并不会因为吴智的求饶就软下来，他再次抓起菜刀，在吴智面前晃了晃，挤挤小眼睛，撇了撇大嘴巴哼了一声，说：原谅？我要把你剁成肉酱！

就在马闪闪要行凶的时候，于兰兰却哇的一声哭了，哭得歪鼻子咧嘴，她泪人似的手指着吴智骂：你驴日的把老娘的名声瞎了，你是强奸犯！

吴智啪啪啪在自己脸上扇巴掌，说：是我的错，我是强奸犯，我不是人啊！

马闪闪问：你知道强奸犯啥后果？

吴智呜呜哭了，说：要坐牢，兄弟，你可不能让我去坐牢啊！

马闪闪手中的菜刀停住了。因为吴智承认了自己是强奸犯，这件事就澄清了，说明妻子于兰兰并没有背叛他，是受了欺负。他爱自己的妻子，谁欺负了妻子他就要整治谁。他和妻子成了同一战线的人。

三人很快达成一致，为不影响两家的关系和各自的家庭，由吴智拿钱解决这一问题。但前提是必须保密，不能让任何人知道这桩丑事。

在赔多少钱的问题上，马闪闪两口子在堂屋里商议了很久，一个说赔五万，一个说赔六万，最后马闪闪一口咬定十万。他思忖要十万胃口是大了一些，但吴智拿得起拿不起也得拿。

出乎意料的是，马闪闪将索赔十万元的要求提出来，吴智满口答应了。

马闪闪说再写个协议，双方按着协议执行有依据。吴智说：咋能留文字性的东西，万一让孩子看到，咱们的脸往哪儿搁？又说：你还不相信老哥，我从来说到做到，决不食言。于兰兰说：对对对，这样的事就是不能写在纸上。马闪闪记得，他家盖房借吴智的钱时，他也曾提出打借条，吴智让免了。于是，三人达成吴智在三年内赔偿马家十万元的口头协议。似乎是为表达自己的诚意，吴智当场掏出一个银行卡给马闪闪，说卡里有六千元钱，明天你就可以取。

次日，马闪闪到镇上取了卡里的六千元钱，他感觉吴智果然言而有信。

三

然而，马闪闪讨要剩余的钱却颇费了一番工夫。几个月后，他向吴智要钱，吴智第一次给他三千元，第二次给他五千元。他嫌给得少，吴智不屑一顾，说：我家又没有印钞机，来钱能恁方便。甭急。好像马闪闪是在催账似的。马闪闪让于兰兰去要钱，吴智说：三年内才给完哩，你急啥。我答应了的事没麻达。因为他从来不把老婆往眼里搁，家里啥事都是他说了算，老婆拿他没办法。于兰兰再要，吴智答应今年卖苹果的钱全给她。于兰兰喜不自禁，回家说给马闪闪，马闪闪说好，咱等着。可就在收获苹果的时节，吴智却不见了踪影。于兰兰去地里干活时碰见李东英探虚实，李东英头一扭说，狗日的和我打了一架，去新疆打工了。于兰兰几次拨打吴智的手机，果然打不通了。

一晃半年过去，吴智没有回家，要钱的事就搁了下来。马闪闪不愿意了，说：这是吴智耍滑头，故意躲避；又咬牙切齿说：他躲过初一，躲不过十五，再躲也有回来的那一天，不信他能上了天。于兰兰看见丈夫一脸狡黠之色，生怕把吴智逼急了招来灾祸，安抚丈夫说，十万元不是个小数目，你急啥，让他慢慢给咱挣吧。马闪闪直愣愣盯着妻子的脸，说：咋，你心疼他啦？我早知道你俩穿一条裤子，你不愿意和野汉子过去呀。每当马闪闪一发火，于兰兰就像面条似的软下来，因为她知道自己的把柄在丈夫手中捏着，一旦撕破脸，她在马家就待不下去了。另外，她也没打算和马闪闪离婚，尽管马闪闪在过日子上不是个“铁耙耙”，刨不回来多少钱，但他诚实，不抽烟不喝酒不赌博，没有坏毛病，最起码不会给你惹事。穷，穷得安然。如今社会，这样的男人也不多了。

春暖花开的一天，于兰兰去自家地里干活路过吴家的果园，看见吴智正在园子里给果树疏花。他一只手将高高上扬的枝条扳下来，用另一只手把一朵朵雪白的花儿掐掉，树下几乎扔了一片的花瓣，好像跟这些花有仇似的。于兰兰看看四周无人，就赶上前和吴智搭讪，并顺便提了要钱的事。吴智把一个大花瓣掐了说：急啥，迟早少不了你的，钱还在树上长着呢。于兰兰说马闪闪要钱要得急，害怕把这件事说漏了嘴。吴智很暧昧地说：你知道，我是为保住你的脸面才背这个黑锅的。老婆整天问我要钱，你们又要催账，我就是个下蛋鸡也把沟子挣破了。于兰兰看着日头下吴智满脸上沁出细汗，咯咯笑了说：只怨你要硬上弓，活该！两人正说着话，李东英从地那头走了过来，于兰兰便赶紧转身离开了。

马闪闪得知吴智回家了，当夜就去找吴智要钱，吴智打麻将去了。第二天碰见吴智和他老婆往地里走，马闪闪刚和吴智打了招呼，吴智手一扬说：有事回头再说吧。就搪塞着封了马闪闪的口。马闪闪感到憋屈，去老万家麻将馆陪吴智打麻将，心想你总有打完的时候，我要问你再要些钱。可他坐在麻将馆，看着吴智几个人在烟雾腾腾的屋子里打麻将，吵吵嚷嚷从晚上打到天亮，他刚打了个盹，吴智他们散伙了。就这样，今天找不到吴智，明天和吴智说话不方便，马闪闪再找吴智的时候，吴智又失联了。

又一个收获的时节，等吴智出现在了石沟村，三人协议的时间已超过了两个月。吴智跟马闪闪两口子打了几次照面，却只字不提给钱的事，好像这件事就不明不白地完结了。这让马闪闪两口子有了上当受骗的感觉，他们反复商议，暗下决心，这次无论如何也要把赔偿的钱弄到手。否则吃亏就大了。没想到吴智却幸灾乐祸，似乎是在调戏他们，还将卖苹果的给了他老婆。马闪闪将一个拿到钱的机会失去了。

四

在押解吴智的车上，马闪闪急不可待地掏出手机拨打"110"，似乎他报警报得迟了，这事情就没有了。在他的想象中应该是，他们把吴智押到派出所，派出所门口就有警察手中提着铁铐子在接应，看到吴智，先给吴智铐上铁铐子，那样就有好戏看了。因为他听村里偷鸡摸狗的李三说过，那铁铐子里面有锯齿样的牙儿，手越动它就卡得越紧，锯齿样的牙儿就会咬进肉里。他要的就是这样的效果，这样有一种威慑力，能打击吴智的嚣张气焰，看你还当不当强奸犯？他急促地说石沟村村民打架了，让警察处理。一位警察说：打架的事太多了，警察哪能忙得过来。于兰兰夺过手机用大嗓门吼：是强奸案，你们管不管？对方答：当然管、管。

吴智被死死地夹在小车的后座中间，似乎让他坐在靠窗的位置，他就有打破玻璃逃跑的可能。一路上，他每每要抬一下头，马闪闪都要在他的头上扇一把。有一次，马闪闪还用铁钳样的手卡在了他的脖子上，卡得他喉咙咕咕咕响，好像要在不见人的地方把他灭了。听到于兰兰和警察的对话，吴智轻蔑地笑了。他没料到在自己怀里钻了半年的于兰兰是个泼妇淫妇，是个毒蛇样的女人，是个爱钱不要脸的女人。但他不怕，他是走南闯北的人，啥样的事没经过。他知道迟早有这一天，这有啥，脸抹了给衣兜里一装啥事都没了。既然裤子湿了就站着撒尿，看你把我这一百三十斤肉能咋，耍女人，吃了枪子还是风流鬼哩。其实，吴智不给钱也有不给钱的道理，一个三十多岁的婆娘叫人玩玩能值十万元？歌舞厅里的小姐奶子比你的圆，嫩得能掐出水，打一次炮也才一百元。你他妈讹人呀！另外，他也早给后来不给钱做好了铺垫，他知道他和于兰兰的事属于通奸，现在的法律把他咋不了。那天马闪闪捉奸后，他好汉不吃眼前亏，先给马闪闪求饶，后满口答应十万元赔偿，只是为了保全于兰兰的贞节，只是急于逃脱虎口，逃脱了虎口就等同于逃脱了险地，就平安了。所谓协议只是口头上的，没有文字性东西就没有留下证据，我凭啥给你钱？我还可以说你们是敲诈我哩，村里人谁不知道我家的光景比你家好。

小车忽然来了个猛刹车，停在了派出所门口。马闪闪和他哥马原原将吴智从车上拽下来，两人各扭着吴智的一只胳膊，马小六在后面压住吴智的脑袋，于兰兰跟着，像押罪犯似的将吴智押进了派出所。一位老警察引导他们直接进了审讯室。一位戴眼镜的警察让马原原父子出去，说没有你们的事，在门外等着。两人刚走出门，铁门咣地关上了。

眼镜警察核实了吴智的身份，问：犯了什么罪？吴智坐在木椅子上低头不语，于兰兰抢着说：他强奸了我，他是强奸犯！眼镜警察说，你别插嘴，让他自己说。吴智摇了摇头，一副死猪不怕开水烫的架势。看着吴智的丑恶嘴脸，马闪闪急了，骂道：你狗日的不要脸！吴智还口道：你血口喷人。两人先高一声低一声对骂，像鸡似的啄仗，骂着骂着就厮打在了一起。马闪闪一巴掌打到吴智脸上，吴智一捶戳在马闪闪裤裆。于兰兰急了，一口咬住了吴智的肩膀。眼镜警察啪地一拍桌子，说：住手，这是派出所，以为是在庄稼地里！三个人鸦雀无声了。

马原原父子听审讯室里打了起来，急得像壁虎样爬在窗户上往里看，恨不得钻进去给自己人帮一把，门却开了，马闪闪两口子走出了审讯室。马原原满脸疑惑，问：咋弄？马闪闪一只手揣着裤裆说：警察让咱先回。马小六大脑袋扭动了一下，说：咱回，狗日的跑了咋办？马原原说，交给警察咱就不用管了，有法绳哩！

五

吴智是强奸犯的话在石沟村引起轩然大波。有人说，于兰兰做姑娘在外打工时就曾和男人同居过，她和马闪闪结婚的时候肚子就大了。吴智年轻时就不是啥好东西，今天翻墙钻张三婆娘的被窝，明天去偷李四媳妇的腥，这下好了，这个淫棍要坐牢了，坐不了十年也得判八年刑。一次把他的坏毛病就治了。有人说，吴智都五十多岁，当娃他爷的人了，还强奸妇女，恬不知耻，就该让他吃枪子。

果然，第二天晌午，一辆警车开进了龙山下的石沟村，车上下来了两名警察，警察径直走进了马闪闪家。那时候马闪闪两口子刚吃过早饭，于兰兰正在刷锅，见戴大盖帽子的人来了，马闪闪忙将警察招呼到堂屋坐下。眼镜警察严肃地说：我们来了解于兰兰被强奸的案情，你先回避一下，让于兰兰配合我们的工作。马闪闪撵进厨房对于兰兰说：在警察面前往好的说。于兰兰走进堂屋，看见警察冷峻的神情和身上威严的制服，自己的腿先有些发软了。因为她平时虽然在家里人、村里人面前撒泼耍歪，真正和执行国法的警察打交道还是第一次。没等警察询问，她哇的一声就哭了，她声泪俱下，先咒骂吴智，骂吴智是猪、是狗、是叫驴、是种牛，骂吴智不识好歹，骂吴智死皮不要脸，把啥脏话恶话都骂出来了，骂得泪水横流满嘴白沫子。

于兰兰一口一口喘粗气，不骂了，眼镜警察说：骂能解气，但不顶用，你现在说说吴智强奸你的情况。

于兰兰擦了把泪，声情并茂把三年前那个下午，吴智如何向她提出了非分要求，她不答应，吴智如何强扒硬箍强奸了她，她丈夫怎么发现的说了一遍。

眼镜警察问：你既然当时不愿意，为什么没有反抗呢？

于兰兰嘴里嘀咕了一声，说不上来。

又问：你还有什么证据？

于兰兰的薄嘴唇嚅动了一下，无言以对。

再问：你为啥当时不报警？

于兰兰说：我怕坏了名声。

眼镜警察说：现在事出来了，就不怕坏名声了？

随后，俩警察夹着公文包离开了马家。马闪闪撵上去说：我强烈要求给吴智判刑，让他狗日的坐一辈子牢！

六

石沟村的人怎么也不会想到，就在他们都认为吴智应该坐大牢的时候，一个太阳落山的时分，吴智却大摇大摆地回了家。他们的预言没有兑现。

人们发现，吴智去了一回派出所有了很大的变化，变化不是说他的人有啥变化，而是他的装饰有了变化。原先，他的头发乱蓬蓬像鸡窝，整天穿着件脏兮兮的夹克衫，似乎几十年就没洗过，是老虎下山一张皮。而现在他留起了背头，梳得溜光不说，还戴了一副墨镜，几乎遮住了整个脸的上半部分；穿了一身崭新的灰色西服，鸟枪换大炮了。他怒目圆睁，看起来一脸霸气，但仔细看，白净的国字形脸上依然有被指甲抠过的痕迹。他手里提着个大塑料袋，胳膊腿好像配合得不协调，走起路来松松垮垮。他从村北公路上的班车上下来，走上了通往石沟村的水泥路，后通过清水河的石头桥，走在了村街上。他似乎不愿意与村里人搭讪，头昂得高高的，进了自家院子，倒好像干了什么赢人的事。回家像乌龟一样窝着算了，他却不，他提出了一长挂鞭炮，在大门口点燃了，让噼里啪啦的鞭炮声在村子上空回荡。他似乎要让这鞭炮声给自己壮胆，让村里人知道，他吴智身上啥事都没有发生。鞭炮声响得邻居们纷纷跑出家门瞅热闹。

马万本老汉从一户人家出来，路过吴智家门口，正碰见吴智嘴里叼着纸烟，眯着眼睛看着一个爆竹飞向空中，一副趾高气扬的样子。老汉疑惑地问：吴智，不过年不过节，放炮有啥喜事？

吴智说：有人给我身上泼脏水，晦气，我放炮驱邪呢。

吴智的举动触动了马闪闪的神经。噼里啪啦的鞭炮声好像炸在马闪闪心上，好像在打马闪闪的脸，他一气之下，摔碟子摔碗把茶几都蹬倒了。他心想，前两天警察刚来了石沟村，今天吴智就回家了，这警察不是和吴智打通关，在他头上跷尿臊，放虎归山么。他逮鸡反蚀一把米，赔了妻子还丢人。他咽不下这口气。

次日上午，马闪闪骑上摩托带着妻子去派出所讨说法。那时候，眼镜警察正在接电话，对方称斜坡村发生了盗窃案，有户农民家的肥猪大白天被人偷走了。眼镜警察说了声：我们马上出警！他和另一名年轻警察要出警时，马闪闪两口子气呼呼闯进了办公室。马闪闪问眼镜警察：你们为啥放了强奸犯吴智？

眼镜警察答：证据不足，不予立案。

于兰兰问：你们咋能袒护强奸犯？

答：证据不足，不予立案。

听到这样的话，于兰兰心里蹿出了火苗子，她一蹦多高叫嚷：我们不愿意！要判他十年八年，叫他坐牢！又说：他狗日吴智把我睡了，不给钱，便宜他了。

眼镜警察说：你们的事属民事纠纷，去调解处理。

马闪闪两口子却怎么也不离开派出所，跟眼镜警察从办公室到厕所门口，只是喊：我们不愿意！

眼镜警察说：这是派出所，不是菜市场，不要妨碍我们的公务，你们回家吧。

马闪闪两口子给派出所门口一跄蹴，耍起泼来，挡得办事的人进不去，办完事的人出不来。忽然，一辆警车停在了门口，是派出所高所长查案回来了。身高马大的所长一脸威严地问：这是怎么回事？有人悄声说了，高所长用犀利的目光把马闪闪两口扫了一眼，说：妨碍公务，铐起来！

马闪闪两口子一听事不好，撒腿跑离了。

回到家中，马闪闪失望地瘫坐在屋檐下的台阶上叹息，说让坏人翻了天了，让坏人翻了天了。于兰兰说，早知道是这样，咱还不如不捅破这层窗户纸呢。这层纸一捅破，坏了我的名声不说，也没拿到一分钱。马闪闪指着妻子的翘鼻头骂：都怪你这个瞎婆娘嘴不牢靠！于兰兰分辩：咱不说明，人知道咱问吴智要啥钱。她嘴上是这样说，但在心里也觉得自己不该一时冲动说漏了嘴，将这件事捅得让满天下人都知道。因为原来双方缄口不说这件事，他们吃的是暗亏，而现在吃的却成了明亏。

七

马闪闪将派出所的处理意见说给了哥哥马原原，马原原吸着弟弟递上来的一根烟，吸得烟都要烧了嘴边的胡子了，也没有说出一句话。马小六说：明显地，派出所是偏袒吴智，咱到县公安局告他派出所，逼着他处理。马原原说：派出所是公安局的儿子，是一家，老子能不向着儿子说话？马原原的婆娘胡小曼插嘴说：兰兰，你不是成天爱钻到男人堆里打麻将么，把麻缠事弄下了，你看咋办？马原原推了一把婆娘说：快刷你的锅去，这儿没你的事。婆娘瞪了一眼丈夫，不满地离开了。马原原把第二根烟点燃，咳咳了一声说：我看派出所能说这样的话，一定是有法律依据的。算了，就调解处理吧。

马闪闪问：调解能行，可吴智抵赖，不给钱咋办？

马原原躁呼呼地说：那你说能咋办？事情发生时你们咋不给我说？当时，人赃俱获，咱让他尿一点他不敢尿两点，捏死他他也不冤枉。现在的人，在这种事上，裤子一提都不认账，甭说你这事搁了三年了都搁黄了。你能把他咋？只能弄两个钱了。

马闪闪两口子来到镇司法所咨询，司法员老张扶起鼻子上的老花镜，把马闪闪两口子望了半天，说通奸属于男女作风问题，放在以前，是要上批判会的。现在人都开放了，只要两厢情愿，谁也管不着了。

马闪闪问：那你说就没办法了？

司法员老张说：男女双方自律意识不强，不守道德底线，别人有啥办法？又说：这样的事怎么讨赔偿，赔偿性质就变了，女人就有卖淫的意思了。

马闪闪心想，当然不能叫人认为于兰兰是在卖淫，那样孩子在人面前都抬不起头了。但是，吃亏的事他又不愿意，怕人笑话。于是，两口子怏怏回到村里，马闪闪又撺掇妻子去找叔父马万本，听老人在这件事上是什么态度。

那天吴智的话像巴掌扇在了马万本脸上，老汉回家在炕上躺了几天，心情很不好。他想不通蛰伏在秦岭深山里的石沟村，原来民风淳朴，路不拾遗，而这些年，偷人的、抢劫的事时有发生，女人还把头发染黄，姑娘没出嫁生孩子、儿子打父母的事也多起来了。干什么事似乎都没有规矩了，乱了套了，世风日下了。他不明白为啥就没人来管管这些事？他很是苦恼，但看不惯的事还得看。他认为，这次侄儿家发生的丢人事都是村风不正造成的。

当日，老汉坐在院子里捋着下巴上的白胡须，头摇得像拨浪鼓，连声说：丢人、丢人。你们都老大不小了，咋能干出这样伤风败俗的事？这是辱没家风啊！又数说起马闪闪两口子的不是，说咱马家的祖训你们忘了？现在，你们清闲下来就是打麻将，今天你赢我，明天我赢你，常为一块钱和人骂仗，为十元钱大打出手。走没走相，坐没坐相，啥话都敢说，啥事都敢干，行为不检，让祖先的脸给那儿搁？

马万本的老伴说：你给娃娃说这些有啥用，现在说咋问吴家要钱的事。

老汉用浑浊的目光望着天空，磕了烟锅里的烟灰说：要啥钱，国有国法，家有家规，该咋办咋办！叹息一声又说：这不是要十万八万元钱能解决的问题，问题出在人身上。闹腾来闹腾去，我看你们咋收场？

打　包

相比于大年初一，大年初二一大早，静谧的村子就响动起来了。先是一家家的铁门哐哐响，接着传来汽车、摩托车、三轮车的呜呜声和喇叭声，嘈杂的声音像过队伍，像一股洪流，在村街上涌动。人们似乎是约好的，提着大包小包、各式各样的礼当，来来往往，像狼撵似的开始走亲戚了。因为依照当地乡俗，从这天起，小辈就要给长辈拜年了；拜过年，长辈还要给小辈“回节”，当舅舅的还要给外甥送灯笼。所谓礼尚往来就是这么来的。放在从前，生活节奏慢，一般走亲戚要走到正月十五，甚至古历二月二，而现在不同了，现在人都忙，大部分都在外打工，在家的时间有限，要在短暂的时间内完成这些礼数的程序，就要赶快一些。

王仁德穿着崭新的羽绒服，脚蹬锃亮的皮鞋，黑瘦的脸刮得青光，两手抱着不锈钢茶杯，悠闲地站在自家的门楼子下面，站在门扇上的秦琼和敬德两个门神前头，似乎在感受着村街上熙熙攘攘的气氛。他的头顶吊着一个大红灯笼，两个门柱上贴着红底金字的大春联，红灿灿的春联映衬着他满是喜气的脸。他眉开眼笑，和匆匆而过的邻居随意打声招呼、开个玩笑。是啊，过大年谁不高兴?

往年，王仁德家走亲戚都是王仁德的事，因为婆娘李秀莲要招待前来拜年的女儿、外甥等晚辈。他认为大过年的，家里不留人不行，关门闭户就是对亲戚的怠慢，说白了，是瞧不起亲戚。为此，他们家历来把待客当作一件大事，一件郑重的事，总要掏肝掏肺，把好东西都端出来让亲戚吃，似乎亲戚吃好了，把亲戚就招待好了。王仁德不但要走他舅家、姨家，走李秀莲娘家的亲戚，还要给女儿、外甥家“回节”。他去了亲戚家，对长辈是嘘寒问暖，把对方家中的方方面面都问个遍，凡说到喜庆事就赞叹一番，难怅事便出主意安慰；对晚辈总要进行训导，说些勉励的话，走亲戚走不到天黑不回家。尽管走亲戚吃香的喝辣的，七大姑八大姨就十多家，不算太多，但骑摩托一家一家走下来，也够他来来回回跑几天，是个劳累事。今年，儿子小桐一家走亲戚去了，他就轻松多了。小桐娶的是城里的媳妇，就连孙子也是城里的娃娃，开口说话说的是普通话，走在人面前能给他们增光添彩。另外，他几十年走亲戚，老面孔，和亲戚也没多少新鲜话说了，儿子一家平时回农村的机会不多，和亲戚交流交流，亲戚也觉得稀罕。年是孩子的年，孩子玩好了、高兴了，年就过好了。

小桐一家是除夕后晌开车从城里回来的。没办法，自从儿子大学毕业在城里找了工作，就等于卖给城市了，很少回家过年，一是推说工作忙，二是要拜城里的丈母娘。每年年夜饭都是王仁德两口子坐在一块儿吃，尽管身旁有哇哇响的电视为伴，但因为儿子孙子没回家，心里好像还是缺少了什么，嘴里没滋没味，吃着吃着就发愣怔。今年不一样了，有儿子孙子陪伴，家中的气氛活跃多了，喜气似乎从院子的角角落落都涌了出来，洋溢在一家老小的脸上。吃年夜饭的时候，李秀莲就做了安排，让小桐一家走亲戚。李秀莲对儿子说：这几年，你很少在家过年，你舅你姨都想和你们见个面，主要是想见见孩子，你们一定得去。她似乎有些迫不及待，只怕儿子随时走了，这样一说，就把儿子的心拴住了。儿子在城里干事，牵扯大，同事同学朋友多，越是节假日应酬越多，提早把这一想法说给儿子，儿子就会有个思想准备，一心一意好过年。小桐说：妈，你放心，我和媳妇商量好了，收假后再去她家，今年安心在家陪你们过年，把亲戚都看望一下。王仁德笑了，笑得瘦脸上出现了一层一层皱褶子，笑得眼角的纹路清晰起来，夸奖儿子上了几年班，懂事多了。李秀莲疼爱地搂着孙女贝贝说：你舅爷家给我娃准备了几年红包，让你领呢。又对儿子说：你上大学的时候，每次回家，你外爷外婆都要拿出枕头下压的钱给你，三个你舅都给你钱，还有你舅爷家，把卖柿饼的三十块钱都给你了。一定不要忘了他们的恩情。小桐嘴里嗅嗅，说这些我都记着呢。李秀莲训导说：这些都是咱的嫡亲，要看重一些。她似乎在通过各种方式调动儿子一家的积极性，让他们去走亲戚。实际在李秀莲的心里，让大学生儿子两口去走亲戚露个脸，是想显摆显摆，叫亲戚们知道，尽管前几年她家在经济上受了难，她遭受了不少白眼，但总算把儿子供养成人了。儿子还娶了城里的媳妇，是城里人了。小桐在专注地玩手机，脸上似乎有些迷茫，过了半天，他像是想起什么似的说：妈，记得那年你发誓，说不跟我三舅家来往了，咋要求又这么严？李秀莲脸涨得通红，说那是你舅把我气的。那一年，你的学费凑不够，我去问你三舅借钱，我知道他有一万元存在银行，他偏不给咱借，说没有。他虽然没借，妈想办法不是还让你把大学上了。气归气，亲姐热妹，大过年的，不提这些了。她活了半辈子，感觉到了世间的人情冷暖，但过年还得按老规矩来，凡事没有规矩就乱套了。这一点她明白。

王仁德说：你妈是刀子嘴豆腐心，对你舅家亲着哩。

饭桌上传出哈哈哈的笑声。

当天早晨，李秀莲早早就做好了饭，一遍一遍叫儿子一家起床吃了，让他们去走亲戚。她把儿子叫进堂屋，手指着大方桌上的礼品说：这统共是十五份，你今天先走两个你舅爷家，明天再去你舅家。尽管是老亲戚了，但你舅爷是长辈，要高看一眼。你把这箱高档牛奶和核桃粉带上，再给老人家拿上软香酥尝尝。

虽然亲戚多，不能厚此薄彼，但亲戚也分个亲疏远近，放在以前，这地方讲究给娘家送礼送的有挂面、鸡蛋，因为这些东西为重礼，比在商店买的饼干等副食实惠，能顶饭吃。饥饿年代人能吃一顿饱饭就是最大的幸福了。

王小桐皱起眉头说：这几家亲戚还走几天呀，我打包走，一天就跑完了。

李秀莲听不懂网络语言，说不用大包，礼当放车上就行了，不急，你一家家走。你十多年都没去你舅爷家了，不定老人多喜欢你呢，你咋能礼当一放就走，多坐会儿，最起码要吃个头顿饭。当地人待客讲究"坐席"吃两顿饭，一般头顿是臊子面，二顿是喝酒吃炒菜。说着李秀莲就把两箱牛奶提出了门，要给小车上放。

王小桐说，现在又不是饥饿年代了，一家一家"坐席"，把人撑死呀。我还是打包处理吧，车轮子跑得快，一天就搞定了。他整天离不开手机，发邮件打包，处理业务打包，就连干家务都讲打包，用的尽是打折、满赠、满减、秒杀、免单、吐槽、躺枪等网络语言。出门玩手机，进门看微信，就连睡觉前都要把手机摇一摇，似乎离了手机就活不成，他妈当然听不懂他的话。

李秀莲问：那包咋打？

小桐媳妇咯咯笑，说就是一次把礼品拉着，一次分送到亲戚家。

李秀莲似乎明白了什么，说：也行也行，可你一定要到各家多坐会儿，不要摆架子，免得亲戚犯心思。走亲戚没见亲戚，等于没走。

王小桐笑嘻嘻地说：妈，你放心，我一定让亲戚们都高兴，把红包都哄到孩子手里。

李秀莲满意地说：妈要的就是你这句话。

就这样，把一份份礼当放进小车的后备厢，王仁德两口子看着把儿子一家送出了门。孙女还把小手伸出车窗给奶奶再见，李秀莲也学着孙女的样子摇手回应：乖贝贝，再见！

儿子一家走亲戚了，婆娘去老卢家麻将馆打麻将了，只留下王仁德在家，他想美美睡一觉，伸展伸展胳膊腿，让劳累了一年的筋骨歇下来，可零星的爆竹声吵得他合不上眼。他就出门去看热闹，等着女儿小榕来拜年。

一家的房盖得比一家高，被房屋挤兑的村街好像是一条河，过往的车辆行人就是汹涌的洪水，洪水逝去，霎时“河床”便归于平静。王仁德呷了一口茶水，看见家家房顶上冒起炊烟，这才意识到快近午饭时分了。小榕咋还不来呢？你以为我稀罕你，我是稀罕那小孙女。女儿常跟我顶嘴，小孙女乖巧，嘴巴上像抹了蜜，一句一个“爷爷”地叫，叫得人心里舒坦。

王仁德回屋续了一杯水，站在院子里昂起头望天，天灰蒙蒙的，树梢端直刺向天空，没有一丝风，也感觉不到冷。和往年一样，冬天里没落一片雪，村子的上空似乎有雾气缭绕，田地里显得有些干燥。乡谚道：瑞雪兆丰年。过去这话常常就应验了，过年老天爷就要给大地捂厚厚的一场雪，给庄稼解个渴。可现在不一样了，老天爷的脸硬生生阴着，天天如此，就是没有雪落下来，世事变了，天也跟着变了。噼里啪啦的鞭炮声再次响起来，打乱了王仁德的思绪，他猛然看见屋门上的春联和窗子上贴的窗花，才如梦初醒，明白又过年了。以王仁德的理解，过年就是老天爷给劳累了一年的人放几天假，让人喘口气，歇一歇，回望一下过去的日子，和亲友联络交流交流，给亲情增添一些新鲜的东西，亲上加亲。

忽然，一声爸唤醒了王仁德，是女儿小榕一家拜年来了。王仁德忙把手里的茶杯蹾在窗台上，抱起穿得像花蝴蝶一样、腾腾腾跑上来的外孙女，外孙女的小嘟嘟嘴就贴在他黧黑粗糙的脸上。小榕问：我妈呢？王仁德说：你妈打麻将上瘾，一上手就不知道回家了。我让她回来做饭。便拨打李秀莲的手机，可手机彩铃响就是没人接电话，王仁德急了，正要出门去找婆娘，李秀莲和外甥曹润生走进了院子。

进屋里坐定，李秀莲忙给客人各倒了一杯热茶，端出了香蕉、橘子、花生、苹果、水果糖，让大家吃，便去厨房做饭。小榕称要给她妈帮忙，也走了。只留下王仁德、曹润生和女婿余拉良坐在沙发上聊天。曹润生品尝似的喝了一口茶水，问小桐今年回家没有，称一年多都没见表弟的面了。王仁德喜滋滋地说：今年你表弟出息了，没有守着老丈人过年，回家陪我们了。他一家走亲戚去了。因为往年正月，王仁德走亲戚回家晚，外甥等不及就回家了，两人没有见面说话的机会。曹润生在县林业局干事，平时忙得鬼吹火，也是小半年没见，舅甥俩坐在一起，显得格外亲热，话特别多。曹润生从衣兜掏出一包红“好猫”香烟给舅父递了一支，打了火点燃，说如今单位工作抓得紧了，要求也严，加之父亲患病住了两次医院，心里想着来看望舅父，总是抽不出时间。王仁德谦和地说：没啥没啥，只要你把你爸你妈经管好，我就放心了。你看，我能吃能睡，身体结实着哩。又教导说：挣谁的钱跟谁转，给公家干事，就要把心操上，忠于职守，年轻人不能混日子。余拉良见岳父说的净是些车轱辘话，厌烦，便带着女儿在院子里玩耍。

正月饭菜几乎都是现成的，没多大会儿，几个凉菜就端上了桌。王仁德打开柜子，取出一瓶太白酒说：这是去年小榕拿的，好酒，我没舍得喝呢，我外甥今天来了，咱把它喝了。小榕接过父亲手里的酒，给客人主人一一斟上，大家共同举杯喝了，就算开席了。酒过三巡，热腾腾的臊子面就端来了。吃过饭，大家坐在一块儿又聊天，从天上地上、国际国内说到家务琐事。吃二顿饭时，刚端上一个热菜，小桐一家回来了。小桐一回家，家中的气氛更是热烈起来，他和表哥、姐夫就较劲喝上了。他们喝酒不是一杯一杯碰着共同喝，而是通过划拳、猜火柴棒、打杠子等游戏竞争，拉拉扯扯，推推让让，有的连续喝，有的喝不上。但三个人均满嘴酒气，眼珠子鼓着，喊得一声比一声响亮，似乎喊声大，赢拳的把握就大。两个孩子在屋里屋外跑着玩，一会儿手拉手，你给我嘴里塞糖，我给你手里塞花生，亲密无间；一会儿又打闹起来。王仁德嘴里噙了根纸烟，眯着眼睛看着这情景，心里特别舒坦，因为晚辈热闹，年气就浓烈了。

送走了女儿一家和外甥，李秀莲便问起儿子走亲戚的情况。小桐说：他们去峪沟村见到了两个舅爷，没有在舅爷家吃饭。他们到了李家庄的舅家，除过三舅家门锁着，大舅二舅家人都在。大妗子热情得不得了，嘴里说做饭，就是不动手，给孩子一百元红包；二妗子给他们做臊子面吃了，提着礼当说要走亲戚哩。他们在舅家感觉没话说，坐不住，就去县城逛了一圈。李秀莲问：你三舅家的礼当咋弄了？小桐说：我放在我二舅家了，让二妗子送给他家。李秀莲若有所思地说：你三舅昨儿个跟我还通过电话，问你回家没，我说回来了。他明明知道，咋就回避不见你们呢。王仁德说：人家可能忙，顾不上待客，把礼捎到，咱的礼数就到了。李秀莲说：你三妗子精明，她常是收礼不待客。小桐说：妈，现在又不是前些年了，谁稀罕吃顿饭，反正我把你交办的任务圆满完成了。

初三这天，小桐带着媳妇孩子去他两个同学家玩了一天。初四去姑姑、姐姐家“回节”，初五就回城拜丈母娘了。因为第二天他就要上班。

初六是王仁德家待客的日子，因为今天来一家，明天来一家，主家待客麻烦，客家也容易扑空，为此，主客约好一天集中待客。这样的好处是主家省事，客家也有人专门招呼。那天，小桐的两个表叔来了，他大舅海生开着小车拉着自家婆娘和他二妗子来了。李秀莲问：他三舅家咋没来人？海生说：我们走的时候还见老三在门口站着哩，人家没说来呀。李秀莲说：你就不会问一声。海生挠了挠后脑勺说：我咋问，人家有车哩，想来就来了，还用咱提醒。端起杯子往沙发上一坐，只管吸溜溜喝茶，再啥也不说了，好像旁人的事和他没有丁点关系。李秀莲心想若三弟家不来人，也该把礼当捎来啊。又拐弯抹角问二弟媳妇翠英，了解三弟家的情况。翠英一副无所谓的样子说：他们来不来，又不影响咱吃饭。李秀莲欲问翠英是否把礼当捎给三弟家了，又不好意思张口。因为这样一问，分明对翠英就有了不信任的意味，让对方犯心思。现在人生活水平提高了，吃得好穿得好，谁还稀罕那一份礼当。她知道，父母去世后，三个弟弟曾因老宅院的归属问题争得不可开交，闹过矛盾，有了嫌隙。王仁德说：他三舅是个急性子人，不定一会儿就来了。但是客人坐上了席，王仁德在楼门外瞅了几次，他三舅家的人也没来。今天没有来，明天来也可以，迟早来都是客。可初七他三舅家的人还是没来，初八也没来。李秀莲看留下的一块冻肉不能再放了，只好切了和老伴吃了。

三弟海海家的人没“回节”，李秀莲觉得不必大惊小怪，因为现在人忙，也不在乎过年非要把礼数做到，亲姐热妹的，打断骨头连着筋，往常还来往哩。可王仁德为此纠结起来。他知道海海婆娘媛媛心高气傲，爱体面，心思多，为这件事让她犯心病，就闹得亲戚之间不愉快了。那年给小榕结婚，说定的，三个他舅他妗子全都送嫁，临了不知谁说了一句，没儿子的不能送女，媛媛死活不去了。回家和海海吵架，说是国家计划生育我没生下儿，怪我吗？闹得海海也没去成。那天大家心里都不畅快。李秀莲猜测，或许是儿子说话含糊，他二妗子翠英没把礼当捎给三弟家，或许是三弟家嫌儿子没亲自上门，认为瞧不起他们，闹起了情绪。唉，都是儿子粗心马虎不懂礼数，你既然到你舅家门上，咋就猴子的屁股坐不住，不等等呢！李秀莲把心里的疑虑说了，王仁德气哄哄地说：都是你那宝贝儿子干的好事，走亲戚打包打包，亲戚要一家一家走，咋能打包？

李秀莲知道，都怨儿子不谙世故，才搞成了这个局面。她打电话给儿子，把儿子数说了一番，儿子却和她的看法不同。小桐说：现在，走亲戚不就是按程序完任务嘛，你认那么真干啥？亲不亲也不在乎送份礼当吃顿饭。他谁家不乐意算了。这话说得，李秀莲认为，亲戚之间虽有血缘牵连着，但也需要相互来往、相互帮衬、相互尊重，这样才能巩固下来，才有走头。

初八后晌，王仁德两口子刚坐下来要喘口气，对门管玉秀慌慌张张跑进门，说：仁德，你快去劝劝大山，爷俩打起来了。王仁德忙跑进对门院子，只见管玉秀的男人常大山手里掂了根木棍，正在院子追打儿子常小宁，爷俩在三棵树中间你躲我追，仿佛在上演狗撵兔子的游戏。常小宁跑得气喘吁吁，把眼镜都跑丢了。

王仁德没想到常大山平日里蔫得跟蛇一样，今天这么凶火，上前抱住常大山的腰说：兄弟，你这是咋了，过年跟儿斗气哩？

常大山把棍子扔在水泥地上，唉了一声，手指着跑出院子的儿子，愠怒地说：活宝、活宝啊，叫你把人就气死了，滚、滚！

王仁德把常大山拽进屋坐下，管玉秀忙给他们倒了茶。常大山嘘了口气，这才说了打儿子的缘由。

前不久，有人给常小宁在刘家沟找个对象，那姑娘在南方打工，两人通过微信见面，谈得不错，就把这桩婚事订了下来。初二常小宁去给丈人家拜年，一坐在女方家的炕上就低头玩手机，说是在抢红包，任女朋友怎么喊他，他也不丢手机。他丈人两口子跟他说话，他似乎听不见，还在玩手机，玩得吃饭都顾不上。今天介绍人打电话给管玉秀，说你儿上大学学的怕是玩手机专业，将来结婚当玩家咋行。人家女方称，小伙子戴着眼镜看起来斯文，说起话来咬文嚼字，其实不靠谱。这桩婚事就这样吹了。

管玉秀蹙起眉头，眼泪扑簌簌流了出来，惘然无措说：难怪他爸生气哩，儿子上了大学，连人情世故都不懂了。现在找个媳妇多不容易，叫他玩手机玩吹了。你说，如今年轻人个个手里拿着手机玩，那手机里有啥宝贝？

王仁德哭笑不得，因为他也弄不清手机里有啥宝贝，但他知道的是，常小宁玩手机把婚事玩吹了，儿子小桐打包把亲戚得罪了。

王仁德两口子决定，第二天再去一次李家庄，给他三舅家补拜个年。

次日一早，王仁德正要出门，李秀莲却接到海海的电话，海海说：姐，你们今天在家不，我们来“回节”呀。

李秀莲满脸喜气地说：我们在家哩！

海海说：本来，初六跟我哥他们一块来“回节”，深圳客商要来买猕猴桃呢，我领着跑了一天，媛媛又感冒了，没人去。那天，听说小桐要来拜年，他妗子把菜都做好了，这才领娃去了她娘家，我一个人在家等，准备好好把我外甥招待一下。可我在村口望一次没来，望一次没来，说去麻将馆打两圈麻将，回家就听说小桐走了。小桐比他舅还忙啊。孙子走了没？我还给小家伙准备了红包、灯笼呢。

李秀莲心里的阴霾立马消散，热乎起来，放下电话大声喊：老王，老王，快去街上买些菜。

槐林寺

一

初夏的一天，日头落山的时候，村子里忽然发出凄厉的哭声，那哭声撕心裂肺，似乎要把村口的石碾盘哭碎，谁听了都会伤心落泪。有人跑到老宋家的小卖铺打探缘由，问谁家又出事了。老宋的大脑袋从窗户里探出来说：冯小涛死了。来人唏嘘：年纪轻轻的，怎么死的？不知道。脸上毫无表情的老宋望着哭声发出来的地方，一副无所谓的样子。老宋家的小卖铺在村子的十字路口，抬头望，东西南北一览无余，村里的人闲下来都给这儿凑，这儿能传出许多信息，也能看许多的热闹。

没多大会儿，老宋家的小卖铺前就聚集了一簇人，他们或蹲或站均脸色凝重，好像在等待什么消息。消息很快传来，称冯小涛是从县城十二层的楼上掉下来摔死的。

有人掰着指头算，说进入闰六月，村里已死了八个人了，其中年轻人就有五个。李小兵外出打鱼淹死了，申丁丁骑摩托遭了车祸，贺小山晚上玩电脑一头栽下去没命了，胡小娜为爱情喝药自杀……

大家就叹息：这是咋了，老天爷总是和槐林寺的人过不去？娃们还年轻啊，可惜了。

一桩桩的祸事发生，把槐林寺村人震撼了。它似乎是一块乌云，是呛人的雾霾，正在向槐林寺压来。打个比方说，它又像白骨精身上的妖气，要兴风作浪，祸害于人，让人猝不及防，无所适从。一时间，整个槐林寺村弥漫着悲怆的气氛。

一天后，还是在老宋家的小卖铺前，人们才弄清了冯小涛的真正死因。冯小涛在县城当送水工，和冯有万养的小蜜黏糊在一块了。冯小涛跟那女人正在床上亲热，冯有万回家了，慌乱之际，冯小涛披了条毛毯扒在了阳台外藏身。不想小区院子有人看见喊，小伙子，扒在那儿危险，要不要拨打“119”啊。这一喊惊吓了冯小涛，他手一松就掉下了楼，当时摔得七窍出血。

对此，人们议论纷纷称，冯有万是冯小涛的本族叔父，他叔的相好他敢要？如今社会乱套了，公公穿儿媳妇的裤子哩，啥事不敢弄。活该！

冯子善是两天后知道冯有才的儿子小涛的死讯的。他喟叹道：有才咋就这么倒霉呢？妻子患有心脏病，他的腿被三轮车轧瘸了，本来日子就过得恓惶，一只手伸出去恨不得抠六道渠，攒钱给儿娶媳妇哩，谁料儿却走上了黄泉路，叫两口子咋活啊！

冯子善决定先去有才家看看，给娃烧两张倒头纸，改天再随一百元的干礼。邻居家过红白喜事，别人一般随三十元或五十元，但他随礼一直比别人高。高不是说他家有多富裕，而是他要区别于别人，让人知道他是退休干部，能拿出来，手头不缺钱，也似乎要用这种方式，弥补自己几十年不在家没有给邻居帮忙的遗憾。儿子曾反对他这样出风头，认为这样刺激别人，别人会对他有看法。冯子善哈哈一笑说：谁爱说说去，家家都一样，一视同仁。

虽然同为一个祖先，且已出了五服，冯子善家住在村子东头，冯有才家住在村子西头，两家平日里来往并不多，加之现在的人忙，偶尔在村街上相遇，和冯有才见面大不了只打个招呼，但冯子善知道，有才两口子平时话不多，都是实诚人。有才的儿子小涛比他爸活泛、喜庆，见了他不笑不说话，说话就喊爷，等同于叫自己的亲爷爷，比本族里其他的年轻人强多了。老伴韩玉娥也说去坐坐好，安抚安抚有才两口子，听说把有才婆娘吴桂珍都气死几回了。

冯子善感叹：是啊，中年丧子，这事放在谁头上也受不了。

那是晌午时分，冯子善走出院门，先来到老宋家小卖铺买了几张麻纸，而后一摇一晃朝村西走去。阳光照在他的秃顶上，泛着亮晶晶的光。路过冯有万家，只见有万那个瞎眼妈正坐在大门楼下的石狮子旁边，两手捻弄着佛珠，干瘪的嘴里念念有词，像是和尚在诵经。老太太和村口的皂角树一样，是槐林寺的寿星，她九十八岁了，双眼都瞎了，稀疏的头发白得像雪似的，脸比晒干的丝瓜皱得厉害，但她的牙齿还好，能吃能睡，长年也不进医院。几年前，她患了白内障，冯有万开着小卧车回到村里，要接他妈去周原市治病，老人死活不去，说不花那钱了。冯有万拍着胸脯说：妈，怕啥，咱有的是钱，花十万八万能花得起。老太太依然不上车，固执地摆摆手说：泼烦，眼不见心不乱。儿子去县城住洋房了，她仍和有万的前妻王乖荣住在庄稼院里，在院里院外活动，角角落落都能摸得到，似乎全凭直觉。一般没有人和老太太说话了。冯子善平日也不跟这个本家的老嫂子搭话，认为老太太糊涂了，和她说也是白说。但今天，冯子善从老太太面前走过，却听到老太太在说：观音菩萨，您大慈大悲，咋就不保佑我娃呀。看来，老太太是知晓小涛的事了。冯子善心说：这老嫂子没糊涂，心里亮清着哩。

蹲在院门口抹眼泪的冯有才看见八叔来了，忙上前拉住了八叔的手，并将八叔领到了自家房后面的苹果园里。冯小涛的灵堂设在苹果园临时搭的帐篷里。按照乡俗，死于非命的人是不能进家门的，因为他们的魂灵漂泊在外，会伺机报复，给家人或整个村子带来晦气。冯子善看见，死去的冯小涛躺在一页木板上，脚下放着纸盆，两个年幼的外甥头扎白孝布，站在旁边东张西望，嬉皮笑脸。好像在他们的心目中，死亡并不是什么大不了的事。冯子善揭起小涛脸上苫的麻纸，发现小涛的头被纱布一层层包裹着，额头留有血痂，怒目圆睁，像战场上不甘心失败的伤兵。他的眼睛发潮了。他用一只大手在小涛的眉骨上抚摸，让死者合上了眼睛，并嘱咐侄子：给娃穿寿衣的时候，把纱布拆了，不能让他在阴间露丑。冯有才点点头。冯子善又走进冯有才家院子，去安抚了躺在炕上的吴桂珍几句，问了棺板寿衣的准备情况，唉声叹气了一番，走出了有才家的破门。

冯子善走在被房屋挤兑的村街上，搭眼望去，村落里寂寥空旷，唯有一位白发苍苍的老人，像石雕似的坐在村边的碌碡上，陡然有了怅然若失的感觉。

二

几天过去了，冯有才家还没有安葬儿子的动静。

一个晌午，冯子善坐在院子的杨树下，像往常一样手捧《论语》读起来。尽管教了一辈子书，可前几十年当的是民办教师，加之家庭拖累重，可以说，除过教科书，冯子善就没有读下多少书，完全是凭经验在当教师。他虽然觉得自己知识贫乏，力不从心，但为养家糊口只好疲于应付。退休了，一身轻松，有了时间，他忽然产生了读书的渴望，似乎要挽回年轻时的损失。他喜欢读传统文化方面的书籍。他让在省城师范大学教书的大儿子有贤给他带回了《论语》《道德经》《弟子规》等，不但自己饶有兴趣地读，还教给孙子。他认为传统文化是民族之宝，是精神之源，要从小学习，方能吸收其营养和精华。当然，他现在读书不是为补充知识，而是要感受传统文化之美，咀嚼其韵味。他认为阅读这些书籍本身就有愉悦感，就是一种享受。

忽然，一个女人的悲哭声扰乱了冯子善的思绪，那女人不但大声哭，嘴里还诉说，说我娃冤枉呀，谁能给我娃做主呀。冯子善觉得泼烦，正要起身去关院门，却见冯有才一瘸一拐搀扶着婆娘吴桂珍进了门，两口子嗵地跪了下来。吴桂珍一把鼻涕一把泪说：我唤天天不灵，叫地地不应了！八叔，你可要为我家做主呀。

冯子善不明事由，顿感突兀，忙让两口子快起身说话。冯有才两口子好像没听见八叔的话，只是面对叔父，趴在水泥地上，像捣蒜似的咚咚咚磕头，好像要把头磕烂磕出血，这样才能感动叔父，叔父才会替他们做主申冤。冯子善说：有才，你两口子唱的是哪一出，我可受了你们的这一拜，快起来，快起来。冯有才两口子相互搀扶站了起来。几天没见，冯子善发现，五十二岁的本族侄子蓬头垢面，眼窝深陷，头发几乎全白了，看起来一下子老了十岁，好像变成了另外一个人。韩玉娥忙拿了两个小凳子让有才两口子坐下，又给他们倒了茶水递在手中。

冯子善咳嗽了一声，激昂地说：有才，你说咋了，谁欺负你了，咱冯家人不能饶了他。

冯子善为何底气十足？因为在槐林寺村，百分之六十为冯姓人，其他姓氏的人几乎没有话语权。十多年的组长都是冯氏子弟当，从没人敢在冯家人面前造次。仅冯子善这一辈中，就有亲兄弟四个，堂兄弟十三个，他排行为八。尽管在世的只有冯子善和堂弟冯子良了，但冯氏家族的势力犹存，光焰依然不减。冯子善是冯氏家族中年龄最大的男性长辈，德高望重，有振臂一呼群山倒的作用和威力。村里谁家过红白喜事均离不开他，离不开不是让他跑腿打杂，而是让他协调事务，起到掌舵、督查的作用，什么事该不该干，由谁来干，干到什么火候，都是他说了算。也可以说，他去等于是看得起对方，是给对方赏脸捧场，是对方的光荣和骄傲。当然，谁家若闹了矛盾，一般也少不了要请他出面去调解处理。他手里仿佛有一把天尺，有一把刀子，能把糊涂事处理得公平公正，把麻缠粘牙事割断厘清，能把一碗水端平。

吴桂珍抽抽搭搭抹眼泪，一说话就噎得喉咙咕咕响。

冯有才把手里的水杯给地上一蹾，用衣袖抹了把鼻涕，嘴唇颤抖着说了来找八叔的原委。儿子小涛今年二十岁，年纪轻轻就死了，指儿养老的事泡汤了，这件事像一把刀子捅在他两口子的心上。他们寝食难安找原因，这怨谁？怨冯有万。因为从根子上说，不是冯有万养了个省城的洋女人勾引儿子，儿子能丢了命吗？肯定丢不了。他们觉得，冯有万得给他们个说法。冯有万不给个说法，他家就不埋人。他们去县城找冯有万，冯有万早领着那妖精女人去省城了，打冯有万的手机，打不通。他们去找村长董文明希望他能主持公道，董文明听了这事的来龙去脉，两手一摊说：这是你们冯家的事，村上咋管哩。又说：家丑不可外扬，不要把这事再给人说了，丢人哩。吴桂珍呜呜哭了，说：我连儿都没了，还要啥脸面，只要他冯有万不要脸，我就豁出去了。董文明说：这既不是刑事案件又不是民事案件，加之有万现在是县政协委员了，住在城里，我能管人家？人家认我，我是他的村长；人家不认，我在人家眼里就是王八蛋。我这村长官小呀，你去找大领导吧。两口子不甘心，来找冯子善，希望八叔能以他的威望压压冯有万，让冯有万给个说法。

吴桂珍两手在膝盖上一拍说：八叔，我们再无路可走了，你看着办吧。

冯子善问：你们要啥说法？

冯有才两口子胳膊撞胳膊，一个说你说，一个说你说，后来有才拗不过婆娘，舐舐嘴唇，揉揉红肿的眼睛说：我也知道，我儿醒不来了，我们只有两个娃，女儿都出嫁了，将来老了干不动了咋办呀？

冯子善脑子嗡地一下，这不是挟尸索赔吗？他的手不由得在光亮的脑袋上摸起来，摸着摸着竟摸出了一头冷汗。他知道，尽管冯有万是自己的本家侄子，但并不一定买他的账。他一向以正人君子自居，看不起这个钻国家政策空子，靠坑蒙拐骗发家的冯有万，而冯有万对他也颇有看法。他们两人看似见面打哈哈，一团和气，那是让外人看的，平时来往并不多，在经济上从不打交道。现在，要叫他给冯有万做工作让冯有万拿钱，他的心里没底。但这却又是件棘手事，不赶紧说个眉目，小涛在果园就放臭了。有才两口子可给他出了道难解的题呀。

冯子善挠挠后脑勺，试探地问：你们要多少赔偿？

冯有才望了一眼婆娘，伸出了三个指头。

冯子善说：三万？你们没想想，连董文明都不接这茬，有万能听我的话吗？

冯有才说：听，他绝对听，鼻子压着嘴，他咋能不听。

冯子善心想，国有国法，家有家规，这件事国法用不上，只能靠家规来处理了。可现在人人信钱，谁信什么乡约家规。不答应吧，怕有才两口子失望，大闹起来；答应吧，怕啃不下有万这块硬骨头，丢人现眼。他不停地挠后脑勺，似乎主意全藏在脑后，一挠就会挠出来。嘴里吞吞吐吐一句话也说不出来。

冯有才见八叔犹豫不决，嗵地又跪在地上说：八叔，我磕这个头就权当土里的我爸我妈求你哩。你再不管，我就一头撞死在冯有万家的石狮子上。

冯子善睁大塌陷在松皮中的眼睛，摆摆手，自嘲地一笑说：有万怕不一定听我的话了。如今社会，都没规矩了，有几个人还听老人的话哩。

冯有才两口子不说话，只是哭。

冯子善看着有才两口子眼泪汪汪、可怜兮兮的样子，动了恻隐之心，说：我尽力吧。

冯有才两口子千恩万谢地走了。

韩玉娥说：现在冯有万财大气粗，张狂得的要上天哩，连玉皇大帝都管不了，能听你倔头的话，我看你应承下的事，咋办呀？

冯子善两手一摊说：我不答应，他们能走吗？无奈地叹息了一声。

三

尽管答应了冯有才两口子，冯子善心里还是没多大把握，恐怕冯有万不给他赏脸，造成尴尬的局面。因为他曾因处理家族的纠纷碰过壁，让他下不了台。但他认为，应人事小，误人事大，答应了的事就得兑现，就不能食言。这是他做人的原则。

冯子善苦笑了一声，回到屋里，翻来翻去找不到冯有万的名片。名片上印着有万的电话，他要打电话和有万约个时间见面谈这件事。他记得几年前，在村口的皂角树下碰见了西服革履的有万，有万先给他发了一支“中华” 牌香烟，后从皮包里掏出一个塑料盒子，抽出一张白亮亮的纸片递给他说：八叔，上面有我的电话号码，有事请联系。他乐呵呵地接过名片看，名片上印有仿宋的黑字，先是县政协委员，下来是公司董事长兼总经理，下来是企业协会会长，下来是什么委员、会长，光冯有万就有十多个头衔。他笑了笑，揶揄说：有万，怪不得你一天忙，你干的事多，咋能不忙。冯有万抹了把脸上的汗说：八叔，你……兼职多说明我吃得香，是红人嘛。当时，他认为不会有什么急事找有万，不需要用名片，就把名片随意扔在桌子的抽屉了。没想到今天用上了名片，却死活找不着了。

正在此时，二儿子有强打工回家了，冯子善忙问是否有有万的电话。有强从裤兜里掏出手机翻，翻了半天给他爸念了一遍，冯子善说我记不下，拿笔记下来。有强便找笔纸写了，接个电话出门去了。冯子善拨打冯有万的手机，拨第一个手机号不通，拨第二个、第三个手机号码也不通，便骂有万留的是骗人电话，走出了院门。他搭眼望，瞎眼老太还在门前坐着，上前去问他儿的电话。老太太感觉有人来到身边，嘴唇仍在嚅动，冯子善叫了两声“三嫂”，老人这才说：是老八呀，啥事？

冯子善说：我向你打听有万的电话号码，叫他回家说个事。

老太太脸上绽出笑容，说我儿的电话我咋能给你说，我给你叫他。

冯子善以为老太太在和他开玩笑，心说你是个瞎子，还打啥电话。可正在犯愣怔，老太太却从衣服口袋里掏出了一个老人专用手机，用手在上面摩挲了一下，一摁，搭在戴耳环的耳朵边喊：有万，你回家一趟，你八叔寻你说事哩。手机里传来冯有万的回应：好、好，我后晌就回来了。老太太关了手机，又恢复到了安详的神态。

冯子善看着老太太拨打手机稔熟的样子，颇为惊奇，哈哈了一声说：三嫂，你不简单啊，眼睛看不见，还能打手机。

老太太头一拧，颇为得意地说：我就不信，孙猴子能逃出如来佛的手心。

果然，天快黑的时候，冯有万驾着奔驰轿车回到了槐林寺。他把车停在老宅子门口，提了大包小包东西回家和老娘打了声招呼，又出门手提一箱牛奶去冯子善家了。

冯有万一走进堂叔父家的院门就吼起来：八叔，你叫我有啥事呀？

冯子善热情地招呼本家侄子：走走走，进屋说。

冯有万看见八叔和颜悦色的样子，心想，老头子今天有啥好事要告诉我？便厮跟着八叔进了屋。

四

冯子善家是五间两层的楼房，这房子是十年前盖的。当时，冯子善没有像传统的关中农民一样，把房子按“一明两暗”来分隔，而是先走一步，让县城建局的工程师设计成单元式房子，学着城里人的样子，本着大客厅、小卧室的原则盖成的。不一样的是，城里人的厨房、卫生间和住房连着，他家的厨房和厕所在房子的前后，客厅要大一些。区别于其他农家的是，他家客厅里除过沙发、电视、空调等不可缺少的家具家电，还有一个大书柜、一个鞋柜，正堂悬挂了一幅山水画，侧墙上还挂了写有“厚德载物”字样的书法条幅。他常说，我儿有贤在省城住的就是这种格调的房子。似乎要让人知道，他不落后于在大学教书的儿子，换个说法，就是要让浓浓的书香味证明，教授的父亲也是个文化人。

屋子里有些闷热。冯子善先打开空调，让凉飕飕的风吹起来，后给冯有万倒上茶，又拉开桌子的抽屉，取了一条“中华”牌香烟，拆开，取出一盒扔给冯有万。说这是你有贤哥捎回来的，你抽。他这样做，好像要让村里的大富翁明白，在槐林寺村，不仅你能抽起“中华”牌香烟，我也能抽起，在这一点上，退休老师和老板是同等水平。

冯有万拿起八叔撂过来的烟细看了，说：不是假烟。又说：我教授哥能抽这烟，说明人家收入不低啊。

冯子善故作淡然地说：不高，他一月工资就七千多元，没你打一场麻将赢得多。关键是他的外快多，星期天，那些大企业都请他去讲课，一月能挣万把元。冯有万惊奇地睁大眼睛：看人家教授，凭嘴皮子把钱就挣来了，哪像咱，没黑没明跑，提着礼今天去求这个局长，明天去求那个科长，低耷得像孙子。念书多了就是好！

这话说到冯子善心里了，冯子善最爱听这样的话，因为这意味着是对他含辛茹苦供儿子读书的一个肯定，一个认可，一种赞赏，也验证了知识就是效益的正确性。这样在精神上，他先打败了面前的暴发户。这也显现出他尊贵的身份。他教了一辈子书，桃李遍天下不说，还培养成一个教授儿子，儿子在省城，虽然平时照顾不上他，但儿子是当爹的荣耀。二儿子有强虽然和别人家的孩子一样，撅着屁股在黄土地里劳作，但能自食其力。他现在衣食无忧，家庭和睦，儿孙孝顺，受人尊重，作为生活在农村的普通人，已经不错了。人要知足，知足者常乐。他要用自己的行为给乡邻树立一个标杆。

冯子善哈哈笑了起来，说：那当然，读书多干的是轻省工作，总比在家里刨土强啊！

冯有万就是冯有万，他不愿接受施舍，没享用八叔递上来的高档香烟。他只是搭在鼻子上象征性地闻了闻，放到了茶几上，从死不丢手的皮包里掏出一盒 “中华” 牌香烟，递给八叔一支，自己嘴上叼了一支，用充飞机油的打火机点燃，美美地抽了一口。好像他抽八叔的烟是占了八叔的便宜，不能让八叔瞧不起他。

冯子善抽着堂侄递上来的香烟，先问了有万生意上的事，最后又问到他妈的身体上，绕来绕去就是不谈正题。冯有万坐不住了，瞅了眼手腕上的表站起来说：八叔，你甭给我兜圈子了，有啥事快说，再不说，我就走呀。我是听了我妈的话，专程从省城赶回来的，顺便还准备在县城和几个朋友谈紧要事哩。冯子善这才说了冯小涛死的事，说你总得给你有才哥两口子个说法吧。

冯有万手一摆说：你不提这事我还不躁，说了我满肚子都是气。还问我要说法，不管管自己的儿子，他娘的，说不下媳妇发急哩，跟他婶子都搞在一块了。又说：我那女人也不是个好东西，老子刚走几天，她就憋不住了。这是尿泡打人——臊气难闻啊！

依冯有万的看法，女人好比是可以随时挑选购买的衣裳，就是图个鲜亮，满足一下自己的虚荣心。他有的是钱，换老婆像换手机一样，他已换三个老婆了，也不在乎多换一个。对于省城来的佘香，他也不是说爱不释手，只是觉得她城市味儿重，开个洋荤玩玩罢了。他知道佘香像公共汽车似的被许多人乘坐过，但对于坐专车坐惯了的他来说，挤一下公交车也何尝不是一种刺激。他喜欢竞争，更喜欢从别人碗里抢食吃的感觉。可冯小涛是他的本族侄子，侄子要从叔父的碗里抢食吃了，他却实在忍受不了。

冯子善说：他肯定也不知道是你女人，知道绝对不敢。你有才哥家的情况你知道，三万五万对于他们家是天文数字，可对于你来说，还不是吃几桌酒的事。他总是把儿舍了，心里疼得流血哩，给赔几个钱，也算是个安抚，这事就过去了。

冯有万还是摆手，说：不行，一百个不行。我叫救护车把他狗日的送回家就不错了，对得起他们了。

冯子善问：为啥？就是个叫花子到了你门上，你怕也得给几个，况且他还是你本家哥。你也不能有了钱六亲不认呀。

冯有万说：我在生意行当从来跟人不打麻缠，为啥？听我妈的话，觉得吃亏是福呀。可这事不行，因为我给冯有才赔偿，就证明他儿子的死与我有责任，我担不起这个责。不知情的人还会说，我欺负冯有才哩。这事坚决不干！

冯子善忽然后悔自己说话太唐突了，叫有万一时想不通，脑子转不过弯，接受不了。他觉得应该慢慢给有万说，有万是他教出来的学生，上学时就调皮、逃学，不是读书的材料，但有万是个大孝子。有万在县城打工的时候，凌晨母亲肚子疼得在炕上打滚，他徒步几十里给母亲把药送回家。有一年，母亲患了急病，县医院下了病危通知书，他连夜驾车从四川回来，把母亲转到了省城的大医院。在母亲面前，有万百依百顺。关于钱的事，要叫有万慢慢接受，让他感到给钱是帮忙而不是赔偿。他是有怜悯之心的。于是，冯子善让有万再坐一会儿，说你是猴子的屁股就坐不下来。他呷了一口茶，又通过举例子打比方等方式，给有万讲起了做人的道理，讲仁义礼智信、温良恭俭让的含义。又说：如今，在一块喝酒把人喝死了，同桌的人都有责任；城里住在高楼上的人扔了东西，把楼下的人砸了，找不着元凶全楼的人都有责任；有人行走叫路边的墙塌死了，墙的主人都脱不了干系。你这次若不回家，小涛能躲上阳台，那地方多危险，能说与你没责任？我看，你还是给有才家掏点钱算了。

冯有万说：他狗日的给他叔戴绿帽子，我还给他赔偿。我脑子又没进水，不赔。

冯子善从头到脚盯着冯有万看，有万的脸上呈现出有钱人的自负表情。分头梳得溜光，白衬衣穿得整整齐齐，领带斜扎着，皮鞋擦得能照出人影儿。他说：有万，你做事真就这么绝？你就不会可怜可怜你有才哥吗?

冯有万说：我可怜他，谁可怜我？八叔，市场经济了，买卖公平，谁不欠谁的。我一个子儿也不掏。正说着手机哇哇唱起来，他顺便走出门接电话了。

费尽口舌，千言万语，也没做到让有万回心转意。冯子善撵到村街上也没撵上冯有万。那夜的月亮很好，月光给村落笼罩着一层神秘的色彩。他望着冯有万逐渐消失的背影，心里骂道：恬不知耻!

次日一早，冯子善去了冯有才家，掏出一沓钱递给冯有才，冯有才手蘸唾沫数了，两眼瞪得鸡蛋大：咋，就一千元？不怕人耻笑。

冯子善说：老猫不逮鼠了。这是我的一点心意。他这才给冯有才两口子如实说了和冯有万见面的情况，唉声叹气，显得很无奈。

看来，冯有万把八叔不给眼里搁了。冯有才站起来骂了一句：狗日的冯有万。要把钱塞到冯子善手里，冯子善推了一把说：记住，有八叔在，多难的事咱也要挺过去。

五

冯子善在家里读《论语》读痴迷了，因为他觉得它的最大好处是，孔子在教弟子怎么做人而不是怎么做学问，不像现在学校给学生排名，只重视分数。他后悔自己白当了一辈子教师。几年前，他弄清了这一道理，就积极付诸实践，让孙子诵读《弟子规》，儿媳雷小翠不悦地说：娃一天作业都写不完，哪有时间读闲书。冯子善却不这样认为，他觉得读《弟子规》是要打好做人的基础，这比写作业更重要。古人云：欲知平直，则必准绳；欲知方圆，则必规矩。他认为，现在的人把人伦纲常、道德礼仪丢得不见踪影了，就是因为没有规矩，所以才无法无天，什么事都敢干。儿媳妇觉得公公的做法很无聊，说：大人都不听话，还教孩子学啥《弟子规》。冯子善郑重地说：懂规矩就是要从娃娃抓起，正因为我把学生耽搁了，现在才要补上这一课。令他欣慰的是，在强迫中，孙子冯晓楠不但学习成绩好，最重要的是有礼貌、守规矩，比他爸强多了。他认为，凡事都有规矩，没有规矩就乱套了。

冯子善平时很少出门，一心一意躲在家中读圣贤书。因为他和村里人没有多少共同语言，也不愿意参与世俗的事。他知道，参与得多了，别人不高兴，也惹自己生气，不能干两头不落好的事。

这天晌午，冯子善正坐在院子的树荫下读书，外面传来一阵吵闹声，他不满地想，谁在嚷叫啥呢？韩玉娥回来说：是余占民的婆娘胡改娃和吴得有的婆娘王粉霞骂仗呢。冯子善问：为啥？韩玉娥就说了事情的起因。

余占民两个儿子，大儿子余海海三十了，二儿子余小海二十八了，还是光棍一双，愁得两口子夜夜睡不着觉。其实，几年前，余海海结过一次婚，媳妇是和他在县城一个企业打工的工友。可结婚一年多，孩子出生八个月，两口子就离婚了。原因是媳妇爱上了企业的老板。当时，余家怎么也不同意离婚，把媳妇拉扯进门花了十多万元，账都没还完哩。胡改娃抱着孙子跟儿子一次次去企业闹，去媳妇的娘家要人，可媳妇东躲西藏就是不闪面。娘家妈劝女儿：你好好跟海海过算了，离啥婚？另外，你爸都打听过了，这老板明的有两个老婆，暗的还有三个，你跟他，名不正言不顺，算偏房还是小老婆？女儿脸也不红说：我啥身份都不要，只要有钱花就行。她妈气得嘴脸乌青，说这是鬼迷心窍，抡起扫把就打了过去，又骂道：你咋不要脸呀。离了婚，余海海似乎没有了对生活的热望，不出门打工了，也不管孩子干家务，整天像幽灵似的跑来跑去，碰见年轻女人就要用色迷迷的目光瞅半天，嘿嘿嘿傻笑。

几天前，吴得有的儿子吴小胜结婚，余海海当劳客。晚上闹洞房，村里的小伙子都给新媳妇跟前挤，似乎要沾些喜气，余海海趁着屋子里乱哄哄的，就在新媳妇的胸脯上摸了一把。夜深了，劳客们都离开了吴家，余海海却扒在窗户上窥视吴小胜的床上戏。你看归你看，偷看人家的热闹，自己图个乐和就行了。可余海海不但自已看，还给别人学说，学说得眉飞色舞，学得哈喇子直往下掉。有人问他：为啥要偷看人家干那事？他说：我权当看不掏钱的黄色录像哩。

这话一传十，十传百，就传到了吴小胜耳朵里。一天晚上，余海海又去扒吴小胜的窗户，藏在院子里的吴小胜抡起手中的木棍，一棍就打在了余海海的大脑袋上。挨了吴小胜一棍，这家伙就披个床单到处跑，满嘴喊媳妇、媳妇，爱、爱。胡改娃领儿子去看病，医生说小伙子神经受了刺激，得送精神病院去。胡改娃听医生这么一说，懵了，就去吴家闹，说你儿有媳妇，我儿没媳妇了，你儿两口子弄那事叫我儿看看怕啥，把啥看少了。吴得有听着怒火中烧，就抽了胡改娃一巴掌。这才把事惹下了，胡改娃把吴得有告到了村上，称吴得有打人哩，要求吴家给他儿子治病。村长董文明看着余占民两口子和王粉霞三人在村委会办公室拉拉扯扯，破口大骂，似乎在看一出好戏，自己不拉架也不挡架，只坐在椅子上喝茶。等三人都呼哧呼哧喘起了粗气，感到打架没意思了，董文明才开始说话了。他先讲国家的大形势，后联系实际讲到了村里的经济发展上，他说：槐林寺村靠劳务输出等多种办法，群众的腰包鼓起来了，就是精神文明建设没跟上，村里发生这样的事，让人痛心疾首。给三人上了一堂政治课，董文明才讲到了主题上。他说这是伤风败俗的事，村上咋处理？

村上解决不了，胡改娃就天天去吴家门前叫骂，一跳多高骂。当天，两家又骂得昏天黑地，胡改娃和吴得有的婆娘王粉霞均抓伤了对方的脸。

冯子善心想，如今两极分化，阴阳也不平衡了，富人十个八个养女人哩，穷人连一个女人都守不住。他叹息道：唉，成何体统，这些事谁来管啊！话语中包含着一种回天乏术的无奈。

六

两月内槐林寺村消停无事。

这天吃过早饭，冯子善老两口去王家凹村看大戏。王家凹新修座关帝庙，叫来省城的秦腔剧团要演三天的大戏。冯子善本来不想去，韩玉娥说：你不能像坐牢一样成天不出门，咱活动活动，也去瞅个热闹。去了发现，烧香拜佛的人多，看戏的人多，卖啥的都有，热闹得很。戏台子下的老人们坐在一块，有说不完的知心话，都感叹，不是演戏，大家还见不了面呢。似乎庙宇是个温馨的港湾，有了这个港湾，他们才有机会互诉衷肠，精神有了寄托。

胡改娃看见本村的韩玉娥、王乖荣、吴桂珍在一块儿坐着，也凑了过来。韩玉娥关切地问：娃的病咋样了？胡改娃眉头皱成一疙瘩说：跑了几家医院都治不好，愁死人了。我刚又给关老爷上了香，让保佑我儿的病早些好。大家知道，胡改娃不愿承认儿子患上了精神病，因为那样就要送进精神病医院，最主要的是，一旦患上这种病，儿子再说媳妇可就难了。大家就不再提这件事，说起了庙里的关老爷塑得多么威武，认为庙有许多好处。单就一年举办一次庙会这点，和过去的农资交流大会差不多，聚拢人气，热闹有趣，不至于叫人感到心里空得慌。

一天晚上，冯子善去老宋家小卖铺买醋，发现在朦胧的月光下，有人正跪在菩萨庙遗迹上的神龛前烧香磕头。一个女人说：观音菩萨，求你保佑，让我儿能找下媳妇。另一个女人说：求菩萨保佑，让我儿能考上大学。似乎菩萨就是救命的稻草，就是万能的上帝。冯子善看着两个女人虔诚的样子，仿佛看到了自己的母亲，他记得小时候家里有了难以解除的忧愁，母亲也会在菩萨像前祈愿，把心里的苦楚诉说一番。他知道，尽管在菩萨面前一无所获，但她们得到的是精神的慰藉和心灵的宁静。

晌午时分，胡改娃领着一个肥头大耳的中年男人进了村。

在村口的皂角树下，有人指指点点说，这男人就是刘家村的刘神仙。刘神仙本名刘大海。十年前，刘大海去城里打工，从十四层的高楼上摔了下来，当时就不省人事了。工地上的人想着刘大海可能完蛋了，因为像这种情况十个有五双都活不了，就死马当活马医把他送到医院抢救，也好给家属有个交代。不料昏迷了三天三夜的刘大海却没有死，除过后脑勺出血左腿骨折外，他别的地方没一点毛病，只是醒过来不再说人话了，说的是“神话”。刘大海变成了刘神仙，传说他不但能治百病，还能看风水，给人“捻弄”事，一时间传得神乎其神。据说，他给一位四十多岁不生育的女人配药吃，女人开怀生子。一个老汉咽气三天了，他给其鼻子上抹了药，老汉活过来了。他让一位官员把办公室的窗户挪了个方位，这位当了八年的镇长猛升到县长。当然，刘大海掌握了这些绝技，再也不种地、不打工了，俨然成了职业的风水先生和医生，动动嘴钱就来了。

走进村子东头的街道，更多的人见到刘神仙，投来异样的目光，咬起了耳朵，似乎人们在想，这刘神仙咋就和人不一样呢。胡改娃见人就上前解释：你看，为我儿看病，我家都花十几万元了，就是看不好，我也是走投无路了，请刘神仙来“捻弄捻弄”。她好像要邻居们知道，她这也是无可奈何的选择。邻居们均“噢噢”着点头，似乎在表示理解和同情。刘神仙走进余家院子的门，红色的大铁门哐地关上了。

有人觉得好奇，扒在胡改娃家的后窗上往里看，要看看刘神仙到底神在哪儿。发现在大炕上，胡改娃和丈夫余占民把呀呀乱叫的儿子怎么也按不住，一急之下，就用麻绳把余海海五花大绑起来。可余海海仍在像挨刀的猪一样嚎叫，余占民就拿来一条毛巾把他的嘴塞住了，说我叫你嚎，我叫你嚎。余海海挣扎了半天，没劲了，躺在炕上消停了。穿着黑袍子的刘神仙走近余海海，嘴里“噗”地吐出一股火，说烧死你个凶鬼，又“噗” 地吐出一股火，说烧死你个恶煞。后来，胡改娃又领着刘神仙出门，在院子的照壁前、墙旮旯跪下来烧纸。

七

很快地，村子里传出一股风声，称刘神仙在给余海海治病的时候说了，槐林寺之所以连连发生怪事祸事，是村子的中心太空旷了，凶鬼们阴魂不散，阴气太重造成的。要拯救槐林寺，只有给村子里建起庙宇，才能镇住妖魔鬼怪。

果然，几天后，人们看见胡改娃走东家串西家说起了建庙的事。村民在街头巷尾热议起来，似乎大家的想法是不谋而合的。他们普遍认为，只要能镇邪，把庙建起来当然好。但提到建庙的资金，大都叹息，哪儿来的钱？有人建议，可以推举一个在村里有威望的人来承头办这件事，否则没有号召力，这事弄不成。

其实，槐林寺村建庙并不是人们一时的心血来潮，不是突发奇想，不是空穴来风，而是有依据的。

槐林寺的老年人都知道，他们村之所以叫槐林寺，是因为原先村子里有座菩萨庙。菩萨庙建于明代，庙院里有大雄宝殿，殿内金碧辉煌，敬有文殊、普贤、观音、地藏四大菩萨，南北沿山墙还供着十八罗汉。历朝历代菩萨庙都香火旺盛，即使在新中国成立后，政府提出要破除迷信，烧香的人少了，庙还保留着。村里在庙里开会，开扫盲班，给村民教识字。直到“文化大革命”中兴起破“四旧”运动，“红卫兵”在一夜间砸了菩萨像，推倒了庙宇，菩萨庙变成了废墟。似乎他们仇恨的根源在菩萨庙。多少年过去，菩萨庙的残垣断壁上早已生满杂木野草，好像在诉说着无尽的凄凉和沧桑。不知从什么时候起，一些善男信女又在菩萨庙遗迹上用砖垒起神龛，供上了一尺高低的观音像，逢初一十五烧起了香烛。

一拨一拨的人去找冯子善说建庙的事，称冯子善在村里德高望重，一呼百应，比组长冯小田威望高，比村长董文明人品好，似乎他是槐林寺村本事最大的人，把冯子善吹得能上天。但无论怎么恭维，冯子善只是哈哈一笑。

胡改娃去找冯子善了。她眼泪簌簌流，说刘神仙说了，只有建起庙，就能刹住槐林寺的歪风邪气，人才能安然，她儿子的病才能好起来。听说建庙能治好余海海的病，韩玉娥说：这也是个积德行善的好事，你就承个头吧。冯子善的心动了。他知道胡改娃家穷，为给儿子治病已欠了一河滩的债。他也曾给借过两千元。人老了，把什么事都想开了，总想做一些善事好事，给后人留个纪念。他沉吟了一下，说：我试试，看我这老脸还值不值钱。

实际上，冯子善答应胡改娃承头建庙还有另外的考虑。

他知道，大凡古老的村子似乎都有庙，如观音庙、玉皇庙等，庙宇不只是烧香拜佛的地方，也是文化的象征，是文化的载体，是文化符号，更是一个地理标志。人都知道庙里的神像是泥塑的，但仍然在神像前磕头作揖，顶礼膜拜。宗教虽然不能管吃管喝，属精神层面的，但它却能让人纯清而宁静，安妥人的灵魂。庙也似乎是村子的灵魂，有了灵魂，人心就好比被黏合剂粘在了一起，有了凝聚力和向心力。有了什么烦心事，人可以去向神倾诉，神尽管一言不发，它有一种无形的威严，跪在它面前的凡人是不能违抗的。人心中有了敬畏，干什么事就得掂量掂量，就不敢胡作非为了。他记得，原来村里菩萨庙里的观音慈眉善目、悲天悯人，小时候，他常跟母亲去庙里敬神上香，每每进入庙里，心里都是圣洁的，有种肃然起敬的感觉。有一次，他还爬在了观音的腿上，俨然感觉到了观音菩萨的温暖。他在阅读中领悟到，过去的乡村有一整套的生存规矩，比如对神的敬畏，有寺庙有节令；对宗族的维系，有族长有祠堂；对道德的约束，有孝有悌等等。现在乡村败坏，已失去了这些东西，而失去了这些东西，仅仅靠行政、法律的治理，金钱的刺激是无法完成的。他忽然产生了这样的念头，建起菩萨庙，再把冯家的祠堂重修起来。

改变社会风气，先要从家族做起。

他想，另外，有了庙宇，槐林寺也能举办庙会，有了庙会，留守的老人看个戏，凑个热闹，心里也就不空了。

八

槐林寺村成立了民俗文化理事会，推举冯子善为理事长，成员有冯有才、冯子良、余占民、田旺旺等人，全权负责菩萨庙的重建。本来，他们还曾去说服组长冯小田，希望他也参与最好，协调什么事方便，但冯小田认为这是搞封建迷信，拒绝了。冯子善生气地说：胡扯，他知道啥叫民俗文化，啥是封建迷信，不参与，拉倒！他们先后开了几次会，商量如何解决建庙的资金难题，大家也没有想出好办法。这天，大家又来到冯家院子开会，冯有才说：有人上门化缘给龙山上建庙哩，咱干脆也化缘，靠人自觉筹款。这句话倒提醒了冯子善，他觉得化缘也是个筹款的办法，但这似乎有强迫民意的嫌疑。冯子良说：谁也没箍谁，大家都是自觉自愿的，怕啥。余占民说：指靠化缘怕解决不了大问题，盖庙只能像县城盖那么多的楼房，成为半拉子工程。冯子善说：再也没有别的办法，咱先启动，走一步算一步，再想办法。这样一定，冯子善先回屋里拿出两千元交给管账的田旺旺，说：我捐两千。又掏出一百元说：这钱算是老婆的。做善事不能没有她的份。见会长带头掏出了这么多的钱，在场的人自然不落后，你五十元，他一百元，当下就筹了三千元。

这消息传出去，村人都说：冯老师承头干的事咱支持；如果是冯小田要钱，坚决不给。胡改娃、吴桂珍端着脸盆子一个走东，一个跑西在全村化缘，三天把全村六十二户都跑到了，大部分乡邻似乎都很配合，几户在外打工的人家得知此事，竟晚上把钱送来了。靠捡破烂为生的王桂兰老人，也拿出由毛毛票票凑的五十元。只有冯小田、王三才和二狗子几家不愿意给。捐钱最多的当数冯有万他妈，老太太一次竟拿出来三千元。她说：这都是我儿零星给的，我花不了钱了，全贡献出来。我这些年不生病不害疮，都是亏了菩萨的保佑。

大家每天看着端回满盆子的毛毛票票，都信心倍增，觉得这件事干对了。

冯子善没想到在建庙的事上，看似一盘散沙、人心涣散的槐林寺人如此团结。他调兵遣将，用化缘来的十万元很快就备好木料、沙石和水泥等建筑材料，请来了匠人。槐林寺重建庙宇的工程动工了。

这天，大家正在拌灰的拌灰，搬砖的搬砖，忙得不亦乐乎，冯小田手插裤兜来到了工地。他见大雄宝殿的墙已垒了半人高，庙宇雏形已显，气得一脚蹬倒了后面的墙，蹬得砖头哗啦倒了下来，不是他跑得快，差点砸了他的脚。他扭头捩项骂：我叫你们在这儿垒，我叫你们在这儿垒！冯有才说：小田，叔给你说，你可小心着，这不是你在县城当城管队员，砸卖苹果人的摊子。这是盖庙哩，你敢跟神作对，造孽呀！

冯小田怏怏地离开了。

大家轰地发出笑声。

九

一个晌午，二狗子靸着破凉鞋在村巷里喊：开会了，开会了！有人问：开啥会？二狗子说：我也不知道，组长让喊人呢。原先，村里要召集开会，靠的是皂角树上的钟；如今没有钟了，就只好满街喊，才能把人喊出来。二狗子走到村子中间，看见一些老汉老婆在盖庙，手一戳煞有介事地说：开会了，快去皂角树下开大会！

正在庙上干活的人不知道上面又有了什么新精神，便歇了工，向皂角树下走去。

组长冯小田坐在村口的皂角树下，脸吊得像驴脸，嘴里噙根纸烟，望着空落落的村子发怔，烟都燃到嘴边了，好像还没有知觉。一股风吹来，皂角树的树叶哗啦啦响，好像在说：泼烦、泼烦！

自从去镇上开了个会，他心里猫抓似的，几个晚上都没有睡好。全县开展农村环境整治活动，镇上要求每个村要建文化广场，给村民提供娱乐场所，让村民快乐起来。镇长说：前几年，各村虽然都干了些事，把村间的道路都硬化了，清理了“三堆”（土堆、粪堆和柴堆），拆除了门前的厕所，留下了排水道，对村街进行了绿化，安装了路灯，使村容村貌有了大的改观。但光这些还不够，还达不到新农村的标准和要求，还要继续搞，对新农村建设有个大的提升，增加些文化内涵，让农村人也像城里人一样拥有幸福感。党委书记严厉地说：谁如果不愿意干事，像磨盘似的推一把转一下，趁早不吃凉粉就把板凳腾开，省得到时候我睁眼不认人，拿你开刀。

如何提升文化内涵？冯小田抓耳挠腮想不出办法。在董文明的指点下，他决定把皂角树旁边的涝池填埋了，建个文化广场。农业社解散后，涝池没有用了，村民就把生活垃圾给涝池里倾倒，其中不乏死猪死狗死猫死鸡，烧过的煤渣，用过的塑料袋、纸箱、旧报纸，加上树叶柴草，常常是风一吹，五颜六色的塑料袋像放风筝满天飞。特别到了夏季，天热，涝池就会发出一股股臭气，臭得人从此经过，都要捂上鼻子。可以说，涝池已成了垃圾坑，成了藏污纳垢的地方，成了一大公害。

除过改造涝池，他还决定给上百年的皂角树做一个围栏，把村里的破碾盘放在显眼的地方，再给村外的公路边立一块景观石，刻上“槐林寺”三个字，让槐林寺名扬四方。他当选组长时曾给群众做了承诺：一定要在任期内多为群众办好事、办实事。雁过留声，人过留名，他也想落个好名声呢。他不能让人戳他的脊梁骨。可冯小田发愁的是，现在村上干啥都离不开钱，你不给钱，他就不干活。人好像都钻钱眼了，只认钱。他去找包抓他们村的县财政局，想多争取些资金，把局长找了三次也没要下一分钱。冯小田对局长说：你这财神爷身上抖搂一下，也能弄几十万元呢。局长诉苦道：

我这财神爷难当啊，县上这儿要花钱，那儿要花钱，我就是个印钞机也印不及。跑等于白跑，无奈之中，冯小田只好让村民出劳出力了。他要说服乡邻们接受自己的主张。

冯小田见人来得差不多了，就大手一挥讲起了全县建设新农村的形势，说起了组上的打算。有人说，事是好事，得钱才成啊。提到钱，会场沉默一片。冯小田说，填涝池得五千方土，土要花钱买，拉土的车也要花钱，但只要大家出些义务工，文化广场就建起来了。有人说：有财政局支着，不怕要不来钱。冯小田苦笑道：包村的县财政局是答应给些钱，但统共给咱村十万元，八个组呢，分到槐林寺能有几个，不够塞牙缝。所以，大家要齐心协力，多出些力，多省些钱，每户至少要出三个义务工。

年轻人听说村里要建文化广场，广场上将有篮球杆、乒乓球案子，有健身器材，欢呼雀跃。

当晚，冯子善一家人坐在一起吃饭，有强媳妇小翠说起村上建文化广场的事，高兴得不得了，说这样就能和城里人一样跳广场舞了。冯子善倒不以为然，说跳舞跳舞，前些年，因为跳舞把多少家庭跳散伙了，还跳舞。韩玉娥说：有钱还不如帮着把菩萨庙建起来。你看人家张家村有庙会，李家村有庙会，就咱村没有庙，有了庙会，村里的老年人看个戏啥的，多好！无形中，餐桌会议上形成了两个阵营。冯子善又说起了槐林寺村的来历。冯有强说，爸，你把这话都说多少遍了。冯子善说：我偏要说。

十

年轻人拥护组上的决定，希望早点建起文化广场，但他们却大部分在外打工，每天天一亮，就骑着电动车、摩托车进城去了。家中的地都不愿意种了，谁还愿意出义务工？

槐林寺村皂角树下忽然响起噼里啪啦的爆竹声，打破了村子的宁静，炸得皂角树的枝干都摇摆开了。上百年的皂角树似乎不明白，这人世间又要干什么。它看见，组长冯小田戴了副墨镜，大喊大叫起来，一辆辆蹦蹦车狗撵兔子似的飞来跑去，从村南的庄稼地里，一溜带烟把土运回来，倒进了皂角树旁边的涝池。工地上，二狗子跑前跑后，俨然是公路上执勤的交警，手摆来挥去指挥着蹦蹦车；李家的哑巴抡圆了铁锨，满头大汗从车上卸土，土卸不及，开三轮车的有人摁喇叭，有人就索性熄了火，到它身下乘凉。尽管声势造得大，但拉土车多，卸土的人少，窝工，工效提不高，工程进度自然就慢多了。

冯小田看着眼前的情景，干着急没办法，便心急火燎往村街上跑，想找几个人来帮忙干活。他扯破嗓子一声一声喊，挨家挨户敲门，也没有喊出几个人。那一扇扇铁门像冰冷的面孔，仿佛在说：我不认得你，我不认得你！

在村子西头，他把一家的大铁门敲了半天，手都敲疼了，屋里也没人应，刚转身要走，门却吱的一声开了。冯小田回头看见冯有德正在望他，他问：三爸，你咋回来了？冯有德在县城建局当副局长，平时忙得鬼吹火，很少回家。冯有德笑着说：你爷早晨打电话，说他腿疼病犯了，让我赶紧给他买药送回来，我回来却不见他人。你有事？冯小田噢噢了一声，说没事、没事。冯有德给侄子扔过来一盒“红好猫” 香烟，冯小田伸出两个长胳膊接了，乐得满脸开花。

冯小田把另一家的门砸得嘭嘭响，蓬头垢面的王三才开了门说：我家没人。冯小田说：没人你是狗，快去皂角树下干活。王三才说：我忙得连放屁的空儿都没有，干啥活？冯小田说：你不想吃低保了，就慢慢放你的屁吧。王三才脸上马上赔笑：我从镇上卸水泥回来，刚说要洗个脸展个腰，咋又要干活，给钱不？冯小田说：你吃低保哩，干够五个义务工就给工钱。一听说给钱，王三才眼睛发亮：你先走，我换个衣服就来了。冯小田接着往下敲门，一个老太太和一个跛子开了门，跛子说：我也想挣几个钱哩，实在是走不动啊！

在村子东头，冯小田敲五家的门都没人应，敲第六家的门，门开了，披着床单的余海海抱着哇哇叫的光屁股孩子走出来，说媳妇、媳妇……冯小田心说：你他妈只记个媳妇，没媳妇你就不活了。嘴里却问：你爸你妈呢？余海海用手擦了把孩子的鼻涕，说：媳妇、媳妇……

冯小田路过老宋家小卖铺，却见原先杂草丛生的菩萨庙遗迹上，热火朝天，欢声笑语，与皂角树下形成鲜明的对照，气得嘴唇哆嗦起来。他仔细瞅，发现这儿都是些老汉老婆，这些人虽然动作缓慢，气喘吁吁，但干活干得上劲，个个看起来都异常兴奋，像是喝了老虎血。瘦削腰弯的王桂兰老人也来参加劳动了，她积极地在架板上给匠人供砖，比给自家干活还卖力。冯有才一瘸一拐，和另外两个中年男人在拌水泥。

冯子善正搀扶着瞎眼老太太，给老寿星介绍庙宇的建设情况。他说：三嫂，和从前一样，这菩萨庙的山门朝南，庙院里有大雄宝殿，还要供观音、文殊、普贤、地藏菩萨哩，你就能在这儿烧香拜佛了。老太太说：好好，这事好，有庙人心里就不慌了。冯子善说：以后年年还要过庙会呢，你就能来听戏了。老太太说：听戏好，听戏好！

冯小田噘着嘴径直走了。他回到皂角树下，看见王三才正从哑巴手里夺锄头，汗流浃背的哑巴不依，嘴里哇哇叫，死拽住锄头不松手。冯小田骂：王三才，你死货来干活，连个家伙都不带。上去就在王三才的大屁股上踹了一脚，王三才说：我回去拿。爬起来差点撞在一辆蹦蹦车上。

冯小田望着死气沉沉的村子，站在皂角树下的碌碡上骂：槐林寺把人死完了，槐林寺把人死完了！好像他跟槐林寺有仇似的。

十一

照这样下去，在镇上要求的时间内肯定完成不了任务。槐林寺再次召开村民大会，会上，冯小田先讲了文化广场的进展情况，讲了组上因为没有资金面临的困难，还说了自己当组长有多难怅。他说：他早不想当这破组长了，当组长没意思，又不挣钱。像他这样出去打工，一天少说也能挣二百元。有人喊：队长，你有屁快放，有话赶紧说，甭打擦边球了，大家都忙着呢。会场上发出笑声。冯小田咳咳了两声，吐出了一疙瘩黄痰说：大家都认为建文化广场好，但有人就是不热爱集体，不愿意投义务工，村上决定，谁家不出劳就要出钱，钱按每个小工每天六十元算。谁愿意多干活就可以多挣钱。看大家有没意见？

似乎一提到钱，开会的人才有兴趣。但却没有一个人表态，大家都紧抿着嘴，私底下交头接耳，七嘴八舌低声议论起来。好像在酝酿气氛，有了气氛，这个会就开圆满了。

王三才刚举起打着老茧的手，还没张口说话，就有两粒鸟屎掉在他的头上，惹得大家一阵大笑。

两只灰色的鸟儿在头顶的皂角树上，它们从这个枝干飞到那个枝干，从那个枝干跳到这个枝干，惊奇地往下瞅，叽叽喳喳好像在说：快避、快避！它们见有人打手势，似乎很烦躁，拉了屎扑棱棱飞走了。王三才忙用手在头上拨拉，说晦气、晦气。又举起手说：我看这个政策好，这就叫奖勤罚懒！这样的话，我就能多挣些钱了。

冯小田不悦地挥了挥手：你那乌鸦嘴就闲不下，在哪儿都爱插话。满嘴只知道钱，咱是为推进工程，不是为挣钱，你干脆叫王三钱算了。

大家又大笑起来。有人还指着王三才笑得前仰后合，王三才把鸟屎抹在了脸上。

冯子善坐在老碾盘上，欲就冯小田的话谈一下自己的看法，但最终还是选择了沉默。他认为，现在的人只讲利害，不分是非，农村不仅是人少了，村落空了，主要的是人心空了，在金钱的诱惑下，农民的心胸变得狭隘了，自私了。他为这一现象而忧心忡忡，却如鲠在喉，不知道说什么好。

大家议论了半天，也没议论出所以然来，会就散了。冯小田知道，先前一直是这样，组上说个什么事，村民没有异议就算默认了。

吃过午饭，冯子善第一个来到冯小田家交了一百八十元钱。他对本族的孙子冯小田说：你有强叔两口子打工顾不上组上的事，我和你奶奶年纪大，想干又干不动了，拿钱顶工。

冯小田笑了，笑得有些意味深长，他问：八爷，你是退休干部，不关心集体的事，这几天干啥去呀？

冯子善愠怒地说：我按政策把钱交了，你管我干啥。

冯小田说：你是不是又忙着修庙呀？

冯子善说：你建你的文化广场，我修我的庙，井水不犯河水，两不相干。

冯小田尴尬地说，八爷，你生啥气哩。来，坐下来喝茶消消气。

冯子善说：好茶我家有，喝自家的香甜。

十二

在以后的几天里，村上大部分人家都学起了冯子善的样儿，用钱顶工，称给钱可以，他们就是没工夫。王桂兰老人把六十元钱递给冯小田，说：我跟五个儿子早分家了，我卖破烂攒的钱，给你。冯有才等在庙上干活的十多户人家也交了钱。冯小田问：有才叔，你家恁难怅，你还舍得掏钱？

冯有才低着头，手在裤腿上摸说：你捣鬼整我，不嫌造孽。

冯小田吃惊地睁大了眼睛：咋了，谁逼你了？

冯有才吞吞吐吐说：王三才说，他和二狗子几个把活包了，让大家都给钱。

原来是这样！冯小田吸了一口气，气仿佛从前腔吹到了后脊梁。后晌，在皂角树下，冯小田骂王三才：怪不得没人愿意干活，才是你在背后捣鬼哩，你要弄啥？

王三才一脸狡黠之色：我就想多挣些钱，把啥法犯了？

冯小田说：指靠你和二狗子、哑巴几个干到牛年马年去呀。镇上要求月底就要完工哩。你把你一家人都叫来干活？

无奈之下，冯小田骑摩托到县城的劳务市场雇了几个民工，劳力一增加，工程进度快多了。

这天，冯小田从村上开会回来，去皂角树下的工地上查看，发现只有二狗子和哑巴在干活，王三才跑回家上厕所去了。光膀子的余海海披着长发，穿着肮脏不堪的花裤头，像街头的流浪歌手，站在树下手舞足蹈唱：

槐林寺，槐林寺，
全村有光棍二十四；
槐林寺，真真忙，
老汉老婆盖庙堂，
小田带头修广场……

王三才回到工地上，拾起一个土疙瘩砸向余海海，说你胡杏唱啥呢，滚！

冯小田见状，骂道：他脑子不整齐，你脑子也灌水泥了？快干你的活，甭耍奸溜滑。

王三才嘿嘿笑说：这儿没厕所，再说自己的屎拉在自己家，不浪费啊。

冯小田说了句懒牛懒马屎尿多，骑上摩托去村上找董文明了。

王三才看着冯小田的背影，扔了手里的铁锨走了。

冯小田回到皂角树下，发现王三才又不见了，问二狗子：王三才哪儿去了？二狗子说：王三才可能到庙上去了。狗日的王三才咋是两面派，在这儿挣钱在那儿干活哩。冯小田气呼呼地撵到庙上，只见王三才站在架板上，正在给墙上一个抡瓦刀的男人点烟，说：

咱两头都要顾哩，不能只听他冯小田的话，人在世上，挣多少钱是个够，还要积德行善呀！看见王三才点头哈腰的样子，冯小田气就不打一处来，他手指着大声喊：王三才，你狗日的下来，你跑这儿干啥来了？

看着冯小田一副凶神恶煞的模样，有人嘲讽说：冯队长，来视察呀？

王三才满脸堆笑，说：我参观，我来参观参观。说罢嗵地跳下墙，撒腿就跑。

冯小田站在路上骂：损德哩，亏你八辈子先人！

王桂兰说：小田，甭在神灵面前骂人，遭罪哩。

冯小田头一扭说：你好好积德行善，积得五个儿没一个养你。

十三

化缘筹的钱很快花完了，庙才建了一半，工地上只好先停工了。理事会成员又坐在冯子善家院子开会想办法，有人忧愁地说：钱是硬头货，咱到哪儿弄呀？大家都大眼瞪小眼。冯有才说：要不，再让善男信女施舍些算了。余占民说：发动村民捐款吧。田旺旺说：那年搞普及九年义务教育，县上发动群众集资建校，逼着群众家家出钱，现在群众心里都有怨气，谁还愿意捐款。干脆算了，咱不建庙了。余占民说：咱总不能把碌碡拉在半山不管了，碌碡滚下来还伤人呢。冯子良老汉掂着三尺长的烟锅只管抽闷烟，好像他的主意都在嘴里吐出的股股青烟里，末了，他在水泥地上磕了磕烟锅，似乎心里有了把握似的。他说：建庙花钱的事，能不能去找槐林寺出的老板，让老板捐些资。我听儿子说，许多企业老板都乐意投资文化项目哩。冯子善喜出望外，说这是个办法。

于是，抱着试试看的想法，冯子善等人先去找了邻村的一个化工厂、果品加工厂的老板，说了建庙的事，两位老板都称是好事，但说到从兜里掏钱，却不吱声了。他们又去找机械厂和石粉厂的老板，老板说花钱的事，要和老婆商量商量回话。可几天过去，没个准信。冯子善让冯有才去问问到底行不行。冯有才跑了两次都见不上人，打手机，对方也不接了。显然，对方是在回避。理事会成员坐在一块面面相觑，似乎谁也再想不出啥好办法。余占民说：要不，咱给冯有万说说，看他愿不愿意捐些钱。听人说，有万初一十五在县城的城隍庙，上布施不下上千元，出手大方得很。大家撺掇冯子善出面去联系，冯子善苦笑了一下，因为上次为冯有才的事，碰了一鼻子灰，他不愿给冯有万张口了。

然而，就在冯子善因建庙筹钱的时候，他家却为钱闹起了矛盾。

建庙的资金没有着落，冯子善为此犯愁，他想能不能给匠工们把工钱推迟一下，这样手头就有了缓冲的余地。因为当时他和包工头李天良说定，庙的主体建起来，先付一部分工钱。马上要收麦了，匠工家中都要花钱，兑不了现，他们就会有怨气了。这天晌午，冯子善便给李天良打电话说：李师，不好意思，你也知道咱这情况，靠化缘建庙钱来得难怅，能不能把你们的工钱先欠下，到时候一块付。李天良说：这是给菩萨建庙哩，说实话，我们几个就没打算要工钱。因为我妈从小教导我，要多积德行善事，才能遇好事。你只操心庙上的事，我们工钱的事就不考虑了。冯子善很是感动，他没料到靠下苦出力挣钱的李天良他们能有这心思，心想外村人能义务帮工，自己就该多拿些钱，做个表率，毕竟自己每个月还有固定的退休金。他问老伴要工资卡，称要取些钱用。韩玉娥说：你有吃有喝不花一分钱，要那有啥用。冯子善说了自己的想法，说他想再拿两千元捐给庙上。韩玉娥说：给庙上捐款，多少倒无所谓，可就是卡在小翠手里，咱怕要不回来啊。

原来，冯子善退休后，把工资卡交给老伴保管，韩玉娥攥在手中谁也不让沾手，比看管家中的老母鸡还看得紧。她知道这是她老两口的活命钱。平时家中哪儿需要钱使唤，老头子拿着卡骑着电动车就去镇上的银行随时取，方便。退休金尽管是一月打一次，但像汩汩流淌的小溪，只要细水长流，手头活泛，日子过起来就舒坦得多。前不久，冯子善去省城小住，儿子说要给孙子交借读费，还得一千元。韩玉娥心想孙子上学是大事，即使老伴在家，让出一万元老伴也会出的，也不能让儿子为难。她打开陈旧的木箱子，从一个铁盒子里取出用布包了一层又一层的工资卡，递给儿子说：你去镇上取一千元。儿子像拿到宝贝似的高兴地说：俺妈就是俺妈！当下就骑摩托取钱去了。但儿子取了钱，却没有把卡还回来。几天后，韩玉娥问，儿子说小翠拿去了，她要买件衣服。韩玉娥心想，家里衣柜里衣裳都挂满了，还买衣裳。不悦地说：她自己挣钱，咋能花你爸的钱。儿子笑说：这不是没到月底，没开工资嘛。韩玉娥相信儿子说的话，就再没过问。当晚，冯子善黑了脸说：你咋能把我的工资卡让他们用？韩玉娥说：手心手背都是肉，我能说不给。冯子善说：我辛辛苦苦一辈子就落了个工资卡，我的钱应该由我支配。

其实，在冯子善的心目中，不是不让儿女花他的钱，他是要逼着儿子两口子去挣钱，要让儿子对这个家有担当、负责任。他不能让儿子有依赖心理，一直啃老。要像雏鸡一样只有学会自己刨食吃，才能活下去。他相信，人都是逼出来的，好比要锻造一把好剑，只有经过淬火才能闪闪发光。当然，他也不是自私自利的人，老了老了当守财奴，不顾家，平时家中的日用开销全指靠他的工资卡，就连孙子买学习用品也是他给钱。他不愿意看着儿子两口子因鸡毛蒜皮的事红脸吵嘴，也是为孙子的成长感到高兴。

吃晚饭时，冯子善对儿子说，他要用些钱。意思明摆着，是在讨要他的工资卡。冯有强说：小翠拿你的工资卡还没给？便“小翠、小翠” 地喊，正在厨房刷锅的小翠跑出来问：啥事？有强说：你把爸的工资卡给爸，爸要用钱呢。小翠说：好好好，我知道了。可小翠刷完锅，接个电话出门去了。

小翠逛到半夜才回家，冯有强又问起工资卡的事，小翠说：我就不想给他给，听说他把钱都花在庙上了。

冯有强说：咱爸的钱他爱花哪儿花哪儿，你管那么多干啥。

小翠从坤包里掏出卡扔在丈夫面前，嘴噘脸吊说：好好好，他的钱，爱花哪儿花哪儿，他瘫在床上了也甭让我服侍。

冯有强把卡装进衣兜，说：咋，你有意见了？有意见到没人的地方去提。

小翠絮絮叨叨，提起箩儿斗动弹，说人家在城里过的啥日子，她两口子一天风里来，雨里去给人打工，挣不下钱，却上要管老，下要供小，家里负担重等等。冯有强知道，小翠的话是有所指的，是嫌省城的哥哥管父母管得少。其实他心里明白，当年盖房，哥哥曾投了十万元钱。哥哥年年让父母去城里住，父母嫌城里住的楼房高、空间小，憋闷，不愿长住，没有住在庄稼院里敞亮，一年去一次省城，住几天也就回来了。另外，哥哥还给父母买衣裳买药，给儿子晓楠买学习资料，平心而论，对于这个家，哥哥该尽的义务都尽了，没啥说的。有强嘿嘿笑了说：当年，我爸妈供我和哥一样上学哩，我高中念了两遍都没考上大学，脑子笨呀，能怨父母？

小翠说：你才念两遍，我表哥复习了五年都考上了。你咋不再念一遍呢，你是猪脑子。

有强说：你才是猪脑子。我上了大学，能要你这个麻糜不分的东西。

小翠恼了，说：我麻糜不分，你找好的去呀。

就这样，两口子你一句他一句顶开了牛，顶着顶着竟动手打在了一起。有强抽了小翠一个耳光，小翠抠破了有强的脸。两口子在一张床上睡不成了。

头刚挨着枕头的韩玉娥听儿子屋子里吵吵嚷嚷，还夹杂着嘤嘤的哭声，知道儿子两口子又打架了。家里不缺吃不缺穿闹啥呢？她记得，以前，儿子两口子在家种地的时候从不吵架，都是一老本分只知道干活，小翠回家就脚手不闲干家务，邻居都夸小翠是个勤快安分的好媳妇。可自从进县城打了工，她就开始讲吃讲穿了，把头发今天染黄做成卷儿，明天变黑拉直，还抹几百元一瓶的化妆品，说是能让皮肤保鲜年轻起来，满嘴都是漂亮，句句不离钱了。唉，现在的社会是咋了，女人到外面跑几天，咋就变得不敢认了呢。韩玉娥常和邻居的老太太坐在一块议论，都会长吁短叹。

韩玉娥撵到儿子屋里，见两口子已经休战了，儿子坐在床这头玩手机，儿媳坐在床那头抹眼泪。她劝儿媳，儿媳噘嘴；劝儿子：你爸当民办教师当了二十多年，四十六岁才转了正，养一大家子人不容易啊，你应该体谅你爸。儿子不说话，只把工资卡塞到她手里。她站不是，坐也不是，尴尬地回到自己屋子。看电视的冯子善问：又为啥吵架？

韩玉娥没好气地说：还不是为你的工资卡，害得一家人不得安然。

冯子善哼了一声：成何体统！

十四

冯子善在庙宇工地上转悠了几次，看着撂下的半拉子工程一筹莫展，心烦意乱，不知如何是好。

这天，冯子善躺在炕上歇息，忽然听有人喊八爷、八爷！他出门看，原来是在外做生意的曹顺发。曹顺发留着寸头，穿着绿底白花的T恤衫，像冯有万一样手里拿着死不丢手的黑皮包，笑盈盈地望着村里的长者。

曹顺发和冯有强同岁。他俩从小一块玩尿泥，一块上学，不同的是初中毕业后，冯有强继续上高中，而曹顺发却因家贫放弃了学业，跟他爸曹树生拉着板车满世界跑着收破烂去了。当时，村人断言称，曹顺发一踏上他老子的脚步，一辈子就毁了。冯有强像他哥冯有贤一样，前程远大。可几十年过去，令人没想到的是，曹顺发进城当了大老板，冯有强却仍在家门口打转转。

曹树生年轻时身强力壮，一个顶仨在生产队挣工分。有一年，槐林寺村响应大兴水利的号召，跟王家凹、李家庄一样打起了大口井，发誓要解决旱塬的灌溉问题。看着越挖越深黑洞洞的井筒子，社员们个个哆嗦打战，都不愿意下井。队长急了，当场宣布，下井一天记二十个工分，地面一天记十个工分。也就是说，谁下井一天就可以挣两天的工分。曹树生站出来说，我愿意下井干活。因为他家人口多，负担重，年年决算要给生产队“倒灌”，是典型的“漏斗户” 家庭，最缺的是工分。不料，有一次井下放炮，藏在拐窑里的曹树生被炸瞎了一只眼睛。视力差了，曹树生干农活受到了影响，如锄苞谷就挖了苞谷苗，工作组就常常召集会批判他。受到批判的曹树生索性不给生产队干活了，拉着板车走村串乡收起了破烂。队里称他走邪门歪道，要割他的资本主义尾巴。批判会上，曹树生的跛子婆娘却不依，她一把鼻涕一把泪说：我男人是给队里干活受的伤，是工伤，你们说他务庄稼不行，又不让收破烂，我们一家咋活呀？干脆，队里把我们全家七口人养活了，他就不用拉车子跑了。队干部无可奈何，曹树生家三代贫农，根正苗红，便只好让他继续收破烂，但前提是，他一天必须给生产队缴一毛钱。因为当时生产队一个劳动日只值四毛钱。村里人想着，生产队让缴钱，曹树生可能就不收破烂了，但他仍然收，不但自己收，还领着儿子曹顺发一块收。十多年过去，曹家像变魔术似的，把厦房变成了大房，把土墙变成了砖墙，把大房变成了楼房。楼房鹤立鸡群般矗立在村子南边，与苍老的皂角树相互映衬，成了槐林寺村的标志性建筑。村里人感叹道：老曹走资本主义道路发财了。

曹树生收了一辈子破烂，曹顺发又子承父业收起了破烂，和废铜旧铁打起了交道。但曹顺发不像父亲当年拉板车、赶马车、驾驶拖拉机、开三轮满村吆喝收破烂了，他在周原市办起了顺发回收有限公司，开着小卧车跑来跑去，不但收破烂，还出售钢材，成了财大气粗的钢铁大王。冯子善常拿曹顺发和二儿子冯有强做比较，他觉得，曹顺发就是逼出来的企业家。

冯子善以为曹顺发是来找儿子的，他说有强在县城打工，晚上才回家，让曹顺发晚上来。

曹顺发上前来，给冯子善递上一支“中华” 香烟，点燃，说：冯老师，我不找有强，找你哩。

冯子善问：找我有啥事？

曹顺发说：我听说村里重建菩萨庙，没钱了，想出把力呀！

冯子善喜笑颜开，忙将曹顺发让进屋里坐，把最好的茶给泼上，又打电话召集民俗文化理事会成员来他家。田旺旺、冯有才等人很快赶来了。

冯子善先给曹顺发介绍了建庙的进展情况。末了叹了口气说：手里没钱，啥事都弄不成，麻缠着哩。只好先搁下再等了。

曹顺发说：就没有企业家愿意出资？

冯有才一脸无奈地说：我们几个人把腿都跑断了，嘴都磨烂了，人家没人愿意呀。

曹顺发说：有人愿意出十万元建庙；但他有一个要求，要在重建庙的石碑子上刻上他的名字。

冯子善哈哈笑了，说我当是啥要求，这事简单，他要把名字刻十遍都行。又说：这老板是谁？咱去拜访一下。

曹顺发说：远在天边，近在眼前。

大家眼睛发亮，因为他们怎么也不会想到，面前这个靠收破烂发家的人，能为村里建庙投资，把钱送上门来了，而且一次投资十万元。这真是“踏破铁鞋无觅处，得来全不费工夫”啊。他们给曹顺发又是敬烟又是续茶，好像曹顺发就是心目中的大救星，是财神爷。

曹顺发说，这些年，他一直在省城做生意。他是听冯有才说村里建庙的。

事实上，这些年，曹顺发没黑没明忙，东奔西跑确实没少挣钱，但现在车有了、房有了，啥都有了，除过有钱却觉得啥都没有，他心里感到空虚。

他说：前些年，想给村民办件好事手头没钱，现在有钱了，村里却没啥建的了。同时，他准备给组上再捐两万元。

至于为什么要给庙上投资，曹顺发称他是为替母亲还愿。他说，三岁那年，他发高烧发到四十一度，母亲抱着他跑了几家医院治疗也不顶事，看着奄奄一息的他直哭。万般无奈之际，母亲抱他到庙里的观音像前磕头烧香，许愿说，大慈大悲的菩萨，您若能保佑我儿躲过病灾，我家人就是不吃不喝也要给您塑个金身。当天夜里，他的高烧竟然退了。是菩萨保佑救了他的命。可几十年过去了，他们家也没钱给菩萨还愿。他妈临终曾嘱咐过他，做人要讲诚信，不能说诳话，在菩萨面前更不能说假话。若有钱了，一定要给菩萨把愿还了。

投资的事谈妥，当天，冯子善等人就和曹顺发去庙上查看了一番，曹顺发指指点点，还给菩萨庙的重建提出了一些建议。后来，冯子善要管曹顺发吃一顿饭，曹顺发握着冯子善的手说：冯老师，不用了，小田还等着哩。我要跟他一块去镇上下馆子，把我的镇长同学邀请一下。

十五

资金一到位，槐林寺林村的文化广场和菩萨庙重建都加快了工程进度，它们似乎在铆足了劲比赛，要看看谁先展现在世人面前。

秋季的一天，冯小田接到董文明的电话，称县长要来槐林寺村检查工作，赶紧安排人把卫生打扫打扫。随后又打电话嘱咐：让庙上干活的人先歇一歇，避避风头。冯小田骑摩托在村子疯跑了一圈，安排二狗子、王三才带着余海海和哑巴，打扫村街上的垃圾，后把摩托停在老宋家的小卖铺前，往对面喊：修庙的人停一停，县上要来检查了。

冯子良老汉捻了捻下巴颏上的一撮白胡须，很是不解，问：小田，县上检查，与咱有啥关系？冯小田支支吾吾了半天，他不好意思把搞封建迷信的大帽子扣在本家爷爷头上，只是称：董主任说了，建庙要先停一停。

工地上的人似乎无动于衷，说说笑笑该干啥还干啥。好像把他这个组长不放在眼里，喊也是白喊，喊等于放屁。冯小田蔫了。

忽然，冯小田的手机响了，董文明说：我们都在广场了，你在哪儿？冯小田说：好，好，我就来了。骑了摩托箭一样穿村而过。

逃　离

一

老头说：回家。老太太说：走！钥匙给谁？老头答：老彭。于是，两个佝偻着身子的老人背起包，提着兜蹑手蹑脚地出了门，就像当年的地下交通员对暗号一样。

他们乘电梯下了楼，走出了单元的门。那时候是早晨，小区院子里几乎没有人，轮椅上的瘫子老彭正孤单地坐在一棵七叶树下，望着远处的摩天大楼发呆。老彭见他们老两口鬼鬼祟祟跟做贼一般，笑着问：没给儿子说？姚福汉将钥匙递到老彭粗糙的手里：没有。老彭右手大幅度一挥：快走吧，回庄稼院过几天舒坦日子。

老彭来自北山县，老伴去世后，他独自放羊，从七八丈高的崖上摔下来折了右腿，硬撑着不给儿子说。两月后，儿子将他接到城里住院治疗，晚了，腿部大面积感染，造成了下肢瘫痪。打那以后，他就长期在城里住下来，充当了儿子家的守门人。因为同样种了一辈子地，姚福汉进城后就和老彭聊上了，而且聊得异常亲热。应该说，姚福汉这次能听儿子的劝说，跟着老伴进城，耐着性子住了一个多月，城里有个老彭在他心里占了上风。

留钥匙就算和老彭道了别，像囚徒逃离出了牢房，姚福汉老两口从小区的后门出来，迈着急促的步子向周原市长途汽车站走去，似乎走得慢了，就有可能被人抓回去。

班车在宽阔的公路上飞速行驶，姚福汉老两口孩子一样欢天喜地。老伴孙桂香从帆布兜里掏出一瓶水递给老头：还是我的主意正吧？姚福汉将大拇指伸在老伴面前：高，实在是高！《地道战》里伪军汤司令的这句台词惹得车上有人发出笑声，坐在前面的一位姑娘竟然转过身，望了头发斑白的姚福汉一眼。她没想到，这个看起来老实巴交的黑脸老头，还有如此幽默的一面。

一个多小时后，班车驶进古由县汽车站，姚福汉和老伴下了车，没顾得上擦把汗、喘口气，又提着行李上了县城至裕口镇的班车。在镇上一下车，一张张熟悉的面孔映入眼帘。老不死的才回来了，等你掀牌哩。邻居张老三手里提了只公鸡给农贸市场走，看见姚福汉就开起了玩笑。他和姚福汉年龄一般大小，两人狗皮袜子没反正，亲如兄弟。张老三长着一副尿泡脸，一年四季脖子上挂着石头眼镜，将黑白相间的头发梳成大背头，再配上洗得发白的蓝色中山装，村里人奚落他为“离休老干部”。今天，张老三提着咕咕叫的鸡穿街而过，特别抢眼。姚福汉对他笑笑算作回答。邻居张兰花在饮食摊上吃豆花，看见孙桂香忙招手：他姨，快来吃一碗。孙桂香笑说吃过了，你快吃！便随着老头的脚步走上回姚家村的路。庄里村和姚家村连畔种地，村里的男女老少心慌了，抬脚就往裕口镇街上跑，方便得像走在自家的田地里。在街上或吃一碟凉皮，或喝一碗豆花，尔后东转转、西瞅瞅，一晌午的时光就过去了。

走过裕口村地界，被树木遮掩的姚家村进入视线，似乎是约好的，老两口的脚步不由自主慢了下来。这是张老三家的地，老屄不要命了，到街上拉了稀粪愣上哩，你看，人家的麦长得多好！姚福汉当下就念起了庄稼经，像讲解员一样，手指着旁边一块黑油油的麦田给老伴说。你再看，这是懒汉福娃的麦，麦苗稀稀拉拉像秃子头上的几根毛，狗日的怕动弹，把地都糟践了。孙桂香说：你评点人家的麦哩，也不看看你种的地咋样。没麻达！我老姚种了一辈子地，不会叫人笑话。去年种麦，我叫大拖拉机深翻了一遍，把土疙瘩都齐齐打碎了，又上了土粪。只是今年雨水多，地里的草可能长荒了。姚福汉一踏上家乡的土地，就好像老虎归山一样获得了自由，满脸喜色，话也多起来，和住在城里洋房里那个呆头呆脑笨嘴笨舌的他似乎判若两人。

就这样，老两口一边在田间的路上慢悠悠地走，一边谈论着农事。姚福汉深深地呼吸了一口，觉得一股新鲜的植物的气息沁入心肺。他感叹道：农村就是好，连空气都是绿色的，舒服！孙桂香张着缺牙的嘴笑出了声，说：你想家了，就认为家里啥都好。姚福汉嘿嘿笑道：你不想家？偷跑回来的主意还是你出的呢。

二

午饭时分，姚福汉老两口正坐在院子的椿树下吃饭，家中的电话嘟嘟嘟响了。姚福汉说：你接，是你儿的电话。孙桂香说：你接。两人你推我让，姚福汉便腾腾腾跑进门接电话，半天“噢噢”两声放下了话筒。孙桂香看老头站在门口发愣，问：谁打来的，咋不说话？姚福汉说：催话费。我记得上次世龙缴了一百元哩，咋没打几次就没费了。孙桂香说：上次，上次是年前的事了，你有事没事就给孙子打，早该完了。姚福汉正要出门坐下，电话再次响起来，他返回屋接了，这次果然是儿子世龙打来的。世龙埋怨：爸，你们怎么不打招呼就走了，演了一出空城计。下班回来，我和杜芳在小区找遍了，饭都没顾上吃，也没看到你和我妈。要不是杜芳提醒，你们可能回老家了，我还以为你们走丢了。姚福汉只是对着话筒嘿嘿笑，思忖想说给你们打招呼，我们就走不了了，但他没有说出口。世龙又说：也好，你跟我妈在家住一段时间，想进城了打电话，我再回去接你们。又嘱咐：你们可一定要注意身体，不能累着了。姚福汉说：知道，你不用操心。房门的钥匙在老彭手里。

孙桂香感叹说：儿有儿的事，女有女的事，都忙，咱能动弹，就不要给孩子添乱。

姚福汉嗯了一声，算是对老伴观点的赞许。

姚世龙是二十多年前进城工作的。那年月，进城的门槛高，普通的农家子弟要跳出农门，只有上学一条路。姚福汉常常干活回来，手捏着旱烟锅，圪蹴在院子的椿树下，笑眯眯地望着三个孩子端着碗像猪崽抢食般呼噜呼噜喝剩饭，就要训导他们一番：吃我的饭，在学校就要给我好好念书。古人云，书中自有黄金屋，书中自有颜如玉。书读成了，才能像城里人一样坐汽车，穿漂亮衣裳，记着没？要不，就得和我一样撅着沟子在黄土里刨食吃。虽然他常常说来说去就这几句话，但每次儿女们听，都觉得父亲的话深奥而富有哲理，便像鸡啄食一般频频点头。

然而，人的愿望和现实总有弥补不了的差距。后来，家里实在拿不出学费，大女儿世英辍学出门打工了，只剩下二女儿世红和儿子世龙仍在上学。好在十年寒窗，姐弟俩未辜负父母的期望，世红当了工人，世龙成了干部，都鲤鱼跃龙门，进城端上了铁饭碗，吃上了商品粮。那时候高考的录取比率低，但国家包分配，一旦进了大学，犹如进了保险箱。不像现在，上大学的门槛低了，毕了业，大学生像无头苍蝇一样满世界跑着找工作。当年，姚家村只有三名青年考上了大学。世龙拿到大学录取通知书的那天，村里人自发地敲锣打鼓来到姚家贺喜，姚福汉激动得跑出跑进，又是给乡邻们发喜糖，又是发香烟，脸上挂着难得的笑容。张老三羡慕地说：福汉，你儿金榜题名，大学毕业进城工作，你将来也就能跟着进城了。你福气大呀！张兰花拉着孙桂香的手，嘴里念叨：你娃和我娃坐在一个板凳上念书哩，你娃把书念一遍考上大学了，我娃念两遍还没考上，你娃给你增光了。在接下来的几天，姚世龙他舅、他姨、他姑等一家家又来祝贺。半个月里，姚家都充满了喜气。

离家去省城大学报名的那天，姚世龙背着铺盖走到村口，转过身面对着破烂不堪的村庄，抹了把泪：姚家村，我终于逃离了你的怀抱，打死我，我再也不会和土地打交道了。

一晃几年过去，姚世龙在城里娶妻生子安了家，回姚家村看望父母的机会少了。父母安顿好地里的活儿，常常就进城去，在儿子家小住几天，全家人团聚团聚。那时候孙子阳阳还小，姚福汉两口你抱我抱，爱不释手。抱习惯了，孙子离了爷爷奶奶就哇哇哭，哭声催着姚福汉两口子就掂着大包小包一次一次给城里跑，回农村也是两手不空。和可爱的小孙子在一块相处几天，姚福汉两口子似乎就增添了莫名的动力，回家干活身上也有使不完的劲儿。就这样，他们老两口像一辆满载货物的汽车，乐此不疲，气喘吁吁穿梭在城乡之间。

三

这次，姚福汉老两口是不得已进城的。

像一辆汽车跑了十多年常常发生故障一样，姚福汉老两口年纪大了，也落下了浑身的病，不是今天腿疼，就是明天高血压犯了，头就发晕，一天离不了药。那是古历二月的一个晌午，日头暖暖的，春风吹着，正是干活的好天气，姚福汉和孙桂香来到自家后院外的麦地里拔草。这些野草不知咋的，你年年拔，它年年长，好像永远也拔不完。村里有人就到镇上买回“除草剂”用喷雾器给地里喷，说喷药就是给地打“封闭针”哩，地里就不长草了。姚福汉每每看见心想，社会不一样了，连地里除草都有了新方法，但给草打药能起啥作用？他还是半信半疑，依然年年坚持人工拔草。

那一天，老两口正弯腰弓背拔那拔不完的蒿草的时候，姚福汉却“嗵”地一头栽倒在地。孙桂香慌了，在呼喊、掐人中不起作用的情况下，忙给大女儿世英打了电话，救护车很快将老伴送到了县医院，从医生口中她才知道，老伴的高血压病又犯了。住了半个月医院，姚世龙就将他爸接到城里住了下来。当时，姚福汉咋也不愿意去，他说：麦地里的草没拔完哩，家里还养着猪和鸡，谁管？儿子恳求说：爸，走吧，在城里住着，离医院近，方便。姚福汉苍老的脸上呈现出不悦的表情：难道你爸就见天害病呀？儿子说：医生说了，您不能劳累，需要静养。儿子抚摸着父亲树皮样的手，眼睛湿润了。您干了一辈子活，也干不动了，该享几天福了，就让我们尽个孝吧。要不，您一旦有个三长两短，我给我姐咋交代？孙桂香劝慰老伴：既然儿子诚心，就到城里住一段吧，我去服侍你，不给世龙他们添麻烦。姚福汉瞪了老伴一眼嗔怪道：咋说话哩，我儿就不是诚心了？我儿常接咱到城里享福哩，姚家村谁人不知，哪个不晓。老汉的一句话，说得全家欢喜，个个脸上挂笑。于是卖了猪，卖了鸡，像往常一样，老两口跟着儿子进城了。

周原产的草莓当天能在上海销售，广东出的荔枝几个小时可以在哈尔滨上市。如今，随着城镇化建设的快速推进，网络时代的到来，农村和城市在吃、穿、住、用上几乎没有了什么差别。差别在于节奏上。因为农村人干什么事，如牛行走，全在于自己安排，节奏慢；而城里人，像陀螺在转，由别人抽打着跑，节奏快。

姚福汉老两口虽然碍于儿子的面子，勉强进了城，但他们并不喜欢城市生活，因为适应不了“速度与激情”的快节奏。每天早晨，儿子一家三口起床，就在屋子来回穿梭，如厕、刷牙、洗脸、吃早餐，挤着乘电梯下楼，朝公交车站跑，再乘车向不同的方向奔去，像狼在追赶一样。儿子世龙在机关上班，儿媳杜芳当教师，孙子阳阳读中学，各人有各人的营生。上午都不回家吃饭。晚上世龙多忙于各种应酬，杜芳和阳阳八点多才回家。他们白天晚上都忙。不忙的只有老两口。人老了瞌睡少。每天早晨，当儿子一家人在慌张中出门的时候，姚福汉老两口早就醒了。农村人和城里人的作息时间也有质的区别，一个是沿袭着日出而作、日落而息的铁律，早睡早起；一个是白天忙忙碌碌，天黑了过夜生活，早晨睡懒觉。放在原先，老两口起床就要忙着拖地、擦桌凳，打扫卫生，但是现在不一样了，屋里经过精心装修，墙上贴了壁纸，沙发变成了皮的，地板干净明亮，打扫成了多余。世龙曾说：爸，如果你和我妈实在睡不着，就下楼去活动活动，早晨的空气新鲜，对身体有益。

有一次天蒙蒙亮，老两口下楼去小区的院子溜达，没过十分钟就转完了，上楼去世龙一家三口还没有起床。他们坐也不是，睡也不是，感觉很无聊。姚福汉欲打开电视看，一按遥控器，哇哇哇的声音吵醒了世龙。世龙打着哈欠走出卧室，揉了揉脸问：爸，你们咋起床这么早？姚福汉说：还早？天都大亮了，放在家里我都干半天活了，不早。孙桂香补充道：就这，我跟你爸都在院子转了一圈哩。世龙问：咋这么快就上楼了？姚福汉说：这小区的院子比咱家院子大不了多少，没走几步就走完了。世龙笑了，小区的人在院子散步，边走边赏花看景，要走四十分钟，你们可能走得太快了。孙桂香说：你爸性子急，走路和赶集一样，还赏花哩，院子里有几个垃圾桶他可能都没记下。姚福汉说：城里人是吃饱饭克化不了发慌哩，咱咋能和人家比。

四

姚福汉是个勤快人，一辈子没睡过懒觉，在老家时，睁开眼睛就往地里跑，一天不在地里转转看看，就像丢了魂一样。进了城，面对陌生的环境，他们谁也不认识，除过儿子，只知道城里还有个女儿，但他们却常常见不上女儿世红一面。因为闲着没事，他们就给世红拨电话，每次世红都说她忙着上班哩。姚福汉想不通，农民种庄稼一年就忙那么几天，工厂里一年四季就没个松活的时候？他拿着话筒发愣，有次还在不经意间给张老三拨过一个电话，问张老三在干啥。张老三哈哈笑道：能干啥，在村口老槐树下掀牌；你成城里人了，好好享你的福吧。姚福汉心里说：这叫享福？是老虎吃天没法下爪了。

后来，钻在屋里实在闷得慌，姚福汉就天天往小区的凉亭下跑，和老彭聊天。老彭有一张刀子形的脸，脸上的皱纹一圈套一圈，一看就是个苦命人。他眉头上天天拧个疙瘩，望着北方发呆。可能因为都是城市临时居民的缘故，惺惺相惜，两人的话就特别多，兴头来了，说古道今吹牛皮撂大话能聊一天。常常是老伴趴在八楼的窗户上喊“哎，开饭了”，姚福汉才想起肚子饿了。有时他对老伴挥挥手，说不吃了；有时便上楼回家吃一碗，下楼给老彭捎一碗。

老彭儿子叫大柱，是个膀大肩宽的黑脸小伙，和妻子在一家企业打工，孙女上中学。彭家状况和姚家基本相同，不同的是，儿子一家三口走了，彭家只剩下老彭一个人，姚家还有姚福汉和老伴两个人。没有人给老彭做午饭，老彭也懒得做饭。老彭说，他老家住的是窑洞，窑洞下面有条蜿蜒流淌的小峪河，河水清亮亮的，能照出人影来。春天里，河畔上、山岭上的花开了，鸟儿咕咕叫，蝴蝶、蜜蜂嗡嗡飞，呼吸一口，嘴里像是吸了蜜，甜。只是山里人世世代代太穷了，他一辈子没过上几天好日子。提到进城的生活，老彭说，他想在外面去转转，给儿子两口子说了多少次，儿子每次都答应，但总是兑不了现，因为儿子两口子在私企上班，没有节假日，也想多加班多挣钱，娃上学要花钱哩。他有时感到特别孤独，就偷偷拿出老伴的相片看，看着看着就掉眼泪；有时，趴在楼上窗户向外看，街上车来车往，满世界的人都活蹦乱跳，而他坐在轮椅上却哪儿也去不了，心里就憋闷得难受，甚至产生过自尽的念头，但看到孙女苹果样圆圆的笑脸，又不忍心离开这个世界。姚福汉就常给老彭说些宽心话，让老彭高兴高兴。老彭最爱听的是关于农村的话题，他的血和汗浸润在了生他养他的那块土地上，对农村有一种天然的感情。

姚福汉老两口偷偷回家的念头是老彭提到种庄稼产生的。那天，姚福汉和老彭又在凉亭下神聊起来，正巧看见一位年轻的女人蹬着三轮车进小区来了。老彭说，这女人是他的老乡，开着一家粮油店，她卖的面粉是山里产的小麦，用石磨加工的，城里人称这面粉为绿色无公害面粉，俗称土面粉，生意特别好。他家吃的就是家乡的土面粉，女人给他价格优惠。城里卖的洋面粉看起来煞白，但面粉里添加剂太多，吃起来没香味，不筋道；家乡的面粉为褐色，并不白，蒸的馒头有细细的纹路，手一捏，暄腾腾的，能闻到奇异的麦香味。老彭叹了口气，说原来自家有几亩坡地，吃的是土面粉，他的腿摔断后，把地包给了别人，只能买洋面粉吃了。听老彭一说，姚福汉心里就有些得意，说：幸亏我家还种地有麦子，我能吃土面粉。

你家还种有麦子，几亩？

三亩。我年年种，吃不完，把大部分都卖了。

不能卖，装在囤里储藏起来。

没钱花，咋办？

你儿是干部，你能缺钱花？

姚福汉心想，人人都认为他儿他女挣钱，他应该不缺钱花，但他从没向儿女伸手要过钱。相反，他还将地里收获的小麦、苞谷卖了，把积攒的钱拿出来给儿女还过房贷哩。因为儿女现在都有各自的家庭，家家几乎都负债，他不愿意让儿女为钱的事闹了矛盾。加之，在农村生活成本低，他们老两口只要不生疮、不害病，置一身衣裳穿几年，平时也花不了几个钱。

后来，两人说到绿色无公害面粉，老彭说：城里人吃的东西都是农村生产的。自从工业化搞起来，农村也像城市一样建起了工厂，有些工厂索性就建在农田里，污水流进清澈见底的河里，河里的鱼呀虾呀没有了；烟筒里冒出的烟尘四处飞扬，熏死了鸟儿，菜叶上、庄稼叶子上都撒满了灰尘，吃的人都害病了，能做到绿色无公害，笑话！

姚福汉附和：是啊，现在种啥都离不了化肥，要给庄稼给果树上打农药，哪儿有纯粹的无公害产品。

老彭朝四下里望了一下，脸色凝重地说：不管咋说，如今地越来越值钱了。坚决不能丢！也得把庄稼务好，如果再来一个“三年困难时期”，只等着饿死了。又说：现在农村的年轻人都想方设法给城里跑，把老祖先留下的地都撂荒了，可惜；再过二十年，看谁来种地呀？

一提起土地、庄稼，姚福汉浑浊的双眼蓦然亮堂起来，他这才想起自己已经离家两个多月，过不了半个月，就该收割麦子了。他的心里就产生了一种紧迫感，宛如一名战士在疗伤过后，急于返回炮火连天的战场。于是，当晚，他便将回家的想法告诉老伴，孙桂香两手拍了一下膝盖，高兴地说：好，赶紧回，我也在城里住泼烦了。

回到了老家的院子，像飞翔的鸟儿返回老巢，姚福汉老两口心情特别好。白天，他们到地里干些力所能及的活儿，闲暇时，姚福汉手拿着听戏机在村头路尾转，或和张老三他们掀牌；孙桂香坐在门外的大槐树下、院子里和乡邻们聊天，自由自在。晚上，打开电视看看天气预报或秦腔戏，早早就上炕歇息了。乡村的空气新鲜，夜晚清静，没噪声，睡眠质量好，几天过去，他们脸上的气色也好多了。姚福汉老两口的日子过得滋润极了。

姚福汉常手端茶缸子在村街上转悠着，不禁发出感慨：在自家院子里无拘无束，说话无遮无拦，住着舒坦、自在；城里屋子小，像鸟笼一样架在空中，简直不是人住的地方。

有一天，姚福汉又端着茶缸子来到村外的老槐树下和乡邻们谝闲传，有人问姚福汉：为啥不进城享福，要回农村？姚福汉说：住那房子出来进去都是门，邻居鸡犬相闻，老死不相往来，窗子还被铁网罩着，像圈猪一样圈在里面，把人能憋死。大家哄笑起来，笑声像头顶随风摇曳的树枝，摆动不止。张老三明知故问：你啥时间再进城呀？姚福汉说：打死我也不去了，住在城里找不下个说话的人，是活受罪。福娃梗着细长的脖子说：去不去由不得你，你就世龙一个儿，你不跟着你儿，谁管你呀。我不去就不去，还要种我的二亩三分地哩。我儿能把我绑架了不成。姚福汉呷了一口酽茶，摇了摇光亮亮的大脑袋说。张老三哈哈笑了：你甭在我们跟前嘴硬，世龙回来把地给旁人一包，断了你的后路，你还得像国民党士兵一样缴械投降。我不去，他绑我，我也不去。七十二岁的姚福汉像小孩子一样噘起了嘴，似乎在表达着自己强硬的观点。

张老三之所以说这样的话，是因为十多年前，儿子曾断过姚福汉的后路，叫姚福汉因为失去他的宝贝老黄牛遗憾了半年。

五

姚世龙虽然当初发誓再也不和土地打交道了，但老家还有他的父母亲，父母还没有脱离土地。像许多农家子弟一样，每当到了夏收和秋收时节，他还得利用星期天回乡下给父母帮忙。因为从小生长在农村，跟着父亲在土地上摸爬滚打，姚世龙对庄稼活的套路还是稔熟的，尽管他干农活的时候并不多。他知道，父母将一生的精力和汗水都挥洒在土地上，因过度的劳累，腰弯了，背驼了，脚手也变形了，没有力气和土地较量了。姚世龙记得，父亲年轻时身板子又高又大，就像一座山，一顿能吃三老碗干面，走起路来腾腾腾的，腿上带劲，脚下生风。夏收的一个傍晚，父亲曾在村外的麦场上和人打赌，将一搂粗的碌碡揭立起来又放下；五十八岁那年，还扛着一截长十米、二百斤重的钢管和小伙子比试走秀，赢得大家的掌声。犁地、撒种、扬场、打土坯，父亲是庄稼行当里的全把式，割麦一天能割一亩八分地，干一天的活儿，扛起一袋上百斤重的麦子一蹴而起，不需要人帮忙。然而，那都是几十年前的事了，岁月不饶人，父亲在他热爱的土地上辛勤劳作的同时，土地也榨干了父亲的血汗，将父亲由一个活力四射的小伙子变成了白发苍苍的老人。当初，他以悬梁刺股的劲头刻苦学习，就是为了不步父亲的后尘，剥去农民的这张皮，能让父母在晚年享几天福。尽管父母还能干农活，喜欢和土地打交道，但他不忍心看着火辣辣的日头炙烤在父母的头顶，他宁愿替父母干最累、最苦的活儿，也要让父母轻松一些。

那年夏收时节，母亲在城里服侍坐月子的杜芳，姚世龙请了几天假回老家帮父亲收麦子。他回到古由县已是午饭时分，家中大门紧闭，喊几声也没人应，却见邻居张老三嘴里叼着旱烟锅，两手背后正在村街上闲转悠。姚世龙问起夏收的情况，张老三轻松地说：现在和农业社时不一样了，夏收有啥忙迫的。我儿叫了几个麦客，一天就把麦割完了，今早上把地也种了，只剩下碾场了。姚世龙问：叫麦客割一亩麦子得多钱？张老三说：不贵，六十块钱。姚世龙说：价和去年差不多，不算贵。

张老三揶揄说：不贵你咋不叫麦客，让你爸在地里晒太阳。你是干部，在城里挣着工资，又不像我们农民没钱。

姚世龙嗫嚅道：年年割麦，我给他钱哩，我爸舍不得花。

舍不得，把钱花到阴间去啊！张老三将烟锅向空中一指，往地上咯了一口浓痰：你看你爸那老二杆子，自从你妈进了城，做一次饭吃三顿，蒸一次馍吃十多天，自己哄自己，硬凑合。收麦开始后，他见天天麻麻亮就拉着车子、背着馍下地了，独自在地里割麦；别人怕下雨，割走镰、跑镰急着收哩，他倒不急，生怕掉了一个麦穗，一把一把地割，把蚂蚁都踩死了；晌午别人回家吃饭，他就在地里啃干馍，喝凉水，再接着割麦。你说你家楼上有几囤粮，你爸还舍不得吃，舍不得穿，过日子细得尿尿拿箩儿过哩，攒的钱都干啥了？唉，我看他就是属鸡的命，只能在地里刨食吃。

张老三的一番话，好像是对老伙计姚福汉的埋怨，又像是对后辈人的嘲讽和谴责，听得姚世龙耳朵发烧脸泛红。

末了，张老三说：你爸在山羊沟割麦，你去看看他的老命还在不。

姚世龙拎着包给村西的山羊沟奔去，他的心突突跳，仿佛张老三告诉他的是一个噩耗，只有亲眼见到父亲，才能证实真假。

那时候，姚家共有十二亩地，最远的一块三亩地在山羊沟。

山羊沟是洪水冲出来的，四面全是坡地，天旱了浇不上水，下雨又被冲刷，年年小麦的收成不过三百斤。后来，在人民公社组织的农田基建大会战中填了沟，平整出了一块块梯田。当时分地时候，家家都不愿要山羊沟平整出来的地，称虽然山羊沟的地成了水浇田，但地表上是生土，庄稼长不旺。在村民大会上，姚福汉在鞋底上磕了磕烟锅，呼地站起来说：地在人务哩，只要你不嫌弃它，它就会长出好庄稼。他一月起一次牛圈，两个月起一次猪圈,三年换一次锅台和火炕，起早贪黑将牛粪、猪粪、打了锅台和火炕的熟土一车一车运到了山羊沟，覆在自家的地皮上。人拉不动架子车了，就让婆娘牵着老黄牛在前头拽，几年下来，等于给三亩地重新换了一次血。后来的事实证明，姚福汉两口子的心血没有白费，年年山羊沟地里生长的麦子颗粒饱满，苞谷棒子最大。

姚世龙来到山羊沟，只见太阳像火球一样悬在空中，金黄的田野像一个大蒸笼，人一脚踏进地，一股巨大的热浪就扑面而来。农人们手持镰刀，撅着屁股在麦田里挥汗如雨，个个脊背上像冒了烟。割去麦子的田地像一片桑叶被蚕食，留下了一个个褐色的疤痕。他家的麦子已割了一半，麦捆子宛如哨兵站立着，守护着空旷的麦茬地，但却没有父亲的身影。他站在地里向四处张望、呐喊，没有回应。一位邻居听到呼喊声，用手往地头渠塄边的杨树指了指，他跑上前去发现，满脸疲惫的父亲光着膀子正坐在绿荫下吃馍，馍渣沾在父亲的胡茬上。父亲的眼睛里布满血丝，瘦骨嶙峋的身上浸着粒粒汗珠，小时候担柴磨出的碗大的肉疙瘩压在肩膀上，俨然要压迫他一辈子。姚世龙眼里蓦然间涌出泪水，心里产生了一种极度的愧疚感，父亲老了，不能让他再苦劳苦做了，要让他进城去歇息几天。

于是，姚世龙在家和父亲日夜苦干，完成了割麦、拉麦、碾麦、扬场等一系列的夏收程序，给麦茬地种上了苞谷，便领着父亲像刚刚走出田野的麦客一样进了城。

临走的那天，姚福汉给老黄牛拌了一槽草，给猪倒了一桶食，给鸡撒了两把麦粒，披着被汗水浸湿的褂子，蹲在院子的椿树下惬意地抽着旱烟锅说：人一拍沟子就走了，这些牲畜可咋办呀？姚世龙说，我给我大伯说了，让他先经管几天；再说，你在周原住几天就回来了，怕啥。姚福汉磕掉了烟灰，站起来走进牛棚，用布满老茧的大手抚摸着黄牛的脊背，温情地说：老伙计，委屈你几天，你甭骂我！

六

那是姚福汉第一次进城，他一副谦卑的样子，开门见到对面屋里出来的男人或女人就打一声招呼，在院子里碰见大人小孩总要问候一句，但没有人回应他，人家基本上都是急匆匆的样子。他感到疑惑，这城里人像冰淇淋吃多了，没有一个热面孔。住在巴掌大的屋子里，屋顶低，要下楼，出来是门，回家关门，叫人产生一种磨盘悬在空中、钻地道的感觉。他说话也变得结结巴巴，不流畅了，坐立也不自然了。不像在乡下，进屋屋子敞亮，出门院子宽大。一些人牵着宠物在小区院子转悠，目不斜视，一副志得意满的神情。而农村人就不一样，他们老远见面就一个骂一个开着玩笑，粗喉咙大嗓子的，你还没在跟前，就被活跃的气氛感染了。

如刘姥姥进了大观园，姚福汉对城里的一切都感到陌生而好奇，楼房顶钻进了云端，人咋上去？公交车拉着人日夜跑，公交车累乏不？火车在城里呜呜穿梭而过，铁路边的人晚上咋睡觉？后来，他在城里转着看，看着转，觉得天天如此，城里也就是车多、人多、楼房高，没有多少新鲜感了。他窝在家里天天看电视，乏味不说，还常遭老伴的抗议，因为电视的哇哇声吵得小孙子睡不着，小家伙就蹬着两腿狠命闹。无奈中，姚福汉下楼在小区的院子里溜达，圪蹴在石桌旁看老头们下象棋、打扑克、打麻将，但这些人不是老干部就是退休职工，南腔北调，和他聊不到一块。他这才弄懂了什么叫物以类聚，人以群分。

姚福汉进了城，犹如老虎被关进了牢笼，在别人看来，他吃得好，穿得好，是在享大福，殊不知，他却有种无所适从的局促感，有种打碎牙往肚里咽说不出的酸楚。他天天趴在窗户上，看着大街上蚂蚁样的人拥拥挤挤、熙熙攘攘的情景，心里却孤独得想大哭一场。

一天晚上，姚福汉做了一个梦，梦见了老黄牛拉着犁在田野里疾驰而过，身后的泥土像夏天里河水的波浪哗哗哗分开来，似乎要淹没了他。第二天，他将这个梦说给老伴，孙桂香脸上的笑容从嘴角连接到了眉梢，她说：牛是亲人马是信，今天可能要来亲人哩，怀抱着胖乎乎的孙子高兴得合不拢嘴。果然，上午二女儿世红来了。

世红买来了西葫芦、黄瓜、西红柿等蔬菜，还从塑料袋里取出了六个灌汤包子，说这是在城东老汤家买的，让父母快尝尝。姚福汉拿起一个包子，张开缺牙的嘴咬了一口直喊香。世红笑着说：爸，您只要一直在城里住着，我天天给你买包子吃。姚福汉哈哈笑了说：甭说天天吃包子了，只要你一月能来一次，我和你妈就知足了。世红忽然想起来，自从父母进城，她都有二十多天没来看望了，难怪父亲拐着弯儿埋怨她。她和丈夫所在的那家企业，这个月刚刚接了个大单，厂里天天在喊加班加点，两口子上班上得身子像散了架一样，回家只想睡觉，连饭都懒得做。另外，他们也想趁着企业产销形势好，多挣些钱还完买房的贷款。

和女儿说了一些家常话，姚福汉就提出要回古由县去，说城里的日子没一点意思。世红说：爸，你好好在城里歇着，回去干啥。你回家又没人给你做饭，饥一顿饱一顿就把你身体搞坏了。姚福汉眉头紧锁，满脸的痛苦状，说：我在这儿实在憋闷得难受，再憋精神就错乱了。世红说：人换个新环境有个适应的过程，关键是你刚进城和这儿的人不熟悉，适应适应就习惯了。姚福汉说：我这么大年龄了，恐怕难以习惯了。晚上，那汽车“呜”过来了，“呜”过去了，把我吵得都要捂耳朵睡呢。姚福汉说着做了个双手捂耳朵的手势，把孙桂香、杜芳和世红都惹笑了。

杜芳说：爸，在这儿再不习惯，也得等你孙子过了满月走吧。

孙桂香说：好，等孙子过了满月，咱俩一块回姚家村。

一晃到了孙子阳阳满月那天，姚世龙在一家川菜馆包了几桌饭，请了亲戚朋友几十人。世英也从古由县赶来了，她给小侄子包了一百元的红包，当天就赶回家了。世英说，她还要到省城去打几天工，赶夏收才能回家。

一连几天，姚家沉浸在添丁增口的喜悦之中，姚福汉没机会给儿子提说回姚家村的事。这天吃过晚饭，一家人坐在客厅看电视，他才向儿子坦露了心扉，儿子劝说他还是留在城里，说咱家就四口半人，你和我妈住在这儿，热热闹闹多好。姚福汉说：不回去，鸡、牛、猪咋办？苞谷也早该施肥了。姚世龙笑着说：爸，这些你都不用操心了，我将该卖的卖了，地也包出去了，你和我妈一心一意在这儿享清福就行了。啥，我不相信！想留我在城里，骗我哩。姚福汉思忖着，碍于儿子儿媳的面子，再不好说什么了。私下里，他让老伴先住城里帮儿媳带孙子，称自己回姚家村安顿一下家中的事。

于是，那天早晨，姚福汉悄悄起了床，搭上班车回了古由县。

七

姚福汉是晌午时分回到姚家村的，那时候庄稼人刚吃过早饭。从班车上下来，他撂开大步，心急火燎地走向姚家村，远远地看见矗立在村口的老槐树，就像见到亲人一般。

张老三和几个老汉正坐在老槐树下，一心一意掀牌，嘴里嘟嘟囔囔的，一个骂刮着一个，仿佛没有在意姚福汉的出现。姚福汉欲绕过牌摊子回家去，张老三哼了一声：老㞞从城里回来了，也不知道把人犒劳犒劳。姚福汉说：我以为你没看见我呢，嗅觉比狗还灵。张老三回道：甭看我眼睛老花了，一个蚊子飞过去，我也能认出公母。

老槐树下发出哈哈哈的笑声。

姚福汉像孩子一样羞涩地退了回来，从衣兜里掏出一包儿子买的“红好猫”香烟，上前去，脸上挂笑给老伙计们一人发一支。一位老汉把烟捏在手中细瞅了半天说：你有这么好的烟吃，回来干啥？张老三讥讽说：你牛卖了，地包了，回来当领导视察呀。姚福汉说：你和我儿一样哄我，谁信哩？就径直往家走去。

姚福汉推开自家的院门，果然没有了鸡叫声；进了牛棚，只留下一副牛缰绳；猪圈里，三头猪一头都没了。他手提着牛缰绳“妈呀”叫了一声，惊得出了一头冷汗，额头上的青筋突突跳，连颠带跑到他哥姚福德家问缘由。

姚福德老两口正在院子里用棍子捶打从地里拾回来的麦穗，见弟弟进了门，并没有停止手中的活儿。姚福汉将手中的牛缰绳扔在地上，铁青着脸问：哥，我家的牛呢？牲畜，世龙让王广才全卖了，地也包给王广才了。姚福德一字一顿地答。

王广才和姚世龙是一块穿着开裆裤玩耍长大的，如今担任姚家村村长。他投资买有收割机、播种机，不但种着自家的地，包着外人几十亩地，就这，还不嫌劳累，有了空闲，他就开着收割机或播种机去别的村子挣钱。王广才常常挽着裤腿，肩膀头上搭着褂子，手指间夹着香烟在老槐树下炫耀，咱当村长挣不下几个钱，全靠机器在地里刨票子哩！

姚福汉问：为啥要把地包给王广才？

姚福德说：广才有机械，别人家谁能种过来？

姚福汉埋怨：你咋不挡住他，卖了牲畜，把地给旁人包了，叫我回家干啥呀？姚福德老伴李香莲笑了，你和他二妈真是受苦的命，你没啥干，就端着茶缸子转去，娃叫你享福哩。我儿再有你世龙那么有出息、孝顺，在城里当干部，我们也和你一样把香插在炉里了。姚福汉气得捶胸顿足：败家子，咋能卖了我的老黄牛啊！

老黄牛是农业社解散的那年，姚家花八百块钱买回来的。它毛色光亮，体格健壮，虽然已有十多岁了，但由于从小训练有素，曳犁拉磨劲头依然不减当年。农业社里，姚福汉就吆着它犁地、碾场、拉脚；单家独户饲养后，姚福汉又将它当儿子看待，除过白天给它好吃好喝，晚上还要从炕上爬起来，给它加一次料。他常常端着饭碗，圪蹴在牛棚门口，望着黄牛伸出长舌头卷着槽里的青草咀嚼，就像看着孩子吃饭一样，心里蓦然就会涌出一种亲切感，禁不住站起来伸出手，去抚摸它绸缎样光滑的皮毛。有一年春上，黄牛骚动不安，七天七夜不吃不喝，一股股的黄绿色粪水从屁股眼往外喷，身上烧得烫手，肚子胀圆得像嘭嘭作响的鼓一样，卧在地上直喘粗气。姚福汉从镇兽医站买回草药，给它灌了三四次也无济于事，急得他在院里抱头大哭。有人建议，让他赶紧把牛卖到屠宰场，趁牛活着能还换几百块钱，他将那人骂出了院子：你那么爱钱，咋不把你妈卖了去。张老三也来到姚家，瞧过了牛的表情反映说：牛得的结症，治不好了。福汉，你不忍心卖了它，就眼瞅着它死了把它埋了。姚福汉不信邪，日夜守护在牛棚里，望着牛浑黄的眼神里现出乞求的亮光，自己也不由得伤心落泪。儿女们小接不上力，是黄牛帮他作务十多亩地，一旦失去了牛，他种地就要付出更多的力气了。孙桂香说：光哭有啥用，给牛再治治病，不见效也算咱尽心了。姚福汉悲观地说：他妈的都是些庸医，谁能治好它的病呀？孙桂香告诉他：齐家寨有个老兽医用土方子治牛结症，不妨再去试试。姚福汉抱着一线希望，喊来邻居十几个小伙子，用木杠子把黄牛抬到手扶拖拉机上拉到了齐家寨。戴着花镜的老兽医用左手在黄牛身上抚摸着，嘴里发出一声喟叹；忽然，在不经意间，将右手拿着的一个竹筒插入牛肛门。他双手在牛肚子上揉着压，压着揉，随着咕咕的响声，一丝丝的臭气从牛肛门冒了出来。一个上午过去，膨胀的牛肚子塌陷了下来。老兽医停下手，摘了眼镜，擦了擦脸上的汗说：气放得差不多了，回家接着给灌药，一天三次，牛的病再好不了，我就没法了。姚福汉提着三袋子草药回家，天天给牛熬药灌药，半个月后，黄牛竟哞地长叫一声，奇迹般自己站了起来。老黄牛和他朝夕相处了几十年。人爱惜牛，牛也没有辜负人。它帮主人种了一年一年的庄稼，还下过三个牛犊，姚福汉当然舍不得它。是啊，在久远的农耕文明时期，农民和牲畜有着深厚的感情，姚福汉怎么能不为失去自家的老黄牛而痛心疾首！

姚福汉的脸由黑变红，由红变紫，仿佛能挤出水来，两只手瑟瑟发抖。牲畜卖了算了，我要我的地去！他疯了似的跑出门去。

泼出去的水能收回来？看把你能的！姚福德哈哈笑了。

姚福汉气哄哄来到王广才家，王广才正在咥油泼面，问姚福汉：咋了？姚福汉满脸苦大仇深的表情：财东买地也要人愿意哩，你没经我同意咋能种我的地？王广才扑哧笑了：要不是我和世龙关系铁，我还不想种你家的地。姚福汉说：那你把地还给我。不行！我一次给了十年的租金，咋能把地退给你。王广才一本正经地说，你儿交代过了，坚决不让你种地，想让你轻省享福呢。姚福汉愣怔了。因为作为农民，他一旦离开了土地，就好像老虎离开了山林，没有了威风，有力无处使了。他回家去拿了一盒高档香烟，笑嘻嘻地塞进王广才的衣兜里，软缠硬磨，好话说了一箩筐，王广才最终答应，给他退三亩地。为此，姚福汉的肠子都悔青了。

后来，姚福汉怒斥儿子：败家子，你给我来了个调虎离山计，就是要踢腾咱的家当？

姚世龙笑着解释：爸，我不断了你对土地的念想，能逼着你进城？

多少年以后，姚世龙卖牛逼父的事成为乡村干部动员农民进城的生动教材，有人不乐意进城当居民，干部就会说：你可甭像姚福汉一样，让儿子卖了老黄牛再发急。

八

麦子似乎是在一夜间发黄的。姚福汉是个闲不住的庄稼人，一天不干活骨头就发痒。他早晨起来，咳嗽了几声，先在院子支起铁壶熬了酽茶，然后端着茶缸子吸溜吸溜喝着，就坐在椿树下一锅一锅吃旱烟，一副慵懒的模样。这些年来，他感到明显不如以前了，四十岁以前，他风里来雨里去，活紧了日夜连轴转，也不知道困乏；现在不午休，晚上稍微熬个眼，三天都缓不过神来，只能靠酽茶和硬旱烟提神支撑着。烟瘾过了，他端着茶缸子到房外面的麦田里瞅。这是他每天的必修课，似乎雷打不动。他放眼望去，发现三亩地的麦子整体看上去黄亮了，但有一坨儿黄，有一坨儿绿，要割还得几天。

微风吹来，挺立的麦秆哗哗哗摇晃起来，硕大的麦穗像娃娃的小脸蛋冲着他笑，他禁不住走上前去，摘下一个麦穗蹲在地头，双手抚掌揉搓了几下，用嘴一吹，麦壳飞去，紫色的饱满的麦粒就显露出来。他捏了一颗扔进嘴里，用仅剩下的两颗门牙试着咬了，发硬，心里说，麦子成熟了。“算黄算割，算黄算割！”忽然，清脆的鸟叫声传来，姚福汉抬头望，发现一只布谷鸟正在旁边的树梢上跳跃，仿佛在提醒他，该割麦了。

张老三从地里回来，看见姚福汉站在麦田边上瞅来望去，调侃道：咋，福汉，像领导一样视察田地哩。你没看麦子啥时候能割？姚福汉说：不急，急啥哩，现在用机器收割，不像从前那么赶了。让麦子黄到火候上再割。又端着茶缸子转回家去了。

天热似一天，田野里泛起金色的波浪，麦梢黄了，但姚家村却静悄悄的，庄稼人依然有条不紊该干啥还干啥，还有人在打麻将、打扑克、下象棋，端着茶缸子在村街上转悠扯闲淡。要是放在从前，可不一样了，庄稼人就得忙着光场，收拾拨夹，置办杈、镰、绳，修架子车，就像临战前战士擦枪磨刀一样准备迎战“三夏”了。随后就是割麦、种地、碾场、摞草，重复或不重复的活儿一样接一样，一直要延续到伏天。老年人常说，要吃新麦子，过忙得脱一层皮哩。一代一代人都年年在为吃新麦子，过着头顶烈日脱层皮的日子。然而，随着农业产业结构的调整、农业机械化的推进，姚家村百分之八十的土地种植了苹果，小麦的面积在大幅度缩减，收割机、播种机代替人工在收种，农人当然就不那么急迫了。对于他们来说，只要手中有钱，手一指，割麦机、播种机进了地“突突突”，一会儿收种就结束了。如今夏收夏播像屙泡屎一样简单。

对于割麦子，姚福汉不急，急的是老伴孙桂香。两天后的早晨，孙桂香在麦田里转着看了一番，回家对姚福汉说：你吃过饭，快去找广才，看后晌能割就把麦割了。姚福汉那时候正端着碗喝稀饭，他扬起稀疏的眉毛说：不急不急。孙桂香蹙着眉头，烦躁地说：你一辈子是个急性子，提起干活比狗跑得都快，今年咋就不急了？又说：麦说黄就黄了，再不割就落了。早割咱早安心。姚福汉说：你急啥，今年麦黄得早，急啥？孙桂香气呼呼地说：你去看看，麦都要爆落了，如果下连阴雨，咱就要吃芽芽麦了。姚福汉赌气跑到房后面的麦田，果然发现，两天没看，在火一样日头的曝晒下，个个麦穗都歪了脑袋，奓裂着似乎要掉下来了。回家打开电视，天气预报称，两天后关中地区有连阴雨。姚福汉头嗡一下，猴急了，忙向王广才家跑去。

猴急的不止姚福汉一个，他来到村南的王广才家，发现张老三、福娃、李老四等七八个人正站在王家门前，急得打转转。姚福汉忙问：看广才啥时候给咱割麦呀？张老三摇了摇手：看把你官僚的，现在才想起寻收割机，我三天都跑了八回了，广才根本就没在家。福娃龇牙咧嘴说：人家从河南正往回赶呢，已回到渭南了。张老三瞪了福娃一眼，表示质疑，他媳妇说：夜黑就回来，咋到现在都没见人影？李老四脸皮抽搐了一下：你怕啥，他家也有十几亩麦哩，他不怕落到地里？他广才只要一回来，我们就缠住他。

从乡亲们的议论中姚福汉才知道，今年王广才又添了两台收割机，急着还贷款，半个月前，就领着儿子，另雇了一个司机，到河南赶场去了。原来计划随着麦子由东往西成熟，从中原起步，一路收割杀回关中西府，再往甘肃进发，一年就可还了买收割机贷的款。谁知在潼关因一台收割机发生故障，就耽搁了一天的行程。广才妻子卢凤兰日夜不停地打电话，让男人快回家割自家的麦子，说：天要下雨了，麦还在地里长着，咋办？王广才起初说快回来了，后来就躁了：我死了你不过啦？你不知道自己想办法。卢凤兰本来心里就烦，看着乡邻们苍蝇一样在自家门口嗡嗡嗡，气就不打一处来，当日，乡邻们刚进王家的院门，她便摊开两只手像赶鸡一样，说：避远些，避远些！

远水解不了近渴。看来，靠王广才割麦怕是无望了。姚福汉朝瓦蓝的天空瞅了一眼，忧心忡忡地问：来有的收割机割着没有？福娃说：昨儿给老李家割麦，一个零件坏了，不知今天修好了没有。

这句话似乎提醒了大家，他们便狗撵兔子似的给东街的来有家走去。走到离来有家二十多米的地方，一个老汉迎面过来说：来有在西梁上给他二爸家割麦哩。张老三撺掇大家又转身给西梁上奔去。

九

那时候，夏收时节，关中西府的农民主要靠机械和麦客割麦。机械是一些指靠它增加收入的人购置的，他们开着割麦机走南闯北挣钱；麦客则主要来自甘肃的定西和天水一带，他们用苦力挣几个血汗钱。

姚家村只有王广才和宋来有家买了收割机。王广才是因为承包地太多不得已买的，后来看机器给地里一开，“突突突”钞票就吐了出来，来钱快，又添置了两台。宋来有买的是二手车，当时手头没钱图了个便宜，但就像得过病的人一样，机子三天两头要麻达，过个忙最多也就割几百亩麦子。

西梁上，宋来有驾驶着割麦机在金色的麦浪里乘风破浪前进，地头、路边等候的有四五十人。实际上，他们每家并没有多少麦子了，但因为依赖机械习惯了，加之现在没有了麦场，麦子割了碾打是个问题，即使拖延收割时间，他们也不愿意像从前一样再手工割麦了。

晌午时分，姚福汉站在太阳下，和众多的乡亲一样，眼巴巴瞅着割麦机来回轰隆隆跑，屁股后面吐出一束一束的麦秸，他们的心情像麦秸被风一吹，飞到空中又落在地上，个个眼睛里像是充了血。姚福汉点燃旱烟锅吧嗒吧嗒抽着，睃了一眼福娃问：没人在镇街上叫机子？福娃头一歪，狠狠地擤了一把鼻涕，说：镇街上没机子啊！今年这些人像都死绝了。又问：麦客今年啥价？张老三说：一亩地一百元，抢人呀。问题的关键不是麦客要的价高，而是麦客割了麦，只能把麦摊在进村的水泥路上碾打，麻烦。姚福汉心里想，因为他曾体验过这种碾打的方法。

一块地的麦子割完了，来有刚将割麦机开到地头，几个人就呼啦上去围住了，他们指手画脚，唾沫星子乱溅，争论着谁家在前、谁家在后，甚至有两个小伙子还拉扯了起来。一个说：我来得早。另一个说：我跟着机子都跑了八家了。

肚子咕咕叫起来，姚福汉看守着这一台割麦机，等到猴年马月也不定能割了自家的麦子，便叹了口气，快快地回了家。进了门，孙桂香凑上来问：咱啥时候能割上？姚福汉擦着脸上的汗，倔腾腾地说：你问我，我问谁去。

虽然有怨气，麦子还得割。吃过午饭，姚福汉戴上草帽正要再去东岭上守候排队，家中的电话响了，是大女儿世英打来的。世英问：麦子割了没有？姚福汉答：没有，找不下割麦机呀。世英说：她村里有四台割麦机，其中她堂哥家今年刚买了一台，要不，她给堂哥说说让抽空来娘家，给把三亩地的麦子割了。姚福汉喜出望外，说：好呀，你给你堂哥说，姚家村没割的麦子有三百多亩，他跑一趟划得来。孙桂香忙上前夺过话筒，问麦子割了没，啥时走。世英说她是昨天下午从省城回来的，只请了五天假。孙桂香说：那你忙不过来呀，干脆把麦子拉过来，我们给你晒。姚福汉嘟哝：你说废话干啥？夺过话筒说：世英，甭听你妈啰唆，赶紧给咱问机子去。不等对方回应，就啪地挂断了电话。

孙桂香吁了一口气：有世英的话，咱就不愁了。

姚福汉笑眯眯地端上茶缸子坐在院子的椿树下，自豪地说：我世英还是顶事。

作为大女儿，姚世英十六岁就外出打工挣钱，无怨无悔帮父母承担起了养家糊口、供弟妹上学的重任。她像父亲一样身板子结实，脾气耿直，有主见，干事风风火火，就像如今的女汉子。二十一岁那年，世英嫁给了邻村王家堡的王安良。王家原本家底就薄，结婚拉的账还没有还完，又接连生了三个娃娃，负担就更重了。两个上大学，一个上中学，三个娃催命鬼似的要钱，就像填不满的大窟窿。世英两口子一年到头脚不落地四处奔波打工，挣的钱也不够孩子上学花。姚福汉老两口最担心的是世英家的光景。去年收过麦子，急着外出打工的安良说：一年打的粮卖不了几个钱，还耽搁事，干脆把地包出去算了。世英说：拾到篮子都是菜，粮食卖些钱总比不卖强。你怕耽搁，地里的活我来干！

今年夫妻俩在省城打工，王安良在一家企业找了个保管员的岗位，世英在一所高校当保洁员。但是像往年一样，每到夏收秋播，世英都得回家忙迫几天。

既然女儿答应了找割麦机，姚福汉就消停地在家中等。他倒在炕上睡了一觉，没接到女儿的电话，端着茶缸子在外面转了一圈，问老伴，说世英还是没来电话。他想给女儿拨个电话问问，又怕女儿发急，于是，便装出坦然的样子出门到地头转悠。

太阳落山了，火红的霞光给无垠的田野镀上了一层古铜色，空中依然含着热烘烘的气息。张老三从东岭的地里回来，嘴里骂骂刮刮的，说如今这世道瞎了，干啥都凭关系，同样花钱，咱割麦也割不到人前去。姚福汉打着哈哈说：老干部，不急，天还没黑哩。张老三满脸躁气，说：他娘的，我一家一家跟着跑，跟来有都跟了十二家了，还轮不到我。姚福汉说：你让你儿跑去，你回去歇着。张老三说：狗日的今年到广东打工去了。又自嘲道：这机子能降价到万把元，咱干脆买一台，不受气了。姚福汉哑然失笑，庆幸有女儿为自家操心，他少了许多麻烦。

姚福汉忙回到家中，打电话给世英询问割麦机的事，世英的手机里一次一次地唱歌，就是没人接；再打，世英接了说：爸，我堂哥的机子可能靠不住了。咋了？姚福汉的眉毛竖了起来，大惑不解。世英说：我给他说了半天，几十人挡着他不让走，他出不了麦田啊！

姚福汉头嗡地一下，顾不上吃晚饭，放下话筒，又向王广才家跑去。卢凤兰说：我也急得像热锅上的蚂蚁，可广才的手机打不通，没办法。看卢凤兰无可奈何的样子，姚福汉失望地唉了一声，就要转身离去。卢凤兰却撵上来悄声说：福汉叔，我联系了苟家岭的一台收割机，机主和广才关系好，对方说晚上抽空给我家来割麦，我让他给你家顺便割了。姚福汉眉开眼笑，松了口气：哎呀，你咋不早给我说，把你婶子都急得上了火，坦性子人骂开人了。我刚给人家打电话才定下来。卢凤兰说：你甭给外人说：好，知道了。姚福汉喜滋滋应承着走出了王家的大门。

回到家中，姚福汉让老伴赶紧收拾了装粮的口袋，吃了碗饭就歇息下了。当晚，银盆大的月亮升起来的时候，苟家岭的那台收割机开进了王广才家的麦田，赶天明，就将姚福汉家三亩地的麦子割了。第二天晚上，赶回家的王广才正给福娃家割麦子，倾盆大雨袭来，只好将机子扔到地里，落汤鸡似的跑回了家。

十

夏季的天像娃娃脸，变化快，头天晚上下了雷阵雨，第二天，白花花晃眼的日头又出来了。姚福汉老两口赶紧把一袋一袋的新麦子抬出来，晾晒在院子里的水泥地上。孙桂香说：像这样的日头，一天多搅几遍麦子，有三个日头，收拾干净就可以装了。又说：以后叫世红、世龙家就不要买面粉了，买面花钱是小，主要是不好吃。咱把面磨了，给他们送城里去。次日，姚福汉一遍一遍搅着麦子，叼空扛着木杈，就到麦茬地里去捡拾收割机吐出来的麦秸，拉回家垛在后院准备冬季烧炕。孙桂香便提了篮子，到地里捡拾遗落的麦穗。

农业社的时候，每年夏收时节，学校的老师都要领着学生娃拾麦穗，提出既要龙口夺食，又要颗粒归仓。娃娃们给生产队拾过麦穗，村里的婆娘女子还要借工余时间，将正在回种或没有回种的麦茬地再齐齐搜腾一遍，连散落在地的半截麦粒和秕麦穗也不放过，以补贴家中口粮的不足。农业社解散后，粮食一年比一年打得多了，家家都疯了似的赶着收种后外出挣钱，眼看着一把一把麦穗被卷入土中，也没有人捡拾了。姚福汉也曾埋怨老伴不该顶着毒日头去拾麦穗，说：现在一年打的粮几年都吃不完，拾那干啥？孙桂香就会说：你忘了前些年饿肚子的光景了，拾一穗总比遗一穗强。又说：叫我再拾一年麦子，恐怕以后就不拾了。姚福汉不解地睁大了眼睛，你一辈子都性子坦，今年咋就恁急，怕吃不上新麦?

姚福汉的话不幸言中，孙桂香果然没有吃上新麦。

那天吃过午饭，姚福汉搅了一遍麦子，汗流浃背，气喘地坐在杏树下用扇子扇了一会儿，便回到屋里给炕上一倒，呼噜呼噜睡着了。孙桂香洗刷了锅碗，困得想睡一会儿，眼睛却死活闭不上，提了篮子去地里拾麦穗。正是晌午时分，村子里寂静如死，割过麦子的田野，像剃光了的脑袋，空旷而寂寥。忽然，她的眼帘里出现一道道的白光，白光像一根根闪亮的银针，刺在她的脸上、身上，刺得她头晕目眩，她便一头栽倒在地。

邻居张兰花拾麦穗回来从姚家的地头经过，发现麦茬地里躺着一个女人，跑上前一看是孙桂香，忙扶起“老姐姐、老姐姐”呼喊了半天，孙桂香没有一丝反应。后来，她泪眼婆娑，疯了一样跑进姚家喊醒了睡梦中的姚福汉。姚福汉先以为老伴是中暑，两人将孙桂香抬回屋里，忙打开电风扇，用湿毛巾给孙桂香擦了脸，又给嘴里灌凉水，后来又掐人中，抠脸皮，孙桂香也没有醒来。忽然，一种不祥之气笼罩了姚福汉的心，他忙拨打了世英的电话，让女儿快叫救护车。

在孙桂香被送往县医院的同时，世英给弟弟妹妹打了电话。然而，世红、世龙从城里刚赶到医院，孙桂香就殁了。医生说：她患的是脑溢血，这种病发病快。姐弟三人哭成了一疙瘩。

孙桂香躺在堂屋的木板上，神态安详自然，姚福汉看着老伴那饱经风霜的脸，摸着她僵硬冰凉的手，嘴里说：他妈，这回歇下了，歇下了好，啥事都不用你操心了。说着，干瘪的嘴唇却颤抖起来，哇的一声昏死了过去。儿女们手忙脚乱半天，费了好大的劲儿，才将父亲叫灵醒。姚家过白事的七天里，由女儿世红专门陪伴，给父亲说宽心话，擦眼泪。因为父亲一提起母亲的死就哭，一哭出声就闭过气去。

给母亲办完后事，姐弟三人坐在一块商量父亲以后的日子怎么过，最后决定，还是让父亲进城和世龙住在一块。世红说：妈刚殁了，爸一个人孤单，他住在城里，我也可以时常去看望他，人多了，他心里就能高兴一些。姚福汉圪蹴在椿树下吃烟，他将烟灰在石头上磕了，态度坚决地说：我哪儿也不去。不过百日，你妈的魂灵还在家呢，我要陪着她。

眨眼几个月过去，姐弟三个给他妈过了百日，帮着父亲收了苞谷，世龙便将父亲接进城里。临走时，世龙要将地包给旁人种，说包了你在城里住就一心自在了。地就不包了，有几亩地，我在城里住泼烦了，回来还能务个心慌。姚福汉说着，留恋地望了一眼住了一辈子的农家院，咣的一声关上了大铁门，那响亮刺耳的声音，似乎在发泄着他心中的不满和怨气，又好像在与小院做着告别。

十一

姚福汉再一次进城了。但上次是他和老伴坐在儿子驾驶的小轿车上，一路上又说又笑进城的。这次却是他独自一人。因为对于他们来说，只是城市的客人，想住多长时间由不得城市，决定权在自己手里。而这次不一样的地方在于，老伴去世了，他是在无奈的情况下进城的，儿子现在是他的主人，似乎他只有依靠主人才能生活下去的意味。按养儿防老的传统，他老了，不靠儿又靠谁呢？

像先前在城里住一样，每天早晨，姚福汉就下楼到小区转一圈，然后回家吃饭。饭后在家没个说话的人，看电视没意思，他就又下楼去找老彭聊天。一年多过去，老彭看起来老多了，颧骨高突，一笑脸上满是皱褶，眼睛掉进深坑里，张嘴就露出豁牙。说到老伴的突然离世，姚福汉满脸悲苦，总是充满了自责和懊悔：我那天如果不让她拾麦，可能就没事了。怪我、怪我，都怪我瞌睡多，耳朵背，没有看住她呀。老彭倒不这样认为，他说：那是她大限到了，咋能怨你。生有时辰，死有地方。阎王爷哪一天要她的命，谁也拽不住她。她死的时候走得快，没受罪，是积了阴德，要感谢阎王爷哩。你看像我这样，死死不了，活活不旺，才叫受罪哩。不难受，难受啥？人的命，天注定，咱活一天只要高兴就行了。姚福汉对老伴的死一直心存疑惑，他说自己和老伴同患的是高血压，他还有心脏病，天天离不了药，儿女们一直重视的是他，平时就没在意他妈。他也总想着老伴比他年轻五岁，他要让老伴看着他先走哩，不料老伴却先走了。老彭说：你不知道烂瓦瓮要耐过好瓦瓮的道理，原因是啥？烂瓦瓮是箍着哩，而好瓦瓮一掉地上就打碎了。说着他们就不禁喟叹人生的无常。

一个星期天，在省城上大学的孙子阳阳回家了，他给爷爷说东道西，谈大学生活、省城的见闻，互联网、网购、淘宝、影院看电影等，沉闷的屋子似乎注入了兴奋剂，姚家像过年一样充满了欢乐的气氛。杜芳上超市采购了白条鸡、蘑菇等肉食蔬菜，做了一桌子丰盛的菜，一家四口人终于围坐在了一起。姚世龙取出了一瓶酒，给老父亲斟了一盅，姚福汉一饮而尽。阳阳又斟了一盅酒，双手递到爷爷面前，说：祝爷爷身体健康！看着阳阳洋溢着青春的脸庞，姚福汉心里格外畅快，他又吱的一声喝了。两盅酒下肚，姚福汉的喉咙火辣辣地烧，脸顿时也红了起来，似乎一切的不快都随之一扫而光。下午，儿子一家人又陪着父亲去公园、植物园游玩，在小区的院子，碰见仍坐在七叶树下的老彭。老彭投来羡慕的目光，张着干巴的嘴向他们打招呼，姚福汉这才想起，老彭可能还没吃午饭。因为老彭说过，一般上午由他自己做着吃，懒了不想做就不做了。他忽然产生了一种歉意，后悔今天只顾自己高兴了，怎么忘了给老彭捎饭。

打那以后，家里有了什么好吃的，姚福汉就要给老彭拿一点，让老彭尝尝。有一次，杜芳买回来的包子剩了两个，姚福汉给老彭拿去吃了，老彭大口大口吃完，竟连指头上沾的黄油都舔了，连声说香、香。姚福汉说：这是城东老汤家的包子，百年老字号哩。老彭说：我早听说老汤家的包子好吃，但没人给我买。儿子两口常常回家就天黑了，一进家门就喊累。还有一次，姚福汉将儿子带回来的牛排用纸包住给老彭尝，老彭咬了半天也没有咬烂，说怪不得城里人身体好，七十岁的人还找女人哩，原来是牛排吃的。几天过后，姚福汉还将杜芳买的猕猴桃、葡萄拿给老彭尝，老彭摘一粒葡萄剥了皮撂进嘴里咬了几口，直喊酸，酸得眼泪都流了出来。两个老鳏夫哈哈笑了半天，那笑声像流淌的自来水。

十二

初秋的一天下午，姚福汉去找老彭聊天，发现一个老妪正在老彭跟前抹眼泪，瘦削的肩头一耸一耸。那老妪脸庞枯瘦，头发花白，她似乎有一肚子的委屈要给老彭诉说。姚福汉觉得在这个时候不能打搅他们，便知趣地走出大门到街上去转了。

姚福汉走过一个十字，见前面围了一群人，一个年轻女人披头散发，滚在一辆大货车前头，哭得像死了爹妈一样伤心，嘴里喊：你不答应我的条件，你的车就不能走。脸皮粗黑的驾驶员说：轧死了你的狗，我给你道歉，给你赔多少钱都行；你要给你的狗厚葬，这我做不到！女子两腿一蹬，肚皮露在外面，口吐白沫吼：你不答应，我就死给你看！一位警察对驾驶员说：你们的事麻烦了，还是配合我们到交警大队去处理。堵车两个小时了，半个城都瘫痪了。另外两名警察忙上前，强拉硬拽将女子塞进了警车，大货车也随之走了。

还没碰见过这种事，要给她的狗厚葬，新鲜！

现在的人，把狗看得比他妈都亲，唉，怎么说呢。

从围观者的议论中姚福汉才弄明白，原来，那女人牵着她的宠物在街上遛，没想到铁链子断了，狗嗖地跑上了机动车道，迎面而来的大货车躲闪不及，就把狗轧死了。女人给驾驶员提出了三个条件，驾驶员说给她赔到五千元，女人都不愿意，说：我不在乎赔钱多少，关键是你把我的心肝宝贝命要了，我心里难过。交警来处理，说：让驾驶员再加一千元让他走，因为货车是从新疆给广东拉哈密瓜，耽搁不得。女人不乐意，就一头栽在车下不起来了。

女人因死了只狗耍泼，不嫌丢人。姚福汉回去将这件事讲给老彭，老彭问：那女人是不是黄头发、水蛇腰，嘴唇抹得血红？姚福汉说是。老彭说：那是周原市房地产老板胡万利的老婆，胡万利跟这女人过了十多年，没生下个一男半女。胡万利又跑到省城搞开发去了，养了一个情妇，留着这女人在周原守空房，她夜夜搂着狗睡哩，狗死了能不难过？姚福汉噢了一声，似乎明白了什么，说：我今天算是见到一件新鲜事，搁在乡下，谁还为只狗这样弄事。

老彭感叹道：城里人和乡下人有区别啊！

后来，两人就扯到了外面的新鲜事上，姚福汉说：前几天，孙子阳阳领着他到植物园去了一趟，看到了从国外引进的水产植物王莲，花盘有簸箕大，听说王莲三天开花一天一个颜色。

老彭嫉妒地说：能跑能走就是天大的福，看你想到哪儿就去哪儿，唉，我这腿却不听使唤。姚福汉不禁心里一热，说：那我明天推着你，咱老哥俩去公园逛逛。老彭像孩子一样高兴说：好！

第二天，姚福汉吃过早饭，就下楼推起早已在树下等候的老彭向公园走去。轮椅在人行道上慢慢穿行，老彭看着川流不息的车流，用手指点着路两边的花草、一座座高楼大厦，脸上呈现出惊喜的表情，灰蒙蒙的眼睛也似乎明亮起来。过一个红绿灯，又过了一个红绿灯，约莫走了一个多小时，他们才走进公园的大门，一股湿润、清新的空气扑面而来。

姚福汉先推着老彭在公园转了一圈，看假山，看孩子在摩天轮上飞翔，看盛开的鲜花和古老的大树，看小船在湖水中游荡，最后两人坐在一棵大榕树下聊起来。

忽然，姚福汉衣兜里的手机响了，杜芳问：爸，你在哪儿？吃午饭了。姚福汉忙笑着说：我逛公园来了。你怎么一个人呀，小心弄不清方向，把你丢了。杜芳不无担心地说。姚福汉说：路我记得，丢不了。你们吃饭，甭等我了。杜芳关切地说：那你在外面买着吃一顿吧，别饿着肚子。知道了。姚福汉不耐烦地关了手机说，我又不是三岁小孩。

老彭羡慕地说：看你娃对你多孝顺！

姚福汉不屑地说：孝顺，他们整天都是忙，把我关在鸟笼子里能急死，刚出来放个风，就打电话，这不是像特务一样盯我的梢嘛。

娃是操心你哩，咋没人给我打电话。看把你烧包的。

老彭这样一说，两人嘿嘿嘿笑了，又聊开了天。姚福汉问老彭：那天见到的老妪是不是和你搞对象？老彭笑了说：你有优势再搞一次，我都叫人伺候哩，还有啥资格搞对象。老彭告诉姚福汉，那老太叫田玉英，是他北山县的老乡，受了儿媳的窝囊气。田玉英儿子在周原市上班，儿媳生了孩子就让她来城里带，她整天抹锅料灶、拖地板、管孩子，忙得不可开交。谁料儿媳领着孩子去幼儿园报名，老师说这孩子性格内向半天不说话，说话不会说普通话，学习上赶不上别的孩子。儿媳回家就对婆婆发脾气，怨婆婆没给孩子教普通话，事情从根儿上就坏了。她儿子要输在起跑线上了。田玉英分辩：说啥话都一样，我儿从山沟里出来在城里还当干部哩。儿媳指着婆婆的鼻尖说：你有脸说这个，你儿干了十年才当上副科长，要不是你生的，早都当上科长了。儿媳的一句话，戗得田玉英心口疼，她哭着给老伴打电话。老伴说：咱出力不讨好，看她的眉高眼低，你干脆回家算了。田玉英一气之下，就想腔子砸一捶回老家去，但又怕儿媳找儿子的麻烦，拿不定主意。

末了，说到城乡差别，老彭说：年轻人爱城市，城里热闹；老年人喜清静，住在农村自在。又唉地叹了口气，说金窝银窝，都不如咱的穷窝，还是住在咱自己盖的房子自在。

姚福汉点了点头。

十三

老彭忽然间住了医院，这让姚福汉始料不及。开春后的一天，姚福汉趴在窗户上向外望，发现那棵七叶树光秃秃的，没有发芽的树枝刺向天空，树下没有老彭的身影。他的心像被掏空了，心想老彭会不会是怕冷，坐在了向阳的地方，就赶紧下楼去找，但在小区的院子转了两次，仍没有看见老彭。姚福汉急了，撵上老彭家的楼，一边喊一边拍打房门，屋内没有回应。对面的门开了，一个老太太探出头说：老彭昨晚犯了急病，让救护车送医院了。他倒吸了一口凉气，问：在哪个医院？不知道。对方咣地将门关了。

姚福汉失魂落魄地回到家中，才忽然想起老彭曾给他留下过电话，戴上老花镜一次一次在手机上翻。翻着了，他拨过去没人接，再拨还是没人接，连着拨了五次仍没人接。他像笼子里的老虎坐卧不宁，烦躁不安，欲寻找一个目标扑过去，但茫然不知所向。吃晚饭的时候，他一副心不在焉的样子，筷子夹菜手发抖菜掉在了饭桌上，世龙问：爸，你咋了，哪儿不舒服？姚福汉嗫嚅道：老彭进医院了。世龙说：我也听说了，那个坐在轮椅上的老汉，病得不轻。

夜里，姚福汉久久不能入眠，他担心老彭的病。没想到天刚发亮，老彭却打电话来了，老彭说：你老哥昨天打过几个电话，我昏迷着，没法接。让你操心了。显然老彭刚刚清醒过来，他仿佛看见老彭躺在病床上，脸色煞白给他回电话的情景。他忙问：你好些了吗？老彭笑了说：我没向你告别，咋能走。死不了。他问了老彭住的医院，就下楼打出租车去看望老彭。

姚福汉提着一箱牛奶在医院楼上楼下跑，好不容易找到了老彭住的病房，已是气喘吁吁了。躺在病床上的老彭看见他，喊了一声“老哥”，就挣扎着要坐起来，被他儿子挡住了。姚福汉坐在病床边，握住老彭青筋突暴的手问：你不要紧吧？老彭有气无力地说：我的心脏病又犯了，差点醒不过来呢。又凄惨地笑了笑，说：我给儿子交代了，我死也要死在老家。老彭儿子给姚福汉手里递了一杯水，睃了父亲一眼，说：爸，你甭怕，医生说你不要紧。姚福汉忙附和：咱要相信医生的话，放乐观些。老彭却似乎没听见他们的话，仍在说着自家的念想：咱祖祖辈辈住在小峪河边，哪儿埋着祖先，埋着你奶奶、爷爷，还有你妈……后来，医生来查房，说患者需要静养，不能打扰，姚福汉拉着老彭的手，千叮咛万嘱咐了一番，便离开了医院。临走时，老彭拽住姚福汉的手，两位老人依依不舍，潸然泪下，仿佛在做着永别。

老彭的话似乎是一种提醒，姚福汉蓦然产生了回家的念头，而且是那么的急迫。从医院回家的当天晚上，他就给儿子说了自己的想法。世龙说：爸，您回家一个人，谁给您做饭？您就在这儿吧，过两天，我陪你去植物园逛，那儿樱花开了。姚福汉似乎对城里的一切都不感兴趣了，他沉默不语，只是悄悄地收拾着自己的物品。

次日一早，姚世龙发现父亲坐在客厅的沙发上，旁边放着随身携带的帆布包，帆布包是母亲在世时常常背的。他明白自己的劝慰没有奏效，但还是极力挽留父亲：爸，您如果真的想回姚家村，晚上吃个团圆饭，明天走吧。他在半路便给二姐打了电话，让她过来劝劝父亲。

受竞争挤压的影响，姚世红所在的国有企业订单尽管愈来愈少了，但天天还得照常考勤上班。夫妻俩一月挣的工资凑合着只能维持生活。女儿参加中考分数不高，又想让上个重点高中，让弟弟托人找关系，去年的事，现在还未搞定呢。烦恼事搅得姚世红心里像猫抓一样，也没时间来弟弟家看望父亲，只是隔三岔五给父亲打个电话问候一声。每次父亲接到电话，都是用近乎沙哑的声音回答：啥都好着呢，不用你操心。

那天晚上，姚世红和丈夫提了牛奶、面包和水果走进弟弟家的门。听到女儿女婿亲切的呼喊声，厨房里嗞啦嗞啦的炒菜声，坐在沙发上的姚福汉似乎从梦中醒了过来，黝黑粗糙的脸笑成了一朵花。亲情牵连着老人的心。他每次看到儿女的笑脸，心里都像蜜一样甜。姚福汉畅快地应了一声，屋子里立马有了欢声笑语。

姚世红坐在父亲跟前，和老爸拉起了家常。姚福汉说：他在城里生活啥都好，就是没活干，心里空落得难受。世红拉着父亲的手笑盈盈地说：你不在城里享福，回家去干啥？姚福汉说：麦子起身了，我想回去看看。世红说：你都七十多岁了，种啥地，就是因为你爱种地，连累得我妈犯了病，我们才留下了遗憾。一提到去世的母亲，屋子里净是叹息声。杜芳说：现在，农村人都通过不同的途径往城里跑，我就不知道在农村有啥好的。爸，你在农村吃了一辈子苦，对农村还有啥留恋的。世龙说：当然，个人有个人的生活圈子、生活习惯，咱爸在城里生活时间短，不适应也是事实。世红说：爸，你要与时俱进哩。他们用各种理由和鳏寡独居老人生活不便的事例挽留父亲，但靠在沙发上的姚福汉却在别人的说话声中打起了呼噜。

十四

三天后的一个早晨，姚福汉悄没声息离开了儿子住的小区，背着包搭车回乡下了。

尽管儿女们有一万条理由说服他，希望他能在城里安心住下去，但姚福汉还是毅然决然地走了，他决定死也不在城里住下去了。因为儿女们不明白，在乡下，虽然他劳累，生活清贫，但精神是丰厚的，就像一棵红薯，长在田地里它会根壮叶茂，而一旦挪到了花盆里，它就会枯萎死亡。他知道，城里属于买面粉吃的人，属于那些怀揣梦想的年轻人。作为一个和土地打了一辈子交道的人，他的灵魂和梦想在绿色的田野里，离开了土地，他就没有了存在的价值，没有了乡情，他也就成了无根的豆芽菜。

那天，姚福汉执拗地提出他要回姚家村，儿子哀求道：爸，叫你在这享福，你为啥非要回家？姚福汉说：你不是让我在这儿享福，是让我坐牢哩。你不让我回去，让我在鸟笼样的屋子住下去，我的精神就崩溃了，就得从这楼上跳下去，给你脸上抹黑了。儿子无言以对，再也说不出一句话。

姚福汉走的时候，他没有给儿子儿媳打声招呼，他不愿意再和他们为去与留的问题饶舌。但他没忘给病床上的老伙计老彭打了个电话，说他回古由县了。老彭说：好！你甭忘了过几天给我打个电话。他说知道了。

中午，杜芳下班回家，发现父亲不在家，到小区院子去找了好几次，也没有父亲的影子。她做好了饭，父亲依然没有回来。急了，她忙拨打父亲的手机，手机里只是一声一声唱歌。她惊得出了一头的冷汗，忽然想父亲会不会像电视里的许多老人一样，因耳朵背、眼睛花，在城市里迷失了方向，走丢了。她又拨打世龙的手机，想问问世龙是否知道父亲的下落。正在她惊慌得不知所措时，姚世龙拿着嘟嘟响的手机进了门，他问杜芳：怎么了？杜芳说：

咱爸找不见了。世龙释然地说：不用找，咱爸回姚家村了。一句话提醒了杜芳，杜芳忙推开父亲的卧室，发现床上的被褥叠得整整齐齐，一丝不苟，地板擦得明光锃亮，父亲用的物品全没有了。她生气地说：你爸真是个怪人，你要走，谁也不拦你啊，害得人虚惊一场。世龙笑了说：你忘了，我爸和我一样善演空城计。

姚福汉在裕口镇下了班车，先坐在小吃摊上吃了一大碗豆花，顺便进商店买了一卷黄表纸、麻纸和一沓冥币，这才踽踽地行走在回姚家村的路上。清明节快到了，他要给老伴上个坟。

仿佛为迎接姚福汉的归来，当天的日头很好，天空湛蓝湛蓝，没有一丝云，像是谁精心地擦洗过；麦子已经起身了，绿油油的，一眼望不透；苹果树枝头上的花蕾正欲开放。姚福汉深深地呼吸了一口，胸腔里似乎发出了嘣嘣嘣的脆响，筋骨舒展了许多。他径直来到村南的官坟地里，发现不到一年时间，老伴的坟头已长出密密麻麻的青草，和旁边的坟几乎连在一起了，就弯腰一棵一棵拔了起来。拔干净了草，老伴的坟头凸现出来，他便嗵地跪在坟前，烧着那些祭品，嘴里念叨：他妈，我从城里回来了。儿女们都忙，从今往后，我就守着你。你有啥事，就给我托个梦。

刚走到村口，一阵叭叭叭的鞭炮声传来，姚福汉正在东张西望犯疑惑，张老三满脸喜色撵上来拽住了他的胳膊：快走，坐席去！我以为你老伙计赶不上了呢。姚福汉问：干啥坐席？张老三解释：我儿打工回来，推倒了平房盖楼房，今天立木架梁哩。问：盖几层？答：盖三层。高，实在是高！姚福汉竖起了大拇指，说出了伪军汤司令的台词，笑呵呵地去了张家。

在张家喝了几盅酒，姚福汉感到浑身轻松了许多，走起路来轻飘飘的，腾云驾雾一般。他和邻居们打着招呼，打开了自家的门，草草收拾了一番，便上炕倒头睡了。夜里，他做了一个梦，梦见自己变成了一头老黄牛。

呈现生活本真的姿态

（代后记）

沉沉的夜里，我整理完“新农村故事系列”作品的书稿，蓦然百感交集，喉咙里涌出咸咸的东西。因为它使我度过了多少个不眠之夜，它是我几年来心血的结晶，是我脑海里的一个个产儿，就好像丑孩子要见人一样，终于有机会结集面世了。我等这一天，等得太久了。

屈指算来，自1989年我的小说处女作刊发在由刘庆邦主编的《中国煤炭报》副刊上，我在文学创作的道路上已经摸索了二十八年。其间我拜访了不少作家，请教所谓创作的“秘诀”，在各类报刊上尽管发表了几十篇小说，但总不能让我满意。我对自己是否有艺术天赋和创造力产生质疑，便决定不在文学创作的道路上拥挤了。

然而，2011年初春的一天，我行走在绿色的原野上，恍惚中看到一只狼呼啸而过，它让我脑子里闪现出磷火般的光芒。每当夜晚来临，我仿佛看见一张张熟悉的面孔呈现在眼前，他们争先恐后地给我叙说着生活中的忧愁与烦恼、期望与失落，叙说着自己的家长里短。他们把我折磨得不能入眠。我若不认真倾听，似乎就对不起他们。冥冥之中似乎有个声音在提醒我，要我把他们写进小说。我忽然又产生了创作的冲动，捉起了发锈的笔。就这样几年下来，在诗人白麟、王宝存，小说家高远、高鸿、李喜林和已故作家成方的鼓励下，我利用业余时间写出了几十篇新农村题材的小说。

文以载道。巴金先生说过，要把心交给读者。刘庆邦先生鼓励我：要好好写！温亚军告诉我：小说最重要的是想象力。我读过马尔克斯、卡夫卡、福楼拜、契诃夫、莫泊桑的小说，读过《聊斋志异》和《红楼梦》，也读过新时期以来的大量优秀小说，为中外文学大师的艺术造诣而惊叹。但在对它们做过比较后我以为，我们伟大的祖先把各种创作方法都尝试过了，并不比外国人差，一味地东施效颦，只能落到曲高和寡的地步。而我写的都是身边的父老乡亲、兄弟姐妹，写的是庸常生活，只能按适合他们的方法来表达，就好比关中农民习惯吃面食而吃不惯西餐一样。我坚信，尽管文学创作上有这主义、那主义，这种流派、那种流派，潮起潮落，最终泡沫散去，留在河床里的还是坚硬的石头。

由于我在写作中只力求呈现生活本真的姿态，感情使然或用力过猛，小说中还存在想象力不够、语言弹性不足，写得粗糙，写得太实、太满等不足，这都是我以后努力精进的方向。

小时候，我发现在农家的炕头上，常扔着封面被弄脏、书脊发毛的白皮小书，觉得好奇，总要翻开看看，看几页才知道它虽然不惹人眼球，却是一本主家喜爱的书。因为主家喜爱把它翻了一遍又一遍，出门还把它装在口袋里，几乎翻得面目全非了。当然，那是文化饥渴年代人们没书读的一个缩影，如今除了纸质书，还有了电子书、微信圈或“微信空间”等，许多人看到五颜六色的书，像吃惯了美食、看多了美女一样已经没有任何感觉了。

但我还是谨以此献给我的家乡，献给生我养我的但已经埋在土里的父母，这样我驿动的灵魂才能安顿下来。

朱百强

2017年8月17日

字里行间跳动着自己的“心电图”

——《阵地文丛》总跋

白　麟

又是深秋，叶子红过之后开始纷飞，万物就要尘埃落定，只等大雪为勤快的一年封口。

这多像我们匆促的青春，许多事情还没顾及，就被风一吹而散。人生或许就是这样，让你猝不及防！到了一定时间小结甚至总结一下，就显得很有必要——

给自己出本书不妨是一个美好的选择。去年这个时候，我纠集了一帮宝鸡诗人陈泯、范宗科、武岐省、荒原子、牟小兵、秦舟、柏相、魏娜、王金辉、庄波，冒冒失失地编排出版了第一套《阵地诗丛》（11种），手忙脚乱、力不从心，却也算是吹响了新世纪宝鸡诗人集体出征的“集结号”，成就了宝鸡本土第一套公开出版的诗丛。有了经验垫背，今年第二套《阵地文丛》的编印就感觉从容淡定多了。

承蒙大家多年信任继续加盟“阵地”，这次《阵地文丛》还是11种。其中散文集7种，张占勤的《挑灯夜话》、赵洁的《花开半夏》、闫瑾的《我们在一起》、狄江平的《一城江山》、唐志强的《风从周原来》、杨烨琼的《乡风呓语》、车丽丽的《愿我们总能被温柔相待》；小说集2种，朱百强的中短篇合集《梦中的格桑花——朱百强新农村故事系列作品选》、姚伟的小小说集《爱的拼图》；诗集2种，寇明虎的《岁月印痕》、赶阔的《天地遥迢》。虽说杂一些却种类齐全、颇具规模。跟去年一样，这套文丛中的绝大多数作者是第一次结集，有些业余写了一辈子，出书是夙愿更多也是希望给自己和家人一个交代。但这有意无意间却展示了新世纪宝鸡文学的潜力!

春华秋实，水到渠成。从风华少年一直到花甲苍生，五味人生各有各的体味。流年飞度，万事虚浮，字里行间那跳动着的其实是自己的“心电图”，记录着各自的“情感档案”，当然值得保存。

不辜负韶华，也不辜负众望，这套书权且是人生大书中夹带的书签，慢下来翻阅一下自己的光阴故事，还是蛮有成就感的吧。

正逢路遥逝世25周年的忌日，草草写下简陋的文字以示纪念。想想也是，在人世间留下的就剩他的文字了。最后借用时下一句流行语作为文丛的总跋：不忘初心，继续前进!

2017年11月17日

（白麟：诗人、词作家、文化策划撰稿人，系中国作家协会会员，陕西省职工作协诗歌委员会主任，宝鸡市职工作协主席。）